Kim Kestner

Zeitrausch

Spiel der Zukunft

W0185186

Kim Kestner,
1975 in Gifhorn geboren, studierte visuelle Kommunikation und leitete eine Marketing-Agentur, bevor sie mit dem Schreiben begann. Seither veröffentlicht sie erfolgreich Jugendromane. Ihre Zeitrausch-Trilogie wurde als zweitbestes E-Book mit dem Lovelybooks-Publikumspreis ausgezeichnet. Nun erscheint die Trilogie erstmals als Taschenbuchausgabe beim Arena Verlag. Kim Kestner wohnt mit ihrer Familie, Dackel Socke und einem Terrier, der glaubt, »Pfui aus« zu heißen, südlich von Hamburg.

Mehr unter *www.kim-kestner.de*

Weitere Bücher von Kim Kestner im Arena Verlag:
Anima. Schwarze Seele, weißes Herz
Sakura. Die Vollkommenen
Zeitrausch. Spiel der Vergangenheit

Kim Kestner

Zeitrausch

Spiel der Zukunft

Arena

Für meine Fliege
(bitte setze dich nie auf einen rostigen Nagel)

FSC
www.fsc.org
MIX
Papier aus verantwortungsvollen Quellen
FSC® C110508

1. Auflage als Arena Taschenbuch 2018
© 2018 Arena Verlag GmbH, Würzburg
Alle Rechte vorbehalten
Dieses Buch ist eine überarbeitete Fassung des gleichnamigen E-Books *Zeitrausch. Spiel der Zukunft*, das erstmals 2014 in anderer Ausstattung bei Carlsen Impress erschienen ist.
Dieses Werk wurde vermittelt durch die
AVA international GmbH Autoren- und Verlagsagentur, München.
Covergestaltung: Carolin Liepins
Gesamtherstellung: Westermann Druck Zwickau GmbH
ISBN 978-3-401-51068-2

www.arena-verlag.de
www.twitter.com/arenaverlag
www.facebook.com/arenaverlagfans

1

15. Dezember 2013, Mill Valley

Das Messer in meiner Hand ist leicht. Ein schwereres wäre besser. Viel einfacher, damit zu töten. Vor allem aus der Distanz. Noch weiß ich nicht, ob es ein Küchenmesser oder eine Axt sein wird, mit der ich meine Beute erlege, falls ich überhaupt eine Waffe besitzen werde. Aber dass ich wieder töten muss, weiß ich. Mit viel Glück wird es nur ein Tier sein.

Der Baum ist zehn Schritte entfernt. Ich ziehe meinen Arm nach hinten, das Messer liegt locker in der Hand, so wird es nicht zur bewussten Entscheidung, es loszulassen, sondern gleitet einfach hinaus, sobald ich den Arm nach vorn reiße. Also los: zielen, einatmen, schleudern!

Das Messer rotiert durch die Luft, fliegt auf den Baum zu – und segelt wenig elegant auf den aufgeweichten Blätterboden. »Verdammt!«

Vier, fünf ... sieben. Ganze drei Schritte vor dem Baum ist es zu Boden gegangen. Verärgert hebe ich es auf, stapfe mit nackten Füßen zurück, werfe wieder.

Diesmal landet es noch nicht mal in der Nähe meines Ziels. Dabei ist es ein Redwood, keine schlanke Tanne. Ein gigantischer Baum, den nur drei oder vier Menschen gemeinsam umfassen können. Was bedeutet, dass ich sogar einen Elefanten mit großer Wahrscheinlichkeit nicht treffen würde.

Als am Nachmittag die Sonne untergeht, habe ich zwei Mal die Rinde des Baumes angekratzt. Hätte eine Fliege an genau der Stelle gesessen, hätte es sie wohl erwischt, aber Fliegen machen nicht satt und Fische leben nicht auf Bäumen. Im Fischefangen mit bloßen Händen bin ich nämlich gut.

Inzwischen sind meine Füße aufgeweicht, sie fühlen sich taub an. Obwohl es in dieser Gegend Kaliforniens fast nie richtig kalt wird, regnet es im Dezember unablässig. Mum weiß nicht, dass ich meine Schuhe ausziehe, sobald ich von unserem Holzhäuschen aus in den Wald gehe, um zu trainieren. Sie würde mich für verrückt halten, aber es härtet ab. Das Immunsystem wird gestärkt und ich muss stark sein, wenn sie mich in anderthalb Jahren ab heute gerechnet holen werden.

Die Zeit erscheint mir viel zu knapp, um all das zu lernen, was ich zum Überleben brauchen werde. Ich trainiere hart. Jede freie Minute. Selbst während der Highschool, die ich in fünf Monaten beenden werde.

In Mathematik, Biologie, Geografie und Geschichte bin ich inzwischen Klassenbeste, denn dieses Wissen ist wertvoll für mich. Englisch, Kunst und Musik nutze ich, um unter dem Tisch Bücher über amerikanische Geschichte zu verschlingen. Einordnen zu können, in welcher Zeit ich mich befinde, ist eine der ersten und wichtigsten Informationen, sobald ich in der Vergangenheit ankomme. Über die Zukunft gibt es leider noch keine Bücher, da werde ich dann improvisieren müssen.

In diesen Tagen geht die Sonne bereits um halb fünf unter und das Restlicht ist zu schwach zum Trainieren. Die Baumstämme verschmelzen bereits zu einer grauen Masse. Ich ziehe meine Stiefel wieder an und gehe zurück zu unserem Haus. Ich bin frustriert, gebe dem blöden Messer die Schuld an meinem Versagen.

Nach 20 Minuten stehe ich in unserer Küche, wasche

das Messer schnell ab und feuere das Ding zurück in die pink gestrichene Schublade. Inzwischen hat Dad Mum verziehen, dass sie die Fronten bunt bemalt hat, und ihr sogar zum Hochzeitstag einen Tisch gezimmert und ihn knallblau lackiert.

Mein Magen verlangt knurrend nach Nahrung. Der Kühlschrank hat nicht viel zu bieten: eine angebrochene Flasche Orangensaft, einige Bagels, die Reste des Sonntagsbratens und eine Packung Milch. Ich entscheide mich für Braten und Milch.

Oh Mann, die Tüte Milch ist leer! Jeremy! In den letzten Monaten ist er mir über den Kopf gewachsen, obwohl er erst elf wird, und verschlingt noch mehr als früher, was kaum möglich sein dürfte.

Ich werfe die Milchtüte in den Müll, stürze den Orangensaft hinunter und beiße in das kalte Fleisch. Es schmeckt trocken und faserig. Das stört mich nicht. Hauptsache, es macht satt.

Als ich Mums Schritte höre, schnappe ich mir schnell einen Teller und Besteck und schneide fein säuberlich die angebissene Bratenecke ab.

»Bunny!«

»Hi, Mum. Musst du schon los?«

»Ach, diese verdammten Nachtschichten und jetzt wird es schon so früh dunkel. Hat Jeremy sich gemeldet?«

Ich zucke mit den Schultern. »Weiß nicht.«

»Er sollte mich anrufen, wenn er über Nacht bei seinem Freund bleibt.« Mum drückt auf dem Telefon herum. »Keine Nachricht. Dieser Junge! Und was ist mit dir? Du siehst aus, als hättest du im Dreck gewühlt. Warst du schon wieder den ganzen Tag im Wald?«

Ich nicke kauend.

»Was machst du da nur? Ich verstehe das nicht. Triff

dich doch wieder mal mit Carissa. Dauernd ruft sie hier an und ich muss ihr sagen, dass du lieber wie ein Wiesel durch den Wald streifst.«

»Mache ich, Mum. Keine Sor...«

»Oh, da ist dein Vater.« Mum späht durch die Verandatür den Waldweg hinunter, auf dem Dads senfgelber Pick-up zu unserem Haus rumpelt. »Du meine Güte. Er hat schon wieder die ganze Ladefläche voller Holz. Soll ich damit etwa zur Arbeit fahren? Robert!«

Mit schnellem Griff zieht meine Mutter ihren Mantel von einem violett gestrichenen Stuhl, schnappt sich ihre Handtasche und stößt die Verandatür auf. Ein kalter Windzug fegt durch die Küche. Ich schüttle mich und räume den Tisch ab.

Draußen sehe ich meine Mutter wild gestikulieren, woraufhin Dad mit eingezogenen Schultern die Bretter ablädt, die er bei seiner Arbeit im Sägewerk abgestaubt hat. Ich kann mir ein Lachen nicht verkneifen. Typisch Dad. Es lagert so viel Holz hinter unserem Haus, wir könnten ein zweites damit errichten.

Bevor ich in mein Zimmer gehe, um für die Schule zu lernen, gebe ich Wasser in den Schnellkocher, um mir einen Tee zuzubereiten. Der einzige technische Luxus, den ich mir erlaube. Es wäre auch nicht ratsam, ein offenes Feuer in einem Holzhaus zu entfachen, nur um Wasser zu erwärmen. Außerdem würden mich meine Eltern für noch merkwürdiger halten, als sie es ohnehin schon tun.

Seit ich aus der Zukunft zurückgekehrt bin, Wum Randy und seine Zeitreiseshow hinter mir gelassen habe, kann ich ihnen ohnehin kaum begreiflich machen, warum ich entweder stundenlang durch den Wald streife oder mich hinter historischen Fachbüchern verkrieche. Sie haben es

Gott sei Dank aufgegeben, mein Verhalten ständig zu hinterfragen.

Der Wasserkocher schaltet sich mit einem Klicken aus und ich gieße meinen Tee auf: getrockneter wilder Salbei aus dem Wald, kein Zucker. Ich will meinen Gaumen nicht zu sehr verwöhnen. Mein Körper muss auf karge Kost eingestellt sein. Dass ich dadurch sieben Pfund abgenommen habe und geradezu mager aussehe, spielt keine Rolle.

Mit kalten Fingern umklammere ich die herrlich warme Tasse und will in mein Zimmer gehen, als Mum zurück in die Küche kommt.

»Bunny! Das hätte ich fast vergessen. Ein Brief für dich.«

Erstaunt hebe ich die Brauen. »Von wem?«

»Keine Ahnung. Er ist ohne Absender.« Sie zieht einen cremefarbenen Umschlag aus einem offenen Fach und reicht ihn mir.

Fast lasse ich die Teetasse fallen, stelle sie klirrend auf den Tisch und starre auf das Papier. Mein Name und meine Adresse sind handgeschrieben, schwungvolle Linien in Schwarz. Plötzlich hämmert mein Herz wild gegen die Brust, denn ich bin mir sicher, der Brief ist von Kay. Wer sonst sollte mir solche Post schicken?

Den Tee lasse ich stehen. Meine Hände zittern zu sehr. Erst als ich in meinem Dachgeschosszimmer bin, öffne ich das Kuvert und ziehe ein gefaltetes Blatt und eine Karte heraus.

Die Karte ist beidseitig beschrieben und trägt dieselbe Handschrift wie das Kuvert. Die Schrift ist weiblich, die Karte mit Hillary unterzeichnet. Kays Haushaltshilfe.

Ich überfliege die Zeilen, schlucke hart und lese sie nochmals Wort für Wort.

Liebe Alison,

Kay bat mich, dir den beiliegenden Brief zu schicken, sobald er von uns gegangen ist.

Kurz schließe ich die Augen, dann zwinge ich mich, wieder auf die Karte zu sehen.

... von uns gegangen ist.

Das letzte Wort ist verschwommen, wahrscheinlich unter einer Träne.

Am 1. Dezember hat er zu atmen aufgehört. Es tut mir leid, aber ich hatte nicht die Kraft, dir früher zu schreiben. Wie es sein Wunsch war, habe ich seine Asche auf dem Waldboden vor seinem Haus verstreut. Er hatte seit Jahren keinen Kontakt mehr zu anderen Menschen. Es war eine einsame Zeremonie. Aber als ich wieder ins Haus ging, sah ich einen Schwarzbären aus dem Wald kommen. Er stand über Stunden an der Stelle, als hielte er Wache ...

Ich bleibe in dem Häuschen, liebe Alison. Meine Schwester wird zu mir ziehen, allein ist es mir zu einsam, auch wenn ich die Natur nicht mehr missen möchte. Ich habe Kay gesagt, ich könnte das Haus nicht nehmen, es stände dir zu, aber er meinte, irgendwann würdet ihr ein gemeinsames haben, mit genug Platz für Kinder. Ich hoffe, du weißt, was er damit meinte.

Fühle dich umarmt.

Hillary

Langsam lasse ich meine Hände in den Schoß sinken, streiche mit dem Finger über die erste Zeile, spüre ein Ziehen in der Nasenwurzel. Rasch lege ich die Karte zur Seite, aber schon schwimmen Tränen in meinen Augen.

Ich beiße mir auf die Lippe, verbiete mir zu trauern, gar zu weinen.

Verdammt! Kay lebt! Irgendwo – oder meinetwegen auch irgendwann – existiert eine Realität, in der wir ein gemeinsames Leben haben werden, ohne dass 87 Jahre Altersunterschied zwischen uns stehen. Ich muss diese Realität nur finden!

Entschlossen lege ich Hillarys Karte in meine Nachttischschublade und betrachte den gefalteten Brief. Dad höre ich in seinem Schuppen hämmern, Jeremy ist genau wie Mum nicht da, aber trotz der Ruhe fühle ich mich nicht in der Lage, Kays letzte Worte zu lesen.

Noch nicht.

Mit angezogenen Beinen lehne ich mich an die Wand, ziehe mir eine bunte Flickendecke bis ans Kinn, und während ich durch das Dachgeschossfenster in die anbrechende Nacht starre, denke ich an unsere erste Begegnung ...

Nicht einmal 6 Monate ist es für mich her. Da war Kay 21, nur 4 Jahre älter als ich damals. Er stand mit hasserfüllten Augen neben Wum Randy, dem Moderator der Zeitreiseshow *Top The Realities*. Heute weiß ich, dass es alles andere als Zufall gewesen war, dass die Schweinehunde mich als ihre Kandidatin und Kay als meinen Scout gewählt hatten. Nur wegen unserer bedingungslosen Liebe, von der ich jedoch damals noch nichts wusste. Für die Zuschauer der Show war das jedoch ein Riesenkracher!

Alles fing mit Jeremy an. Ich weiß noch, wie ich erwachte und er war verschwunden. Mehr noch, er schien nie existiert zu haben. Nicht einmal unsere Eltern konnten sich an seine Geburt erinnern! Ich dachte, ich müsste durchdrehen!

Und nur einen Moment später befand ich mich auf einer

Bühne, als Kandidatin dieser abartigen Show, über 400 Jahre in der Zukunft. Vor meinem geistigen Auge sehe ich die selbstverliebte, glitzernde Gestalt des Showmasters, höre sein hämisches Lachen, als er sagte: »Einige der Realitäten spielen sich nun mal ohne deinen Bruder ab.«

Ich verstand nur, dass sie es gewesen waren, die in meinem Leben herumgepfuscht und Jeremys Dasein verhindert hatten.

Was das genau bedeutete, begriff ich erst, als sie mich tief in die Vergangenheit zurückschickten, um die richtigen Schlüsse zu ziehen, damit ich in den Lauf der Geschichte eingreifen und rückgängig machen konnte, was sie getan hatten. Kurz: Ich musste Jeremys Existenz wiederherstellen.

Kay hatten sie als meinen Scout mitgeschickt. Seine Aufgabe? Dafür zu sorgen, dass ich überlebe, denn die Show musste weitergehen. Eine tote Kandidatin war wenig interessant. Und sie hatten recht. Ohne Kay wäre ich mit Sicherheit gestorben. Wahrscheinlich verdurstet. Oder erfroren, verhungert, von einer Infektion dahingerafft. Ich hätte keine Woche in der Wüste des vorletzten Jahrhunderts überlebt, in dem wir schlussendlich gelandet waren. Erst dort hatte Kay mir gestanden, dass er mich liebt – schon lange.

Unbegreiflich!

Bei der Erinnerung schüttle ich den Kopf. Immer noch fällt es mir schwer, die zeitlichen Paradoxe zu verstehen. Aber ich weiß, in weniger als 2 Jahren seit meiner Rückkehr – linear gerechnet – werden sie mich wieder holen. Denn dann werde ich Kays Scout sein, mich an unsere Liebe klammern, aber er wird sich nicht an unsere gemeinsame Zeit erinnern können, mich nicht einmal kennen. Diesmal ist für ihn Zukunft, was für mich bereits Vergangenheit ist. Er wird nicht wissen, dass ich erst im Jahr 1996 auf die Welt kommen werde, fast 90 Jahre nach ihm.

Aber am schlimmsten ist: Von alldem werde ich ihm nichts erzählen dürfen. Es würde unsere Zukunft gefährden, neue Paradoxe entstehen lassen.

Das Klappen der Haustür reißt mich aus meinen Gedanken. Ich höre die Kühlschranktür gegen die Wand schlagen, Dad grummelt irgendetwas, eine Minute später dringt die eintönige Stimme eines Nachrichtensprechers zu mir. Die nächsten Stunden wird Dad fernsehen.

Ich atme tief durch und entfalte den Briefbogen. Die Wörter wirken wie mit zittriger Hand geschrieben. Fast bin ich enttäuscht, als ich sehe, wie kurz der Brief ist.

Meine geliebte Alison,

wenn wir uns das nächste Mal sehen, werde ich mich nicht an dich erinnern können und nicht der Mann sein, den du kennst. Denn erst durch das Geschehene wurde ich zu dem Menschen, der ich heute bin.

Deshalb, sei hart zu mir! Lass mir nichts durchgehen! Verschwende keine Zeit auf meine Mission. Vielleicht kannst du mir mein Verhalten irgendwann verzeihen, denn ich war ein Riesenidiot. So spät habe ich erkannt, dass das einzig Wichtige du bist. Nur du!

Du musst den Marker beherrschen lernen. Trainiere jede Sekunde. Du kannst es schaffen. Du musst es schaffen!

Irgendwo gibt es eine gemeinsame Realität für uns. Du musst sie nur finden. Auch wenn ich bereits tot bin, wenn du dies liest, ist es kein Abschiedsbrief, das weißt du.

Ich werde dich in jeder Realität lieben.

Kay

Ich lese den Brief nicht noch einmal. Es wäre zu gefährlich. Wum Randy könnte mich aus der Zukunft beobachten, vielleicht gerade diesen Moment an seine Zuschauer holoportieren. Solange ich den Marker trage, sind sie dazu zumindest in der Lage.

Dieses verfluchte Ding! Er ist mit meiner Handinnenfläche verwebt. Auch wenn er im Moment nicht sichtbar ist, können sie mich jederzeit durch ihn aufspüren, mich aus meiner Zeit reißen, mir sogar Schmerzen zufügen. Irgendwie ist das Ding mit meinem neuronalen Netz verbunden. Mein Gehirn würde gewissermaßen explodieren, würde ich den Marker gewaltsam entfernen.

Kay erzählte mir, es gelang ihm, den Marker so zu manipulieren, dass ihm kurze Zeitsprünge möglich waren, nur durch seine Willenskraft. Sollte die Spielleitung je davon erfahren, sie würde es zu verhindern wissen. Es wäre ein unkalkulierbares Risiko für sie.

Auch wenn es mir gleichzeitig das Herz zerreißt, das Einzige, was ich von Kay habe, zu vernichten: Zur Sicherheit reiße ich den Brief in winzige Schnipsel, greife nach einer Metallschale mit Räucherkegel und lasse die Papierfetzen hineinflattern. Streichhölzer ... Wo? Ach da, hinter dem Stapel Geschichtsbücher. Ein Ratsch, kurz riecht es nach Schwefel, dann verbrennt Kays Botschaft in einer Wolke aus Kiefernnadelgeruch. Ein Geruch, den ich für immer mit Kay in Verbindung bringen werde, als ich ihn das letzte Mal in der Vergangenheit sah ...

Vielleicht sollte ich auch meine Notizen verbrennen? Könnten sie mir gefährlich werden?

Unter meinem Kopfkissen ziehe ich eine karierte Kladde hervor, schlage sie auf. Erst wenige Seiten sind beschrieben und die Zeit drängt. Nein, sie sollen ruhig sehen, wie ich mich vorbereite auf das, was kommen kann. Sie können wissen, dass ich mein Schicksal nicht tatenlos abwarte.

Auf der ersten Seite der Kladde steht fett unterstrichen: *Lernen!*

Ich gleite mit dem Zeigefinger über die Liste, die ich einen Monat nach meiner Rückkehr aufgestellt habe, meinen Trainingsplan:

1. *Wasser*
   Wassergewinnung:
   Wasseradern aufspüren
   Wasser entsalzen
   Wasser filtern
2. *Feuer machen*
   Feuerbohrer
   Feuersteine
   Brennglas

Ich blättere um und seufze. Die Liste setzt sich über die nächsten Seiten fort. Verschiedene Arten, Unterkünfte zu errichten, zwölf Wege, Fallen zu stellen, Fischen auf unterschiedlichste Weise, Jagdtechniken, Orientierung bei Tag und Nacht, Verteidigungsmöglichkeiten mit und ohne Waffen, Behandlung von Wunden und Brüchen, Heilpflanzen, essbare Kräuter, Pilze und Beeren, Tarnung, amerikanische Geschichte, Weltgeschichte, Geografie und Vegetation aller Gebiete der Vereinigten Staaten.

Nur der Feuerbohrer und eine Fischtechnik sind bisher abgehakt. Aber erst, wenn ich alles beherrsche, habe ich eine Chance, die nächste Show zu überleben!

Mit einem Kugelschreiber umkreise ich *Orientierung bei Nacht,* schiebe die Kladde zurück unter das Kissen und schalte das Licht aus.

Bis auf die Schuhe bleibe ich angezogen. Mehr als 5, maximal 6 Stunden Schlaf gönne ich mir ohnehin nie. Um Mitternacht werde ich in den Wald gehen. Der Himmel ist wolkenlos und die Sterne sind gut zu sehen. Bis zur ersten Schulstunde bleiben noch 13 Stunden ... Ich werde mich mindestens 3 davon durch die Redwoods treiben lassen, den Blick auf den Boden geheftet. Wenn alles gut geht, finde ich meinen Weg zurück, bevor Mum aus der Nachtschicht kommt.

Ich denke an Kays Brief. *Trainiere jede Sekunde,* hat er geschrieben. Aber wie? Wie trainiert man etwas, das unbegreiflich erscheint?

Meine Augenlider sind schwer und flattern bei dem Versuch, im fahlen Mondlicht meine Handinnenfläche zu fixieren. Minutenlang suche ich nach einer Verbindung zwischen meinem Gehirn und dem Marker, stelle mir die feinen silbernen Linien vor, die meine Haut durchweben, die leuchtenden Ziffern des Countdowns, der mir zeigt, wie viele Tage, Stunden, Minuten mir während der Zeitreise-Challenge bleiben.

Vergeblich. Nichts tut sich! Der Marker scheint verschwunden. Dass er es nicht ist, weiß ich nur, weil ich mich erinnere. Ohne Marker hätte ich alle anderen Realitäten vergessen. Ich hätte Kay vergessen.

2

16. Dezember 2013, gegen Mitternacht, Mill Valley

Ich schrecke hoch. Habe ich verschlafen? Noch ist es dunkel draußen ...

Radiowecker, Handy, MP3-Player, selbst den Taschenrechner habe ich Jeremy geschenkt. Bis auf Letzteren fand er es super. Technischen Schnickschnack gestatte ich mir nicht mehr, denn ich muss lernen, in jeder Lebenslage ohne ihn klarzukommen. Ob mein innerer Chronograf auch nachts funktioniert, werde ich gleich herausfinden.

Auf nackten Füßen tapse ich zum Fenster und stoße die Fensterflügel auf. Die Luft ist kalt. Der Himmel ist jetzt sternenklar. Weit lehne ich mich aus dem Fenster, um nach dem Polarstern zu suchen. Er ist der wichtigste Orientierungspunkt in der Nacht, zumindest auf dieser Seite der Erde. Erst finde ich ihn zwischen den Wipfeln der immergrünen Mammutbäume nicht, halte mich am Fensterbrett fest, um mich noch weiter vorzustrecken.

Über dem Schornstein unseres Hauses entdecke ich schließlich das Sternbild des Kleinen Wagens, der helle Polarstern am Ende. Jetzt muss ich nur noch Kassiopeia ausmachen, um die Zeit zu bestimmen. So stand es zumindest im Astronomiebuch. Im Winter gleicht das Sternbild einem W, im Sommer einem M. Es kreist um den Polarstern, wie die Zeiger einer Uhr, nur entgegengesetzt.

Aber wie ich mich auch verbiege, ich finde das blöde W nicht. Egal! Zumindest jetzt ist es nicht überlebenswichtig.

Aus dem Wald dringt das leise Huhu eines Kauzes.

Als ich die Holztreppe ins Erdgeschoss hinunterschleiche, knarzt jede Stufe – trotz meiner nackten Füße. Vom Flur spähe ich ins Wohnzimmer. Der Fernseher läuft noch immer, ist aber stumm geschaltet. Nur Dads pfeifendes Schnarchen dringt zu mir. Er ist auf dem Sofa eingeschlafen, wie so oft, seit Mum in der Nachtschicht arbeitet.

Leise ziehe ich die Tür zu, gehe in die Küche und öffne die Messerschublade. Ein großes Tranchierwerkzeug liegt neben kleinen, spitzen Schneiden zum Kartoffelschälen. Einen Moment möchte ich zu dem großen Messer greifen. Es ist zwar nicht gut ausbalanciert, was das Werfen schwierig macht, aber die Klinge ist mächtig genug, um zu töten. Heute Nacht habe ich jedoch nicht vor, ein Tier zu erlegen, und greife zu dem kleineren, aber spitzen Küchenmesser, mit dem ich tags zuvor gescheitert bin. Vielleicht bleibt mir etwas Zeit zum Üben.

Als ich die Verandatür öffnen will, höre ich ein Klappern aus dem oberen Stockwerk. Das Fenster steht noch offen, richtig. Besser, ich schließe es, bevor Dad davon wach wird und mich sucht. Wieder knarzende Treppenstufen, dann bin ich zurück in meinem Zimmer.

Die lang gestreckten Äste des Apfelbaums wiegen sich leicht im Wind. Mit schräg gelegtem Kopf betrachte ich sie. Warum nicht? Es ist besser, den schwereren Weg zu wählen, umso leichter ist es, wenn ich nicht mehr die Wahl habe.

Ich lehne mich aus dem Fenster, greife einen dicken Ast, der direkt vom Stamm abgeht, und ziehe mich in die kalte Nachtluft. Wieder ruft der Kauz, als wolle er mich begrüßen.

Mit einer Hand stoße ich das Fenster zu, mit der anderen klammere ich mich an den Stamm. Meine Füße tasten nach der nächsten Gabelung. Ich finde sie mit ausgestreckten Zehen und blicke nach unten. Nicht mehr als drei Meter liegen zwischen mir und dem blätterübersäten Rasen, im Notfall könnte ich mich sogar fallen lassen, doch ich will keine unnötigen Verletzungen riskieren.

Wie ein Klammeräffchen arbeite ich mich Zentimeter für Zentimeter abwärts, bis ich schließlich auf der Astgabel sitze. Ein Blick nach unten. Schon besser. Ich springe.

Au! Verdammt! Die Messerspitze bohrt sich gerade in meine Hüfte. Nichts, aber auch nichts will gelingen! Ich werde ein grauenhafter Scout für Kay sein, so tollpatschig, wie ich bin. Wahrscheinlich werde ich gleich über den ersten Stein stolpern und mir das Genick brechen!

Mit dem Messer in der Hand schreite ich wütend aus, drehe mich nicht mehr nach unserem Holzhäuschen um. Es liegt hinter der offiziellen Stadtgrenze Mill Valleys, nur wenige Kilometer vom Tamalpais-Naturschutzgebiet entfernt. Dem Ende der Zivilisation. Als ich in den Wald trete, kann ich mir kilometerweiter Natur sicher sein. Keine Straßen, keine Häuser und bald bin ich zwischen den silbergrauen Stämmen eingetaucht, die im Mondlicht schimmern.

Hier ist die Nacht niemals still. Äste knacken, trockene Blätter zerbrechen knisternd unter meinen Füßen, plötzlich hektischer Flügelschlag von Vögeln, die ich aufgescheucht habe, gurgelnde Geräusche eines Baches, irgendwo links von mir, ganz in meiner Nähe, trippeln und kratzen kleine Pfoten.

Der Boden ist noch feucht vom Regen, und je tiefer ich in den Wald eindringe, desto mehr umfängt mich nasskalter Nebel. Bedächtig setze ich einen Fuß vor den anderen, lasse mich treiben, ganz wie ich es geplant habe. Meine Zehen ertasten jede Unebenheit, erspüren moosbedeckte Wurzeln, zerbrochene Zweiglein, erkennen spitze Steine, noch bevor sie sich in meine nackten Sohlen bohren können.

All meine Sinne sind aufs Äußerste geschärft, ich hebe nicht mal den Kopf, um mich umzusehen.

Bald wird das Gelände uneben. Zwischen den Bäumen hebt und senkt sich der Boden wie die Wellen des Meeres. Immer wieder rutsche ich ab, falle zwei Mal und schlage mir mein Knie an einer felsigen Kante auf. Blut dringt durch meine Jeans. Ich ignoriere den Schmerz und hinke weiter.

Der Wald steigt jetzt steil an. Manchmal schiele ich nun doch nach oben und ergreife einen Ast, um mich den Hang hochzuziehen. Mittlerweile ist der Nebel undurchdringlich und ich habe Angst, einen Abhang hinunterzustürzen. Wie lange bin ich schon gewandert? Eine Stunde, zwei?

Mein Pullover liegt klamm auf der nackten Haut, meine Füße sind taub und ich zittere. Ich fürchte, ich habe mich überschätzt. Krank zu werden, würde mich in meinem Trainingsplan noch weiter zurückwerfen.

Ich beschließe umzukehren und lasse mich auf einen Baumstamm sinken, den Blick nach oben gerichtet. Gott verdammt! Wo sind die Sterne? Der Himmel ist tiefschwarz. Nur dort, wo der Mond die Wipfel einiger Tannen beleuchtet, zeichnet sich grau marmoriert wieder eine dichte Wolkendecke ab.

Was habe ich mir nur dabei gedacht? Ein großartiger Erfolg! Jetzt sitze ich hier, nass, durchgefroren – und ängstlich, wie ich mir eingestehen muss. Damals, als es um mein Überleben in der Vergangenheit ging, war ich irgendwie mutiger …

Ich habe die Orientierung verloren, zumindest das habe ich geschafft. Mir bleibt nichts, als auf den Morgen zu warten. Dicht ziehe ich meine Knie an den Körper, umschlinge die Beine und starre in die Finsternis.

Schmerzlich wird mir bewusst, dass ich allein bin. Dass es Kay in dieser Realität nicht mehr gibt, nicht einmal mehr als alten Mann. In der anderen war ich zum Schluss zwar auch alleine unterwegs, aber wenigstens irgendwo in ihr war Kay. Ihn vor dem Tod zu retten, ihn wiederzusehen, gab mir die Kraft durchzuhalten. Nun ist Kay tot ...

Plötzlich kommen mir die Geräusche des Waldes wie wütende Schreie, wie wildes Tosen vor. Das Knacken dürrer Zweige scheint zum Brechen von Ästen geworden zu sein, das Trippeln und Kratzen zu Reißen und Scharren!

Mich fröstelt, denn ich weiß, dass in dieser Gegend Bären und auch Wölfe gesichtet wurden. Mich zu rühren, wage ich nicht mehr, halte sogar den Atem an. Irgendwo ein Heulen. Viel zu nah. Die Haare an meinen Armen stellen sich auf. Knisternd fegt ein Windzug Blätter über den Boden. Waren es wirklich Blätter? Etwas faucht.

Da! Ein Schatten huscht durch den Nebel. Das Messer? Wo ist das verfluchte Messer? Ich hatte es doch die ganze Zeit in der Hand. Hektisch taste ich den Waldboden ab. Etwas Hartes. Ein Stein. Blätter, Äste, Moos ... der raue Plastikgriff des Küchenmessers. Gott sei Dank!

Langsam drücke ich mich von dem Stamm hoch, strecke meinen Arm nach hinten, das Messer in der zitternden Hand. Immer noch höre ich es ganz in meiner Nähe kratzen, ein knurrender Laut. Etwas kommt auf mich zu! Ich reiße den Arm nach vorn. Werfe. Einen Atemzug später vernehme ich klägliches Fiepen. Getroffen! Ich habe wirklich getroffen!

Aber das Tier ist nicht tot. Ich höre, wie es sich über den Boden schleppt, irgendwo liegen bleibt, höre seinen schnellen Atem. Zwecklos, im dichten Nebel nach ihm zu suchen, genauso wenig wie nach meinem Messer. Ich hätte es nicht werfen dürfen. Jetzt fühle ich mich noch schutzloser.

Mir kommt es wie Stunden vor, in denen ich den Todesqualen des Tieres lausche, erst mit dem Licht der Morgensonne verstummt es.

Endlich ist der Nebel verflogen wie auch die Geräusche der Nacht. Bald ist der Wald voll von fröhlichem Vogelgezwitscher. Und ich komme mir vor wie eine Idiotin.

Bevor ich mich auf den Rückweg mache, suche ich nach dem Tier. Vielleicht gab es Blutspuren, aber die hat der nasskalte Nebel weggewischt. An einer Baumwurzel entdecke ich das Messer. Es ist rot verschmiert und Haare kleben daran. Ich hebe es auf, wische es an meiner Jeans ab und stecke es in die Gürtelschlaufe.

Das verletzte Tier kann nicht weit gekommen sein und tatsächlich finde ich nur wenige Schritte entfernt einen zusammengekrümmten Silberdachs, der zwischen hohem Farn liegt. Er ist nicht groß, kleiner als eine Katze. Sein Fell glänzt hellgrau unter den Tautropfen, an der Seite ist es blutbenetzt, und als ich ihm über den weichen Pelz streichle, spüre ich die Todesstarre.

Behutsam schließe ich seine halb geöffneten Augen. »Es tut mir so leid, kleiner Räuber. Ich ... ich wollte das nicht. Glaub mir ...«

Stimmt das? Hatte ich ihn wirklich nicht töten wollen? Genau genommen, war ich im ersten Moment sogar stolz gewesen, ihn getroffen zu haben. Dabei wäre mir der kleine Dachs niemals gefährlich geworden. Die Wahrheit ist, ich habe ihn in kopfloser Panik, ohne Not, ermordet!

Unbeholfen versuche ich, das Blut mit Blättern wegzuwischen, aber es verteilt sich nur noch mehr auf dem Fell. Kurz überlege ich, den Dachs auszuweiden und zu essen. Kein Tier sollte sinnlos sterben, aber ich bringe es nicht übers Herz. Ihn hier liegen zu lassen, als Nahrung für andere Tiere, wäre vielleicht richtig ...

Eine Stunde später knie ich immer noch auf dem Boden, die Hände verdreckt, meine Fingernägel eingerissen, aber ich habe eine Grube ausgehoben, in die ich den Dachs vorsichtig hineinlege und mit Erde bedecke.

Auf dem Rückweg versuche ich, mir immer wieder einzureden, dass ich richtig gehandelt habe. Es hätte doch auch ein tollwütiger Fuchs sein können. Der Nebel ... Ich konnte es doch nicht wissen.

Als ich aber nach einer halben Stunde auf einen ausgetretenen Wanderpfad stoße, muss ich mir eingestehen, dass ich unendlich weit davon entfernt bin, Kay ein guter Scout zu sein. Ich muss mehr, ich muss härter trainieren und vor allem muss ich eine Verbindung zu diesem verfluchten Marker finden. Denn das Training dient nur dazu, in jeder Situation zu überleben, aber der Marker ist der Schlüssel zu einem Leben mit Kay in einer anderen Realität. In einer gemeinsamen. Und nach nichts sehne ich mich mehr!

Mein Kay in dieser Realität ist tot, als alter Mann gestorben. Aber ich werde ihn in 18 Monaten als jungen Mann wiedersehen. So lange noch auf ihn warten zu müssen, erscheint mir zwar unerträglich, ihn danach nie mehr wiederzusehen, jedoch tödlich. Also bleibt mir nichts anderes übrig, als mir ein Leben mit ihm zu schaffen. Und dazu muss ich den Marker kontrollieren!

Nach 2 Stunden erreiche ich die erste Straße. Sie führt bergab, Richtung Highschool. Der Kunstunterricht hat längst begonnen. Mrs Frensh wird wahrscheinlich gerade ausschweifend über den Expressionismus und seine Vertreter im 20. Jahrhundert referieren. Ich sehe an mir herab, auf meine am Knie zerrissene Jeans, meine nackten Füße, meine verdreckten Hände. Um mich zu waschen und die Kleidung zu wechseln, hätte ich schon vor 20 Minuten abbiegen müssen. Aber Mrs Frensh wird mich nicht zu Gesicht bekommen, denn mein Weg führt direkt ins Rektorat.

Irgendwie werde ich Mum und Dad schon begreiflich machen, dass ich die Highschool nur noch besuchen werde, um meine Prüfungen abzulegen. Ich darf keine Zeit mehr verschwenden ...

3

12. Juni 2014, mittags, zu Hause in Mill Valley

Heute ist es unerträglich heiß. Die hohe Luftfeuchtigkeit treibt mir den Schweiß aus den Poren.

Gut so.

Jeremy sitzt mit einer kalten Limo und einer Stoppuhr in der Hand unter dem Apfelbaum und wartet auf mein Kommando. Ungeduldig lässt er den Strohhalm zwischen den klappernden Eiswürfeln rotieren. »Kann's endlich losgehen?«

»Moment noch. Ich muss mich erst aufwärmen.«

»Als wenn's nicht schon warm genug wäre. Das ist öde.«

»Jeremy, bitte! Nur 2 Minuten.«

Ich strecke mein Bein nach hinten, biege mich vor und dehne meinen Oberkörper. Als meine Stirn den Boden berührt, sehe ich, wie mein Bruder zu einem Comic-Heft greift, die nackten Beine ausgestreckt, und lustlos die Seiten durchblättert. Noch vor einem halben Jahr konnte ich kaum trainieren, ohne dass er mir hinterhergeschlichen wäre. Manchmal habe ich ihn gelassen und er konnte gar nicht genug vom Lebendfallenstellen oder Feuermachen bekommen. Jetzt aber ist er auf dem Weg, ein richtiger Teenager zu werden, ohne Pickel noch, aber am liebsten hängt er von morgens bis abends in seinem Zimmer herum, liest Comics oder verbringt Stunden auf Facebook.

Als Jeremy, laut schlürfend, den Rest seiner Limo durch den Strohhalm zieht, richte ich mich auf und binde mir die Haare aus dem Gesicht. »Kann losgehen. Auf mein Kommando.«

»Ja klar. Was sonst.« Jeremy gähnt.

Ich versuche, alles rund um den Parcours auszublenden, stelle mir eine Realität vor, in der jeder um sein Überleben kämpft. Der Wald wird zu einer trockenen Wüste, bis zum Horizont nur Sand und Dornenbüsche. In meiner Vorstellung kommen bedrohlich wirkende Männer auf mich zu, sie sind gut trainiert, tragen Waffen und wollen, wie ich, nur das rettende Ziel erreichen, das überlebenswichtige Elixier: einen Krug Wasser, drei Münzen darin. Für jeden Mann eine.

Ich schirme die Augen gegen die Sonne ab. Mein erstes Ziel: eine drei Meter hohe Holzpyramide, durch die einige Taue gezogen sind. Dad hat sie mir gebaut, ohne weitere Fragen zu stellen. Die Männer sind jetzt direkt hinter mir.

Ich atme tief ein, schreie: »Und ... los!« Im selben Moment ein Piep, das Startzeichen der Stoppuhr.

Meine Beine fliegen nach vorn. Ein kurzer Sprint, dann bin ich an der Pyramide. Ich bremse nicht ab. Meine nackten Füße krallen sich in das raue Holz. Bevor ich nach hinten kippe, habe ich das erste Seil zu fassen bekommen, ziehe mich mit angewinkelten Beinen hoch, greife das zweite Seil, hangle mich weiter auf eine kleine Plattform an der Spitze, gerade groß genug für meine Füße. Mit den Armen rudernd, finde ich mein Gleichgewicht.

Nur einen Meter entfernt, der knorrige Ast des Apfelbaums. Ich bete, dass er nicht bricht, lasse mich nach vorn fallen. Wie ein Äffchen greifen meine Hände zu, mein Körper schwingt bis zur Stammgabelung, zwei Meter trennen mich von der Erde. Lachhaft!

Ich springe, komme in der Hocke auf, renne über den

Rasen, etwa 100 Schritte bis zum Wald. Zwischen zwei Bäumen ist ein Seil gespannt, nur wenige Zentimeter über der Erde, aber darunter habe ich etliche zerbrochene Glasflaschen verteilt, die spitzen Kanten nach oben.

3, 4 Sekunden vergehen, bis ich mein Gleichgewicht finde.

Die nackten Füße gekrümmt, der Rücken gerade, die Arme zur Seite gestreckt. Ich zwinge mich, langsam Fuß vor Fuß zu setzen, zähle dabei die Sekunden: 28, 29. Geschafft!

Sofort lasse ich mich auf die Erde fallen. Zehn Liegestütze auf dem rechten Arm, zehn auf dem linken, das ermüdet die Muskulatur, macht die nächste Aufgabe schwerer.

Auf die Füße!

Fünf Sprünge bis zum Baumstumpf. In ihm stecken das Küchenmesser, ein Speer und ein Beil. Das Küchenmesser zuerst. Rausziehen, Arm zurück, schleudern. Es sirrt durch die Luft, trifft das Ziel, eine Holzscheibe fünf Meter weiter, am Rand.

Schon habe ich den Speer in der Hand. Einige Meter zurück, Anlauf, Wurf! Noch während ich sehe, wie die Spitze die Rinde der Scheibe abtrennt, greife ich zum Beil. Mit rudernden Armen jage ich es dem Speer hinterher, treffe genau die Mitte!

Meine Arme brennen und ich atme zu schnell. Als ich die Wiese wieder erreiche, bekomme ich Seitenstechen. Unwichtig.

Jetzt nur noch die Hürden, der Ring, der Krug. Mit langen Sprüngen setze ich über vier Holzstapel, rolle mich über die Schulter ab, bin gleich wieder auf den Füßen und springe mit den Händen voraus durch einen Hula-Hoop-Reifen, der am Apfelbaum hängt.

Ein Flickflack und ich stehe kerzengerade vor Jeremy.

Er hält mir den Krug Wasser hin, ohne von seinem Comic aufzusehen. Ich stürze die Flüssigkeit hinunter, schütte die letzten Tropfen zusammen mit den Münzen auf meinen Handrücken, werfe sie hoch, drehe meine Hand um, greife die herabfallenden Münzen reflexartig aus der Luft und knalle sie vor Jeremy auf den Rasen.

Er drückt auf die Stoppuhr und streicht das Geld ein. »2 Minuten, 58 Sekunden«, sagt er gelangweilt und schlägt sein Heft zu. »Ich geh jetzt rein.«

»Danke.« Ich keuche, den Oberkörper vornübergebeugt, die schmerzenden Arme auf meine Oberschenkel gestützt.

Knapp 3 Minuten sind gut, trotzdem 28 Sekunden zu lang.

Wenig später stehe ich auf der Veranda, wische mir mit dem Handrücken den Schweiß von der Stirn und betrete die Küche. Aus dem Wohnzimmer vernehme ich die gedämpften Stimmen meiner Eltern.

Den Krug stelle ich in die Spüle, fülle ihn mit Wasser. Mein Gott! Ich habe Hunger und könnte einen ganzen Ziegenbock auf Toast verschlingen.

Auf dem Küchentisch stehen eine Tüte Milch, Zucker und eine Schale mit Himbeeren. Am Vormittag habe ich einen Strauch am Wegesrand gefunden und freue mich schon seit Stunden auf meine Ernte.

Zucker und Milch stelle ich mit zusammengepresstem Kiefer zurück.

Ich weiß, Mum meint es nur gut, aber es ist nicht besonders hilfreich. Ich habe so lange keine Milch mehr getrunken, ich würde sie liebend gern gegen die Fasanenhenne tauschen, die ich gestern mit dem Speer erlegt habe. Solange ich jedoch keine Kuh, Ziege oder sonst ein Tier mit Eutern fange, ist Milch von meiner Speisekarte gestrichen.

Reste des Fasans liegen im Kühlschrank, gestopft mit

getrockneten Cranberries, Zitronenkraut und Knoblauchrauke. Wie Salz schmeckt, habe ich inzwischen vergessen. Der Fasan landet auf meinem Tablett, zusammen mit den Himbeeren und dem Krug Wasser.

Wenig später stehe ich im Flur und schließe mit der Hacke die Küchentür. Meine Eltern scheinen zu streiten. Zumindest Mums Stimme klingt angespannt und ich verharre auf dem Treppenabsatz, als mein Name fällt.

»... über Alison. Ich verstehe nicht, wie du dir keine Sorgen machen kannst, Robert. Das ist doch kein normales Verhalten für eine junge Frau.«

»Du machst dir zu viele Gedanken.« Die vertraute Stimme meines Vaters.

»Zu viele Gedanken? Welches 18-jährige Mädchen wünscht sich zum Geburtstag ein Jagdmesser?«

»Und einen Selbstverteidigungskurs – was ich im Übrigen sehr vernünftig finde.«

»Warst du in letzter Zeit mal in ihrem Zimmer? All diese Bücher. Wenn sie nicht im Wald ist, liest sie dieses Überlebenszeugs. Was will sie damit in Mill Valley? Ganz abgesehen von dem irrsinnigen Parcours da draußen. Und überhaupt, findest du nicht, sie sollte mal einen Freund mit nach Hause bringen?«

»Nein«, brummt Dad.

Ich blähe die Wangen auf und stoße langsam die Luft aus. Wie lange werden sie mein Verhalten noch dulden? Bloß keine Diskussionen mehr. Es hatte mich 2 Wochen endloser Gespräche gekostet, Mum davon zu überzeugen, nur noch zur Abschlüssprüfung an die Highschool zu gehen. Die wertvolle Zeit, die ich so gewonnen habe, wollte ich sinnvoller nutzen. Schule wäre pure Zeitverschwendung, so als würde man sich mit Shakespeare befassen, während die Welt in Trümmern liegt. Verteidigung, Selbstschutz, Jagd, Tarnung, das sind Dinge, auf die es ankommt. Fähigkeiten, die im Leben wichtig sind. In meinem Leben.

In den meisten Fächern konnte ich sowieso tolle Noten vorweisen, sogar in Kunst und Musik, sodass Mum irgendwann klein beigegeben hat. Meine Prüfung habe ich dann auch mit Bravour bestanden und Mum war beruhigt. Dass ich trotzdem nicht aufs College gehen werde, behalte ich besser erst mal für mich.

Als ich Schritte aus dem Wohnzimmer höre, schleiche ich auf Zehenspitzen die knarzende Treppe hoch in mein Zimmer, stelle das Tablett auf einen Stapel Schulbücher und löse mein Haargummi. Meine schwarzen Haare fallen weich über die Schultern. Ich bürste sie mit 100 Strichen, bis sie schließlich glänzen. Wenn ich Kay endlich wiedersehe, möchte ich gut aussehen. So gut es eben geht in einem schwarzen Trainingsanzug aus Isovantage, einer neuartigen Membran, die Kälte abhält, gleichermaßen vor Hitze schützt, federleicht ist und eng am Körper anliegt.

Ich ziehe den Reißverschluss meiner Jacke auf und betrachte mich im Spiegel. Meine Brüste sind durch das harte Training noch kleiner geworden. Im Grunde könnte ich mir den Sport-BH sparen. Ansonsten gefällt mir, was ich sehe: Jeder Muskel ist klar definiert, zeichnet Konturen unter meiner leicht gebräunten Haut, der Bauch ist flach, die Taille so schlank, Kay könnte sie mit zwei Handspannen umgreifen.

Kay ... Ein Schauer überläuft meinen Rücken. Ich vermisse ihn so schmerzlich, seine Berührung, seine Stärke, die Sicherheit, die er mir gibt.

Nicht! Nein, verdammt, nicht an ihn denken, nicht träumen! Der Tag wird kommen.

Über meinem Schreibtisch hängt ein schlichter Kalender, und bevor ich mit dem Biologiebuch und meinem

Abendessen ins Bett gehe, durchkreuze ich den 12. Juni. Jetzt sind es noch 1 Jahr und 80 Tage, bis sie mich holen werden, bis ich Kay endlich wiedersehe.

Auch wenn die Prüfungen vorbei sind, gibt es immer noch viel zu lernen. Dinge, die ich bisher nicht verstanden habe, aber vielleicht bei meiner nächsten Zeitreise brauchen werde. Also schlage ich mein Biobuch auf, sobald ich mich auf meinem Bett ausgestreckt habe, und lutsche auf den Himbeeren herum. Nervenfutter. Wie passend ... Nervenbahnen, Nervenbündel, Nervenzellen, lauter langweiliges Zeugs.

Ich unterdrücke ein Gähnen und lese die ersten Sätze, irgendetwas über sensible Leitungsbahnen, die Reize der Körperoberfläche ans Gehirn weiterleiten. Daneben eine Abbildung. Die Nervenbahn erinnert an eine Würstchenkette, welche in einer Zelle endet, einem gierigen Schlund mit ausgestreckten Tentakeln.

Immer noch hungrig greife ich zu dem Fasanenfleisch und lese die Zeilen erneut. Elektrische Impulse, welche Informationen weiterleiten, wahrscheinlich wie bei dem Marker.

Moment ... Was habe ich gerade gedacht? Genau! Nur so kann er funktionieren ... Wie sonst sollten mich feine Silberdrähte beeinflussen können als über meine Nervenbahnen?

Informationen, die durch elektrische Impulse an das Gehirn weitergeleitet werden. Schmerz zum Beispiel. Über den Marker können sie mir Schmerzen zufügen und sie haben es getan. Höllenqualen, lodernde Flammen in meinem Kopf ...

Schnell schüttle ich die Erinnerung ab und betrachte wieder das Bild mit den aneinandergereihten Würstchen. Aber jetzt sehe ich die Nervenbahnen als ein Schienennetz, das alles miteinander verbindet und schließlich im Bahnhof mündet, den Nervenzellen.

Ich lege den Fasan zurück auf den Teller, wische mir die Finger an einem Taschentuch sauber und blättere aufgeregt um. Die nächsten Seiten verschlinge ich wie einen spannenden Thriller. Bakterien, Blutgefäße, Toxine, Muskelfasern, Ionenströme ... Jeder Abschnitt ist ein weiteres spannendes Kapitel.

Erst als es dunkel wird, klappe ich das Buch zu und schließe die Augen.

Nervenbahnen ...

Mit dem Finger streiche ich über meinen Arm, sodass sich die feinen Tasthärchen aufrichten, stelle mir vor, wie die Nervenzellen die Berührung aufnehmen, in einen Impuls umwandeln, ihn durch das Schienennetz bis ins Gehirn schicken ... die Information wird verarbeitet, eingeordnet, zurückgesendet und mündet als wohliger Schauer, als kribbelnde Gänsehaut auf meiner Haut.

Wunderbar ...

Jetzt umgekehrt!

Die Bilder aus dem Buch vor meinem geistigen Auge, tauche ich immer tiefer in mein Gehirn, durchsuche Windungen, umschwirre Synapsen, durchschwimme ein Meer von Zellen, bis ich mich für eine entscheide, die ihre Tentakel besonders weit ausstreckt. An ihr klammere ich mich fest, zwicke ihre Enden, folge dem Impuls durch meine Wirbelsäule hindurch, den linken Arm hinunter bis in meine Handinnenfläche und öffne die Lider.

Im letzten Licht des Tages schimmern feine silberne Linien und verweben sich vor meinen Augen zu einem Rechteck – dem Marker.

4

28. August 2015, Mill Valley

Ich bin nicht vorbereitet. Nicht annähernd!

Seit 2 Wochen trage ich Tag und Nacht den schwarzen Isovantage-Anzug. Er ist wie eine zweite Haut für mich. Ich will ihn unbedingt anhaben, sobald sie mich in ihre Zeit reißen. So werde ich in großer Hitze oder Kälte länger überleben. Inzwischen besitze ich drei davon. Meine einzige tragbare Kleidung. Der Rest passt nicht mehr, schlottert nur um meinen Körper, so sehr habe ich abgenommen.

Nervös knabbere ich an meinen Fingernägeln, horche wieder in mich hinein, suche nach Anzeichen dafür, dass sie mich holen, nach Schwindel oder Übelkeit, die bei jedem Zeitsprung auftreten. Das einzig Abnormale aber ist mein Herz. Es wummert einem Trommelwirbel gleich in viel zu schnellen Schlägen, gebärdet sich wie eine Flipperkugel, wenn ich an Kay denke, was ich quasi ständig tue.

In 3 Tagen, um genau 08:02 Uhr, sind für mich 2 Jahre seit der ersten Show vergangen, das Warten wird ein Ende haben und ich werde Kay wiedersehen! Irgendwie werde ich die Zeit bis dahin totschlagen.

Heute ist es heiß, wie gewöhnlich für einen Augusttag in Kalifornien. Durch das geöffnete Fenster höre ich Jeremy mit Freunden Bälle schlagen. Mein Bruder überragt mich inzwischen um einen Kopf, obwohl er gerade erst zwölf geworden ist. Kurz vor den Ferien hat man ihn in die Baseball-Schulmannschaft aufgenommen, jetzt trainiert er, bis Mum ihn abends zum Essen ruft.

Ich gehe zum Kalender und streiche den 28. August durch. In 3 Tagen werde ich Jeremy für lange Zeit nicht mehr sehen.

Mit einem Seufzer lasse ich mich auf das Bett fallen und greife nach der kalt gewordenen Tasse Kakao. Er schmeckt ekelhaft süß. Ich trinke ihn trotzdem. Seit 3 Wochen esse ich so viel Zucker und Fett, wie ich kann, ohne brechen zu müssen, versuche, mir ein kleines Polster anzufuttern, um später davon zehren zu können. Auch das Training habe ich eingestellt. In den letzten Wochen hätte ich sowieso nichts gelernt, was ich in 2 Jahren nicht geschafft habe.

Ich ziehe die Kladde unter dem Kopfkissen hervor und streiche mit dem Daumen über die untere Ecke, sodass sich die Seiten flatternd durchblättern. Sie sind abgegriffen und einige haben sich gelöst, aber auf den Inhalt kommt es an: Fotos und Zeichnungen von Heilkräutern, Listen mit essbaren Pilzen und Beeren, anatomische Abbildungen des Knochenaufbaus, seitenweise Skizzen von Kleidung verschiedener Epochen, geschichtliche Daten, Jahreszahlen.

Eine Weile versuche ich, mit geschlossenen Augen Daten der amerikanischen Geschichte von der Kolonialzeit bis zum Bürgerkrieg aufzusagen. Alles gerät durcheinander, nichts scheint hängen geblieben zu sein. Vielleicht ist mein Gehirn überladen und hat sich neu formatiert – außer gähnender Leere und Kays tiefdunklen Augen finde ich nichts darin.

Frustriert stopfe ich eine halbe Tüte Chips in mich hinein und starre auf meine fettige Handinnenfläche, an der paprikagewürzte Krümel kleben. Inzwischen ist es leicht, den Marker anzusteuern. Ich muss nicht mal mehr die Augen dafür schließen, nur den Nervenbahnen folgen und schon tritt das klar umrissene Rechteck hervor. Wie jetzt.

Mit den Lippen streiche ich über die silbernen Linien,

lecke die Chipsreste herunter und lausche den vielfältigen Tonfolgen des Vogelgezwitschers. Ich höre, wie Jeremy die Verandatür hinter sich zuschlägt und über den Rasen zu seinen Freunden läuft.

»Gab nur noch Dr Pepper, Coke ist aus!«, kiekst er und ich muss lachen. Immer wieder verirrt sich Jeremys Stimme in viel zu hohe Lagen oder rutscht mitten im Satz in den Keller. Er ist im Stimmbruch und bald wird er seine erste Freundin mit nach Hause bringen. Morgen fährt Jeremy für einige Tage in ein Feriencamp: zelten, angeln, Feuer machen – nur so zum Spaß. Wie unbeschwert doch das Leben für ihn ist.

»Komm schon, Jeremy! Jetzt wirf halt!« Die Stimme seines Freundes, Steve, glaube ich. »Wie lange soll ich den Schläger noch halten? Mir fällt bald der Arm ab.«

»Hier, deine Pepper, fang!« Das war Jeremy.

»Und die Dose fliegt und fliegt. Was für ein Wurf!«, kommentiert ein anderer Junge. »Und Schlag!«

Au!

Mein Kopf fliegt nach hinten, schmettert gegen die Wand. Stechender Schmerz schießt in meinen Nacken. Die Dose hat mich mit Wucht an der Stirn getroffen, direkt über dem linken Auge. Als ich sie berühre, fühlt sie sich taub an.

Einen fassungslosen Moment starre ich das Wurfgeschoss auf meinem Schoß an, dann springe ich auf, schnappe mir die Dose und schleudere sie zurück aus dem Fenster.

»Seid ihr total verrückt geworden? Was soll der Scheiß?«

»Ist etwa eins deiner schlauen Bücher zu Bruch gegangen?«, fragt Jeremy großspurig.

»Stell dir vor, das Teil hat mich am Kopf getroffen, Idiot!«

»Echt?«

»Ja, ganz echt! Du könntest mal ’nen Gang runterschalten und dich entschuldigen.«

»Tut mir leid«, murmelt Jeremy mit gesenktem Kopf.

»Das sollte es auch. Und jetzt zischt ab! Ich hab zu tun.«

Jeremy mault irgendwas, ich lasse mich wieder aufs Bett fallen und reibe mir die Stirn. Was für ein Scheißtag.

Wieder versuche ich, den Marker anzusteuern, bekomme die doofe Dr-Pepper-Dose aber nicht aus dem Kopf und dann wird mir auch noch übel. Vielleicht eine Gehirnerschütterung … Oh Gott und das 3 Tage vor …

Aber plötzlich ist der Schmerz weg. Dafür rauschen meine Ohren, Speichel zieht sich sauer in meinem Mund zusammen, ich würge. Im gleichen Moment trifft mich ein Schlag, genau an derselben Stelle wie eben, mein Kopf fliegt nach hinten. Aaah! Verdammt, tut das weh!

Ich fasse mir an die Stirn, sie fühlt sich immer noch taub an, der Nacken schmerzt, auf meinem Schoß liegt die Dose Dr Pepper.

Wütend bis in die Haarspitzen, springe ich vom Bett und schleudere das Geschoss zurück, diesmal genau auf Jeremy. Ich treffe ihn am Bein.

Er fährt herum. »Spinnst du?«, kiekst er.

»Ich? Du bist doch total bekloppt! Noch einmal und ich sperr dich zu deinen Eichhörnchen in den Käfig. Ist das klar?«

Jeremy sieht zu seinen Freunden und grinst. »Was denn, ist etwa eins deiner schlauen Bücher zu Bruch gegangen?«

Das ist ja wohl die Höhe! »Sieh zu, dass du verschwindest, Jeremy. Ich mein es todernst!«

Ich löse die Haken der Fensterflügel, reiße sie mit lautem Knall zu und werfe mich wieder aufs Bett. Tief durchatmen, runterkommen … Ich muss mich beruhigen, bevor ich mich wieder auf den Marker konzentrieren kann.

Die Dr-Pepper-Dose schwebt vor meinem geistigen Auge statt der neuronalen Bahnen. Nach kurzer Zeit jedoch gelingt es mir, sie zu verscheuchen, mich zu konzentrieren. Das Rechteck erscheint, sonst aber nichts, keine leuchtende Anzeige. Keine Ahnung, wie ich den Marker nutzen kann, um durch die Zeit zu springen.

Plötzlich ein Luftzug, ich sehe die Dose kommen, kann mich nicht mehr ducken. Sie trifft mich am Kopf, knapp über dem linken Auge, und landet in meinem Schoß.

Was …? Das Fenster ist ja weit aufgesperrt! Ich hatte es doch geschlossen. Ganz sicher!

»Du meine Güte …« Meine Stimme ist nicht mehr als ein Flüstern. Mit weichen Knien wanke ich zum Fenster, prüfe die Haken, die beide Flügel fest in der Öse halten. Wie ist das möglich?

Ein ungeheurer Verdacht jagt einen Schauer über meinen Rücken. Was ist, wenn … Die Dose ist auf den Teppich gekugelt. Wie in Trance hebe ich sie auf, halte sie aus dem Fenster, sodass mein Bruder sie sehen kann.

»Jeremy! Die Dose. Wie oft hast du sie geworfen?«

»Was denn, ist etwa eins deiner schlauen Bücher zu Bruch gegangen?«

»Wie oft?«

»Einmal. Was ’n das für ’ne Frage? Krieg ich sie wieder?«

»Oh Gott! Das heißt, ich hab’s geschafft! Es hat funktioniert! Ich liebe dich, Jeremy! Ich liebe Dr Pepper! Ich liebe Baseball!«

»Ja, alles klar. Krieg ich jetzt die Pepper wieder?«

»Sooft du willst.« Ich lache laut. »Hier, fang!«

5

31. August 2015, 00:01 Uhr, in meinem Zimmer

Noch 8 Stunden! Jede Minute davon zieht sich unerträglich in die Länge. Seit gestern steht wieder eine digitale Uhr in meinem Zimmer. Ich starre die Ziffern an. Es wird noch dauern, bis sie endlich auf 08:02 springen. An Schlaf ist nicht zu denken. Stattdessen tigere ich durch den Raum, warte, horche in mich hinein, versuche, irgendetwas zu essen, ein Grundstock für die nächsten Tage.

Aber allein der Gedanke, Kay endlich wiederzusehen, verursacht einen Tumult in meiner Magengegend ...

06:34 Uhr.

Ich bin schweißgebadet, überlege, einen frischen Isovantage-Anzug anzuziehen. Aber wenn sie mich im falschen Moment holen, stehe ich in Unterwäsche auf der Bühne. Eine schreckliche Blamage. Vor allem vor Kay. Er soll doch hingerissen von mir sein, sich am besten sofort in mich verlieben. Ich kann nicht noch länger warten, will ihn endlich wieder küssen, seine Lippen spüren, in seine starken Arme sinken. Allein bei dem Gedanken entweicht mir ein leises Stöhnen ...

08:04 Uhr.

Worauf warten die noch? Ich bin immer noch in meinem Zimmer. Bin völlig übermüdet, mir ist übel vor lauter Aufregung, alles dreht sich. Ich muss mich setzen, die Augen schließen. Nur einen Moment ausruhen ...

11:42 Uhr.

Oh Gott! Bin ich tatsächlich eingeschlafen? Scheint so,

denn fast 4 Stunden sind verstrichen, aber nichts ist geschehen. Was soll das?

Ich fühle mich ausgelaugt, schon jetzt erschöpft. Als ich vor den Spiegel trete, wirft er ein blasses, mageres Gesicht zurück, Schatten liegen unter meinen Augen und meine Haare wirken strähnig. Ich muss sie bürsten ... Wo ist denn ... Die Haarbürste liegt nicht mehr auf meinem Nachttisch. Auf dem Regal auch nicht. Vielleicht unter dem Bett ... nein. Im Schrank? Was zum Teufel ... Wo ist meine Kleidung? Der Schrank ist ja leer!

Das kann nur eines bedeuten ... Hektisch drehe ich mich im Kreis, suche den Boden ab, sehe sogar in der Nachttischschublade nach. Aber auch da nur Leere. Die Karte von Hillary, mein Tagebuch, alles weg. Meine Aufzeichnungen! Ich reiße das Kopfkissen hoch. Auch die Kladde hat sich in Luft aufgelöst. Wo oder besser gesagt wann, bin ich? Warum bin ich nicht im Show-Dome?

Mit einem Satz bin ich beim Schreibtisch, suche mein Bücherregal ab, ein Geschichtsband fällt heraus, klappt auf. Lauter leere Seiten. Kein Wort steht darin. Als ich das nächste Buch öffne, auch hier nur weißes Papier.

Plötzlich zischt es, ich fahre herum. Mitten in der Wand hat sich ein Rechteck geöffnet, wie ein Türrahmen, dahinter ein Flur, aus dem ein Mann mit Zwirbelbart in eigentümlicher Kleidung in mein Zimmer tritt.

Ich erkenne ihn sofort als Sam Oscar wieder, den führenden Wissenschaftler im Bereich der Quantenphysik und damit Zeitreiseexperte.

Er wirkt freundlich, auf jeden Fall ungefährlich, als er mich anlächelt. »Bitte erschrecken Sie nicht. Sie befinden sich quasi immer noch in Ihrem Zimmer.«

»Tu ich nicht. In meinem Zimmer enthalten Bücher Wörter.«

Sam Oscar nickt leicht. »Stimmt. Wir wollten Sie nicht erschrecken, was uns offenbar schlecht gelungen ist. Zu viele Details ...« Die Tür schließt sich leise. »Zunächst möchte ich Ihnen versichern, dass Sie nicht in Gefahr sind. Wir wollen Ihnen nichts Schlechtes, verstehen Sie?«

Mit hochgezogenen Brauen erwidere ich seinen Blick. Ich glaube ihm kein Wort. »Wo genau bin ich?«

»Sehen Sie, das ist nicht die entscheidende Frage. Vielleicht sollten wir uns setzen.« Mein Gegenüber sieht sich in dem, was mein Zimmer sein soll, um. Erst jetzt fällt mir auf, dass auch mein Stuhl fehlt. Oscar setzt sich auf die Kante der Schreibtischplatte und weist auf mein Bett, als sei es sein Zimmer. »Bitte, nehmen Sie doch Platz.«

Ich rühre mich nicht von der Stelle, ich wurde also bereits vor Stunden portiert. »Wo ist Kay? Auf der Bühne?«

Sam Oscar reißt seine Augen auf. »Man hat Sie schon informiert? Sie wissen bereits von dem Zeitsprung und dem Kandidaten?«

»Äh ...« Moment mal. Anscheinend weiß hier niemand von meiner Rückkehr nach 2 Jahren. Kennen sie ihre eigene Zukunft nicht? Kann das sein? Dann könnte ich meinen Wissensvorsprung vielleicht irgendwie zu meinem Vorteil nutzen. Jetzt heißt es, einen kühlen Kopf bewahren. Ich setze ein Unschuldsgesicht auf. »Ein Mann war hier«, erwidere ich vage. »Wann geht's denn los mit der Show?«

Oscar kratzt sich nachdenklich am Kinn. »Das war so nicht vorgesehen. Ich verstehe das nicht ... Kennen Sie seinen Namen?«

Ablenken. Einfach ablenken. »Er hat sich nicht vorgestellt. Zumindest trug er keinen Zylinder.«

»Zylinder?« Irgendwie wirkt der Zeitreiseexperte schusselig, so als würde er ständig Banales vergessen.

Ich deute auf seinen Kopf, auf dem ein dunkelgrüner Zylinder sitzt.

»Oh das. Ich habe versucht, Kleidung Ihrer Zeit zu wählen.«

Ich verziehe das Gesicht.

»Nicht passend?« Er nimmt den Zylinder ab.

»Sie sollten besser recherchieren«, antworte ich. Verdammt. Ich darf nicht so gelassen wirken, ich muss vollkommen aufgelöst erscheinen. Also versuche ich, Tränen aus meinen Augen zu quetschen. Es gelingt nicht, aber Sam Oscar scheint sich ohnehin nicht über meine Reaktion zu wundern. Er betrachtet nur den Zylinder in seiner Hand.

»Nun, wenn wir erst selbst in die Vergangenheit reisen, werden wir sicherlich ein klareres Bild von der damaligen Mode und den Gepflogenheiten bekommen.«

»Bedeutet das, Sie sind noch nie durch die Zeit gesprungen?« Das ist neu.

»Wir stehen kurz davor!« Jetzt glitzern seine Augen und mir fällt auf, dass sie von einem warmen Braun sind. »Wir befinden uns in der Betaphase. Bisher ist noch kein echter Mensch, entschuldigen Sie, hat noch kein Mensch dieser Zeit eine solche Reise angetreten. Aber ich werde einer der ersten sein. Wenn diese Testphase abgeschlossen ist, werde ich mehrere Jahrhunderte zurückreisen. Zu den amerikanischen Ureinwohnern vielleicht. In unberührte Natur. Ich habe eine Schwäche für alte Indianerfilme, wissen Sie.«

Ich lächle höflich, bin mit meinen Gedanken aber ganz woanders. »Bedeutet das, Sie sind auch noch nicht in Ihre eigene Zukunft gereist?«

»Oh Gott, nein! Da sind die Gesetzgebungen ganz klar. Sehen Sie, etwas in unserer Zeit verhindert, dass unsere Gegenwart durch Reisen in die Vergangenheit verändert werden kann. Es ist jedoch nicht klar, wie sie sich durch Informationen aus der Zukunft wandeln könnte, die wir zurück in die Gegenwart nehmen, wobei streng genommen die Gegenwart aus Sicht der Zukunft wieder Vergangenheit wäre. Aber das ist nur Theorie. In der Praxis ist es verboten. Außerdem – will man tatsächlich wissen, was einen in 30 oder auch in 2 Jahren erwartet? Ich möchte mir die Spannung erhalten. Wir haben allerdings eine Katze ge... Entschuldigen Sie bitte.« Plötzlich drückt Sam Oscar sich seine Markerhand ans Ohr, ein Art Anruf, wie ich weiß.

»Wirklich? Keine Ahnung ... Heute läuft allerdings einiges schief. Warten Sie, ich frage nach.« Der Wissenschaftler legt den Zylinder auf den Tisch und drückt die Hand auf seine Hose, eine hellviolette Jeans, wahrscheinlich damit sein Gesprächspartner nicht mithört. »Die Technik sagt, Ihr Marker sei vom System erfasst worden. Hat man ihn schon aktiviert?«

Was soll ich sagen? Ja, hat man, besser gesagt, wird man, in 2 Jahren, bei der elften Staffel der Show, in der ich den widerlichen Showmaster Wum Randy in die Knie zwinge. Auf keinen Fall dürfen sie das erfahren. Es könnte das Geschehene verändern.

»Miss Hill. Haben Sie mir zugehört?« Oscar deutet auf meine linke Hand.

Ich strecke sie aus. »Natürlich, tut mir leid. Das komische Ding hat man schon aktiviert.«

Sam Oscar hält den Daumen hoch und spricht wieder in seine Handinnenfläche. »Ja, schon geschehen, aber trotzdem keine Anzeige.« Eine Pause, in der er mich freundlich anlächelt. »Noch nicht kalibriert worden? Verstehe, verstehe. Kein Problem, das kann Cleo machen.« Wieder kurze Stille. »Machen Sie sich keine Gedanken. Es wird sich alles einspielen. Gut, bis dann.«

Er schließt die Hand zur Faust und kratzt sich mit der anderen am Kopf. Sein Zylinder fällt vom Tisch, er bückt sich und reicht ihn mir kopfschüttelnd. »Wirklich eigenartig, die Mode Ihrer Zeit. Möchten Sie ihn vielleicht tragen, zu Ihrer Abendgarderobe?«

»Abendgarderobe?«

»Ach richtig, das können Sie nicht wissen. Eine Überraschung, ein Empfang zu Ihrer beider Ehren, für Mr Raymond und Sie. Nur im kleinen Kreis, da werden Sie auch den Showmaster treffen, bevor es losgeht.«

Schon Kays Nachnamen zu hören, lässt meinen Mund trocken werden. »Ist er schon da, der Kandidat, Mr Raymond?«, krächze ich.

»Oh ja, oh ja. In seinem Quartier. Sie werden ihn in«, Sam Oscar schaut in seine Hand, »in 2 Stunden kennenlernen. Alles Weitere erfahren Sie von Sandra. Ich werde noch anderweitig gebraucht. Haben Sie noch Fragen?«

»Wieso ich?« Die Frage kommt mir ganz plötzlich in den Sinn; wie wichtig mir ihre Antwort ist, merke ich erst, da ich sie stelle.

»Nun, wir haben uns in der Vorbereitung zu dem Experiment unzählige mögliche Kandidaten angesehen. Dabei lagen uns gewisse, von der Programmleitung vorgegebene Parameter zugrunde. Der Kandidat sollte zwischen 19 und 21 Jahre alt sein, optisch ansprechend, ein Sympathieträger, Herr der englischen Sprache und im 20. Jahrhundert geboren. Diese Eckdaten trafen auf sehr viele junge Männer zu. Ich bestand darauf, sich für einen Menschen zu entscheiden, dessen Leben sich ohne uns in eine fatale Richtung entwickeln würde, welches er durch diese Chance abwenden kann. Sie, meine Liebe, partizipieren daran in seiner Folge.«

»Wie bitte?«

»Man wird es Ihnen bald erklären. Liegen Ihnen noch weitere Fragen auf dem Herzen?«

Ich schüttle langsam den Kopf, lasse mich nun doch auf die Bettkante sinken, so schwindelig ist mir. Was meinte er mit fataler Richtung? Vielleicht den Brand, bei dem Kays Frau umgekommen ist? Wie wird es ihm jetzt gehen? Er muss mit den Nerven am Ende sein, herausgerissen aus seiner Zeit, aus dem Jahr 1929, seine Frau und sein ungeborenes Kind sind ihm genommen worden, sein Leben ist ein Scherbenhaufen, all das dank dieser abartigen Show. Eine Welle von Mitleid durchflutet mich. Wie gern würde ich jetzt bei ihm sein …

»Nun, gewöhnen Sie sich erst mal ein. Man wird Sie gleich in Ihr Quartier bringen. Ihnen wird es an nichts mangeln. Oder bevorzugen Sie dieses Zimmer?«

»Nein!« Bloß nicht, dieses Trugbild meines Zimmers ist gruselig. »Das Quartier wäre toll. Ist Mr Raymond auch dort?«

»Sicher, sicher, im gleichen Stockwerk.« Oscar dreht den Zylinder unschlüssig in der Hand, legt ihn schließlich wieder auf die Tischplatte und erhebt sich.

»Es hat mich wirklich gefreut, Sie kennenzulernen. Ich schicke Cleo zu Ihnen, sie wird sich um alles kümmern.«

»Danke.«

Schon ist der Mann, der diese ungeheuerliche Show erst möglich gemacht hat, an der Wand und öffnet den Ausgang. Doch dann dreht er sich nochmals kurz um. »Ich glaube, ich habe mich gar nicht vorgestellt, wie unangenehm. Sam Oscar ist mein Name. Ich bin Vorsitzender des Komitees für ethisch-moralische Richtlinien von Zeitreisen und deren Auswirkungen.«

Ethisch-moralisch? Davon habe ich beim letzten Mal echt nichts mitbekommen!

Unruhig laufe ich durch den Raum und versuche, mir eine Strategie zurechtzulegen. Sie dürfen mir auf keinen Fall anmerken, was ich weiß, will ich es zu meinem Vorteil nutzen.

Es dauert eine Ewigkeit, bis sich die Tür wieder öffnet und eine kleine, drahtige Frau im glänzenden Overall hereinkommt. Sie wirkt hektisch und spricht schnell, als sie mich begrüßt. »Es tut mir leid, ich habe Sie warten lassen. Ich bin Cleo. Alison, richtig?«

Ich nehme die dargebotene Hand. Sie drückt sie kurz und greift gleich nach meiner linken.

»Dann wollen wir mal sehen. Noch nicht kalibriert. Das haben wir gleich.«

Aus einer ihrer zahlreichen Overalltaschen zieht sie einen schlanken Metallstab und drückt ihn in meine Hand, genau in die Vertiefung zwischen Daumen und Zeigefinger. Das Prozedere kenne ich bereits und schon erscheint ein Schriftzug auf dem Marker, der wie ein Spruchband durch das Rechteck läuft: *Willkommen, Alison Hill. Sandra steht Ihnen für alle weiteren Informationen zur Verfügung. Wir wünschen Ihnen einen angenehmen Aufenthalt und viel Spaß bei der Show.*

Spaß? Angenehmer Aufenthalt? Ich weiß, was mich erwartet. Diese Menschen werden jederzeit meinen Tod in Kauf nehmen. Ich werde durch die Hölle gehen, frieren, hungern, dursten, leiden. Am liebsten würde ich Cleo, die nervös mit dem Fuß wippt, während ich die Anzeige verfolge, all das entgegenschleudern.

»Wer ist Sandra?«, frage ich stattdessen.

»Das Servicehologramm in Ihrem Quartier. Ich bringe Sie jetzt dorthin. Es ist nicht weit, wir nehmen den Cube.«

Cube? Auch das ist neu. Ich folge Cleos kleinen, schnellen Schritten wortlos einen Gang entlang, von dem etliche nummerierte Türen abgehen. Zwischen ihnen ersetzen Bildschirme normale Wände, die in hektischen Bildern Menschen zeigen, die merkwürdige Dinge tun: auf leuchtende Tasten schlagen, sich gegenseitig mit Farbe bespritzen, Bällen ausweichen, bewegungslos in einem Käfig verharren ...

»Was tun die?«, frage ich Cleo.

Sie folgt meinem fragenden Blick. »Ach das. Gameshows anderer Sender. Total verbraucht. Unser Format wird die Zuschauer umhauen.«

Wir haben das Ende des Flures erreicht und Cleo hält ihre Markerhand auf eine Markierung. Sofort öffnet sich eine Tür und wir treten in einen milchig weiß schimmernden Kubus, eine Sitzschale in jeder Ecke.

»Gebäude 7, Etage 795, Apartment 23«, sagt Cleo, setzt sich und weist auf den gegenüberliegenden Stuhl.

Kaum dass ich mich niedergelassen habe, spüre ich einen Sog unter meinem Po und kann nicht mehr aufstehen.

»Willkommen im Cube, Alison Hill, willkommen, Cleodores Walker.« Eine samtweiche Stimme, die aus allen Richtungen zu kommen scheint. »Ihre Fahrzeit beträgt 42 Sekunden. Wünschen Sie eine Änderung der Umgebungstemperatur?«

»Nein!« Cleo zupft nervös ihre weißblonden Haare zurecht. Erst als der Cube zischend nach oben schießt, wirkt sie entspannter.

Ein Kribbeln durchläuft meinen Körper, der Druck setzt meinen Ohren zu, dann bremst der Cube seicht ab, um eine Sekunde später nach rechts zu gleiten. Als sich die Tür wieder öffnet, ist mir schwindelig.

»Apartment 23. Ich wünsche einen angenehmen Aufenthalt.« Wieder die samtweiche Stimme.

Der Sog lässt nach und ich erhebe mich leicht schwankend, trete in einen fensterlosen, vor allen Dingen aber leeren Raum – fast zumindest, an der Wand entdecke ich einen kleinen Bildschirm.

Cleo weist auf ihn und wedelt mit ihrer Markerhand. »Ihre Unterkunft, hier der Paddel. Einfach mit dem Marker aktivieren, ansonsten können Sie ganz normal mit ihr reden. Der Cube kommt in 1 Stunde, 16 Minuten wieder und holt Sie zum Empfang ab, okay? Richten Sie sich ein, wie Sie wollen. Ich muss jetzt los, letztes Meeting vor Showstart.« Ohne Verabschiedung verschwindet Cleo und der Cube mit ihr.

Ratlos sehe ich mich im Raum um. Kein Bett, kein Stuhl, nicht einmal eine Toilette, was aber gerade mein dringendstes Problem ist. Vielleicht kann mir der Bildschirm verraten, wo ich ein Klo finde, denn ich bin mir fast sicher, auch die Menschen der Zukunft müssen mal.

Als ich die matte Fläche berühre, tritt das Gesicht einer freundlich blickenden Frau heraus, absolut lebensecht, wenn sie nicht körperlos wäre. Ich kenne diese dreidimensionalen Projektionen bereits von meinem letzten Besuch in dieser Zeit, wische trotzdem mit der Hand durch ihre Nase. Gruselig.

»Hallo, Alison. Ich bin Sandra. Was kann ich für dich tun?«

»Ähm …« Ich komme mir blöd vor, mit einem Hologramm zu reden, aber meine Blase lässt mir keine Wahl. »Wo ist die Toilette?«

Sofort wechselt das Bild und zwei verschiedene Kloschüsseln werden angezeigt, eine oval, eine eckig, beide mit allen möglichen Düsen und Knöpfen. Du meine Güte! »Das runde Ding.«

»Bitte berühre deine Auswahl mit dem Marker.«

Ich tippe auf die erste Abbildung.

»Bitte wähle das Couleur.«

»Keine Ahnung ... ist mir doch egal. Grün, von mir aus.«

»Bitte berühre die Auswahl mit –«

Ungeduldig und mit wippenden Beinen haue ich durch irgendeine Farbe.

»Bitte wähle den Standort.« Ein rechteckiger Raum wird angezeigt, das Klo knallpink und frei schwebend darin.

Das gibt's doch nicht!

Als ich mit der Hand nach der Miniatur greife, lässt es sich in dem Raum verschieben. Ich setze es in eine Ecke und es dockt sich an dem virtuellen Fußboden an.

Im gleichen Moment werde ich angehoben, sehe auf meine Füße, die auf einer Plattform stehen. »Was zum Teufel –«

Da beginnt sich der Fußboden zu verrücken, wie bei diesem Puzzle, wo man die Teile hin und her schieben muss, um ein vollständiges Bild zu bekommen. Ich sehe starr und mit offenem Mund auf die Bodenplatten, bis sich einige Sekunden später eine pink glänzende Schüssel aus der Erde hebt und mit einem Klonk einrastet.

Mein Gott! Endlich!

Ich springe von der Plattform, noch bevor sie wieder in der Erde verschwindet, und hechte zum Klo. Musik und Meeresrauschen begleiten mich, und als ich mich erleichtert erhebe, strömt mit Blumenduft geschwängerte Luft aus irgendwelchen Düsen. Die spinnen doch.

Was jetzt?

Vielleicht kann ich rausfinden, wo Kay untergebracht ist, zu ihm gehen. Wie verängstigt er sein muss. In seiner Zeit gab es ja noch nicht mal Farbfilm.

Ich gehe zu dem Bildschirm, dem Paddel, zurück. »Sandra?«

Das Gesicht hat mich höflich mit meiner pinken Toilette alleine gelassen und erscheint nun wieder.

»Kannst du jemanden suchen?«

»Bitte nenne die Markernummer der Person.«

»Die Markernummer? Die kenne ich nicht. Aber ich suche Francis Kay Raymond. Er müsste irgendwo hier sein, in diesem Gebäude.«

Sandra schließt kurz die Augen, als müsse sie nachdenken. »Francis Kay Raymond befindet sich in Apartment 92, Etage 795.«

»Danke.«

Schon bin ich an der Tür. Mein Herz hämmert – dumm, dumm, dumm, dumm ... Ich muss mich beruhigen. Einatmen, ausatmen, Marker auf das Handsymbol an der Wand und beten, dass sie sich öffnet.

»Du bist nicht berechtigt, den Cube anzufordern.« Sandras immer freundliche Stimme.

Ich fahre herum. »Ich muss wissen, wie es Kay geht!«

»Seine Werte liegen im Normalbereich. In 59 Minuten wird der Cube eintreffen. Möchtest du mit dem Einrichten des Apartments fortfahren?«

»Nein! Doch.« Ich muss mich setzen. »Ich brauche einen Stuhl.«

»Bitte wähle die Art des Stuhls.«

Ich verdrehe genervt die Augen, was Sandra unbeeindruckt lässt, und durchforste die dargebotenen Sitzmöbel. Willkürlich treffe ich eine Auswahl und nach kurzer Zeit stehen ein altmodisches Bett, ein gläserner Stuhl, eine Dusche mit Spiegel und verwirrend vielen Knöpfen sowie ein scheußlicher, goldschimmernder Tisch in meinem Zimmer.

Als ich den Mund öffne, um Sandra nach einer Haarbürste zu fragen, ertönt ein leises Ping und die Tür öffnet sich zum Cube. In ihm steht eine große Kiste auf Rollen. Kaum dass ich sie berühre, fährt sie in mein Zimmer und der Cube verschwindet zischend.

»Was ist das nun wieder?«

»Deine Garderobe für den Empfang.« Die Frage galt mir, aber Sandra scheint auch hier die Antwort zu kennen. »Möchtest du einen Kleiderschrank auswählen?«

Ich schüttle stumm den Kopf, öffne die graue Box. Perlmuttfarben schimmernder, bauschiger Stoff quillt heraus, das Material wirkt fremdartig, und als ich mit der Hand darüberstreiche, knistert das seidenweiche Gewebe. Vorsichtig hebe ich es heraus, lasse den Stoff auseinandergleiten.

Wow! Ein Kleid, so wunderschön, mit dünnen, glitzernden Trägern, seitlich hochgeschlitzt und am Rücken eng anliegend. Ein Traum! Und viel zu verführerisch. Ich halte mir das Kleid an den Körper, drehe mich vor dem Spiegel der Dusche. Es scheint mir auf den Leib geschneidert zu sein.

Soll ich es anziehen? Muss ich es anziehen? Kay wird hingerissen sein und für einen Moment male ich mir aus, wie ich einen Raum betrete, Kay verschüchtert, wie ein gescheuchtes Tier, zwischen den Unmenschen dieser Show ... unsere Blicke treffen sich. Ich lächle ihm zu, er kann das Gesicht nicht abwenden, spürt, dass wir füreinander geschaffen sind ... Okay, Alison, komm wieder runter von deiner Wolke!

Nein! Ich lasse mich nicht von ihnen einwickeln. Auch nicht in ein so schönes Kleid. Ich werde sie spüren lassen, dass ich mich ihnen nicht beuge. Sie wollen mich vorführen? Gern, aber mit nackten Füßen und in einem verschwitzten Isovantage-Anzug.

Entschlossen feuere ich das Kleid zurück in die Kiste,

es fällt bauschend auf ein paar Riemchenschuhe, die am Boden liegen. Kay wird mich in jeder Realität lieben und in jedem Outfit.

Je weiter die Zeit voranschreitet, desto nervöser werde ich. Eine Weile sitze ich mit wippenden Beinen auf dem Stuhl, dann lasse ich mir Wasser aus der Dusche übers Gesicht laufen. Es riecht nach Mandeln. Schließlich hetze ich nur noch zwischen Bett und Stuhl hin und her, bis endlich das erlösende Ping erklingt und der Cube sich öffnet.

Niemand ist darin, aber als ich mich setze, jagt der Kubus mit mir nach oben. Anscheinend kennt er sein Ziel und nach wenigen Sekunden erklärt er, es erreicht zu haben.

»Willkommen in der Sky-Lounge, Alison Hill.«

Die Tür öffnet sich.

6

Irgendwann 2415, Sky-Lounge

Ich weiß nicht, was ich erwartet habe. Vielleicht Roboter, die futuristische Drinks zum Empfang reichen, oder Autos, die am Fenster vorbei durch Wolken fliegen, aber sicher nicht das!

Bewegungslos stehe ich im Cube und versuche, Kay in den Massen der augenscheinlich kostümierten Menschen auszumachen. Sie stehen dicht gedrängt in einem Raum mit weiß verputzten Wänden, zwiebelförmigen Torbögen und kleinen Caféhaustischchen, auf denen stoffbezogene Lampen stehen. An der Decke hängen orientalische Laternen, ein Klavier steht mitten im Raum, auf dem ein dunkelhäutiger Pianist sanfte Töne anschlägt, rechts von mir ist ein blank polierter Tresen, fransenbesetzte Barhocker stehen davor, Tabletts mit leise klirrenden Whiskygläsern, Menschen im Smoking mit Fliege oder in Uniform mit Orden behängt, sogar Frauen in arabischen Gewändern.

Himmel! Was soll das? Und wo ist Kay?

Langsam trete ich aus dem Cube heraus und blicke mich um. Niemand nimmt Notiz von mir, dabei müssen über 100 Menschen in dieser irrwitzigen Lounge sein. Ich stelle mich auf die nackten Zehenspitzen, kann aber nicht weiter blicken als bis zu einem breiten Rücken im weißen Smoking. In Gedanken verfluche ich meine 1,62 m.

»Mr Oscar, Mr Oscar!« Eine umwerfend aussehende Frau mit rostbraunem Haar und eng anliegendem Abendkleid flattert an mir vorbei. »Mr Oscar!«, ruft sie wieder. »Bitte stellen Sie mich Mr Raymond vor. Man lässt mich einfach nicht zu ihm.«

Mein Herz setzt kurz aus. Kay ist also hier. Wo? Schnell dränge ich mich an einem Kellner vorbei, der anscheinend hinter mir aus einem weiteren Cube getreten ist und eine fünfstöckige Torte vor sich herschiebt, schlängle mich zwischen eng stehenden Grüppchen hindurch, bis ich die Schönheit und Sam Oscar erreiche, der sich als Scheich mit Turban verkleidet hat.

»Mr Oscar!« Meine Stimme klingt atemlos, geradezu gehetzt.

»Oh, Miss Hill. Wie schön.«

»Wo ist Kay?«, platze ich heraus. Ich kann nicht mehr warten. 2 Jahre waren unerträglich, die letzten Sekunden aber werden zur Höllenqual, jetzt, da er in so greifbarer Nähe ist.

Ich bemerke, wie mich die Schönheit von oben bis unten mustert, und komme mir plötzlich furchtbar hässlich neben ihr vor, mit meinen nackten Füßen, die zwischen den Zehen dreckig sind, meinem locker zurückgebundenen Pferdeschwanz und dem schlichten Isovantage-Anzug. Aber Sam Oscar kommentiert meinen Aufzug mit keinem Wort. Vermutlich ist es ihm noch nicht mal aufgefallen.

»Wie gefällt Ihnen *Rick's Café?«*, fragt er mich stattdessen.

»Was?«

»Casablanca! Der bekannteste Film Ihrer Zeit, oder? Meine ...« Oscar räuspert sich. »Unsere bezaubernde Jill hier hat jedes Detail nacherschaffen lassen, damit Sie sich wie zu Hause fühlen.«

»Sie müssen wirklich besser recherchieren«, murmele ich, kaum bei der Sache, denn jetzt habe ich Kay entdeckt. Nur wenige Meter entfernt hat sich für einen Augenblick eine Tür geöffnet, um den Kellner mit der Torte einzulassen. Der kurze Blick hat genügt, damit ich mir sicher bin.

»Bringen Sie mich zu ihm.« Fordernd sehe ich Sam Oscar an.

»Das hatte ich sowieso vor«, antwortet er lächelnd und stellt sein quadratisches Whiskyglas auf eines der Tischchen. »Dann ist jetzt wohl der Moment gekommen, in dem Sie Ihren Schützling kennenlernen. Hat Cleo Ihnen die ...?«

Ich höre gar nicht zu. Wir haben die Tür erreicht. Ein breitschultriger Mann tritt zur Seite, nickt dem Wissenschaftler zu und legt seine Hand auf die Markierung, sodass die Tür wieder aufgleitet. Mit tauben Beinen stakse ich in den kleineren Raum, merke gerade noch, wie Jill an mir vorbeischlüpft, dann verschwimmt alles zu einer unwichtigen Masse, aus der nur Kay heraussticht.

Wie gut er aussieht! Ach was – fantastisch! Noch viel besser, als ich ihn in Erinnerung habe.

Er überragt die Umstehenden um Kopflänge, steht, locker gelehnt, an der holzvertäfelten Wand. Man hat ihn in einen Smoking gesteckt, was seine breite Statur betont. Sein ebenmäßiges Gesicht wirkt verändert ... Natürlich, die Tätowierung fehlt.

Noch hat er mich nicht bemerkt.

Sein bronzefarbenes Haar fällt ihm weich auf die Schultern. Wie gern möchte ich mit meinen Fingern hindurchfahren, ihm in seine unendlich dunklen Augen sehen, um die sich eben kleine Lachfältchen zeigen.

Endlich.

Kay lächelt in meine Richtung. Ein umwerfendes Lächeln, das jeden in seinen Bann zieht. Auch jetzt drängen sich die Anwesenden um ihn, in respektvollem Abstand noch. Kay ist unumstrittener Mittelpunkt. Wie in Zeitlupe sehe ich ihn die Lippen öffnen. Mein Herz schlägt wie wild, Freudentränen schießen mir in die Augen. Alles in mir schreit danach, ihn zu berühren.

»Ich liebe dich so, so sehr.« Meine Stimme ist nicht mehr als ein Flüstern, aber Jill muss meine Worte gehört haben. Sie sieht mich mit kraus gezogener Stirn an und schüttelt verächtlich den Kopf. Soll sie doch denken, was sie will. Denn jetzt hebt Kay seine Hand, winkt mir zu.

Sam Oscar schiebt sich mit vorgestrecktem Arm zwischen die Smokings und Abendkleider und ergreift Kays Handgelenk. »Kommen Sie, Mr Raymond, ich möchte Ihnen Ihre Begleiterin vorstellen. Sie sollten sich kennenlernen, bevor Sie gemeinsam das Abenteuer Ihres Lebens bestreiten.«

Kay lächelt zwei Damen entschuldigend an, die ihm mit schmachtendem Blick nachsehen, während er auf mich zukommt.

»Das ist Alison Hill. Sie werden die nächste Zeit miteinander verbringen.«

»Alison Hill?« Irritiert sucht Kay Oscars Blick. »Aber das ist der Name meiner Frau.«

Aha! Jetzt spätestens weiß Jill, Kay ist verheiratet. Ich beobachte ihre Reaktion aus den Augenwinkeln, doch Jill macht sich nur noch ein bisschen gerader und sieht mit schräg gelegtem Kopf zu Kay hoch, der auf Oscars Erklärung wartet.

»Ach so?« Der Wissenschaftler zuckt mit den Schultern. »Ein bemerkenswerter Zufall, wie es scheint. Nun zumindest, dies ist Ihr Scout.«

Ich würde Kay am liebsten um den Hals fallen, ihn küssen, mich an ihn schmiegen. Jede Faser in mir sehnt sich nach ihm. Aber er kennt mich noch nicht einmal. Was für ein Irrsinn! Ich sehe zu Kay hoch, die Hände hinter dem Rücken verkrampft.

»Ich hatte gehofft, eine hübsche Begleiterin zu haben, aber nicht gewagt, mir so viel Anmut und Schönheit vorzustellen«, schnarrt Kay und verbeugt sich leicht ... vor Jill! Mit keinem Blick beachtet er mich und ich meine, eine Faust hätte mich in den Magen gerammt, so speiübel ist mir plötzlich.

Jill lacht glockenhell. Ich könnte ihr den hübschen Kopf abreißen! »Sie glauben nicht, wie gern –«

Oscar unterbricht Jill hüstelnd. »Mr Raymond ...«

»Ja?«

Kay hört einfach nicht auf, Jill anzulächeln!

»Eine Verwechslung. Das ist Alison Hill«, sagt der Wissenschaftler und legt seine Hand auf meine Schulter.

Ich spüre, wie das Blut heiß in mein Gesicht schießt, und mag Kay, der ziemlich verwirrt wirkt, kaum ansehen.

»Wirklich?« Kays Frage richtet sich an Jill, die bedauernd nickt. »Oh, also dann. Dieses Mädchen soll mich begleiten ... Nun, was soll ich sagen ... Sind Sie sicher, Mr Oscar?«

»Vollidiot!« Am liebsten hätte ich Kay meine Fingernägel durch sein glattes Gesicht gezogen, hätte ich sie nicht bereits vor lauter Nervosität abgeknabbert.

Kay lacht belustigt auf, zuckt mit den Schultern. »Nun, machen wir das Beste draus. Kannst du wenigstens –«

Ein lauter Gong schneidet ihm das Wort ab und alle drehen sich zu der Tür, in der jetzt Wum Randy steht. Oscar tätschelt meine Schulter, schreitet zu dem Showmaster, schüttelt seine Hand und dreht sich zu den leise tuschelnden Gästen.

»Liebe *Top-The-Realities*-Familie. Sie kennen ihn alle. Und jetzt gehört der beliebteste Showmaster aller Zeiten zu unserem Team: Wum Randy!«

Anerkennende Pfiffe, lautes Klatschen, fröhliche Hallo-Rufe um mich herum, nur in mir zerbrechen all die Hoffnungen und Vorfreuden der letzten 2 Jahre. Aber was habe ich auch erwartet? Liebe auf den ersten Blick? Ja verdammt!

Als die Umstehenden zu Randy drängen, der, im weißen Smoking gekleidet, Hände schüttelt, merke ich, dass Kay nicht mehr bei mir ist. Wenige Meter weiter steht er an die Kante einer festlich gedeckten Tafel gelehnt und plaudert mit Jill.

Ich fasse es nicht, wie wenig verängstigt oder eingeschüchtert er wirkt. Ganz im Gegenteil. Kay scheint sich prächtig zu amüsieren. Hat er denn nicht mitbekommen, wo er ist? Weiß er nicht, was ihn erwartet? Überhaupt, dieses ganze freundliche Getue, der Empfang ... was soll das?

Als ich sehe, wie Kay Jill irgendetwas von ihrem Kleidchen zupft, möchte ich mich am liebsten auf ihn stürzen, fragen, was zum Teufel das soll, aber ein Glas erklingt dreifach mit hellem Ping. Sam Oscar bittet alle Anwesenden zu Tisch und bietet mir den Arm.

Natürlich hat man mich neben Kay platziert, der über meinen Rücken hinweg unablässig mit Jill plaudert. Sein Arm liegt zeitweise auf meiner Stuhllehne und ich schwanke, zwischen mich an ihn zu kuscheln oder ihm meinen Ellenbogen in die Rippen zu stoßen. Beherrsch dich, Alison! Er hat dich doch schon für sein Verhalten um Verzeihung gebeten. Ja, hat er. Aber leicht fällt es mir trotzdem nicht.

Wum Randy und Sam Oscar sitzen an den Stirnseiten der Tafel, den Rest des Teams kenne ich nicht. Oscar stellt mir den Produktionsleiter vor, ich vergesse seinen Namen sofort wieder, dann wird das Glas auf Kay und mich erhoben, Unmengen hochgetürmte Speisen hereingetragen, Sektflaschen geöffnet ...

Ich verlange nach einem Glas Wasser und versuche, meine Tränen zurückzuhalten. Bittere Enttäuschung, die sich mit ohnmächtiger Wut mischt. Erst als mein namenloses Gegenüber, ein junger Mann mit blauschwarzen Haaren und silbern glitzernder Haut, mich auf den Gewinn anspricht, komme ich wieder zu mir.

»Entschuldigung. Welcher Gewinn?«

»Na ja, sobald Sie die Challenge bestanden haben. Ihre verbesserte Gegenwart. Hat man Sie im Unklaren gelassen?«

»Ähm, nein. Ich bin nur ... alles ist etwas verwirrend.«

»Wenn ich den Vorschlag machen darf, ruhen Sie sich noch etwas aus vor Ihrer Challenge und lassen Sie sich die Spielregeln nochmals erklären. Hier wird wohl niemand mehr nüchtern genug dafür sein.«

Ich lächle dem Unbekannten dankbar zu. Mein Teller bleibt unangetastet, ich habe anderes im Kopf, und als ich sehe, wie in diesem Moment die fünfstöckige Torte angeschnitten wird, über der unsere Gesichter als dreidimensionales Hologramm prangen, brauche ich dringend frische Luft.

Ich schiebe den Stuhl zurück. Notgedrungen muss Kay seine Unterhaltung mit Jill unterbrechen. Ohne ihn anzusehen, stehe ich auf, stürze fast zum Ausgang, was niemanden interessiert. Als ich die Hand auf die Markierung neben der Tür lege, die sich wider Erwarten öffnet, vernehme ich Kays Stimme, zu laut und leicht gedehnt vom Champagner: »Ach, kommen Sie, Sie scherzen doch ...«

Ich drehe mich um. Kay ist auf meinen Platz gerückt und sitzt nun direkt neben Jill, die ihm etwas hinter vorgehaltener Hand zuraunt. Kay schenkt ihr und sich Champagner nach, wobei er laut lacht. »Warum und vor allen Dingen wie sollte so ein Mädchen mir denn helfen? Mein

Scout … also wirklich. Vielleicht kann sie meine Socken stopfen oder etwas –«

»Socken stopfen?«, platze ich heraus und werfe Kay einen Blick zu, bei dem er gefrieren sollte.

Schlagartig ist es still.

Jill lässt ihre Gabel zurück auf den Teller sinken, auch die anderen Gäste haben aufgehört zu essen, sogar der Mann mit dem Tortenmesser verharrt mitten in der Bewegung. Alle sehen erwartungsvoll zu Kay.

Der hat einen Arm lässig über Jills Schulter gelegt, das Champagnerglas in der anderen Hand, wobei seine Finger mit ihren Haaren spielen. Belustigt lächelt er mich an. »Keine Socken also … vielleicht Knöpfe annähen?«

»Du!« Ich schreie, den ausgestreckten Zeigefinger auf ihn gerichtet. »Du hast keine Ahnung –«

»… vom Sockenstopfen, richtig«, fällt Kay mir ins Wort.

Jill kichert blöde.

Ohne nachzudenken, entreiße ich dem Tortenmann das lange Messer, hole aus und schleudere es mit Wucht nach vorn. Sirrend fliegt es über die Tafel, ein spitzer Schrei, in der gleichen Sekunde schlägt es mit einem Fong in Jills hohe Stuhllehne, Kays Smoking-Ärmel in das Holz genagelt. Klirrend zerbricht sein Champagnerglas auf dem Boden.

Kay starrt mich mit offenem Mund an.

»Ich sollte dir etwas anderes als deine Socken stopfen!«, schleudere ich ihm entgegen, drehe mich um, schaffe es gerade noch mit durchgestrecktem Kreuz in den Cube, presse meine Markerhand auf die Markierung, die Tür schließt sich, dann breche ich zusammen.

Der Cube kennt seinen Weg, alles ist vorprogrammiert, nur mein Leben mit Kay nicht.

Als sich die Tür wieder öffnet, renne ich zur Dusche,

reiße meinen Anzug herunter, schlage willkürlich auf irgendwelche Knöpfe, bis rosafarbenes Wasser über meinen Körper läuft und alles um mich herum im Dampf versinkt.

Niemand hört mein lautes Schluchzen, niemand sieht, wie sich mein abgemagerter Körper schüttelt. Wofür habe ich trainiert? Wofür entbehrt? Worauf gehofft? Was habe ich bloß erwartet?

7

2415, in meinem Quartier

Das Ping des Cubes weckt mich. Eine von Kopf bis Fuß silbern schimmernde Frau tritt ohne Zögern in mein Quartier und strahlt mich an.

»Das also ist Alison Hill! Fantastisch!«, ruft sie und entblößt dabei ihre großen schneeweißen Zähne. Über ihrem Arm hängt ein aufgeplusterter Kleidersack.

»Ivana?«

»Wer hat mich verraten? Das geschwätzige Servicehologramm?«, fragt sie augenzwinkernd und legt den Sack auf das Bett.

Ich freue mich so, sie zu sehen! Dabei hätte ich Ivana fast nicht wiedererkannt, ganz in Silber und mit helltürkisen Pupillen. »Du trägst jetzt Silber, nicht mehr Gold?«

»Gold? Oh Gott, nein! Das wäre doch vollkommen am Trend vorbei. Silber und Türkis, wie bei den alten Indianern. Hast du mal welche gesehen? Deine Zeit muss furchtbar aufregend sein.«

Erst jetzt wird mir bewusst, Ivana kennt mich noch nicht! Kann mich noch nicht kennen. Ich begegne ihr erst in 2 Jahren, aus ihrer Sicht zumindest. Aus meiner Sicht habe ich sie vor 2 Jahren das letzte Mal gesehen. Damals glänzte ihre Haut mattgold, ganz in der Mode der alten Ägypter. Gold und Oliv, der letzte Schrei. Ivana war der einzige Mensch, der mit mir gefühlt hat, mir geholfen hat, so gut sie eben konnte.

Jetzt sieht sie sich kopfschüttelnd um. »Also, besonders

viel Stil hast du nicht bei deiner Einrichtung bewiesen, Schätzchen. Hier passt ja eines nicht zum anderen. Ich bringe das für dich in Ordnung, sobald du in der Challenge bist, in Ordnung?«

Ich nicke nur stumm.

Ivana klatscht voller Tatendrang in die Hände. »Dann wollen wir dich mal hübsch machen. Keine Sorge, irgendwie kriege ich dich schon hin.«

Schon hinkriegen? Sehe ich tatsächlich so schrecklich aus? Bei unserem ersten Kennenlernen war Ivana ganz begeistert von meinem Ausdruck, meinen olivfarbenen Augen, meinem Teint gewesen.

Verstohlen schiele ich zum Spiegel, während Ivana bei dem Servicehologramm irgendwelche Bestellungen aufgibt. Ich wirke wirklich abgemagert, auch wenn ich mich nicht so fühle, aber das Spiegelbild beschönigt nichts. Meine Wangenknochen treten hervor, unter meinen Augen liegen Schatten, meine Haut wirkt fahl, meine langen schwarzen Haare stumpf und strähnig. Unter dem Anzug zeichnen sich kaum mehr Brüste ab. Genauso gut könnte ich ein Mann mit langen Haaren sein.

Wie habe ich mir nur einbilden können, Kay würde sich sofort in mich verlieben? Die Frage, ob ich überhaupt noch von diesem Vollidioten geliebt werden will, ist eine andere. Mein Magen zieht sich zusammen. Doch ... das will ich. Selbst wenn mich im Moment nicht viel an den Kay erinnert, den ich liebe. Was stand in seinem Abschiedsbrief? *Wenn wir uns das nächste Mal sehen, werde ich mich nicht an dich erinnern können und nicht der Mann sein, den du kennst ...*

Ivana löst mein Haargummi und fährt mit ihren langen türkisen Fingernägeln durch meine Zotteln, während sie unaufhörlich redet. »Ich wünschte, ich dürfte schon reisen.

Wie ich dich beneide. In die eigene Vergangenheit springen, alles hautnah miterleben. Was für ein Glückspilz du bist.«

»Scheint so ...«

»Erst mal bringen wir diese Katastrophe hier in Ordnung. Die Länge ist gut, sehr weiblich, aber der Rest ...«

Das Ping des Cubes erspart mir weitere Ausführungen über mein Aussehen und schon rollt eine dieser Kisten in den Raum, wohl Ivanas Bestellung. Mit silbernen Händen holt sie alle möglichen Tiegel und Geräte heraus, sogar eine kopfgroße Kugel, und stellt sie auf den goldenen Tisch, nicht ohne einen abfälligen Kommentar zu dessen geschmackloser Lackierung zu machen.

»Komm, setz dich auf den Stuhl. Wir müssen uns beeilen. In weniger als 1 Stunde geht es los.«

»Schon?« Ich folge Ivanas Anweisung und blicke in meine Markerhand, in der tatsächlich ein Countdown blinkt.

»Er hat gar nicht gepiept«, murmle ich.

Eine der unangenehmsten Erinnerungen. Das Piepen, ein Signalton in meinem Kopf, der anschwillt, bis er nicht mehr zu ertragen ist. So zwingen sie einen, den Marker nicht zu ignorieren, die Botschaften aus der Zukunft zur Kenntnis zu nehmen.

»Warum sollte er denn piepen?« Ivana wirkt belustigt.

»Keine Ahnung ... ist nicht wichtig.«

Während Ivana mit einem surrenden Gerät über meine zu ausgeprägten Augenbrauen fährt, plappert sie unablässig weiter. Wie müde ich bin ... ich hätte schlafen sollen.

»... freust du dich auf deine verbesserte Realität?«

Mein Gott, das hatte ich vergessen. »Ich weiß nicht genau ... Vielleicht habe ich gestern zu viel Champagner getrunken. Was genau erwartet mich denn?«

»Netter Versuch, Schätzchen. Was genau, darf ich dir

nicht verraten. Aber wenn Mr Raymond seinen Job gut macht, wirst auch du etwas davon haben. Übrigens ist der gestrige Empfang Tagesgespräch. Du hast wirklich ein Messer nach deinem Schützling geworfen?«

»Er ist ein arrogantes Arschloch.« Es ist gemein, Kay so zu nennen, doch ich fühle mich immer noch zutiefst verletzt.

»Tatsächlich? Alle sind absolut hingerissen von ihm. Na ja, ihr werdet euch schon zusammenraufen. So, jetzt die Lippen, sie sind zu blass. Leicht öffnen bitte.«

Ich gehorche.

»Aber mach dir keine Sorgen«, fährt Ivana fort. »Ihr schafft das und schließlich passen wir auf euch auf. Ihr werdet bestens ausgerüstet sein.«

Bestens ausgerüstet? Das verstehe ich nicht und es gefällt mir nicht. Alle hier sind nett und zuvorkommend, die Challenge scheint ein Kinderspiel zu werden, nicht eine Höllentour wie beim letzten Mal. Gut, dies ist die erste Staffel von *Top The Realities*. Vielleicht sind die Regeln noch nicht so hart. Trotzdem, ich bleibe wachsam.

Nachdem Ivana mein Gesicht bestäubt und etwas auf meine Wimpern getupft hat, tritt sie einen Schritt zurück und betrachtet zufrieden ihr Werk. »Und aus dem hässlichen Entlein wurde ein Schwan. Fast zumindest. Ich muss nur noch die passende Frisur für dich finden.«

Kurz darauf sehe ich meinen Kopf aus dem Paddel treten, in dem sonst Sandra wohnt, und meine Stylistin fegt mit geübter Handbewegung durch die Liste angebotener Frisuren. Bald habe ich kurze rote Haare, dann eine blonde Flechtfrisur, zwischendurch einen grünen Bob, immer schneller wechselt die Frisur auf meinem dreidimensionalen Abbild, bis sich Ivana für eine aufgetürmte Haartracht entscheidet, aus der blauschwarze Ringellöckchen quellen.

»Das dürfte zur Mode der Zeit passen. In etwa zumindest. Lehn dich zurück, ich setze dir jetzt den Cutformer auf. Ziept ein bisschen, aber dafür ist das Ergebnis perfekt.«

Das ist also die Kugel. Als Ivana mir das Cutdingsbums auf den Kopf setzt, reißt und zerrt es sofort an meinen Haaren und ich verziehe das Gesicht.

»Du gewöhnst dich dran«, winkt Ivana ab, bevor sie meinem Blickfeld entschwindet.

Es knistert und rauscht und wenig später steht sie mit einem bodenlangen blassrosa Kleid aus feiner Baumwolle vor mir. Es ist oben eng geschnitten, mit einem dezenten, leicht runden Ausschnitt, der von weißen Stickereien eingefasst ist. Sie ziehen sich in Form von Blütenranken und zarten Blättern über den gesamten unteren Teil des Kleides, der in mehreren Lagen Stoff bauschig aufträgt. Das Kleid ist ein rosa Prinzessinnentraum und damit nichts für mich.

»Das ziehe ich garantiert nicht an!«

»Schätzchen, das musst du aber. Du kannst doch nicht in dem Ding da in diese Zeit reisen. Nein, nein, runter damit!« Sie greift nach meinem Reißverschluss.

Ich weiche einen Schritt zurück. »Dann behalte ich ihn wenigstens drunter!«

»Das verstößt gegen die Regeln. Keine Mitbringsel aus der eigenen Zeit.«

Die halten sich ja nicht mal selbst an ihre Regeln, warum sollte ich das dann? Ich will weiterprotestieren, da meldet sich Sandra und kündet das Eintreffen des Cubes in 90 Sekunden an, um mich abzuholen.

»Schon? Du meine Güte! Nun aber endlich raus aus dem Anzug!« Ivana wird hektisch, entfernt die Kugel von meinem Kopf und zerrt mir den Anzug von den Schultern.

Notgedrungen gehorche ich. Immerhin spare ich mir damit Zeit, denn bei den vergangenen Reisen war die passende Klamottensuche immer die erste Aufgabe, die es zu bewältigen galt, und sie war nicht immer einfach. Verrückt, dass wir so viel Hilfestellung erhalten.

Während ich in den weichen Stoff des Kleides schlüpfe, zaubert Ivana ein paar flache Schuhe mit Bändern hervor und schiebt sie über meine Füße, schließt mit flinken Fingern die Haken am Rücken des Kleides, zupft den Saum zurecht, tänzelt um mich herum und lässt eine Kette aus kleinen, ebenmäßigen Perlen vor meinen Augen durch ihre Hand gleiten.

»Muss das sein?«, frage ich.

Schmuck ist wohl mehr als überflüssig für das, was mich erwartet. Auf der anderen Seite, vielleicht kann ich die Kette gegen Nahrung oder Waffen tauschen. Also hebe ich mein Kinn, damit Ivana sie mir um den Hals legen kann.

Gerade will ich einen Blick in den Spiegel werfen, da öffnet sich schon die Wand zum Cube und kurz darauf sausen wir nach unten.

Genau 43 Sekunden später treten wir in den Flur mit den großen Bildschirmen, auf denen sich immer noch Personen mit Farbe beklecksen. Oder schon wieder. Jetzt eilen alle möglichen Menschen an uns vorbei. Viele mit der Hand am Ohr, manche nicken Ivana zu oder strecken anerkennend den Daumen hoch mit Blick auf mein Kleid.

Ivana ist viel größer als ich und so muss ich laufen, um mit ihren ausladenden Schritten mitzuhalten.

»Mach dir keine Sorgen wegen der Show. Wum Randy weiß, was er tut. Er ist wirklich nett und erst mal wird sowieso der Kandidat im Vordergrund stehen, nicht sein Scout.«

Wum Randy ist der widerlichste, kaltherzigste Mensch, den ich kenne, aber natürlich behalte ich meine Erfahrungen für mich.

Als wir schließlich vor einer geschlossenen Doppeltür stehen bleiben, nimmt mich Cleo in Empfang. Sie deutet auf ein rotes Licht, direkt über dem Türrahmen. »Gleich ist das Interview beendet, dann können wir rein. Übrigens, tolle Arbeit, Ivana. Sie ist nicht wiederzuerkennen.«

Sie? Hallo, ich bin hier. Ich stehe vor dir.

Dann schaltet das Licht auf Grün und Cleo sagt: »Ich nehme sie mit. Bis nachher, Ivana.«

Noch während ich eine lange Treppe zur Bühne hinaufgehe, versuche ich, mir über meine Gefühle für Kay klar zu werden. Der Mensch, den ich gestern kennengelernt habe, könnte mir fremder nicht sein. Mein Kay ist nicht so … so überheblich und leicht zu beeinflussen. Mein Kay hätte verstanden, dass all die übertriebene Freundlichkeit hier nichts als Scharade ist. Er wäre wachsam gewesen, hätte sich nicht einwickeln lassen von dieser blöden Gans Jill. Wie waren seine Worte in seinem Brief? *Sei hart zu mir, lass mir nichts durchgehen, erst durch das Geschehene werde ich zu dem Menschen, der ich bin.* Das kann er haben!

Als ich in den verebbenden Applaus auf den abgedunkelten Bühnenrand trete, sperre ich meine Erinnerungen tief in mein Herz, entschlossen, Kay durch die Hölle gehen zu lassen, wenn es sein muss.

Im Moment wirkt er aber nicht, als wäre irgendetwas hiervon eine Qual für ihn. Entspannt sitzt er, mir den Rücken zugewandt, in einem Sessel und plaudert mit Randy, als wären sie alte Bekannte. In der rechten Hand dreht er einen schwarzen Zylinder. Wieder klopft mein Herz bis zum Hals, ich kann nichts dagegen tun.

Blödes, dummes Herz.

Lichtstrahlen durchbrechen die Bühne, auch das kenne ich schon, eine holografische Übertragung, absolut lebensecht. Ich lasse meinen Blick schweifen. Erst jetzt fällt mir auf, dass dieses Studio viel kleiner ist als bei meinem letzten Besuch. Alles wirkt irgendwie improvisiert, schnell zusammengeschoben, nicht nach großer Show. Nur eine kleine Bühne, keine einzige Zuschauerreihe, stattdessen lauter Bildschirme, die Sitzgruppe, fünf Sessel insgesamt, und schließlich die Holofläche, auf der sich eben eine Tür öffnet und eine Torte hereingeschoben wird.

Du meine Güte! Sie zeigen die Szene vom Empfang.

Gleich darauf wird Kay in den Mittelpunkt gerückt, legt seinen Arm um Jill und lacht. »Socken stopfen?«, höre ich mich schreien, sehe wieder, wie Kays Finger mit Jills Haaren spielen. Gegen sie wirke ich wie ein Trampel. Ein hässlicher Trampel. Beschämt sehe ich weg, höre gleich danach das Messer einschlagen, Jills erschreckten Schrei, das Champagnerglas auf dem Boden zerbrechen. Als ich wieder aufblicke, schließt sich die holografische Tür hinter mir.

Randy erhebt sich und klatscht begeistert, bis die Projektion in sich zusammenfällt.

Ich spüre Cleos Hand auf meiner Schulter, die mich anerkennend tätschelt.

»Wow! Was für eine Darbietung«, kommentiert Randy meinen Messerwurf. »Ganz schön temperamentvoll, dein Scout. Was erwartest du von ihr?«

Kay hüstelt. »In erster Linie, dass sie mich nicht umbringt. In zweiter, dass sie meine Socken stopft, wenn es nötig sein sollte.«

Randy wirft mit dröhnendem Lachen den Kopf in den Nacken.

Ich knirsche mit den Zähnen.

Plötzlich gibt Cleo mir einen kleinen Schubs. »Dein Auftritt«, flüstert sie. »Zeig's ihm!«

»... die kämpferische, die heißblütige Alison Hill!« Randy ist aufgestanden und breitet seine Arme aus, als ich auf ihn zugehe. »Also, ich muss schon sagen ... Du siehst umwerfend aus, Alison. So verändert. Du hast in diesem atemberaubenden Kleid doch kein Messer versteckt?«

»Wer weiß?«, erwidere ich bissig wie die Schlange, die ich ihm 2 Jahre zuvor an den Hals gehalten habe, dann stehe ich Kay gegenüber.

Er hört auf, den Zylinder zu drehen, sieht mich aus weit geöffneten Augen an, erhebt sich langsam. Er trägt einen langen, schmal geschnittenen Wollmantel, darunter einen Frack. Nur zwei Meter trennen uns und endlich ruhen Kays dunkle Augen nur auf mir. Seine Stirn liegt in Falten, er betrachtet mich mit leicht schräg gelegtem Kopf. Plötzlich umspielt ein spitzbübisches Lächeln seine Lippen. Wie sehr ich es liebe ...

»Sie sehen bezaubernd aus, Miss Hill, wenn ich mir diese Anmerkung erlauben darf.«

Als ich nicht antworte, bittet Randy uns, Platz zu nehmen, aber Kay fällt ihm ins Wort. »Ich glaube, ich habe es versäumt, mich Ihnen vorzustellen, wie es die Etikette verlangt.«

Kay verbeugt sich leicht, als er wieder aufsieht, liegt Begehren in seinem Blick. Na bitte, geht doch.

»Ein traumhaftes Paar für die erste Staffel unserer Show!« Randy bedeutet uns mit geübter Geste, rechts und links von ihm Platz zu nehmen, und schlägt die Beine übereinander. Heute ist er in einen knallgrünen Seidenanzug gekleidet. Neben Kay wirkt er wie ein Clown im Froschkostüm.

»Unsere Zuschauer brennen darauf, euch bei eurem Abenteuer zuzusehen. Die Regie hat mir eben zugeflüstert, dass bisher 87 Prozent der Nation diesen Augenblick an den Holografen verfolgen. 87 Prozent! Großartig! Hallo, Amerika!« Randy winkt in eine nicht sichtbare Kamera. »Nun, bevor es losgeht, werden wir über die Auswirkungen von Zeitreisen sprechen. Und wer könnte sich besser damit auskennen als Sam Oscar, führender Wissenschaftler des Multimilliarden-Unternehmens *Timeship!*«

Randy ist wieder aufgestanden und klatscht Beifall, während der Wissenschaftler die Bühne betritt. Sam Oscar schüttelt unsere Hände und stellt sich vor, als sähen wir uns zum ersten Mal. So verwirrt er auch sonst wirken mag, Sam Oscar ist ein Medienprofi, anscheinend gewohnt, in der Öffentlichkeit zu stehen.

»Sam, der Marker überträgt stets die gesundheitliche Verfassung unserer Kandidaten«, erklärt Randy, nachdem wir uns wieder gesetzt haben. »Sind Kay und Alison in der Lage, einen Zeitsprung unbeschadet zu überstehen?«

»Ich freue mich, sagen zu können, dass beide in bester Verfassung sind, besonders für Menschen, die beständig Umweltgiften ausgesetzt waren.«

»Umweltgiften? Sie meinen Smog?«

»Genau. Ein weit verbreitetes Problem der Zeit, aus der sie stammen. Abgase, Ozonstrahlung, Elektrosmog, Feinstaubbelastung, Wasserverschmutzung ... Man kann sich das heute gar nicht mehr vorstellen.«

»Ist das der Grund, wieso es unseren Bürgern noch nicht gestattet ist, Reisen in die Vergangenheit anzutreten, obwohl wir dank Ihnen den Zeitanker besitzen?«

Jetzt lehnt sich Oscar zurück, scheint uns vergessen zu haben, ganz in seiner Welt zu versinken. »Natürlich ist der Zeitanker die Grundvoraussetzung, um auch nur einen

Fuß in die Vergangenheit zu setzen. Aber, wie wir alle wissen, war er nicht meine Erfindung. Ohne ihn wäre eine solche Show jedoch nicht möglich.«

»Das ist ein wichtiger Punkt. Wir haben viele beunruhigte Anfragen vor der Sendung bekommen. Einige Zuschauer fürchten wohl, ihre Realität könnte nicht stabil bleiben. Bitte erklären Sie uns genau, wieso sich niemand Sorgen machen muss.«

Was? Das ist interessant. Erzählt Oscar gleich, wo ihr wundester Punkt ist? Wie diese menschenverachtende Show zu verhindern ist? Zeitreisen an sich eine Katastrophe für sie werden könnten? Vor uns? So naiv können die doch nicht sein. Nicht einmal bei der ersten Staffel.

Ich versuche, unbeteiligt zu wirken, beschließe aber, mir jedes Detail zu merken ... was nicht leicht ist, da Kay ruhig in seinem Sessel sitzt und nicht den Blick von mir lässt. Ich schlage die Augen nieder, spiele mit dem rosa Stoff meines Kleides, während ich aufs Äußerste angespannt auf Oscars Erklärung warte.

»Die Sorge wäre ohne Zeitanker durchaus berechtigt. Sehen Sie, je weiter die Kandidaten in unsere Vergangenheit reisen, desto größer würden die Auswirkungen für uns sein. Selbst eine Kleinigkeit könnte zur Katastrophe führen.«

»Eine Kleinigkeit zur Katastrophe? Sogar eine Fliege an der Wand? Jetzt machen Sie selbst mir Angst. Muss ich Sorge haben, mich aufzulösen, sobald unsere Kandidaten in der Zeit zurückgeschickt werden?« Randy lacht nervös auf, aber sein Gesprächspartner bleibt ernst.

»Das müssten Sie ohne Zeitanker, ja.«

»Wie meinen Sie das?«

»Bleiben wir bei der Fliege an der Wand. Würde ich 2 Minuten in der Zeit zurückreisen und die Fliege verscheuchen, bevor ich zu Ihnen auf die Bühne trete, ist die Wahrscheinlichkeit äußerst gering, dass sie Einfluss auf die jetzt lebenden Menschen haben wird. Wahrscheinlich wird sich das Insekt über mich ärgern, sich einen Meter weiter erneut auf die Wand setzen und, äußerst gelangweilt von meinen Ausführungen, vor sich hin starren.«

»Gut, aber was würde passieren, wenn Sie die Fliege, vor ... sagen wir, 700 Jahren verscheucht hätten?«

Der Wissenschaftler legt die Fingerspitzen zusammen, bevor er fortfährt, und nickt bedächtig. »Das ist der Punkt, um den es geht. Abgesehen davon, dass mein Auftritt in dieser Zeit noch größeren Schaden anrichten würde als die Fliege an sich, könnte sie ... also nur um Ihnen die Tragweite von Zeitreisen zu verdeutlichen ... sie könnte sich zum Beispiel neben einem rostigen Nagel niederlassen, nachdem ich sie verscheucht habe. Denken Sie sich meine Anwesenheit weg, es geht jetzt nur um das Insekt. Der Nagel steckt in der Küchenwand eines kleinen Bauernhauses, in dem, wie zu der Zeit nicht unüblich, neun oder zehn Kinder leben, auch ein vierjähriges Mädchen, nennen wir sie Sandra.«

»Wie unser Servicehologramm?«

»Das spielt keine Rolle. Sandra schlägt nach der lästigen Fliege, verletzt sich dabei die Hand an dem Nagel, die Wunde entzündet sich, schon bald stirbt das Mädchen an einer Blutvergiftung, was damals durchaus noch möglich war. Hätte ich die Fliege nicht verscheucht, hätte Sandra Jahre später selbst acht Kinder bekommen, die um die 40 weitere Nachkommen in die Welt gesetzt hätten. Gehen wir von 25 Jahren pro Generation aus und einem Mittel von 2,5 Kindern je Nachkommen, wären somit in den folgenden 700 Jahren 27 Generationen und über 3,5 Milliarden Nachkommen Sandras nicht geboren worden.«

»Aber das wären ja viel mehr Menschen als unsere momentane Weltbevölkerung! Würde das bedeuten, alle Menschen des Jahres 2415 wären ausgelöscht? Keiner von uns würde mehr existieren?«

»Ja und nein. Nein, unsere Bevölkerung wäre nicht ausgelöscht, es gab damals ja noch mehr Frauen als die Sandra aus meinem Beispiel. Aber ja, wahrscheinlich würde von uns keiner mehr existieren. Zumindest nicht in der von mir aufgezeigten Realität. Wir wären durch andere Menschen ersetzt, wahrscheinlich wäre ich nie zur Welt gekommen.«

»Aber wie hätten Sie dann die Fliege verscheuchen können? Ein Paradoxon, oder?«

»Nein, nur Realitätenverschiebung. Das zu erklären, würde den Rahmen der Show sprengen. Wichtig ist, dass dank des wunderbaren Zufalls, der uns den Zeitanker beschert hat, nichts von dem geschehen wird. Egal, wie viele neue Realitäten sich durch Kays und Alisons Eingreifen abspalten werden, unsere Gegenwart bleibt stabil. Das garantiere ich Ihnen. Wir haben ja bereits Tests durchgeführt. Denken Sie an die Katze. Selbst ihr Erscheinen hätte unsere Realität verändern müssen, mehr noch als eine Fliege.«

»Und könnte sich die Realität für unseren Kandidaten Kay und seinen Scout Alison verändern?«

»Selbstverständlich, ja. Sie könnten sich sogar selbst auslöschen oder Mitglieder ihrer Familie. Aber das sind Optionen, die wir natürlich nicht zulassen werden. Das wäre moralisch nicht zu vertreten und würde gegen unsere ethischen Richtlinien verstoßen.«

Ethische Richtlinien. Da war es schon wieder. Bisher hat es niemanden hier interessiert, wie grauenhaft mein Leben sich durch *Top The Realities* verändert hat, zumindest bis ich Wum Randy zwang ... Moment, das heißt, es wird niemanden mehr interessieren, in 2 Jahren, in der elften Staffel.

Vielleicht sind die Spielregeln jetzt noch anders, menschlicher. Auf der anderen Seite ... das passt alles nicht zusammen. Kay sagte doch ...

Ich versuche, mir seine Worte in Erinnerung zu rufen, als er mir vor 2 Jahren gestand, dass ich ihn als sein Scout begleiten werde.

Vor meinem geistigen Auge sehe ich uns wieder in der Wüste Nevadas, vor dem wärmenden Lagerfeuer. Kay weigerte sich, mir Näheres über unsere Zukunft zu erzählen, über die erste Staffel von *Top The Realities,* aber ich bin mir sicher, dass er meinte: »Wum versprach mir, es werde ein Kinderspiel, aber ich ging durch die Hölle.«

Das hört sich nicht nach ethischen Richtlinien an. Ich schätze, es gibt nur zwei Erklärungen: Entweder Sam Oscar lügt oder sie ändern irgendwann die Spielregeln. Aber wann und wieso?

»Wir haben die Bilder bereits gezeigt«, sagt Randy, nun an Kay gewandt. »Wir sahen, wie du am 3. Juli 1929 in deinem Wagen ohnmächtig wurdest und hier, im Jahr 2415, wieder zu dir kamst. Ein Schock, von dem du dich augenscheinlich schnell erholt hast. Du scheinst gut damit zurechtzukommen, oder?«

Noch immer ruht Kays Blick auf mir. Mein Gott, er sieht wirklich umwerfend aus! Erst nachdem Randy nervös hüstelt, strafft Kay sein breites Kreuz und wendet sich dem Moderator zu.

»Natürlich habe ich zunächst an meinem Verstand zweifeln müssen, aber als ich hier aufwachte, wurden mir die Zusammenhänge begreiflich gemacht. Mr Oscar nahm sich die Zeit und gab mir sein Wort als Ehrenmann, dass ich in meine Gegenwart zurückkehren werde, sollte ich bei diesem Spiel hier verlieren. Sollte ich gewinnen, stellt er mir ein Leben in Reichtum in Aussicht. Wer würde sich nicht darüber freuen?«

Ich schüttle ungläubig den Kopf. Kay wird sein blaues Wunder erleben.

»Und die Tatsache, dass wir dich durch die Zeit schicken können, hat dich nicht verwundert?«

»Sehen Sie, meine Frau las kurz vor meinem ... meinem Verschwinden die Geschichten von Jules Verne, *Die Reise um den Mond*, wenn ich mich richtig entsinne. Wenn Sie mir versucht hätten weiszumachen, es wäre Ihnen tatsächlich gelungen, den Mond zu umkreisen, hätte ich Sie einen Aufschneider genannt, aber hier bewegen wir uns doch auf der Erde, nur durch die Zeit. Ich erachte es als folgerichtig, dies irgendwann zu können.«

»Erstaunliche Ansichten für einen Mann, der 1910 geboren wurde – nichts für ungut.«

Kay lächelt freundlich.

»Dann kommen wir jetzt zu deiner Challenge.« Randy dreht sich abrupt zu der Holofläche, die ein Standbild eines Zigarillo rauchenden Mannes um die dreißig zeigt. Er ist schlank, trägt eine offene hellbraune Weste, darunter ein grobes Hemd, in das ein Halstuch gesteckt ist. Über seiner Stuhllehne hängt ein Strohhut. Er sitzt an einem runden Tisch, auf dem Gläser, Flaschen und eine angelaufene Petroleumlampe stehen und einige Spielkarten aufgedeckt sind. Hinter ihm ist eine halb geöffnete Tür, durch die gerade noch dunkles Holz mit aufwendiger Schnitzerei zu sehen ist. Ich meine, ein aufgerissenes Löwenmaul zu erkennen, in dem die Flamme einer Kerze flackert.

Jedes Detail merke ich mir, so gut es eben zu sehen ist, aber das Licht ist schummrig und Rauchfahnen trüben das Bild. Trotzdem versuche ich, zumindest die Mode einer

Zeit zuzuordnen. Die Art, Halstücher so zu binden, dass sie wie zwei Zipfel herabhängen, habe ich schon mal gesehen. Irgendwo in meinen unerreichbaren Büchern ... Vielleicht 1840, die Pionierzeit ...

Ich suche Oscars Blick, warte auf eine Erklärung, aber der Wissenschaftler hat bereits die Bühne verlassen.

»Der 31. Dezember 1852«, sagt Randy da, als hätte er meine Gedanken gelesen. »Eines der vielen Lokale Early Americas, dem damaligen San Francisco. Zu dieser Zeit strömten die Einwanderer in die Stadt, um, wie viele andere auch, nach Gold zu suchen. Damals konnte es noch nicht synthetisch hergestellt werden, war überaus wertvoll und so legten täglich Schiffe aus den Biotopen an, dem einstigen Europa, und die Anzahl der Einwohner Early Americas stieg in kurzer Zeit von 900 auf über 20.000. Wenige Jahre zuvor landete so auch dieser Schotte in der Stadt.« Randy zeigt mit ausgestrecktem Finger auf das Halstuch des Mannes. »Schottland lag übrigens in der Gegend der heutigen Aquakultur-Farmen, genau wie England, aus dem sich 1829 John A. Robertson als einer der ersten Europäer in Early America niederließ.«

Das Standbild des Halstuchträgers wechselt zu einem Mann, der wie Kay Frack und Zylinder trägt. Sein Gesicht erkenne ich kaum, da er den Kopf gesenkt hält, anscheinend ganz in die Spielkarten vertieft, die aufgefächert in seiner Hand liegen.

»Robertson machte ein Vermögen mit günstigen Landkäufen vor der großen Einwandererwelle, die er danach mit horrenden Gewinnen veräußerte. Er verbrachte diesen Abend, wie viele zuvor, in den Kneipen der Stadt, um Karten zu spielen. Nicht selten ging es dabei um hohe Einsätze, die Robertson 1857 um sein gesamtes Vermögen bringen sollten. Aber zurück zu unserem Schotten. In der

Silvesternacht des 31. Dezembers 1852 sitzt Perry Hill neben Robertson am Spieltisch und ...«

Perry Hill? Hill? Das muss einer meiner Vorfahren sein. Klar, Kays und mein Leben sind miteinander verflochten, immerhin hat er meine Urgroßtante Alison geheiratet, nach der ich benannt bin. Aber der Name Perry sagt mir nichts. Unruhig rutsche ich in meinem Sessel hin und her und warte auf Randys Erklärung.

»Wir haben das Leben von Perry Hill ein wenig näher beleuchtet, um herauszufinden, wie wir diese aufregende erste Challenge so gestalten, dass unserem Kandidaten im besten Fall ein Vermögen winkt.«

»Jetzt kommt der interessante Teil der Geschichte«, wirft Kay ein und nickt in Richtung des holografischen Kartenspiels. »Poker?«

Randy nickt zustimmend. »Wir wissen, dass du diesem Spiel recht zugetan bist, Kay ... Nun, auch Perry Hill war, genau wie sein härtester Gegner John A. Robertson, ein geübter Spieler und gewann in dieser Silvesternacht beim Pokerspiel ein Stück Land in der Nähe Early Americas, auf dem er später eine Apfelplantage anlegte. Ebenjene, auf der unser Kandidat Kay zusammen mit seiner Frau wohnt.«

»Demnach ist Perry Hill der Urgroßvater meiner Frau?« Kays Stimme wirkt interessiert, keinesfalls erstaunt. Ich verstehe nicht, wie ihn all das so unbeeindruckt lassen kann.

Randy nickt anerkennend. »Gut kombiniert.«

»Und was ist meine Aufgabe und was mein Gewinn?« Kay zieht seine geraden Brauen hoch, die eine etwas höher als die andere.

»Deine Aufgabe ist einfach, ein Kinderspiel. Sorg dafür, dass Robertson seinen Einsatz erhöht, wesentlich erhöht, und gegen Perry Hill verliert.«

»Wie hoch wird mein Einsatz sein?«

»Nun, wir werden dich mit 1.000 Dollar ausstatten«, erklärt Randy und gibt Cleo, die am Rand der Bühne steht, ein Zeichen. »Meine Assistentin hat die Zahlungsmittel der damaligen Zeit replizieren lassen und hier sind sie. Danke, Cleo.«

Ich sehe auf die gräulichen Papierfetzen, die Cleo aufgefächert auf den Tisch gelegt hat. Mehr als ein Dutzend 50-Dollar-Scheine, auf denen ein Segelboot abgebildet ist, darunter in großen Lettern *In Gold Dust* steht, und einige kleinere Banknoten mit irgendwelchen Frauen in wallenden Kleidern darauf. Für mich wirken die Scheine wie Spielgeld, nicht als könne man sich tatsächlich etwas dafür kaufen.

Randy nimmt eine Note vom Tisch und hält sie in die Höhe. »50 Dollar entsprachen im Jahr 1929, also in deiner Zeit, Kay, über 100 Dollar, im Jahr 2015, also in deiner Gegenwart, Alison, konnten diese 50 Dollar mit einem kleinen Vermögen von 1.400 Dollar gleichgesetzt werden. Heute würde man über 10.000 Cashpoints gegenrechnen müssen. Dein Limit von 1.000 Dollar, Kay, dürfte dich also zu einem würdigen Mitspieler machen. Du darfst das Geld jedoch nicht dem Urgroßvater deiner Frau schenken. Betrachte es als dein Startkapital in eine bessere Zukunft.«

»In eine verbesserte Gegenwart, meinen Sie«, wirft Kay ein, wobei sein Blick auf den Scheinen haftet. »Wenn ich es richtig verstehe, soll ich also den Spielern das Geld aus der Tasche ziehen und dafür sorgen, dass Perry Hill haushoch gewinnt, damit das Erbe seiner Urenkelin, meiner Frau, zu einem Vermögen wird. Meinem Vermögen.«

»Richtig. Du begreifst schnell. Ich habe beinahe das Gefühl, du bräuchtest gar keinen Scout.«

Für einen kurzen Moment sieht Kay mich unschlüssig an, als überlege er, mich hierzulassen. »Was wird ihre Aufgabe sein?«

Jetzt bin ich gespannt. Anscheinend weiß hier niemand von meinem zweijährigen Training. Niemand ahnt, wie gut ich auf das Bevorstehende vorbereitet bin. Inzwischen kann ich in beinahe jeder Lebenslage für uns sorgen. Selbst in der Arktis könnte ich Essen beschaffen, uns sogar im Dschungel navigieren, auch in der Wüste Wasser auftreiben.

Und plötzlich ersehne ich, dem Überlebenskampf mit Kay ausgesetzt zu sein, der ihm mit Sicherheit diese alberne, überhebliche Maske herunterreißen würde. Ich sehe uns schon in eisiger Kälte, eng aneinandergeschmiegt in einem Iglu. Wir warten auf die Nacht, damit uns die Sterne den Weg weisen. Kay hat mich fest in seine Arme geschlossen, sein Atem ist trotz der Kälte heiß, als er *Ich liebe dich* in mein Ohr flüstert ... Okay, träum weiter, Alison. Bis dahin wird es noch ein langer, langer Weg werden.

Meine Hände schwitzen trotzdem schon bei dem Gedanken, ihm so nah zu sein. Unauffällig wische ich sie an dem rosa Stoff trocken. Ich hätte mich doch weigern sollen, dieses alberne Kleid anzuziehen. Selbst in Kays starken Armen wäre ich in einem Iglu mit dem Isovantage-Anzug viel besser geschützt.

»Alison!«

Ich straffe meine Schultern und blicke zu Randy.

»Es scheint, als hätte unser Scout schon von ihrer verbesserten Gegenwart geträumt«, überspielt er meinen Aussetzer. »Wir sprachen eben über deine Aufgabe. Hast du alles verstanden?«

»Äh ... nicht genau ... könnten Sie vielleicht etwas präziser werden?«

Ich sehe, wie Kay ungeduldig mit dem Bein wippt. »Mr Randy ist offenbar der Auffassung, eine Frau könne hilfreich in einem solchen Etablissement sein«, antwortet er statt Wum und nickt in Richtung der Holografie, die nach wie vor das Pokerspiel zeigt.

Randy lacht laut auf. Zu laut für meinen Geschmack. »Meine genauen Worte waren: ›Es verleiht dem Ganzen die richtige Würze. Eine durchaus reizvolle Idee, wie ich finde.‹«

Verärgert schüttelt Kay den Kopf. »Und ich denke, eine Frau hat in einer solchen Spelunke nichts zu suchen, es sei denn, ihr Ruf wäre von zweifelhafter Herkunft.«

»Nun ...« Randy klatscht sich auf die Schenkel und sieht über den Bühnenrand zu einer kleinen, nervös wirkenden Frau, die mit kreisender Handbewegung ihre Ungeduld verdeutlicht. »Wir wollen unsere Zuschauer zu Hause an den Holografen nicht länger warten lassen. Kay und Alison werden jetzt in das Firmengebäude unseres Sponsors *Timeship* gebracht. Dort wartet der von *Timeship* entwickelte, bisher einzigartige Portierer, der sie in weniger als 20 Minuten aus dem Jahr 2415 in das Jahr 1852 befördern wird. Seien Sie live dabei und bleiben Sie dran. Sehen Sie, ob und wie es unserem Kandidaten Kay gelingt, seine Realität zu verändern. Dafür bleiben ihm und der zauberhaften Alison exakt 4 Stunden, die wir Ihnen in Echtzeit übertragen. Was für ein großer Moment!«

Wum Randy steht auf und streicht seinen froschgrünen Anzug glatt. »Kay, Alison, seid ihr bereit für den Sprung ins Unbekannte?«

»Absolut!«, bestätigt Kay, erhebt sich und setzt seinen Zylinder auf den Kopf, als wolle er das Haus zu einem Spaziergang verlassen.

Ich verharre regungslos, versuche zu begreifen, was Randy da eben gesagt hat. 4 Stunden?

Der Moderator hebt unauffällig die Hand, als unmissverständliches Zeichen, ich solle aufstehen. Aus großen Augen sehe ich zu ihm hoch. Ich kann nicht.

»Nur 4 Stunden? Nicht mal ein halber Tag und dann ist alles vorbei? Das war's?«, vergewissere ich mich, obwohl ich im Grunde davon überzeugt bin, Randy wird mir gleich von weiteren Challenges beichten, die Tage und Wochen dauern. Wochen, die mir und Kay gehören ...

»4 Stunden, ein Pokerspiel. Und wenn du geschickt bist, dann wirst du in deine fantastische, viel bessere Realität zurückgeschickt, meine Liebe. Denn natürlich wirst du später einmal vom Vermögen deiner Urgroßtante profitieren. Na los, nimm dein Schicksal in die Hand.«

»Aber das ist unmöglich. Wie soll –«

»Alison. Bitte. Gleich ist der Werbeblock beendet. Wir senden live. Alles folgt einem Zeitplan.«

Randy sieht kurz zu der nervösen Frau. Ich folge seinem Blick, sehe sie vier Finger heben.

»In 4 Minuten wird die Baronessa da Lucia zu einem Interview ... Verdammt, nun komm endlich! Wir klären deine Fragen auf dem Weg zu *Timeship*.«

Ich nicke wie ferngesteuert, ignoriere Randys ausgestreckte Hand und komme irgendwie aus dem Sessel. Kay steht im Halbdunklen des Bühnenrandes und schüttelt mürrisch den Kopf. Ich spüre förmlich, wie wenig begeistert er von der Idee ist, die Challenge mit mir bestreiten zu müssen, mit einer Frau! Noch dazu mit einer so begriffsstutzigen wie mir!

Kaum dass Randy den Treppenabsatz hinter der Bühne erreicht hat, nimmt Cleo uns in Empfang und der Moderator drückt seine Markerhand auf die immer selbe Markierung an der Wand, um wortlos durch eine Nebentür zu verschwinden.

Cleo klatscht in die Hände. »Also, dann wollen wir mal.« Mit schnellen Schritten geht sie die Treppe runter, Kay neben ihr, und ich habe Mühe, in dem langen Kleid Schritt zu halten. Erst im Flur hole ich die beiden ein.

»Cleo.« Meine Stimme klingt kraftlos.

Sie sieht im Gehen über ihre Schulter, ohne ihr Tempo zu verlangsamen. »Ja?«

»Ich verstehe das nicht. Mr Randy sagte, es gäbe nur eine Challenge, nur 4 Stunden, und dann würden wir in unsere Zeit zurückgeschickt.«

»Richtig. Und in 11 Minuten geht's los. Ihr packt das schon.«

»Ja. Nein. Das ist es nicht. Was passiert, wenn sich Dinge durch unser Eingreifen verändern? Was, wenn sich unsere Gegenwart negativ verändert? Das ist doch mehr als wahrscheinlich, oder? Bekommen wir dann eine zweite Chance?«

»Wozu? Ihr werdet ... Moment bitte.« Jetzt verlangsamt Cleo ihren Schritt, hält sich die Hand ans Ohr. »Okay, verstehe. Wir sind gleich am Cube. Sicher, sicher ...«

Fragend sehe ich Cleo an, die auf die Wandbildschirme starrt. Erst jetzt bemerke ich, dass keine Menschen mehr gezeigt werden, die sich mit Farbe beklecksen, sondern die kleine Bühne, auf der wir eben standen, im Vordergrund die Sitzgruppe, im Sessel Randy, der gerade auf die Rückseite einiger herangezoomter holografischer Spielkarten deutet.

»Sam Oscar?«, meint Cleo, mir den Rücken zugewandt, und ihr Finger fährt geistesabwesend über die Umrisse der Spielkarten. »Ja, so können wir es machen. Bin gleich da.«

Cleo ballt ihre Hand, um das Gespräch zu beenden, und dreht sich zu mir um. »Mr Randys Interviewgast verspätet sich. Himmel! Heute läuft auch alles schief.«

Angestrengt reibt sie sich mit beiden Händen die Nasenwurzel, atmet ein paar Mal tief durch und dreht ihren Kopf, bis es laut knackt. »Wir kriegen das hin ... kein Problem«, sagt sie wohl mehr zu sich selbst. »Ich muss zurück. Mr Oscar begleitet euch zu *Timeship*. Geht einfach geradeaus und am Ende des Ganges links. Da wartet er am Cube. Kriegt ihr das hin?« Ohne eine Antwort abzuwarten, dreht sich unsere Begleitung um und tritt im Laufschritt den Rückweg an.

»Moment!«, rufe ich ihr hinterher. Wieder spüre ich Kays ungehaltenen Blick. Mir doch egal. »Sie haben meine Frage nicht beantwortet!«

»Mach dir keine Gedanken, Alison. Wenn's nicht klappt, werdet ihr in eure gewohnte Realität zurückgeschickt, wie besprochen. Nur eine Challenge und alles ist beim Alten – im schlechtesten Fall!«, ruft sie, ohne sich umzudrehen, und winkt zum Abschied halb über ihre Schulter. Einen Moment später ist sie verschwunden.

Als ich mich wieder umdrehe, ist auch Kay weg. Das ist doch ... Er hat mich einfach stehen lassen!

Selbst in meinem Jahrhundert wäre so ein Verhalten mehr als unhöflich gewesen, für einen angeblichen Gentleman aus den 1920ern erst recht. Mit Worten hätte er nicht deutlicher sagen können: *Das ist mein Ding und du bist überflüssig!*

Seine Schmeicheleien auf der Bühne waren gespielt, wird mir schmerzlich bewusst, alles war nur Show. Kay ist ein Blender, der seinen wahren kaltherzigen, egoistischen Charakter hinter aufgesetztem Charme versteckt.

Meine Enttäuschung könnte bitterer nicht sein. Schon jetzt habe ich das Gefühl, Kay verloren zu haben, verloren, bevor ich ihn für mich gewinnen konnte.

Voller Sehnsucht schließe ich die Augen, lehne mich

gegen die Monitorwand und versuche, den Mann heraufzubeschwören, der mich bedingungslos geliebt hat, der es wert war, 2 Jahre jede wache Minute für ihn zu entbehren, zu trainieren, auszuharren, sich nicht beirren zu lassen und in der restlichen Zeit von ihm zu träumen.

Aber das Bild ist blass, das Gefühl taub. Zu präsent ist der Mann, der mich hier hat stehen lassen.

Im Gegenzug beschließe ich, ihn warten zu lassen. Live-Show hin oder her. Nicht mein Problem. Mit verschränkten Armen, aber immer noch geschlossenen Augen versuche ich zu verstehen, wie Kay sich in lediglich 4 Stunden zu dem Mann wandeln soll, der er bei unserem ersten Treffen sein wird.

Ich habe geglaubt, vorbereitet zu sein, ich habe mir erträumt, Kay zu imponieren, ihn zu leiten, vielleicht sogar zu retten, sodass er mir in ewiger Dankbarkeit seine Liebe gesteht. Aber nichts ist wie erwartet.

Niemand muss gerettet werden, ums Überleben kämpfen oder um die Existenz eines geliebten Menschen. Unser Handeln wird keine furchtbaren Auswirkungen auf unser Leben haben. Wer weiß, vielleicht hätten wir sogar darum bitten können, uns zurückzuschicken, und man hätte sich für einen anderen Kandidaten und einen anderen Scout entschieden.

Ich war mir so sicher, Wochen mit Kay zu haben, nicht nur ein paar Stunden. Er selbst hat es mir vorausgesagt, da für ihn all das, was mich jetzt erwartet, bereits in der Vergangenheit lag. Kay meinte damals, ich würde ihm beibringen, zu jagen, Feuer zu entfachen, in der Wildnis zu überleben, die Auswirkungen von Zeitreisen zu verstehen. Er würde mich mehr und mehr schätzen lernen, sich in mich verlieben, mich nie vergessen, 2 Jahre in einer schrecklichen Welt ausharren, bis er mich schließlich und unverhofft wiedersieht, als Kandidatin der elften Staffel von *Top The Realities.*

Aber wie soll all das möglich sein? In nur 4 Stunden?

Vielleicht hat es etwas mit dem Marker zu tun. Würden mir Zeitsprünge gelingen und ich könnte Kay irgendwie mitnehmen, blieben uns wahrscheinlich mehr als 4 Stunden. Doch seit Jeremys Dr-Pepper-Dose ist mir kein Sprung mehr gelungen. Ich konnte einfach keinen Ansatz finden. Keinen inneren Schalter, der mich auch nur für ein paar Sekunden vor- oder zurückportiert hätte.

Ich löse meine Arme und fahre mit dem Finger über meine Handinnenfläche. Wie nur kann ich diesen verflixten Schalter in den nächsten paar Stunden finden? Und selbst wenn, wie würde ich Kay mit mir reißen können?

Nein, nichts passt zusammen, nichts zu dem, was uns von Randy angekündigt wurde: Ein Kurztrip ins 19. Jahrhundert, und das war's. Wie ich es auch beleuchte, nur ein Umstand erklärt alles und er ist so treffend und gleichzeitig niederschmetternd, dass mein Herz plötzlich schwer wie Blei wiegt, mich niederzieht, auf den Boden zwingt, wo ich mein Gesicht in den Händen vergrabe, bereit, ewig hierzubleiben. Genau an dieser Stelle.

All das, was Kay mir vor 2 Jahren als unumstößliche Zukunft vorausgesagt hat, geschieht nicht mir. Er wird sich nicht in mich verlieben, er ist nicht einmal er. Mein Kay wird sich in eine andere Alison verlieben, die Scout einer anderen Show ist, welche andere Regeln hat. Der Mann, der mich im Flur hat stehen lassen, ist nicht mein Kay.

Zusammengesunken höre ich Schritte näher kommen. Sie gehören nicht Kay. Sein Gang ist leichter und federnd. Diese sind schwer, begleitet von einem Schlurfen. Das dumpfe Klacken der Absätze wird lauter und bricht ab, als ich die Wärme des Menschen unmittelbar vor mir spüre. Durch meine Armbeuge hindurch erspähe ich eine stumpfe Schuhspitze.

»Miss Hill. Sie können nicht hierbleiben.«

»Was wollen Sie dagegen tun, Mr Oscar?«

»Wollen Sie denn nicht nach Hause?«

Ich schiele nach oben und sehe in das freundliche Gesicht mit den warmen braunen Augen, bis in deren Winkel Oscars Zwirbelbart reicht. »Es gäbe nur einen Ort, wo ich lieber wäre«, sage ich leise und denke an die letzten gemeinsamen Stunden mit Kay im Wald.

Sam Oscar legt mir die Hand auf meine eingesunkenen Schultern. »Wenn es einen Ort und eine Zeit gibt, die Sie einmal kennenlernen möchten, können wir unter Umständen etwas für Sie tun.«

»Wirklich?«

»Auf Ihr Risiko und nach der Challenge. Ich verspreche, es zu debattieren.«

Ein Ruck geht durch mich hindurch, als säße ich in einem stotternden Auto. So könnte ich meinen Kay wiedersehen! 4 Stunden nur und ich wäre bei ihm. Vielleicht könnten wir immer zusammenbleiben, dort im Wald des 19. Jahrhunderts ...

Natürlich! So muss es sein. So fügt sich alles! Ich werde Kay wiedersehen und mich selbst! Ich werde von Sam Oscar zu unserem Unterschlupf portiert werden. Wie sonst könnte ich dorthin gelangen? Nur mit Oscars Hilfe kann ich mir eine Nachricht hinterlassen und schließlich den Bären töten. Genau wie ich es vor 2 Jahren erlebt habe. Damals sah ich mein jetziges Ich dunkel gekleidet, mein Isovantage-Anzug ... Es ist stimmig. Meine Haare kamen mir lang vor, genau wie sie es jetzt sind. Das kann nur bedeuten, ich werde mich nach der Challenge dieses lächerlichen rosa Kleides entledigen, in meine zweite Haut schlüpfen und dank Sam Oscar zu Kay zurückkehren.

Als ich aufstehe, spüre ich neue Energien die Zellen meines Körpers fluten, erwarte kurz, den Marker piepen zu hören, so viel Glückshormone durchströmen mich. Aber er bleibt stumm, ganz im Gegensatz zu mir.

Während wir zum Cube eilen, versuche ich, Sam Oscar zu erklären, wo genau sie mich nach der Challenge hinportieren sollen, aber meine Beschreibung bleibt ungenau. Zu wenig weiß ich über den exakten Ort oder die Zeit.

Als wir links um die Ecke biegen, wartet der Cube bereits mit offener Tür und ich setze mich auf eine der Schalen.

»Können Sie etwas damit anfangen?«, frage ich Oscar, der neben mir Platz nimmt.

»Es ist schwierig ... Bringen Sie erst mal die Challenge hinter sich«, antwortet er lächelnd und beugt sich vor, um seine Hand auf die Markierung zu legen.

»Die Fahrt dauert knapp 6 Minuten, dann ... Herrgott!«

Schon wieder unterbricht ein Anruf ein Gespräch, das ich führe. Oscar zieht seine Hand zurück, kurz bevor er den Cube aktivieren kann, und drückt sie sich ans Ohr.

»Ja?« Eine steile Falte teilt seine Stirn. »Ich habe keine Zeit dafür. Klären Sie das!«, raunzt er. »Ich benötige jetzt eine freie Hand, tut mir leid.«

Einige Sekunden beobachte ich Oscars Mienenspiel, während er seinem Gesprächspartner zuhört. Die verärgerte Falte weicht beunruhigten Wellen, die sich über seinen Brauen kräuseln.

Plötzlich reißt er die Augen auf. »Was? Das ist doch gar nicht möglich! ... Okay, gut ... ich komme. Sagen Sie der Regie Bescheid, alles verzögert sich um mindestens 10 Minuten!«

Der Wissenschaftler springt auf und starrt auf seine

Hand. »Es ist etwas Unerwartetes passiert. Ich muss das klären. Der Cube bringt Sie ins *Timeship*-Gebäude. Ihr Schützling ist bereits dort.« Er knallt seine Hand auf die Markierung, stolpert beinahe hinaus und schon schließt sich die Tür.

Ich ziehe scharf die Luft ein. Nicht dass ich Sam Oscar gut kennen würde, so beunruhigt habe ich ihn bisher jedoch nicht erlebt. Er schien mir immer über weltliche Dinge erhaben. Was auch geschehen ist, es muss ein ernstes Problem geben.

Angespannt warte ich auf den Sog aus der Sitzschale, welcher mich sichern soll. Er bleibt aus. Auch höre ich keine Stimme, die mir die Fahrtdauer ankündigt oder mir anbietet, die Umgebungstemperatur zu ändern. Okay, also funktioniert die Technik ebenso nicht. Langsam verfestigt sich das Gefühl, dass nichts hiervon gut geplant oder vorbereitet ist, und ich klopfe mangels Holz drei Mal auf meinen Kopf.

Als wenn jemand Herein gerufen hätte, öffnet sich erneut die Tür und Sam Oscar schlüpft mit geneigtem Haupt in den Cube, presst wortlos seinen Marker auf die Markierung und setzt sich mit immer noch gesenktem Kopf. Verwundert sehe ich auf sein leicht ergrautes Haar. Es wirkt ungepflegt, sogar etwas verfilzt.

Jetzt saugt mich der Sessel doch an, die Tür schließt sich zischend und Oscar hebt seinen Blick. Als er mir ins Gesicht sieht, kiekse ich unwillkürlich auf – Oscars Zwirbelbart ist ja verschwunden! Unmöglich! Wie kann er sich in wenigen Sekunden so verändern? Auch seine Kleidung ist eine andere, ein schäbiger brauner Anzug, der so abgerissen wirkt, als hätte er ihn über Jahre getragen.

Ich drücke mich, soweit es der Sog zulässt, an die Wand des Kubus, beäuge den Mann misstrauisch. Vielleicht hat

Oscar einen Zwillingsbruder … oder … dieser hier stammt aus einer anderen Realität. Könnte das sein?

Mit einem Ruck setzt sich der Cube in Bewegung.

»Woher kommen Sie?« Meine Stimme zittert und verrät meine Unsicherheit.

»Alison, habe bitte keine Angst. Vertraue mir. Kannst du das?«

»Ich weiß nicht … Ja wahrscheinlich«, antworte ich, merke aber, wie ich dabei den Kopf schüttle. Wenig glaubhaft.

Der Mann beugt sich vor und versucht, meinen Blick zu fixieren. »Ich habe nur wenig Zeit, dir alles zu erklären. Ich muss dich verlassen, bevor der Cube bei *Timeship* eintrifft. Sie werden versuchen, mich dort abzufangen.«

»Wer?«

»Die Sicherheit, die Technik, meine ehemaligen Mitarbeiter, der Pförtner. Wahrscheinlich alle, die in greifbarer Nähe sind.«

»Warum?«

»Weil mein Marker doppelt vom System erfasst wurde und mich genau hier im Cube ein zweites Mal ortet, was zu einem Ausfall führen kann, denn es bedeutet, dass ich entweder illegal durch die Zeit gereist bin oder ein Fehler des Systems vorliegt. Sie werden hoffentlich Letzteres glauben.«

Der Mann, der wie Oscar wirkt, sieht mich durchdringend an. Sein Blick hat etwas Gehetztes, mehr noch, er ist fast wild. Mir ist mehr als unwohl, gefangen mit ihm in diesem fahrenden Würfel. Sein Erscheinen bedeutet, dass wieder irgendetwas schiefgelaufen sein muss. Verdammt schief.

»Okay, aber … was wollen Sie von mir?«, frage ich zögerlich.

»Alison, ich komme aus der Vergangenheit und aus der Zukunft. Es ist so: Als ich dich vor einigen Jahren zu diesem Cube begleitete –«

»Vor einigen Jahren? Aber –«

Ich verstumme, da der Wissenschaftler seine ausgestreckte Hand abwehrend durch die Luft zieht, fast als wolle er meinen Einwand zerschneiden.

»Zur Hölle! Das müsstest du doch langsam begrei... entschuldige ... ich bin unhöflich. Es war nur ... hör zu ... ich versuche, es dir, so gut es geht, zu erklären.«

»Das wäre wirklich freundlich.« Meine Worte kommen ungewollt scharf über meine Lippen, aber mein Gegenüber nimmt es mir scheinbar nicht übel, sondern schließt nur die Augen, vielleicht um sich etwas ins Gedächtnis zu rufen. Als er sie wieder aufschlägt, ist das Wilde aus ihnen verschwunden und ich finde die braune Wärme wieder, die mir schon gestern aufgefallen ist.

»Alison, mein jüngeres Ich wird gleich ... nein, anders – ich machte, wenige Tage nachdem ich dich und Kay ins Jahr 1852 schickte, einen im höchsten Maße untersagten Selbstversuch und sprang in die Zukunft.«

»Warum?«

»Beim Portieren wies dein Marker Spezifikationen auf, die erst im Entwicklungsstadium waren. Für mich gab es nur eine Erklärung. Der Marker muss dir in meiner Zukunft eingesetzt worden sein, nicht erst kurz bevor ich dich das erste Mal sah. Wie auch immer, ich brauchte 37 Sprünge, bis ich dich wiedersah ... in der, der ...«

»Elften Staffel«, murmele ich.

Ein scharfer Ruck treibt den Cube nach links und die sanfte Stimme kündigt 5 Minuten bis zum Ziel an.

»Die elfte Staffel«, wiederholt Oscar. »Auch ich fand dies heraus und sah euch beide in vertauschten Rollen ... Derart in dein Leben einzugreifen, dich fast sterben zu lassen ... unmenschlich!« Sam Oscar schüttelt den Kopf, wie ein Hund, der sein nasses Fell trocknen will. »Und in jedem Fall ein Verstoß gegen sämtliche ethischen Zeitreise-Richtlinien. Nie war so etwas vorgesehen, geschweige denn erlaubt. Was also war geschehen?«

Oscar sieht mich durchdringend an, ich hebe hilflos die Hände.

»Ich sprang wieder zu der Sekunde meines unerlaubten Verschwindens zurück und schlug Alarm. Aber man klagte mich wegen meines eigenmächtigen Handelns an, zerrte mich vor das Komitee für ethisch-moralische Richtlinien von Zeitreisen und deren Auswirkungen, dessen Vorsitzender ich bis dato war. In keiner Weise schien sie die grausame Entwicklung dieser Show zu tangieren. Also portierte ich mich erneut in das Jahr 2417 und auch in weiter entferntere Jahre, um zu sehen, ob ich irgendetwas durch meinen Protest bewirken konnte. 2417 aber blieb unverändert, wahrscheinlich führte der Zeitanker mein Vorhaben ad absurdum. Wie auch immer, die elfte Staffel sollte die letzte der Show sein, zumindest in dieser Form. Als ich jedoch entdeckte, was in den darauffolgenden Jahren geschehen wird ... Mein Gott! Was hatte ich nur getan! Nie war es meine Absicht gewesen, dass Zeitreisen, dass Menschen ...«

Sam Oscar faltet seine Hände vor dem Mund und atmet heftig durch sie aus. Erst als der Cube uns die Ankunft in 4 Minuten voraussagt, spricht er weiter.

»Ich bin kein Kämpfer, Alison. Niemand, der aufbegehrt. Ich habe die Welt verändert, weil ich eine Vision hatte ... Meine anfängliche Intention war es, dass Zeitreisen nicht mehr als ein stilles Zusehen sein sollten, ein stummes Beobachten, ein passives Lernen. Alles in allem vergleichbar mit dem, was ihr Fernsehen nennt, nur authentischer. Kurzum, das Holoportieren von Momenten der Vergangenheit, ohne einzugreifen, ohne mit der gefährlichsten Macht, die wir kennen, zu spielen, ohne das Leben von Menschen zu zerstören, für eine Gameshow! Aber dann stimmte ich diesem Versuch zu und ... Ich hatte doch keine Ahnung, welchen Weg all das nehmen würde. Und als ich es begriff, war ich nicht Manns genug, meine Erfindung unschädlich zu machen, *mich* unschädlich zu machen. Und wie hätte ich auch können? Dieser verfluchte Zeitanker! Ich stieg einfach nur aus. Ich flüchtete mich weit in die Vergangenheit, koppelte mich vom System ab.«

»Ich verstehe nicht. Wieso erzählen Sie mir das?«

»Weil du an einen Punkt kommen wirst ... Du wirst alles dafür tun, Zeitreisen unmöglich zu machen.«

Ich reiße die Augen auf. »Was? Wie denn das?«

Sam Oscar ringt mit den Händen. Ich sehe ihm förmlich an, wie er etwas mit sich auszumachen versucht. Nervös kaue ich auf meiner Unterlippe und es vergeht eine Ewigkeit, bis er schließlich antwortet.

»Nun, ich kann es dir nicht sagen, Alison. Würde das Wissen um das Wie, Wann und Warum das Resultat verändern? Durchaus möglich. Dieses Risiko werde ich nicht eingehen.«

»Aber ...« Das ist doch Irrsinn. Wie könnte ausgerechnet ich Zeitreisen verhindern? Und warum? »Das hört sich alles mehr als unwahrscheinlich an«, spreche ich meine Gedanken laut aus.

Mein Gegenüber lächelt leicht.

»Mr Oscar ... Sagen Sie etwas!«

»Wenn man das Unmögliche ausgeschlossen hat, muss das, was übrig bleibt, die Wahrheit sein, so unwahrscheinlich sie auch klingen mag. Diese Weisheit stammt übrigens nicht von mir, sondern aus deiner Zeit: Sherlock Holmes.«

Sherlock Holmes ... Ich merke, wie sich alles in mir anspannt. Oscars Andeutungen machen mich wütend. Wieso ist er hier, wenn er mir doch nichts erklärt? Ich balle meine Hand zur Faust, um meinen Zorn zu bremsen. Im gleichen Moment weist mich die samtweiche Stimme auf die Ankunft in 2 Minuten hin. »Und warum sind Sie dann hier, wenn Sie mir ohnehin nichts verraten können?«

»Um dir zu helfen, deinen Weg zu gehen. Das kann ich tun.«

»Was tun?«

Sam Oscars Augen wandern zur Decke, obwohl es da nichts zu sehen gibt.

»Was tun?«, dränge ich.

»Das.« Plötzlich zieht der Wissenschaftler einen schlanken Metallstab aus seiner Sakkotasche und greift nach meiner Markerhand.

Ruckartig ziehe ich sie zurück. »Was haben Sie vor?«

»Du sagtest, du vertraust mir.«

»Erklären Sie mir erst, was Sie vorhaben.«

»Danach. Das hier braucht etwas Zeit. Bitte, Alison.«

Ich schüttle langsam den Kopf, öffne trotzdem meine Hand und strecke sie ihm entgegen. Der Metallstab ist kühl. Ich zucke zusammen, als er ihn in meine Haut drückt. Aber sonst geschieht nichts. Zögerlich ziehe ich meine Hand zurück, reibe die Stelle, die der Stab berührt hat. »Also, was haben Sie getan? Was geschieht jetzt?« Sam Oscar presst die Lippen zusammen.

»Noch 60 Sekunden bis zu Ihrer Ankunft«, vernehme ich am Rande.

»Mr Oscar!«

»Weißt du, Alison, wo es am schönsten ist?«

»Das war nicht meine Fra...«

»Am Ende des Regenbogens«, beendet er seinen Satz, die Augen in eine Ferne gerichtet, die nicht existiert.

Wie bitte? Regenbogen? Du meine Güte! Dieser Mann ist ja vollkommen durchgedreht und ich habe ihn an meinem Marker rumfummeln lassen! Ebenso gut hätte er mit meinem Gehirn rumspielen können. Angespannt horche ich in mich hinein. Hat sich etwas verändert?

Nichts. Ich spüre nichts als meinen Herzschlag.

Plötzlich verlangsamt sich die Geschwindigkeit des Cubes und ein Kribbeln durchläuft meinen Körper. Gleich sind wir da.

»Sie haben mir versprochen, dass –«

»Ich habe gelogen«, meint Oscar lächelnd. »Hoffentlich bis bald.«

»Ist das ein Witz?«, schreie ich, aber der Wissenschaftler ist schon in die Vergangenheit entschwunden. Wohin oder in welche Zeit, bleibt unausgesprochen.

Der Sog schaltet sich ab und der Cube steht still. »Sie haben das Hauptgebäude von *Timeship* erreicht.«

Und jetzt? Was soll ich tun? Dem anderen Sam Oscar vom Besuch seines zukünftigen Selbst erzählen? Meinen Marker untersuchen lassen? Oder dem Sam Oscar aus dem Cube tatsächlich vertrauen?

Die Tür öffnet sich zischend. Ich folge meinem Instinkt ...

Sam Oscar hat nicht übertrieben. Sicherlich 40 Menschen spähen über Köpfe hinweg in den Cube, als sich die Tür öffnet. Zuvorderst zwei Männer von der Security, die surrende Stäbe hochgestreckt halten und sofort ihre schweren Stiefel in die Kubustür schieben, als wollten sie verhindern, dass sie sich wieder schließt.

Vorsichtshalber bleibe ich sitzen und versuche, überrascht zu wirken. »Ist alles okay?«

Die Security antwortet nicht. Stattdessen drängt sich ein großer, hagerer Mann mit fahlem Gesicht, aber kalten blassblauen Augen durch die Menge und klopft einem der breitschultrigen Security-Jungs auf die Schulter. Der lässt ihn durch.

Ich kenne den Mann mit den kalten Augen. Er heißt Henry. Ob er Techniker oder Arzt ist, habe ich schon bei meinem letzten Besuch in der Zukunft nicht rausfinden können. Aber dass er ein emotionsloser, herzloser Mistkerl ist, schon.

Jetzt steht er, ohne mich eines Blickes zu würdigen, im Cube und fährt mit einem flachen Gerät über die drei freien Sitze. Als er Oscars Platz unter die Lupe nimmt, knattert und knackt das Teil, fast wie bei einem Geigerzähler, der Radioaktivität messen soll.

Henry zieht seine Mundwinkel runter, steckt das Gerät in seine Overalltasche und sieht mich an. »Wo ist Mr Oscar?«

Ich zucke mit den Schultern, aber zermartere mir das Gehirn nach einer logischen Erklärung.

Henry kneift die Augen zusammen. »Es ist unbestreitbar, dass er vor wenigen Minuten mit diesem Cube gereist ist, aber augenscheinlich ist er nicht mehr hier.«

Ich versuche, angemessen verärgert zu wirken. »Keine Ahnung, was Sie von mir wollen«, fauche ich also, »aber Mr Oscar hat nur einige Sekunden neben mir gesessen, dann hat er einen Anruf oder so etwas bekommen und den Cube wieder verlassen. Ich war allein. Fragen Sie ihn doch selbst. Er ist jetzt ja da – augenscheinlich.« Das letzte Wort betone ich besonders spitz.

Henry dreht sich um und Sam Oscar, der es wie auch immer geschafft hat, kurz nach mir anzukommen, nickt bestätigend, wobei sein Zwirbelbart auf und ab wippt.

»Anscheinend ein technisches Problem, wir kümmern uns später darum. Kommen Sie, Alison.« Der Wissenschaftler winkt mich, freundlich lächelnd, heran.

Die Security entspannt sich sichtlich, Henry verlässt schulterzuckend den Cube und unter anschwellendem Gemurmel zerstreut sich der Rest der Menschenansammlung. 20 Cubes reihen sich aneinander und ständig ertönt ein leises Ping, um wieder Fahrgäste aufzunehmen oder abzuliefern. Eine Rezeption oder so gibt es anscheinend nicht, aber dafür mehrere Bildschirme, aus denen Sandra, das Servicehologramm, ihr immer freundliches Gesicht streckt.

Während ich neben Sam Oscar die Halle durchschreite, drehe ich mich im Kreis, um alles aufzunehmen. Es ist das erste Mal, dass ich von der Zukunft mehr zu sehen bekomme als die Räume rund um die Showbühne. In der Mitte der Lobby steht ein gigantischer Baum, höher noch als die Mammuts in Mill Valley. Er ragt scheinbar in den Himmel; ob er es wirklich tut, kann ich nicht abschätzen, denn die perfekten Schäfchenwolken an der Decke könnten ebenso ein Hologramm sein. Als wir dicht an dem Stamm vorbeigehen, berühre ich ihn. Meine Hand trifft auf die borkige Rinde. Der Baum ist echt, aber solche wie Perlmutt schimmernden, tellergroßen Blüten, die an langen Zweigen herunterhängen, habe ich noch nie gesehen.

Sam Oscar legt seine Hand auf meine Schulter, da ich stehen geblieben bin und mit dem Kopf im Nacken auf die Wölkchen sehe. »Kommen Sie, Alison. Wir müssen uns beeilen.«

In diesem Moment formt sich eine Schäfchenwolke zum Logo von *Timeship* und ich wende enttäuscht meinen Blick ab. Also doch nur eine Projektion.

An Oscars Seite gehe ich, wie viele andere auch, durch zwei schlanke Pfosten hindurch, die uns mit einem Piep erfassen. Dahinter stellen sich die Mitarbeiter von *Timeship* geduldig in eine Schlange, die wir überholen, um uns schließlich in eine weitere Sitzschale zu begeben, die über einem breiten schwarzen Streifen schwebt.

»Labor 11«, sagt der Wissenschaftler, nachdem wir angesaugt wurden, und kurz danach gleiten unsere Schalen die schwarze Linie entlang. Auf dem Fußboden leuchten ansteigende Zahlen. Als wir die 23 passiert haben, gesellt sich eine gelbe Linie dazu, die uns jetzt von der schwarzen weglenkt.

»Wo sind wir eigentlich?«, frage ich Oscar, da er die ganze Zeit über schweigt.

»Im Entwicklungsgebäude von *Timeship.*«

»Ich meinte, in welchem Bundesstaat?«

»Bundesstaat?«

»Ja. Kalifornien, Colorado, Illinois?«

»Ach so, nein. Auf dem einstigen australischen Kontinent.«

»Was? Australien? In der kurzen Zeit?«

Sam Oscar sieht mich für einen Moment verdutzt an, dann zucken seine Mundwinkel belustigt.

»Sie waren nie woanders, Alison. In New'olution, also in Australien, ist unsere Forschung angesiedelt. Okay, wir sind jetzt da.«

Unsere Sitzschalen stoppen in einer Art Karussell, ähnlich wie bei einem Skilift, und als wir auf die Tür mit der Aufschrift *Labor 11* zugehen, sehe ich über die Schulter, wie die Gefährte der Rundung folgen und wieder verschwinden.

Das Labor ist fast ernüchternd. Außer diversen Bildschirmen und Anzeigetafeln, auf denen Listen und Zahlen leuchten, entdecke ich nur eine Halbkugel aus gewöhnlichem Metall, wie es scheint. Sie ist groß, ich schätze, sechs oder sieben Meter im Durchmesser.

»Das ist er, der Portierer«, sagt Sam Oscar mit sichtbarem Stolz.

»So groß?«

»Oh, der ist schon klein. Den Prototypen haben wir vor einigen Jahren in der Wüste errichten müssen. Aber wir arbeiten daran, das Portieren bald nur über den Marker möglich zu machen.«

Ich streiche mit der Hand über die Oberfläche der Halbkugel. Sie fühlt sich erstaunlich warm an. »Wie funktioniert die Maschine?«

»Das, meine Liebe, wissen nur meine besten Forscher und meine Tochter, die im Übrigen zu meinen besten Forschern zählt.«

Ich folge dem Wissenschaftler angespannt um die Kugel herum. Langsam werde ich doch nervös, obwohl ich den Prozess bereits kenne. Aber bei meinem letzten Zeitsprung war der Portierer viel kleiner, nicht mehr als eine armspannenbreite Röhre.

Auf der Rückseite unterbricht eine eckige Öffnung die runde Form und Oscar bedeutet mir mit einladender Geste hindurchzutreten. Im Inneren ist die Kugel hell, durch warmes Licht angenehm erleuchtet, aber außer einem X im Zentrum des glatten Fußbodens ist sie leer. Keine Kabel, keine Apparaturen, auch kein Tastenfeld, um ein Datum oder einen Ort einzugeben.

»Auf dem Kreuz stehen Sie schon richtig. Bleiben Sie bitte dort«, meint Oscar. »Ich werde Sie gleich verlassen, dann schließt sich die Tür. Der Prozess ist ungefährlich und schmerzlos, aber Sie könnten sich nach Ihrer Ankunft etwas benommen fühlen und Ihnen könnte –«

»… kotzübel sein«, ergänze ich, ohne nachzudenken, und könnte mich ohrfeigen für diese Unachtsamkeit.

»Ähm, ja, richtig, Übelkeit ist leider eine Nebenwirkung. Man hat es Ihnen anscheinend schon gesagt. Haben Sie noch Fragen?«

»Mr Oscar, wenn dies der einzige Portierer ist, wie bin ich dann hierhergekommen und wie holen Sie uns aus 1852 zurück, ohne diese Kugel vor Ort, und wo ist überhaupt Kay?«

»Der Kandidat ist bereits am Zielort. Er wird Ihr verspätetes Eintreffen aber nicht als solches wahrnehmen. Wir portieren Sie direkt in dieselbe Millisekunde. Ihre anderen Fragen darf ich Ihnen leider nicht beantworten, tut mir leid.«

Mir ist jetzt schon übel, obwohl der Portierungsprozess noch gar nicht begonnen hat, und ich schwanke leicht auf dem X.

Der Wissenschaftler legt seine Hände auf meine Schultern und sieht mich warmherzig an. »Wir können Sie ständig sehen. Sobald sich die Tür hier schließt, verfolgen wir Sie in Echtzeit, alles live. Sollten Sie wirklich in Gefahr geraten, holen wir Sie raus. Keine Sorge. Es wird großartig werden. Ich beneide Sie um diese Erfahrung, Alison. Sind Sie bereit?«

»Ich denke schon.«

»Gut, dann sehen wir uns in 4 Stunden. Ihr Marker zeigt Ihnen die verbleibende Zeit direkt nach Ihrer Ankunft. Sie werden 20:12 Uhr Ortszeit ankommen. Gute Reise, Alison.«

Ich schlucke hart, als sich die Tür schließt.

Sofort erfüllt ein tiefes, abgehacktes Brummen den Raum, so laut, dass mein Körper im Takt zittert. Das Licht wechselt zu einem intensiven Blau. Ich schließe die Augen, konzentriere mich darauf, stehen zu bleiben, trotz des Schwindels. Er ist diesmal viel intensiver und macht mir Angst.

Plötzlich zwingt mich mein Körper nach vorn, ich würge, ohne brechen zu können. Schweiß treibt aus meinen Poren, besonders am Nacken, läuft mir in Bächen den Hals herunter und tränkt den feinen rosa Baumwollstoff. Durch meine geschlossenen Lider nehme ich noch ein helles Aufblitzen war, dann wird alles schwarz.

8

31. Dezember 1852, 20:12 Uhr, San Francisco

Es stinkt. Nein, es stinkt bestialisch. Der durchdringende Geruch von Urin beißt in meine Nasenflügel und ich spüre Nässe an meiner Hüfte. Hoffentlich ist es nicht das, was ich rieche, mit Sicherheit aber liege ich in einer Pfütze.

Mein Körper ist schwer, meine Lider sind bleiern. Noch kann ich mich nicht bewegen, nicht mal die Augen öffnen. Auch der Schwindel hat sich nicht gelegt und mein Magen krampft sich schmerzhaft zusammen.

Plötzlich vernehme ich erste Geräusche. Klack, klack ... klack, klack. Sie werden immer lauter.

Lauter und schneller. Klack, klack, klack, klack.

Ein Knall zerschneidet die Luft, ich spüre den Windzug an meiner Wange, reiße erschrocken die schweren Lider auf. Metallbeschlagene Pferdehufe preschen vorbei und schleudern mir feuchten Dreck ins Gesicht.

Im nächsten Augenblick fasst eine kleine Hand an meinen Hals, macht sich an meinem Nacken zu schaffen. Jemand zerrt an meiner Kette. Sie schneidet scharf in meinen Hals ein, sodass ich für einen kurzen Moment nicht atmen kann, dann reißt der Schmuck, die kleinen Perlen kullern vor meinen Augen über glänzendes Kopfsteinpflaster.

»Hey! Was soll das?«, krächze ich, meine Kehle schmerzt.

Das schmutzige, magere Gesicht eines aschblonden Jungen grinst mich an. Zwei Schneidezähne fehlen. Das Kind, das mit flinken Fingern die Perlen zusammenklaubt, ist vielleicht sechs oder sieben Jahre alt. Die kleinen Kostbarkeiten verschwinden in seiner ausgebeulten Tasche.

Ich versuche, ihn trotz meiner Schwere zu packen, aber noch bevor ich mich vollständig aufrichte, läuft der Junge einige Schritte rückwärts, verbeugt sich feixend und ruft: »Feine Dame, feiner Herr, na, da danke ich wohl sehr!« Dann klatschen seine nackten Füße über das nasse Pflaster und er schlüpft zwischen die langen Mäntel schemenhafter Gestalten im Mondschein. Erst jetzt merke ich, dass es regnet.

Aber warum bin ich nur stückweise Herrin meiner Sinne?

Erst Riechen, den Gestank von Urin, dann Hören, die Geräusche von beschlagenen Pferdehufen, danach Sehen, den kleinen, schmutzigen Jungen, später Sprechen oder zumindest Krächzen und endlich Fühlen, den Regen auf meiner Haut ... Aber das alles ergibt keinen Sinn.

Wo bin ...?

Oh Gott! Natürlich! Ich bin da, im San Francisco des Jahres 1852! Der Verstand kommt immer als Letztes zurück. Gefährliche Minuten, in denen man hilflos seiner beschränkten Wahrnehmung ausgeliefert ist und damit ein leichtes Opfer, wie für diesen frechen Jungen. *Feine Dame, feiner Herr* ... Herr?

Kay! Wo ist er?

Mit einem Sprung bin ich auf den Füßen. Ups. Das war ein Fehler. Alles schwankt – oder ich schwanke. Ich lehne mich gegen eine Mauer und warte, bis sich der Schwindel gelegt hat.

Überall sind Menschen, eigentlich nur Männer. Manche starren mich unverhohlen an. Ihr lüsterner Blick gefällt mir nicht, deshalb schlinge ich meine Arme um die Brust und gehe ein paar Schritte weiter. Vor mir zieht sich eine Reihe zweistöckiger Gebäude entlang, aus deren Fenstern schwacher Lichtschimmer glimmt, durch den ich gerade so noch etwas erkennen kann. Hinter den flachen Dächern erahne ich einen Hügel. Ständig kommen und verlassen kleine wie große Gruppen die Häuser und durch die aufschwingenden Türen erklingen Gelächter, fröhliche Musik und laute Rufe. So viele Menschen ... sie zerstreuen sich in der Dunkelheit.

Offensichtlich ist die andere Seite der Straße unbebaut und ich meine, das Meer zu riechen, als eine Bö mir den feinen Nieselregen ins Gesicht treibt. Er ist kalt und der Stoff meines Kleides liegt schon jetzt klamm auf meiner Haut. Ich reibe meine Oberarme und folge dem Strom der Menschen, die Häuserzeile hinunter.

Wo nur ist Kay?

Ein Mann in dickem, aber löchrigem Mantel schwankt auf mich zu, bleibt breitbeinig vor mir stehen und lallt irgendetwas. Mit glasigem Blick stiert er auf meine Hand, in der in der Dunkelheit erschreckend hell rote Ziffern leuchten: *3 Stunden, 51 Minuten, 16 Sekunden.*

Schnell balle ich eine Faust und drehe mich weg.

Da entdecke ich einige Meter entfernt inmitten einer großen Gruppe einen hochgewachsenen Typen, der mit seinem emporragenden Zylinder zwischen den einfachen Strohhüten und anderen breitkrempigen Kopfbedeckungen deutlich heraussticht. Er steht, mir den Rücken zugewandt, zwischen einem guten Dutzend Männer. Sie bilden einen Kreis und feuern laut grölend jemanden an. Der Mann mit dem Zylinder streckt ein Bündel Geldscheine in die Luft.

Kay! Verdammt! Was zum Teufel macht er denn da?

Ich raffe mein langes Kleid hoch und bin mit wenigen Schritten bei ihm. Wütend schlage ich mit der Hand gegen seinen Rücken. »Spinnst du? Das Geld war – oh!«

Der Mann ist nicht Kay. Er trägt einen ergrauten Backenbart, hat eine lange, spitze Nase und sieht mit hochgezogenen, buschigen Brauen auf mich herab. »Ich hoffe, nur eine Verwechslung kann Ihr Verhalten erklären«, sagte er hochmütig.

»Entschuldigung. Ich wollte nicht ... Ich habe jemand anderen ... Es tut mir leid.«

Der Mann tritt einen Schritt vor und mustert mich kritisch. Durch die entstandene Lücke kann ich zwei Hähne ausmachen, die sich mit schlagenden Flügeln umkreisen und wütend nacheinander hacken, dann schließt ein anderer Schaulustiger den Kreis wieder.

»Miss, verzeihen Sie mir meine Offenheit. Aber eine ehrbare Frau wie Sie sollte nicht um diese Zeit auf der Straße sein, erst recht nicht in Sidney-Town.«

»Sidney? Ich bin immer noch in Australien?« Ich verschlucke mich fast.

Der Mann verzieht seinen Mund zu einem abschätzigen Grinsen. »Sie sind noch nicht lange hier, nicht wahr? Mit dem letzten Passagierdampfer des Jahres gekommen, der *SS New Orleans,* nehme ich an.«

Ich nicke abwesend, während ich zu verstehen versuche, warum um alles in der Welt ich in Australien bin.

»Keine Sorge, Ihr Schiff hat sich nicht verfahren. Sie sind in San Francisco. Wir nennen das Viertel wegen der australischen Einwanderer aus den Strafkolonien Sidney-Town. Zum Glück haben die meisten von ihnen sich gegenseitig gelyncht. Trotzdem sollten Sie nach Hause gehen. Mit Verlaub, wo ist Ihr Gatte?«

»Ich weiß es nicht. Er sollte hier irgendwo sein. Er ist groß und trägt einen Zylinder, deshalb dachte ich –«

»Meinen Sie etwa diesen jungen Mann?« Der Backenbart deutet mit dem Kinn auf einen Häuservorsprung, an dem zusammengesunken eine dunkel gekleidete Gestalt lehnt, eine Armlänge entfernt liegt der Zylinder zwischen groben Schuhen und langen Mantelsäumen auf dem Boden. Ich sehe nur einen Teil von dem Gesicht des Mannes, da dessen bronzefarbenes Haar ihm weit über die Stirn fällt, aber ich bin mir diesmal sicher: Es ist Kay.

Dankbar blicke ich zu dem Backenbart hoch und nicke. »Das ist er. Danke.«

Mein Gegenüber sieht mir ernst in die Augen. »Wenn Ihr Gatte es in dieser Stadt zu etwas bringen möchte, müssen Sie ihn von den Rauchhäusern fernhalten, Mam. Soll ich Ihnen eine Kutsche rufen?«

Ich schüttle den Kopf und schiele dabei zu Kay, der unbeholfen aufzustehen versucht. »Nicht nötig, danke.«

»Wie Sie meinen. Dann empfehle ich mich.« Der Fremde hebt seinen Zylinder, dreht sich um und zerrt einen halbwüchsigen Jungen aus dem Kreis, um sich, mit Geld wedelnd, wieder dem Hahnenkampf zu widmen.

Ich wische mir entschlossen den Sprühregen aus dem Gesicht und steuere auf Kay zu. Als ich ihn erreiche, kniet er halb in einem stinkenden Haufen Pferdemist und versucht, sich an der Wand hochzuziehen.

»Bleib unten.«

Kay hebt den Kopf. Er sieht blass aus, aber er lächelt. »Ich schätze, ich habe einen ordentlichen Brummschädel, ohne das Vergnügen ausschweifenden Trinkens gehabt zu haben.«

»Mir hat mal jemand geraten, den Kopf eine Weile auf die Knie zu legen. Das hilft.«

»Wer war das?«

»Du kennst ihn nicht.«

»Es geht schon«, sagt Kay und kommt auf die Füße. Aber kaum dass er steht, übergibt er sich schwallartig und ich rieche den sauren Champagner des Vorabends.

Genervt verdrehe ich die Augen. Das fängt ja gut an. »Du solltest damit beginnen, auf mich zu hören.«

Kay wischt sich über den Mund und fischt seinen Zylinder aus dem Gewirr von Beinen. »Wenn ich mich umsehe, war ich wohl nicht der Erste und werde bestimmt nicht der Letzte sein, der sich hier erleichtert. Mich dünkt, man hat uns in den sündigsten Teil San Franciscos geschickt.«

Mich dünkt ... Was soll das überhaupt bedeuten? Mein Kay hat nie so geredet, außer als es notwendig war, um sich anzupassen, aber ansonsten klang er auf keinen Fall wie ein aufgeblasener Schnösel. Aber ich gebe dem hier recht. »Ja, es ist die Hölle.«

»Die Hölle? Finden Sie? Vielleicht nicht gerade der Himmel, da pflichte ich Ihnen bei, aber es könnte das Paradies sein.« Er klopft den Zylinder ab, bevor er ihn sich auf den Kopf setzt.

Anscheinend ist mein Schützling wieder okay, aber nicht bei Verstand.

Ich schiele in meine Handfläche. Uns bleiben noch gut 3,5 Stunden. »Dann sollten wir die Pforte zum Paradies finden. Ich schlage vor, wir nehmen uns einen Laden nach dem anderen vor, bis wir etwas aus dem Hologramm wiedererkennen.«

»Hologramm?«

»Der Projektion, dem Farbfilm!«

»Verzeihen Sie, Alison. Ich glaube, ich habe keinen Hehl daraus gemacht, dass ich keine Anstandsdame benötige, ungeachtet dessen, dass dies kaum der geeignete Ort für eine junge Lady ist. Wir sollten ein Teehaus für Sie suchen und ich stoße kurz nach Mitternacht zu Ihnen.«

»Vergiss es! Komm schon.«

Wenige Schritte weiter stehen wir vor einem sehr schmalen, gelb getünchten Gebäude mit verrußten Glasscheiben und einer schweren Holztür. »Ich habe Sie gewarnt«, meint Kay und drückt gegen die Tür. Sie gibt nicht nach.

Entschlossen klopfe ich dagegen. »Keine Sorge, ich kann sehr gut auf mich aufpassen.«

»Wirklich? Wo ist Ihre Perlenkette?«

Verflixt. Auch dieser Kay ist ein guter Beobachter. Zum Glück bewahrt mich das Knarzen der Tür, die handbreit geöffnet wird, vor einer Antwort. Süßlich fauler Gestank schlägt mir entgegen. Im nächsten Moment späht ein kleiner Asiat mit streng zurückgebundenem, langem Zopf und kahler Stirn durch den Spalt und bleckt seine Zähne. Sie sind dunkel verfärbt, einige fehlen sogar. »Keine Frauen!«, ruft er aufgebracht und speit dabei Spucketröpfchen.

Kay sieht mich über seine Schulter hinweg mit einem »Hab ich's nicht gesagt«-Blick an, aber dann zieht er einen 50-Dollar-Schein aus der Innentasche seines Mantels und hält ihn vor den Türspalt. Die kleine Hand des Asiaten grapscht gierig danach, aber Kay zieht das Geld blitzartig zurück.

»Kann sich ein Herr hier beim Kartenspiel zerstreuen?«, fragt er lächelnd.

»Kein Kartenspiel. Rauchhaus, bestes chinesisches Opium ... Komm, komm, bring Frau mit.« Wieder versucht die Hand, den Schein zu greifen. Die Finger sind dünn, die Nägel so lang, dass sie sich ringeln, und sind genauso gelb wie die Zähne des Chinesen.

Sofort lässt Kay das Geld wieder in seiner Tasche verschwinden. Der Chinese stößt einen zischenden Fluch aus, etwas, das wie *Hunzang* klingt, und knallt die Tür zu.

»Und, möchten Sie immer noch die Abgründe der menschlichen Vergnügungen kennenlernen?«, fragt Kay mich.

»Ich will das hier hinter mich bringen und dann –«

»Dann?«

»Lass uns einfach weitermachen, okay?«

Kays Art reizt mich bis aufs Blut. Sein überhebliches Getue geht mir auf die Nerven, am liebsten würde ich ihm augenblicklich beweisen, wie ernst zu nehmen ich bin!

Fast wünschte ich, Kay würde mir einen Grund geben, ihm einen gezielten Schlag zu versetzen, natürlich nicht tödlich, aber schmerzhaft, so unfassbar wütend bin ich. Eine andere, sehr dumme Seite in mir will ihm nahe sein. Auch wenn es nicht mein Kay ist, er sieht so aus wie meiner und dieser Umstand genügt, mich in ein vollkommenes Gefühlschaos zu stürzen.

Nach wie vor stehen wir vor der Opiumhöhle und Kay bietet mir wieder seinen Arm. Ich lege meine Hand auf die weiche Wolle seines Mantels und ich kralle meine Finger hinein. Sollte er mein Gefühlschaos bemerken, lässt er es sich zumindest nicht anmerken.

Inzwischen ist es leerer auf den Straßen geworden, aber die verbleibenden Gestalten wirken düster und Kay zieht mich dicht zu sich heran. Erst möchte ich mich anschmiegen, aber dann rufe ich mir ins Bewusstsein: Es ist nicht er. Ich darf nicht zulassen, dass dieser hier mich so verwirrt.

Ich mache mich los und stapfe über das regennasse Kopfsteinpflaster. Da brauche ich mir nichts mehr vorzumachen, Kay trägt nicht die Schuld an meinen verworrenen Emotionen. Der wahre Grund ist maßlose Enttäuschung. Ich fühle mich betrogen! 2 Jahre musste ich meine Sehnsucht zügeln und jetzt?

Ich spüre ihn direkt hinter mir. Ich kann ihn riechen. Seinen herben Duft, der mich an einen Kiefernwald nach einem Regenschauer erinnert. Allein bei dem Geruch verzehrt sich alles in mir nach seiner Berührung, aber sobald er mich tatsächlich berührt, wird mir bewusst, dass er nichts weiter als eine Fata Morgana ist. Ein Trugbild, ein nicht erreichbarer See in der staubtrockenen Wüste meines Verlangens. Diesen Kay hinter mir zu wissen, ist, als wäre die größte Kostbarkeit der Welt immer eine Handbreit zu weit entfernt, um an sie heranzukommen.

Finster starre ich in die Nacht.

»Sie zittern ja«, stellt Kay fest und legt seine warme Hand auf meinen nackten Arm.

Seine Berührung durchzuckt mich.

»Ist alles in Ordnung?«, fragt er und legt mir seinen Mantel über die Schultern.

Als ich mich nicht rühre, knöpft er ihn behutsam zu. Auch in diesem Kay steckt ein fürsorglicher Mensch, der mir das Gefühl gibt, sicher zu sein, fast wieder, als wäre er mein Scout und nicht umgekehrt. Ich schließe die Augen, ziehe den Geruch der feuchten Wolle ein, an der noch etwas von Kays Duft haftet, und warte, bis sich mein Herz beruhigt hat. Erst dann öffne ich die Lider, um Kay, so fest es mir möglich ist, anzusehen.

»Es tut mir leid. Ich hätte dir helfen sollen und dich nicht stehen lassen.« Die Worte so auszusprechen, ehrlich und vernünftig zu sein, fällt mir beinahe so schwer, wie Kays Blick standzuhalten.

»Aber Sie können mich gar nicht stehen lassen. Ich würde Sie nie allein durch die Nacht gehen lassen.«

Ich lächle zu Kay hoch, sage schlicht »Ich weiß« und frage mich im selben Moment, wieso sie mich mitgeschickt haben, ich sein Scout sein soll. Kay braucht hierbei keine Hilfe, erst recht nicht solche, die ich ihm bieten könnte. Wir müssen weder ein Tier erlegen noch mit nichts als ein wenig Holz ein Feuer entzünden. Sowieso fühle ich mich immer mehr wie ein lästiges Anhängsel. Trotzdem will ich meine Rolle so gut wie möglich erfüllen und voranschreiten.

»Ich weiß, wie wir den richtigen Saloon finden«, sage ich daher, wobei ich die Arme in die Seite stemme.

»So?«

»In dem Holo… in dem Farbfilm, eine Tür ging für einen Moment auf und ist dir die Kerze aufgefallen, die in …«

»… einem Löwenkopf steckte?«

»Genau!«, antworte ich verblüfft. Ich war sicher, nur ich hätte dieses Detail wahrgenommen. »Also, durchkämmen wir die Kneipen nach diesem Löwen und dann machst du dein Glück. Vielleicht klappt es ja wirklich.«

»Wollen Sie tatsächlich Ihre Zeit damit vergeuden, jedes der Häuser da nach einer Schnitzerei abzusuchen?«

»Nicht ich. Wir! Ich bin dein Scout, also –«

»Mein Scout.« Kay lacht auf. »Da lasse ich mich besser von der Göttin Fortuna leiten.«

Ich kneife die Augen zusammen. »Nenn mich Fortuna, wenn du willst, aber wir machen es, wie ich es gesagt habe.«

Kay mustert mich, nickt schließlich und zum ersten Mal habe ich das Gefühl, meine Anwesenheit ist doch wichtig.

Nebeneinander gehen wir durch die sich leerende Straße. Die letzten Gestalten drängen in die Kneipen. Ein verstohlener Blick auf den Marker zeigt mir, dass uns immerhin noch 3 Stunden bleiben, und als wir die erste Tür aufstoßen, ist das Gedränge so groß, dass Kay mich an der Hüfte hochheben muss, damit ich nach dunklem Holz und einem Löwenkopf Ausschau halten kann.

Einige der Gäste sehen kopfschüttelnd zu uns, aber die meisten sind mit sich selbst beschäftigt. Nirgends ein Kartenspiel oder eine Schnitzerei.

»Fehlanzeige«, raune ich Kay zu und er lässt mich zu Boden.

Gleich darauf sind wir wieder in der Kälte der Nacht und steuern das nächste Gebäude an. Es ist rosa gestrichen, rote Laternen hängen an der Fassade. Als ich die Tür aufdrücken will, hält Kay mich zurück.

»Bitte drehen Sie sich um. Dies ist kein Anblick für Sie.«

Ich verdrehe die Augen. Natürlich ist mir klar, dass rote Laternen nicht gerade auf eine gewöhnliche Kneipe hindeuten, aber auch in einem Bordell könnte irgendwo Karten gespielt werden.

Kay sieht mich streng an und dreht mich an den Schultern um. »Ich lasse Sie nicht allein. Seien Sie unbesorgt.«

Innerlich lache ich auf. Aber wenn Kay den Helden spielen möchte, spiele ich eben mit und starre in die Dunkelheit, während ich höre, wie er mit der freien Hand die Tür aufdrückt. Die andere spüre ich immer noch auf meiner Schulter. Der durchdringende Geruch von schwerem Parfum und Schweiß steigt mir in die Nase. Ich bilde mir ein, dass er nach erhitzten Körpern riecht, dann fällt die Tür wieder zu und mein Schützling dreht mich um.

»Nichts von Interesse. Zumindest nicht für Sie.«

»Könntest du damit aufhören?«

»Womit?«

»Mit dem Sie! Ich komme mir vor, als wäre ich 40 oder so was.«

»Man würde denken, wir hätten eine vertrautere Beziehung.«

»Na und?«

Einen Moment legt Kay seinen Kopf schief und betrachtet mich nachdenklich, dann grinst er. »Eine vertrautere Beziehung ... das könnte mir gefallen.«

»Idiot!«

»Jetzt wird mir unsere Beziehung zu vertraut.«

»Gewöhn dich dran«, gebe ich zurück.

Kay lacht laut.

Da Sidney-Town nur aus einer Reihe von etwa 20 Gebäuden besteht, sind wir beim nächsten Haus auch schon wieder auf der Höhe des Hahnenkampfs. Die Männer wie auch die Hähne sind verschwunden, aber auf dem Boden liegen jede Menge Federn und ausgetretene, filterlose Zigarettenstummel. Erst jetzt sehe ich das Haus in Gänze. Es ist so klischeehaft, unglaublich, wie aus einem Western!

Kay drückt seine Stirn gegen eins der Fenster. Ich betrachte das Gebäude. Es ist viel breiter als die anderen, auch das höchste in der Reihe und das einzige, das einen Namen trägt. In weiß gemalten Blockbuchstaben prangt *Louisiana* über der gesamten oberen Fensterreihe. Sie ist gedrungen und dunkel, nur hinter einer offen stehenden Tür, durch die man auf einen Balkon gelangt, sehe ich schwaches Licht. Eine Holztreppe führt von dort zum unteren Stock und endet über einer halbhohen Pendeltür.

Ich stelle mich auf die Zehenspitzen und spähe über sie hinweg, aber außer wippenden Männerrücken sehe ich nur einen Kerl, der auf einem Tisch steht und eine Geige bearbeitet, als wolle er sie zersägen.

Als ich neben Kay trete, erkenne ich auch durch die viel größeren Fenster im Erdgeschoss nicht mehr als die Schatten tanzender Menschen, denn das Fensterglas ist trüb und an einigen Stellen mit Blei gekittet.

»Da ist aber ganz schön was los«, sage ich unnötigerweise.

Kay dreht sich zu mir. Seine Augen funkeln im Mondlicht. »Fantastisch, was? Komm, lass uns diese Nacht genießen!«

»Wie meinst du das?«

»Für uns gibt es hier kein Morgen. Lass uns tanzen, singen, Champagner trinken, einfach feiern. Es ist die Silvesternacht, Alison! Riechst du das?« Mit geschlossenen Augen zieht Kay die kalte Luft ein. »Das ist die Freiheit! Wie oft kannst du machen, was du willst, ohne am nächsten Tag dafür büßen zu müssen? Wir könnten das Geld verprassen!«

»Du spinnst doch!«

»Ganz und gar nicht! Oder genießt man in eurer Zeit das Leben nicht mehr?«

»Man trägt Verantwortung für sein Leben«, gebe ich zurück, ohne mir selbst zu glauben. »Was ist mit dem Pokerspiel?«

Kay winkt ab. »Entweder das Schicksal führt mich oder es wird mir genauso gut oder schlecht wie zuvor gehen. Aber jetzt verschwende keine Zeit mit philosophischen Diskussionen, als wären wir in einem Debattierclub.«

»Und was, wenn du nicht die Gegenwart vorfindest, die du kennst, sobald du zurück bist?«

Durchdringend sehe ich Kay an, mir absolut bewusst, dass Wum Randy und die Spielleitung uns jede Sekunde sehen und hören können. Auf keinen Fall will ich es sein, der sie auf den Gedanken bringt, meinen Schützling in eine schlechtere Realität zu schicken. In 2 Jahren wird von *Top The Realities* nur der Name und der Showmaster Wum Randy geblieben sein. In 2 Jahren wird man willkürlich das Leben eines Menschen auslöschen und den Kandidaten immer tiefer in die Vergangenheit schicken, mit dem Ziel, dessen Leben zu retten.

Mir hat man meinen Bruder genommen, Jeremy. Er war damals zehn. Je verzweifelter ich versuchte, seine Existenz wiederherzustellen, je weiter ich in der Zeit zurückreiste, um die richtigen Schlüsse zu ziehen, die richtigen Weichen zu stellen, desto mehr veränderte ich meine Gegenwart. Sie wurde schlimmer und schlimmer und schlimmer.

Sollte die Spielleitung durch mich auf die Idee gebracht werden, Kay die Folgen seines Hierseins spüren zu lassen, er würde sein Leben nicht wiedererkennen.

Aber mein Schützling versteht den warnenden Blick nicht, erwidert ihn nicht einmal, sondern sieht versonnen zu den tanzenden Körpern hinter den Glasscheiben.

»Kay, du solltest das hier ernst nehmen«, sage ich daher eindringlich.

Er dreht sich zu mir und lächelt. »Ach, komm schon, Alison. Das Leben ist doch ernst genug. Jetzt feiern wir!«

Plötzlich nimmt Kay mich an der Hüfte und schwingt mich durch die Luft. Ich quietsche vor Schreck.

»Einen Tanz, Alison. Nur einen Tanz«, ruft er und einen Wimpernschlag später sitze ich auf seinen Schultern.

»Lass das! Lass mich sofort runter! Kay!«

»Nein.«

Ich versuche loszukommen, aber er hält mich an den Knöcheln fest und lacht hell.

»Ich mein's ernst! Lass mich los!«

»Auf keinen Fall. Ducken!«

»Was?« Oh, der Türrahmen. Gerade rechtzeitig ziehe ich den Kopf ein, dann tauche ich auf Kays Schultern ins Innere und meine Augen werden groß.

So viele Menschen! Männer, Frauen, sogar einige Kinder ... voller Lebensfreude ... Sie klatschen, stampfen, singen, tanzen, grölen, lachen, schlagen im Rhythmus zur Musik auf den Tisch. Jeder, der eine Hand freihat, klopft oder trommelt, schlägt Flaschen gegeneinander oder Blechnäpfe, wie bei einem Becken. Auf einem Tisch in der Mitte steht der Geiger und stampft mit dem linken Fuß zum Takt der irischen Melodie, die nicht zu enden scheint, schneller und schneller wird. Der Geiger nickt einem Mann mit Hosenträgern zu, der zu ihm auf den Tisch steigt und eine einfach geschnitzte Flöte an die Lippen setzt.

Ich grabe meine Finger in Kays Schultern. Mir ist schwindelig, aber auf eine gute Weise, so als wäre ich verliebt. Vielleicht ist es der Zigarrenrauch, der in dicken Schwaden unter der Decke hängt, vielleicht die Musik oder der Schweiß tanzender Körper, ich fühle mich plötzlich wie in Ekstase, regelrecht berauscht.

»Das ist das Leben!«, ruft Kay zu mir hoch und schleudert seinen Zylinder wie eine Frisbeescheibe in die Menge. »Jetzt tanzen wir!«

»Nein, ich kann nicht tanzen! Warte!«

»Jeder kann tanzen!«, ruft Kay, hebt mich über seinen Kopf hinweg durch die Luft und stellt mich auf den Holzboden. »Scheint, als wollten sie sehen, wie ein Gentleman und eine Lady zu gewöhnlicher Musik tanzen.«

Oh nein! In meinem prächtigen rosa Kleid passe ich wirklich nicht hierher. Die Frauen tragen weite Röcke und Blusen, ihre Schuhe sind fest, ihre Haare gelöst und tatsächlich bildet sich ein Kreis um uns. Ein Mann mit schmutzigem grauem Hemd, aber freundlichem, rundem Gesicht feuert die Umstehenden mit einem »Hey – Hey – Hey« an. Die Musik setzt aus, aber der Geiger hält seinen Bogen so, als wolle er jeden Moment weiterspielen und nur die Spannung steigern.

Die Menschen um uns behalten den Rhythmus bei, stampfen mit den Füßen. »Komm schon, Lady!« Ein großer Kerl prostet mir erwartungsvoll zu.

Kay nimmt mir den Mantel ab, wirft ihn dem Mann zu und tritt lächelnd hinter mich. »Ja, komm schon, Lady«, raunt er in mein Ohr, seinen Körper von hinten an mich gepresst.

Hitze schießt mir ins Gesicht. Stampfen und Klatschen werden immer schneller. Kay greift um meine Taille, nimmt meine linke Hand, der Geiger reißt seinen Bogen hoch, zieht ihn mit Schwung über die Saiten, ich spüre Kays festen Griff, die Musik setzt ein und ich werde herumgeschleudert, weit nach hinten, nur Kays gekrümmte Fingerspitzen halten meine ausgestreckte Hand. Erschrocken reiße ich die Augen auf, schüttle heftig den Kopf. »Nicht, bitte ...«

Die Flöte stimmt ein, jetzt auch eine Ziehharmonika.

Kay spannt seine Arme an. »Nicht nachdenken, spür nur die Musik«, sagt er und wirbelt mich mit festem Griff zu sich.

Oh Gott! Ich sehe auf die Erde. Der Holzboden bebt unter dem schnellen Takt der stampfenden Füße, lässt meine Beine zittern. Als ich wieder aufblicke, zieht Kay mich dicht zu sich heran, meine Hand in seiner, und trabt mit mir wie beim Riverdance zur einen Seite, wechselt seine Hand, dann zurück. Meine Füße berühren kaum mehr den Boden, ich fliege durch die Luft, werde hochgehoben, im Kreis herumgewirbelt, bis sich alles dreht. Wunderbar dreht ...

Plötzlich bin ich in Kays gewinkelten Arm eingehakt und wir rotieren um uns selbst, bis er mir eine Verschnaufpause gönnt, die Hand in die Seite stemmt und die festen Absätze seiner Schuhe auf die Dielen schlägt. Mal mit der Hacke, mal mit der Spitze. Aus dem Zuschauerring höre ich begeisterte Pfiffe. Kay reißt sich die Frackjacke runter, klemmt sich die Daumen unter seine schwarzen Hosenträger und wirft die Beine nach vorn.

Ich lege lachend den Kopf in den Nacken. Er ist ein unglaublicher Tänzer!

Jetzt lösen sich auch andere Paare aus den Zuschauern

und jemand schlägt Kay anerkennend auf die Schulter. Bald drängen sich die tanzenden Körper zwischen den Tischen und Stühlen und ich werde mal von einem, mal vom anderen untergehakt, herumgewirbelt, bis ich am anderen Ende des Raumes bin.

Ich schnappe nach Luft. »Ich brauche eine Pause.«

Mein Tanzpartner, ein vielleicht 40-jähriger, recht freundlich aussehender Mann mit breiten Schultern, Schlapphut und einem Bart in Form eines umgedrehten Hufeisens, welches das Kinn freilässt, löst sich von mir. Wir stehen direkt an dem langen, ziemlich fleckigen Holztresen, dahinter der Wirt, der gerade eine Flasche an den Hals hebt.

»Möchten Sie vielleicht etwas trinken?«, fragt mein Tanzpartner. Er hat einen britischen Akzent, aber auf irgendeine Weise schmutzig, wie breites Cockney-Englisch.

Ich nicke dankbar, er beugt sich, die Finger erhoben, über zwei bärtige Männer hinweg, die armdrückend halb über dem Tresen hängen.

Auf Zehenspitzen halte ich nach Kay Ausschau. Inmitten dreier Frauen, die sich mit aufgeblähten Röcken um meinen Schützling drehen, entdecke ich ihn. Unsere Blicke treffen sich. Er zieht seine Brauen hoch, so als wollte er fragen, ob alles okay ist. Ich deute grinsend auf eine der Frauen, die Kay anhimmeln. Sie ist klein und drall und ihr Busen quillt aus der eng geschnürten Bluse heraus. Mit feuerroten Wangen sieht sie zu ihm hoch. Jetzt, da ich weiß, dass dieser Mann nicht mein Kay ist, soll er sich doch eine Weile amüsieren. Die Schwärmereien der anderen belustigen mich nur. Was sie sich wohl erhoffen? Ein paar Drinks? Eine rauschende Nacht? Einen Ehemann?

Der Typ mit dem Schlapphut kommt zurück und drückt mir einen Humpen mit dunkler Flüssigkeit in die Hand, vier seiner Fingerknöchel sind verschorft. Eine innere

Stimme warnt mich plötzlich davor, das Glas zu nehmen, aber ich ignoriere sie, denn meine Kehle ist wirklich verdammt trocken.

»Vielen Dank, ich war kurz vorm Verdursten.«

»Da bin ich froh, Sie gerettet zu haben«, antwortet der Mann und hebt seinen Hut an der Krempe. »John Butcher. Und Sie sind?«

»Alison Hill.«

»Ist das Mr Hill?« John streckt seinen Finger durch den Henkel des Bierhumpens und deutet auf Kay.

Ich schlucke das süßherbe Gesöff hinunter und schüttle dabei den Kopf. »Nicht in diesem Leben.«

»Sie sind allein in die Stadt gekommen?«

»Sozusagen.« Kaum dass ich die Worte ausgesprochen habe, merke ich, ich habe einen Fehler gemacht.

Mein Begleiter streicht sich Schaum aus seinem Bart und leckt ihn von den Fingern, während er mich abschätzend betrachtet. Sein Blick wandert von meinem Haar über mein Gesicht und bleibt an der unscheinbaren Erhebung meiner Brüste hängen. Mein Körper versteift sich. Plötzlich wirkt John Butcher nicht mehr so freundlich. Er stürzt das restliche Bier hinunter und grinst anzüglich.

Ich stelle den Humpen demonstrativ auf den Tresen, werfe dem Typen einen abweisenden Blick zu und drehe mich weg. Ich habe nur wenig Lust, allein hier rumzustehen und von irgendwelchen Männern begafft zu werden. Wo zum Teufel ist Kay? Das reicht jetzt. Er hatte genug Spaß. Verstimmt versuche ich, ihn im Gedränge auszumachen.

Zum Glück ist er groß und nicht schwer zu finden. Mir den Rücken zugewandt, lehnt er an einem Fenster und redet mit einer vollbusigen Frau mit welligem kastanienbraunem Haar und dunkelroten Lippen, die ein weißes

Kleidchen mit Spitze trägt, es wirkt fast wie ein Nachthemd. Sie ist schon älter, vielleicht 50, aber immer noch schön. Gerade nickt sie bejahend und deutet mit dem Daumen über ihre Schulter hinter sich. Scheinbar kann Kay sich kaum vor Verehrerinnen retten. Aber plötzlich schüttelt sie heftig den Kopf, fast als hätte er ihr ein zu unmoralisches Angebot gemacht.

Ich kneife die Augen zusammen. Was tun die beiden da?

Als er sich vorbeugt, ihr etwas ins Ohr raunt, sieht sie zu mir herüber, nickt und reibt Daumen und Zeigefinger aneinander. Irgendetwas müssen sie miteinander ausgemacht haben. Das ist ja wohl die Höhe! Kay hat ihr tatsächlich einen Schein zugesteckt, den sie blitzartig in ihrem spitzenbesetzten Dekolleté verschwinden lässt. Hat er die Frau eben wirklich bezahlt?

Okay, sei nicht so naiv. Sie ist eine Prostituierte. Aber das reicht! Ich sollte ihn daran erinnern, dass er nicht zu seinem Vergnügen hier ist.

Immerhin bin ich sein Scout, auch wenn es hierbei nicht um mein Leben geht und sein Verhalten mich zunehmend nervt, mahnt mich meine Erfahrung, die Spielleitung von *Top The Realities* nicht zu enttäuschen.

Verstohlen sehe ich in meine hohle Hand. Noch 2 Stunden und 23 Minuten bleiben Kay, um ein Pokerspiel so zu manipulieren, dass Perry Hill ein Vermögen gewinnt. Aber mein Schützling hat nur irgendwelche Weiber im Kopf, ganz abgesehen davon, dass er verheiratet ist und seine Frau ein Kind erwartet.

Als ich zu Kay zurückblicke, ist er verschwunden, die Frau mit dem Geldschein auch. Vielleicht sind sie in die obere Etage gegangen.

Unfassbar!

Ich entdecke das dralle Mädchen mit den herausquellenden Brüsten wieder. Sie sitzt auf dem Schoß eines Alten, der zahnlos lacht, ihr einen Schein in den Ausschnitt steckt und in den Busen kneift. Sie schiebt das Geld tiefer zwischen ihre Brüste, presst sie gegen seine Knollennase und gackert mit zurückgeworfenem Kopf.

Mein Gott! Als wenn sich unvermittelt ein Schleier hebt, wird mir klar, dass alle Frauen hier Prostituierte sind. Ihre Wangen sind nicht erhitzt, sondern rot angemalt, ihre geschnürten Blusen keine Mode, sondern ein freizügiges Angebot, und Schlapphut-John wollte nur sichergehen, dass auch ich, trotz dieses feinen Kleides –

»Hey!« Plötzlich liegt eine Hand auf meiner rechten Brust und greift fest zu.

Ich fahre herum. »Pfoten weg!«

»Komm schon, zier dich nicht so.«

John Butcher! Als hätte ich ihn gerufen! Er greift nach meinem Handgelenk und zerrt daran. Ich muss nicht nachdenken, winkle den Ellenbogen, drehe meinen Körper aus seinem Griff. Er kann nicht anders, als seine Hand zu öffnen.

Aber anscheinend reicht ihm diese Warnung nicht. »Glaubst du, einen Drink gibt's kostenlos? Lass mal sehen, was du da unter deinem feinen Zwirn versteckst.«

Schon wieder nesteln seine Finger an meinem Ausschnitt. Jetzt reicht's!

Blitzartig ist meine Hand gerade und so fest wie ein Brett. Ich lasse sie nach vorn schnellen, die Finger ausgestreckt, ramme sie mit durchgestrecktem Arm in die Vertiefung oberhalb seines Brustbeins. Er hat meinen Angriff nicht kommen sehen, stößt einen kehligen, erstickten Laut aus, taumelt rückwärts, direkt zwischen die beiden armdrückenden Bärtigen. Ein Glas fällt um. Das Bier ergießt sich über das Bein eines der Bärtigen, der Butcher am Kragen hochreißt und ihn zwischen die Tanzenden schleudert. Er landet so hart auf dem Boden, dass Staub auffliegt.

»Verfluchte Australier!«, brummt der Bärtige nur, setzt sich wieder und fordert seinen Kumpel mit aufgestütztem Ellenbogen erneut zum Armdrücken heraus.

Keiner stört sich an dem Zwischenfall, keiner beachtet John Butcher, der zwischen den tanzenden Beinen zu seinem Schlapphut kriecht. Als er ihn hat, treffen sich unsere Blicke und ich kann nicht anders, als ihm süffisant zuzulächeln. Noch während er sich aufrappelt, bekreuzigt sich Butcher, so als wäre ich der Gestalt gewordene Teufel, und stolpert hinaus.

Ich kann mir ein Grinsen nicht verkneifen. Trotzdem wäre mir an Kays Seite wohler. Anscheinend ist in diesem Jahrhundert eine Frau ohne Begleitung ihres Mannes zwangsläufig eine Hure. Zumindest hier. Aber mein Schützling vergnügt sich irgendwo im Obergeschoss. Soll er sich da doch Läuse holen oder sonst etwas Ekliges! Ich werde mich nicht mehr um ihn kümmern. Das war's mit Schützling!

Doch plötzlich steht Kay hinter mir. Ich kann ihn riechen, Kiefernwald und feuchte Erde in einem Nebel aus Zigarrenrauch und süßem Bier. Er berührt mit den Fingerspitzen meinen Arm. »Amüsierst du dich gut?«

»Amüsierst du dich gut?«, gifte ich und fahre herum.

»Prächtig. Ich dachte, du könntest Durst haben.« Kay hält zwei quadratische Gläser mit honiggelber Flüssigkeit in der Hand und streckt mir eins entgegen.

Ich hebe abwehrend die Hand. »Ist das Whiskey?«

»Apfelmost mit Wasser in Whiskeygläsern. Ich trinke nie Alkohol vor einem Pokerspiel, aber es kann von Vorteil sein, meine Mitspieler etwas anderes glauben zu lassen.«

»Pokerspiel? Ich dachte, du spielst ... wie dämlich kann man sein?« Ich bin wütender, als ich sollte. »Wo ist deine ... Begleitung?«

Das letzte Wort speie ich richtig aus. Im selben Moment merke ich, wie sehr es mich trifft, dass Kay so ein Weib für was auch immer bezahlt, statt in mir eine begehrenswerte Frau zu sehen. Ich dachte, ich könne nicht eifersüchtig sein, da dies nicht der Mann ist, den ich liebe, aber er ist es doch, irgendwie ...

»Augenblick, erkenne ich da einen Anflug von Eifersucht?«, fragt Kay und betrachtet mich mit schräg gelegtem Kopf.

Trotzig recke ich mein Kinn vor. »Dein Privatleben interessiert mich einen feuchten Dreck, aber in 2 Stunden holen sie uns zurück und ... Ach, vergiss es! Mach, was du willst!«

Kay seufzt. »Im Hinterzimmer wird Poker gespielt.«

»Was für ein Hinterzimmer?«

»Dort, in der Ecke, wo das Klavier mit dem Löwenmaul steht.«

»Ich seh nichts«, fauche ich, nicht bereit, so schnell einzulenken, auch wenn ich langsam das Gefühl habe, den Boden unter den Füßen zu verlieren.

»Dort, gleich neben dem großen Kerl, der seine Arme verschränkt hält.«

Kay stellt die Gläser auf den Tresen, tritt hinter mich und dreht mich ein Stück nach rechts. Kurz gerät mein Herz aus dem Takt. Ich muss an mich halten, nicht wieder in alberne Tagträume abzugleiten. Es ist nicht er, mahne ich mich und presse meine Zähne aufeinander.

»Siehst du ihn?«

Ich schüttle den Kopf. So klein, wie ich bin, sehe ich lediglich Rücken von tanzenden oder torkelnden Menschen und die Frau in dem Nachthemd, der Kay einen Schein zugesteckt hat. Mit schnellen Schritten zirkelt sie durch die Menge und kommt auf uns zu. Kay drückt kurz meine Schultern, dann geht er ihr entgegen. Irgendetwas bereden die beiden, dann verschwindet sie mit wiegenden Hüften.

Einen Moment später ist Kay wieder bei mir. »Wir können jetzt ins Hinterzimmer. Aber normalerweise sind keine ...« Kay kratzt sich verlegen am Hinterkopf. »Ehrbare Frauen sind dort für gewöhnlich nicht anzutreffen, nur ... verflucht! Ich hätte dich in ein Teehaus bringen sollen. Ich kann nicht auf dich aufpassen und gleichzeitig Poker spielen, und dich hierzulassen, ist auch keine Option. Ich möchte, dass du deinen Blick gesenkt hältst, wenn wir dort reingehen. Versprochen?«

»Sicher nicht.«

Kay schnaubt unwillig. »Es scheint, als könntest du nie tun, was man dir sagt.«

Ein Schauer läuft mir über den Rücken. Genau das hat auch mein Kay zu mir gesagt, nicht nur einmal, und einen Wimpernschlag lang glaube ich, er ist es doch ...

Als wir den großen Kerl erreichen, der mit verschränkten Armen vor einer Tür steht, sehe ich das Löwenmaul und das Klavier. Es ist dunkel, schwer und voller Schnitzereien, über dem geschlossenen Deckel zwei Löwenmäuler, in denen fast niedergebrannte Kerzen stecken.

Wir sind tatsächlich am richtigen Ort. Hinter dieser Tür sitzt mein Ururururgroßvater Perry Hill und wird bald ein Stück Land gewinnen, auf dem seine Nachfahren eine Apfelplantage anlegen werden, und 75 Jahre später, während der Prohibition, sogar Schnaps brennen. Zumindest in meiner Realität.

Der große Mann nickt Kay zu, dann sieht er mich an.

Seine Augen wandern über meinen Körper, nicht begierig wie bei Schlapphut-John, sondern geschäftstüchtig, als schätze er meinen Wert ein. Ich schlinge die Arme um meine Brust, worauf er das Gesicht verzieht, als hätte er in eine Zitrone gebissen.

Kay legt seine Hand auf meine Schulter und sieht dem Kerl mit hochgerecktem Kinn in die Augen. Beide sind in etwa gleich groß. Schließlich zuckt der Mann mit den Achseln, stößt mit seinem Fuß die Tür auf und tritt zur Seite.

Ich gehe vor Kay hindurch. Schlagartig ist mir klar, was ihn beunruhigt hat: Das Hinterzimmer ist ein Puff!

Auf einem Sofa, gleich vor mir, sitzt ein Mädchen und krault ein kleines, struppiges Hündchen hinter den Ohren. Sie ist wahrscheinlich jünger als ich, aber vor allen Dingen ist sie so gut wie nackt. Ihre spitzen, festen Brüste sind an den Warzen rot angemalt, sie trägt nur ein eng geschnürtes Mieder um die Taille und untenherum nichts. Hinter mir fällt die Tür zu.

Ich bin nicht prüde, zumindest dachte ich das, aber ich weiß gar nicht, wo ich hinschauen soll. Der Raum ist um einiges kleiner als der, den wir verlassen haben. Viel zu klein, um mich in irgendeiner Ecke zu verkriechen und nicht gesehen zu werden, was ich sowieso nicht will. Aber irgendwie muss ich Teil des Ganzen werden, nicht auffallen, soweit das möglich ist. Sich seiner Umgebung anzupassen, war eines der ersten Dinge, die ich in der elften Staffel von *Top The Realities* lernen musste.

Einige Spieltische verteilen sich im Hinterzimmer, zwei Schritte entfernt, wird gewürfelt und ein Kerl mit langer Nase lässt eine Münze über seine Finger wandern, während er mich unverhohlen anglotzt. Ich recke mein Kinn und starre mit zusammengekniffenen Augen zurück.

Kay folgt meinem Blick, drückt sein Kreuz durch und legt den Arm um mich. »Komm, Liebling. Nimm einen Drink an der Bar und sieh zu, wie ich einen schönen Batzen Geld für dich gewinne«, sagt er so laut, dass sich weitere Köpfe heben.

Ich schenke ihm ein scheinbar zuckersüßes Lächeln, ärgere mich innerlich jedoch. Kay muss nicht jede Situation für mich regeln. Im Gegenteil. Es sollte umgekehrt sein. Doch dies ist der falsche Augenblick, um das klarzustellen.

Also spiele ich mit, als Kay mich zu einem Ecktresen bugsiert. Dabei schwankt er leicht, aber ich spüre, dass jede Faser seines Körpers angespannt ist. Kay hat sich vollkommen unter Kontrolle.

Er zieht einen Barhocker für mich heran und klopft die Sitzfläche ab, Staub wirbelt auf, dann hebt er mich mit Schwung hinauf, wobei er übertrieben laut lacht. Schlagartig ist es still. Jeder in diesem Raum hat Kay jetzt wahrgenommen.

Hinter dem Tresen steht die Frau im Nachthemd. Gerade schiebt sie vier grobschlächtigen Männern randvoll gefüllte Gläser zu. Auch diese Gäste starren uns an. Sollen sie. Wichtig ist, dass Kay seine Zeit nutzt, endlich mit dem Pokerspiel beginnt.

Ungeduldig rutsche ich auf meinem Hocker hin und her, trommle mit den Fingern auf dem Tresen, bis die Bardame sich gelangweilt zu uns wendet. »Was darf's sein?«

»Ihren besten Whiskey, auch für die Lady«, sagt Kay, bevor ich den Mund öffnen kann, und knallt demonstrativ einen 50-Dollar-Schein auf den Tisch. »Dieser Käfer hier ist mein kleiner Glücksbringer, richtig?«

Kay lehnt sich schwer über meine Schulter und blickt dabei zu den Männern neben uns. Einer grinst anzüglich, aber dann greifen sie zu ihren Gläsern und prosten uns zu.

Die Frau im Nachthemd streicht das Geld ein. Sie dreht sich in die Ecke der Theke, um mit irgendwelchen Flaschen zu hantieren.

Endlich ist der Raum wieder von lautem Stimmengewirr und Gelächter gefüllt. Anscheinend hat man sich damit abgefunden, dass eine Frau in der Kleidung der Oberschicht zwischen lauter Huren und Spielern sitzt. Sehr gut, jetzt können wir uns auf die eigentliche Aufgabe konzentrieren.

Also, wo ist das Pokerspiel? Ich lasse meinen Blick schweifen.

»Ihre Drinks.« Die Barfrau stellt zwei Gläser vor uns.

Kay stürzt den Inhalt hinunter und schiebt sein Glas auffordernd zurück, ich rieche vorsichtig an meinem, bevor ich einige Schlucke nehme. Langsam und bedacht darauf, mich zu schütteln, als wäre es hochprozentiger Alkohol und kein verdünnter Apfelsaft.

»Sie wollen spielen, Sir?«, fragt die Frau und sieht zu Kay hoch. Mit ihrem kastanienbraunen Haar und den dunklen Augen wirkt sie italienisch, also taufe ich sie in Gedanken Isabella, nur um sie nicht mehr als Nachthemd zu sehen.

»Spielen und gewinnen! Poker, kein Limit.«

»Ich sehe, was ich tun kann«, antwortet Isabella, schenkt Kay aus einer dunklen Flasche nach und umrundet den Tresen.

»Bist du immer noch der Meinung, dass deine Anwesenheit angemessen ist?« Kay sieht mich durchdringend an.

»Ich bin dein Scout, schon vergessen?«

Kay lacht kurz auf. »Mir ist schleierhaft, wieso. Aber gut, es ist müßig, darüber zu streiten.«

»Ich habe schon Schlimmeres gesehen.« Eine Lüge. Ungerührt versuche ich, über eine Frau hinwegzusehen, die ihren Hintern mit gerafftem Rock an der Hose eines Mannes reibt. Er steht zwischen vielen anderen Zuschauern, vermutlich um einen der Spieltische, und knetet ihren Busen, ohne den Blick von dem Spiel zu nehmen. Ob hinter den Umstehenden Perry Hill sitzt und ob tatsächlich Karten gespielt werden, kann ich nicht erkennen.

»Hast du ihn schon entdeckt?«, raune ich Kay daher zu.

Er deutet ein Kopfschütteln an und löst sich von mir, da Isabella zurückkommt.

»Die anwesenden Herren freuen sich über einen weiteren Mitspieler«, sagt sie und streicht sich eine Strähne aus der Stirn. »Ich bringe Ihnen die Getränke an den Tisch. Vielleicht möchte Ihre Begleitung so lange etwas essen? Es ist noch Fisch übrig oder frische Blutwurst.«

»Fisch ist hervorragend«, antwortet Kay statt meiner. »Kümmere dich ein wenig um sie, bring ihr, was sie wünscht, und ... hab einfach ein Auge auf sie.«

»Sie kann in der Küche warten.« Isabella nimmt Kays Glas und wischt kurz mit einem Lappen über die Theke.

Ich malme mit dem Kiefer. Obwohl mein Magen knurrt, werde ich bestimmt nicht in irgendeiner Küche warten. »Danke. Ich werde nichts essen«, sage ich kühl, greife mein Glas und gleite vom Barhocker.

Isabella hebt eine Braue, worauf Kay mich leicht am Unterarm berührt. »Es wird nicht gern gesehen. Versteh das bitte, Alison.«

»Was denn, mache ich dich nervös?«

»Du machst die anderen nervös. Sie könnten sich gehemmt fühlen in Gegenwart einer Dame.«

Isabella rollt mit den Augen. »Hörn Sie, Lady, die Männer hier saufen, solange sie noch schlucken können, zocken, bis sie Löcher in den Taschen haben, und falls sie gewinnen, wollen sie sich am Ende des Abends zwei heiße Schenkel über die Eichel stülpen. Und das sicher nicht in

Anwesenheit einer Frau, die wie ihr Weibchen zu Hause angezogen ist.«

Auf Kays Stirn steht eine steile Falte. »War das wirklich notwendig?«

Weibchen zu Hause? Herrgott! Es scheint, als müsste ich zu drastischeren Maßnahmen greifen. Ich lege meinen Kopf schräg, zupfe an einer Locke und lächle dem klobigen Kerl neben mir zu.

»V'lleicht brinnen Se ja mir Glück, wenn er Se nich will«, sagt er mit schwerer Zunge, beugt sich weit rüber und hält eine Münze direkt unter mein Kinn.

Ich werfe Kay einen langen Blick zu, wobei ich Locke für Locke meiner aufgetürmten Haare löse und den Ausschnitt meines Kleides so tief ziehe, dass mein Brustansatz zu sehen sein müsste. Kay hält meinem Blick stand, ohne nach unten zu schielen oder nur mit der Wimper zu zucken. Aufreizend langsam sammele ich Speichel in meinem Mund, spucke auf das Geldstück, so wie ich es in einem Film gesehen habe. Dann schleudere ich es hoch, greife es aus der Luft und knalle es auf den Tresen, fast wie am Ende des Parcours hinter unserem Haus.

Aus den Augenwinkeln sehe ich, wie der klobige Kerl leicht schwankend auf die Münze stiert.

»Zahl!«, ruft er erst nach einigen Sekunden, in denen ich Kay nach wie vor herausfordernd ansehe. »Die nächse Runne geht auf dich, Harry!« Sein Kumpel macht eine abwinkende Handbewegung, der Kerl dreht sich wieder mir zu. »Hey, du bis ja würlich 'nen verdammer Glücksbrinner.«

Isabella wirft ihr Handtuch auf den Tresen. »Wenn sie bleibt, kostet das 50 extra und ihr seid in einer Stunde, und zwar noch vor Mitternacht, hier raus!«

Na bitte. Dieser Punkt geht an mich. Innerlich lächle

ich zufrieden, nach außen lasse ich mir meinen Triumph nicht anmerken.

»Mitternacht«, wiederhole ich scheinbar nachdenklich und kratze meinen Nasenflügel mit gekrümmter Hand, sodass ich die leuchtenden Ziffern auf dem Marker sehen kann. 1 Stunde und 37 Minuten bleiben Kay noch, um sein Glück zu machen, falls sie wirklich ihr Wort halten. Für diese Zeit bleibe ich in meiner Rolle, helfe Kay, so gut ich kann, auch wenn ich das Weibchen an seiner Seite spielen muss. Aber danach werde ich Oscar beknien, damit er mich zurückschickt. Zurück zu meinem Kay.

Der Tisch ist rund und erstaunlich groß, sodass acht Stühle um ihn herumpassen. Nur drei von ihnen sind besetzt, Kay nimmt zwischen zwei leeren Platz und nickt den anderen Spielern zu. Ich stehe direkt hinter ihm, nippe an meinem Apfelsaft, während Isabella, ihre Hand auf dem Kartenstapel, die Regeln für Kay wiederholt.

»An diesem Tisch wird *High Card Draw* ohne Limit gespielt. Zum Einsatz kommen nur Bares oder Wertgegenstände, die von allen akzeptiert werden. Die Spieler geben selbst, reihum, dem Uhrzeiger nach. Sie können zwei Mal tauschen, meine Herren, das erste Mal frei, das zweite Mal einen Dollar pro Karte.«

Kay trommelt mit den Fingern auf sein Glas. Ich beäuge die Mitspieler. Einen kenne ich bereits. Es ist der Mann vom Hahnenkampf, der mit dem Zylinder, den er auch jetzt trägt und lupft, wobei er mir zunickt.

Neben ihm sitzt ein viel jüngerer Mann, sein Gesicht ist schmal und blass und seine Augen flackern unruhig. Mich scheint er überhaupt nicht wahrzunehmen.

Die nächsten zwei Sitzplätze sind frei, der darauffolgende Platz ist von einem brutal wirkenden Mann besetzt, neben ihm ist der Stuhl zurückgezogen und leer. Aber auf dem Tisch steht eine verkorkte Steingutflasche, ein klobiges Glas und ein Napf, randvoll gefüllt mit braunen Stummeln und Asche. Das muss der Platz von Perry Hill sein. Ich hoffe, er ist nur kurz auf Toilette und nicht schon gegangen. Dann hätte Kay seine Chance verpasst, obwohl ... recht würde es ihm geschehen.

In diesem Moment jedoch treten zwei Zuschauer zur Seite, um einen Mann durchzulassen.

Helle Weste, grobes Hemd, Halstuch, Strohhut, genau wie in dem Hologramm. Es ist Perry Hill! Er zieht seine Weste straff, hängt seinen Hut über die Stuhllehne und setzt sich.

Ein leichter Schauer überzieht meinen Arm. Nur zwei Meter entfernt, sitzt mein Urururgroßvater und hat keine Ahnung, wer ich bin. Unwillkürlich suche ich nach Ähnlichkeiten zwischen uns. Sein Gesicht ist fein geschnitten, seine Augen sind blau und sein Haar ist aschblond. Obwohl er schlicht gekleidet ist, wirkt alles an ihm geordnet und sauber. Ich bin schwarzhaarig, meine Augen sind matschfarben und bei mir ist nie irgendetwas wirklich geordnet. Nein, es besteht keine Ähnlichkeit, nicht mal annähernd.

Als Perry Hill eine silberne Schatulle auf den Tisch legt, sie öffnet und ein Zigarillo entnimmt, fällt mir auf, wie schlank seine Finger sind. Sie wirken nicht wie Arbeiterhände, nicht als hätten sie jahrelang Gold geschürft.

Mein Urururgroßvater reißt ein Zündholz an einem Heftchen entlang und zieht an dem Zigarillo, bis die Spitze glüht. Durch den aufsteigenden Rauch blickt er erst zu Kay, dann zu mir.

Ich versuche ein Lächeln, aber Perry Hill erwidert es nicht, sondern rümpft seine Nase.

Neben mir hebt Isabella die freie Hand. »Nun, da die

Gentlemen vollständig sind ... Die Dame hier ist ebenso Gast. Sie sieht nur zu. Halten Sie also Ihre Hände ruhig.«

»Wenn sie's auch tut ...« Der brutal wirkende Mitspieler, ein vierschrötiger Mann, zieht einen Mundwinkel nach unten. Sein Gesicht wirkt genauso verschlagen wie gewalttätig.

Ich traue mich nicht, etwas zu erwidern.

»Na los, Schönling, erklär's deiner Kleinen!«, raunzt er.

»Der Herr weist dich darauf hin, keine Zeichen zu geben, die mir verraten könnten, welche Karten einer der Anwesenden auf der Hand hält«, sagt Kay betont langsam, während er seine Scheine, einen nach dem anderen, auf den Tisch legt. Etwa 850 Dollar müssten Kay geblieben sein.

Unter den Zuschauern schwillt Gemurmel an, irgendjemand schnalzt mit der Zunge.

Isabella schiebt Kay die Karten zu und nimmt ihre Hand vom Stapel. »Dann wünsche ich viel Vergnügen.«

Ich atme tief durch. Das Spiel im Spiel beginnt.

Kay schiebt einen 10-Dollar-Schein in die Mitte. Der Mann mit dem Zylinder schnippt seine Münzen auf den Tisch, aber der mit dem blassen Gesicht wedelt abwehrend mit der Hand und lehnt sich zurück. Ich habe keine Ahnung von Poker, aber anscheinend ist der Einsatz zu hoch für ihn. Der grobe Kerl knallt seinen Einsatz so hart auf die Platte, dass die anderen Geldstücke hochspringen. Dann reibt er an etwas, das aussieht wie ein Fellbündel mit Krallen. Vielleicht eine Hasenpfote. Jetzt ist Perry Hill an der Reihe. Er zieht einen Bündel Scheine aus seiner Weste, befeuchtet sich die Finger und nestelt einige blassgrüne Noten heraus.

Kay greift zu den Karten. Er mischt das Blatt geschickt, als hätte er es schon Tausende Mal getan. Ich sehe gebannt auf seine Hände. Einen Teil der Karten zieht er heraus, lässt sie in das leicht aufgefächerte Deck wieder hineinfallen, erst langsam, sodass es jeder nachvollziehen kann, dann immer schneller. Plötzlich teilt er den Stapel, fährt mit seinen Fingern über den Rand, wie bei einem Daumenkino, bis sie sich vermischen.

Angespannt sehe ich auf seine linke Hand. Was ist mit dem Marker? Aber Kay ist geschickt. Eine Karte bleibt immer in der Innenfläche und verdeckt das rote Leuchten.

Jetzt lässt er die Karten aus halb geöffneter Hand wie einen Wasserfall in die andere gleiten, fächert sie senkrecht stehend über die Tischplatte, schiebt sie wieder zusammen und verteilt je fünf von ihnen an die Spieler.

Als er sein Blatt aufnimmt, hält er es so, dass ich es sehen kann: zwei Zehner, eine Sieben, eine Drei und eine Dame. Die letzten drei schiebt Kay verdeckt zurück in die Mitte und nimmt sich neue. Auch die anderen Spieler tauschen einige ihrer Spielkarten. Bald werden weitere Münzen auf den Tisch gelegt, wieder Karten beiseitegeschoben, neue genommen.

Eine Zeit lang versuche ich, das Spiel zu verstehen. Ich will wissen, ob Kay ein gutes Blatt in der Hand hält, aber die Regeln bleiben mir ein Rätsel und irgendwann beginnt mich das Ganze sogar zu langweilen. Wieder frage ich mich, was meine Anwesenheit für einen Zweck hat. Aber da mir niemand hier diese Frage beantworten wird, konzentriere ich mich darauf, in den Gesichtern der Spieler zu lesen, die mir mehr verraten als die Karten.

Perry Hill sitzt aufrecht und wirkt so steif, als hätte er eine Metallstange im Rücken. Er verzieht keine Miene. Nur das hektische Abstreifen seines Zigarillos verrät seine Nervosität. Der Mann mit dem Zylinder hat sich entspannt zurückgelehnt, die Beine weit geöffnet und wartet mit halb geschlossenen Augen auf den Einsatz des groben Kerls. Der hat seine Arme, breit aufgestützt auf dem Tisch, weit vorgelehnt und spuckt geräuschvoll eine schwarze Masse in einen Blechnapf, bevor er weitere Münzen auf den Tisch legt.

Als Perry Hill an der Reihe ist, wirft er seine Karten vor sich. Anscheinend waren sie nicht besonders gut.

Bald fordert Kay die Verbliebenen auf, ihr Blatt zu zeigen, und der Zylinder-Mann zieht mit selbstgefälligem Lächeln die Scheine und Münzen zu sich ...

Nach der fünften oder sechsten Runde werden meine Beine schwer. Die Luft ist stickig, gefüllt mit Zigarrenrauch, der mir Tränen in die Augen treibt. Auf dem Spieltisch hat sich nicht viel verändert. Das Geld tauscht seinen Besitzer, ohne dass ich einen klaren Sieger ausmachen kann. Der blasse Mann scheint allerdings auf der Verliererseite zu stehen. Er hat nur noch einen kleinen Stapel Silbermünzen vor sich liegen und kaut nervös auf seinem Fingerknöchel, während er die Karten aufnimmt.

Ab und zu taucht Isabella auf, schenkt Kay nach, bis sie die Flasche schließlich stehen lässt. Als mein Schützling erneut mit Geben dran ist, sind seine Bewegungen fahriger, einmal entgleitet ihm sogar der Stapel und er hebt die Karten umständlich auf. Wüsste ich nicht, dass in der Flasche nur verdünnter Apfelsaft ist, ich würde Kay für sturzbetrunken halten. Er ist wahrhaft ein Spieler. Durch und durch und in jeder Hinsicht.

Ein verstohlener Blick auf den Marker sagt mir, uns bleiben noch knapp 30 Minuten in dieser Zeit.

Plötzliche Nervosität verscheucht meine Trägheit. Womöglich werde ich bald meinen Kay wiedersehen! Nach 2 langen Jahren. Nur eine gemeine, kleine Stimme warnt mich davor, mich zu sehr zu freuen, denn noch hat Sam Oscar mir nur versprochen, mein Anliegen zu diskutieren. Aber ich verbiete der Stimme, mich weiterzunerven.

Alles ist gut. Niemand hat unsere Zeit verknappt, keiner uns Schmerzen über den Marker zugefügt, nichts war so bedrohlich, dass es uns das Leben hätte kosten können. Es scheint wirklich so, als würden sie in der ersten Staffel noch eine gewisse Form von Menschlichkeit beweisen.

Aber wieder drängt sich mahnend und unheilvoll diese Stimme in mein Bewusstsein. Sie hat mit dem Sam Oscar aus der Zukunft zu tun, dem, der mich im Cube überrascht hat, dem ohne Zwirbelbart. Was hat er mit meinem Marker gemacht? Nach wie vor spüre ich keine Veränderung. Gut möglich, dass Oscar wirklich verrückt geworden ist. Vielleicht eine Nebenwirkung zu vieler Zeitsprünge ... Hat Oscar einfach nur irgendeinen futuristischen Kugelschreiber in meine Haut gedrückt und dachte, er würde damit die Zukunft verändern? Und warum erzählte er etwas vom Ende eines Regenbogens? Vielleicht wollte er mir etwas damit sagen. Aber was? Am Ende des Regenbogens steht ein Topf voller Gold. Im Märchen zumindest.

Nein, wie ich es auch betrachte, die logischste Erklärung ist: Oscar muss irgendwann in der Zukunft den Verstand verloren haben. So traurig es auch ist.

Meine Gedanken wandern zu meinem Kay zurück. Wie viel Zeit wird mir mit ihm bleiben? Wird sie reichen, um den Marker zu beherrschen? Und wenn es mir gelänge, wie könnte ich Kay mitnehmen? Der Marker ist schließlich kein DeLorean, in den Kay einsteigen könnte, um mit mir zusammen zurück in die Zukunft zu reisen. Wie nur kann ich dieses blöde Ding beherrschen? Wie ist es mir in meinem Zimmer gelungen?

Ich schließe die Augen. Da war Jeremy, draußen im Garten, die Dr-Pepper-Dose, der Wurf, Schmerz an meiner Stirn ...

Plötzlich ist mir schwindelig. Fast rechne ich damit, dass es klappt, ich durch die Zeit springe, aber als ich die Augen wieder öffne, stehe ich immer noch hinter Kay am Pokertisch. Ich sehe in meine Hand. Vielleicht bin ich nur einen kurzen Moment zurückgesprungen ... Auf dem Marker blinken noch 22 verbleibende Minuten. Die Zeit ist also weiter fortgeschritten. Kein Sprung zurück. Ich lasse die Hand auf Kays Stuhllehne sinken und schlucke meine Enttäuschung hinunter.

Kay sieht zu mir auf, als spüre er, wie mies ich mich gerade fühle. Er sagt nichts, aber in seinen dunklen Augen liegt ein besorgter Ausdruck. Ich will ihn nicht beunruhigen und zwinge mich zu einem Lächeln. Kay scheint es mir nicht ganz abzunehmen, denn er wiegt zweifelnd den Kopf.

Plötzlich steht Isabella neben uns. »Sir, ich sollte Ihnen kurz vor Mitternacht Bescheid geben.«

»Dange«, erwidert Kay mit schwerer Zunge und grapscht, nun wieder unbeholfen, nach den zusammengeschobenen Karten. Während er sie mischt, scheinen sie ihm beinahe zu entgleiten, aber ich bin mir sicher, er weiß, was er tut.

Ich trete einen Schritt zurück und verschränke die Arme hinter meinem Kopf. Irgendwie hilft es, mich zu fokussieren, mich auf das Hier und Jetzt zu besinnen, auch wenn es vermutlich nicht sehr damenhaft aussieht.

Inzwischen liegen Dutzende von Scheinen auf dem Tisch, noch mehr Münzen, außerdem eine kleine Silberdose und mehrere Zigarren.

»Vereint San Francisco nich das Besse vom Schlechdesen?« fragt Kay in die Runde, während er die Karten verteilt. »Glügschpiel, Huren und verfluch guden Whissy. Alles an eim Ort.«

Der Zylindermann schneidet die Spitze einer Zigarre ab und nickt zustimmend. »Wohl wahr, San Francisco ist nicht nur die sündigste Stadt, sondern wird bald die größte der Vereinigten Staaten sein. Man bedenke, allein 30.000 goldgierige Seelen sind in diesem Jahr an Land gespült worden. Arme Schwachköpfe. Sie werden sich die Hände blutig waschen und doch nicht mehr als Goldstaub in ihren Pfannen finden. Ich sage, es gibt nur drei Möglichkeiten, in dieser Stadt zu wahrem Reichtum zu gelangen! Der Handel mit Diggern oder Niggern, Landauktionen und das Glücksspiel.«

»Du redest zu viel«, knurrt der grobe Kerl und zieht die Karten zu sich. Er wirkt noch gereizter als vorhin.

Auch ich werde von Sekunde zu Sekunde unruhiger. Dies muss die entscheidende Runde sein. Spätestens jetzt muss Kay Perry Hill ein Vermögen zuschanzen und den anderen Spielern irgendwie das Geld aus der Tasche ziehen. Denn vor meinem Urururururgroßvater liegen nicht mehr als ... vielleicht 30 Dollar! Bisher kann er also nur verloren haben.

Als Perry Hill seine Karten zu sich heranzieht und auffächert, warte ich gespannt auf seine Reaktion. Er streicht sich über das Kinn, angelt nach einem weiteren Zigarillo und legt sein Blatt wieder verdeckt auf den Tisch, um die Hände für das Streichholzheftchen freizuhaben. Was soll das bedeuten? Hat er ein gutes Blatt?

Ratlos sehe ich nun auf Kays Karten. Er hält eine Fünf, einen König, eine Vier und zwei Buben auf der Hand. Die Buben sind beide rot, ich glaube, das ist gut, aber mehr begreife ich nicht. Kay leert sein Glas, schiebt alle Karten bis auf die Buben zurück, nimmt sich drei neue und blickt zu dem Zylindermann.

»Eine«, sagt der Mann knapp und Kay schiebt ihm die Karte rüber.

Der blasse Mann folgt seinem Beispiel. Auch der grässliche Grobian lässt sich neue Karten geben. Dann ist Perry Hill an der Reihe. Er hält zwei Finger hoch. Ich bemerke, dass sie leicht zittern.

Kay schenkt sich nach, die Flasche ist fast geleert. »Meine Herrn, Sie können no eima nachkaufen«, sagt er und greift neben das Glas. Er spielt seine Rolle wirklich überzeugend. Aber der Sinn bleibt mir unverständlich.

Wieder werden Münzen in die Mitte geworfen, Karten getauscht. Der blasse Mann lässt das Blatt sinken und schiebt es von sich weg.

Ich schaue auf meinen Marker, noch 15 Minuten.

Was nur hat Kay vor? Blöd. Ich sehe nur seinen Rücken, nicht sein Gesicht, aber an seinem Hals treten die Muskeln deutlich hervor. Er ist von Kopf bis Fuß angespannt. »Ich bidde um Ihre Einsässe, Gentlemen ... Sir ...«

Der Zylindermann streicht sich über seinen Backenbart. Ein Lächeln umspielt seinen Mund. Ganz leicht, aber ich registriere es. »Dann wollen wir das Spiel mal etwas interessanter gestalten«, sagt er in selbstgefälligem Ton, reibt sich die Hände und zieht ein Papier hervor. »Dies, meine Herren, ist die Besitzurkunde für ein kostbares Stück Land, und zwar direkt neben dem neu gebauten Pier. Sie können mir glauben, schon jetzt ist es ein Vermögen wert, in wenigen Jahren wird es unbezahlbar sein. Mein Einsatz für dieses Spiel. Ich schlage vor, der Sieger bekommt alles!«

Aufgeregtes Murmeln erhebt sich unter den Zuschauern, Perry Hill zieht die Urkunde zu sich, betrachtet sie mit gefurchter Stirn und reicht sie an Kay weiter.

Direkt hinter mir zieht jemand scharf die Luft ein. Ich drehe mich um. Der Mann ist nicht viel größer als ich, hat ein volles Gesicht und freundliche, runde Augen. Er beugt sich weit vor, um ebenfalls einen Blick auf die Urkunde werfen zu können. Ich trete einen Schritt zur Seite, damit er sie besser sehen kann, was er mit freundlichem Lächeln quittiert.

»Jetzt geht's um alles«, raunt er mir zu. »Passen Sie auf, dass Ihr Mann nicht Ihre Aussteuer verspielt. In seiner Verfassung schätzt man die Dinge oft falsch ein.«

»Aber zwei Buben sind doch gut, oder?«, flüstere ich zurück.

Der Mann betrachtet mich mit schräg gelegtem Kopf. »Sie verstehen nicht viel von Poker, nicht wahr?«

»Kein bisschen.«

»Der Herr mit dem Zylinder hat einen Köder gelegt.«

»Einen Köder?«

»Eine Parzelle am Pier. Jesus! Die ist Tausende wert! Immer wenn ich in der Stadt bin, verbringe ich meine Abende hier. Aber um solche Summen wurde noch nie gespielt. Er muss ein fantastisches Blatt haben. Ich nehme an, er hofft jetzt, einen möglichst dicken Pott an Land zu ziehen. Also einen großen Gewinn.«

»Ach so?«

»Absolut. Es wäre ... Verzeihen Sie, wie unhöflich. Ich vergaß, mich vorzustellen. Mein Name ist Jimmy Cornfield, Inhaber von *Cornfield & Sohn*, Stoffe, Kurzwaren, Bekleidung. Wobei der Sohn eigentlich eine Tochter ist. Aber das kann man natürlich nicht schreiben. *Cornfield & Tochter ...«* Jimmy Cornfield gluckst vergnügt und deutet eine Verbeugung an.

Ich nutze die Sekunde, um auf meinen Marker zu schauen. Noch zwölf Minuten.

»Alison Hill«, erwidere ich, als er wieder aufsieht, und verschränke schnell die Hände hinter dem Rücken.

»Begleiten Sie mich. Ich erkläre Ihnen die Partie«, schlägt Jimmy Cornfield vor.

»Sup... gern, das wäre nett.«

Inzwischen stehen sicherlich 20 Männer um den Tisch. Als eine der halb nackten Frauen versucht, sich dazwischenzudrängen, wird sie grob zurückgestoßen. Ich bin froh, dass Jimmy Cornfield zwei große Typen mit Hosenträgern darum bittet, mich vorzulassen, und schlüpfe direkt hinter den Grobian. Sein Kreuz ist breit und er stinkt, als hätte er sich ein Jahr lang nicht gewaschen. Welche Karten hält er in der Hand? Ich recke meinen Hals. Verdammt. Jetzt legt er sein Blatt weg, um die Urkunde zu betrachten. Er hält sie gegen das schwache Licht einer Petroleumlampe und reibt mit dem Finger über das Papier. Seine Hände sind groß wie Schaufeln und so dreckig, dass die Urkunde schmutzig ist, als er sie zurückschiebt.

Ich sehe fragend zu Jimmy Cornfield.

»Sehen Sie«, flüstert er.

Plötzlich liegt ein weiteres Stück Papier auf dem Tisch, mehrfach gefaltet und fleckig. Der Grobian zieht die Nase hoch und rotzt in den Napf. Widerlich!

»Ich habe zwar kein Land am Wasser, aber 'n hübsches Fleckchen Erde nördlich der Bay in den Bergen. Zwölf Morgen, so fruchtbar wie Evas Schoß!«

Das ist es! Das ist die Apfelplantage!

In diesem Spiel hätte Perry Hill sie normalerweise gewonnen, aber jetzt liegt auch noch ein ganzer Haufen Geld auf dem Tisch und ein Stück Land direkt am Pier ...

Wenn ich mir vorstelle, dass im Jahr 2015 dort Häuser, 30 Stockwerke hoch, stehen werden ... Es ist Jahre her, seit ich das letzte Mal in dieser Gegend war, aber ich bin ziemlich sicher, eine zehnspurige Straße verläuft zwischen den Hochhäusern und einer Markthalle, direkt am Wasser, mit unzähligen Restaurants und Geschäften. Allein der Gedanke, wie wertvoll das Land werden wird ... unfassbar!

Mit vor den Mund gepresster Hand warte ich, bis auch die Urkunde über die zwölf Morgen von allen begutachtet wurde.

»Was haben Sie noch?«, fragt der Zylinder schließlich und wirft das Papier so achtlos in die Mitte, als wäre es ein Schmierzettel.

Der Mann vor mir grunzt und lässt einen kleinen Stapel Münzen durch die Finger gleiten. Zwei davon scheinen aus Gold zu sein. Sie sind achteckig, irgendwie merkwürdig ...

»112 Dollar, eine Taschenuhr und diese heiße Lady hier. Ein nickelbeschlagener Navy Colt. Das dürfte wohl reichen.«

Der Mann mit dem Zylinder nickt knapp. Ich schiele zu dem Revolver. Noch nie habe ich eine Schusswaffe aus solcher Nähe gesehen.

»Ist die geladen?«, frage ich Jimmy Cornfield.

»Das will ich wohl meinen. Geladen und teuflisch zielgenau. Sieht aus, als würde ihr Besitzer den Köder für einen Bluff halten.«

»Wie bitte?«

»Verzeihen Sie. Was ich meinte, war, der Mann mit dem Colt glaubt nicht, dass der Herr mit dem Zylinder wirklich gute Karten auf der Hand hat. Er hält ihn für einen Schauspieler. Kommen Sie. Vielleicht können wir einen Blick in sein Blatt werfen.«

Als wir weitergehen, komme ich mir vor wie in einem Theaterstück. Einige Zuschauer raunen sich etwas hinter vorgehaltener Hand zu, die meisten aber starren stumm auf die Spieler.

Trotzdem ist die Anspannung fast zu hören. Wie der raschelnde Vorhang, der sich vor dem letzten Akt hebt. Aber dies ist kein Spiel. Auf dem Tisch liegt ein Vermögen und ... eine geladene Waffe.

Zwischen dem blassen Kerl und dem Grundbesitzer bleiben wir stehen. Leider sehe ich nicht viel mehr als dicht gedrängte Körper, zwischen ihren Köpfen Kay, der zurückgelehnt und mit halb geschlossenen Augen auf sein Glas stiert. Isabella steht hinter ihm, eine Hand auf seiner Schulter, aber Kay ignoriert sie. Anscheinend ist es kurz vor Mitternacht. Nochmals auf den Marker zu blicken, wage ich nicht.

Jimmy Cornfield legt seine Hand auf meinen Arm. »Er hat ein Full House!«, raunt er. »Dagegen kann man nur verlieren.«

»Wer?«

»Der Herr mit dem Zylinder. Er wird die anderen ausnehmen wie eine fette Weihnachtsgans.«

»Wirklich? Ist das sicher?«

Jimmy Cornfield nickt eifrig.

Oh Gott! Was hat Kay nur getan? Perry Hill wird alles verlieren! Er wird heute Nacht ohne das Stück Land nach Hause gehen, wo auch immer das ist, sein Zuhause. Er wird nie eine Apfelplantage anlegen, nie ein Haus darauf bauen, vielleicht keine weiteren Kinder bekommen. In dieser Realität wird sein Leben vollkommen anders verlaufen. Schlechter, viel schlechter. Und Kay trägt die Schuld daran.

Wieder drängt sich mir die Frage auf, ob Wum Randy Wort halten wird und ihn in seine gewohnte Realität zurückschickt. Oder wird er Kay den Ausgang dieses Spieles doch spüren lassen? Dann stände auch Kay vor dem Nichts.

Ich schiebe den Gedanken beiseite, denn jetzt sind alle Augen auf Perry Hill gerichtet. Seine undurchdringliche Maske ist ihm entglitten. Schweiß läuft über das Gesicht meines Urururgroßvaters und er wischt sich mit dem Handrücken über die Stirn, wobei seine Augen unruhig von dem Revolver zu seinen Mitspielern wandern.

»Also, Mann, sind Sie dabei?«, fragt der Zylinder schroff.

Perry Hill antwortet nicht, aber aus irgendeinem Grund nestelt er jetzt an den Knöpfen seiner Weste herum. Seine Hand zittert, nein, sie bebt regelrecht.

Was ist denn das? Ist das wirklich ...

»Gold ...«, höre ich Jimmy neben mir sagen.

Woher hat mein Urururgroßvater denn Gold? Ich sehe auf seine Hände, die sich so fest um den schimmernden Klumpen krampfen, dass seine Fingerknöchel weiß hervortreten. Langsam schiebt er das Nugget in die Mitte.

Natürlich! Auf einmal fügt sich alles zusammen. Es ist der Goldklumpen! Der, den der kleine Junge am Fluss gefunden hat. Wegen dem meiner Urgroßtante Alison gut 80 Jahre später das Leben genommen wird. Moment mal ... Bedeutet das, wir befinden uns in derselben linearen Realität? Wird Kay nach Hause zurückkehren, nur um festzustellen, dass seine Frau verbrannt ist? Nein, das würde ja heißen, der Mann dort am Pokertisch ist doch mein Kay, was unmöglich ist. Aber ...

Plötzlich werde ich beiseitegedrängt. Alle versuchen, einen Blick auf den Goldklumpen zu werfen. Ich sehe gerade noch, wie Perry Hill das Nugget loslässt. Es ist groß, so groß wie eine Kinderfaust, viel größer, als ich es in Erinnerung habe.

Ich versuche, meine Gedanken zu ordnen, die Realitäten

zu sortieren. Nichts scheint mehr logisch, nichts greifbar. Vollkommen durcheinander suche ich in Kays Gesicht nach dem Mann, den ich liebe.

Aber da reißt Isabella ihren Arm hoch und winkt aufgeregt. Was ist denn jetzt wieder los? Ich folge ihrem Blick.

Von der Theke löst sich der massige Kerl, der vorhin noch im Gastraum neben dem Klavier stand. Während er auf den Tisch zugeht, zieht er einen Revolver. Oh Gott! Was soll das?

Als er Isabella erreicht hat, deutet sie auf den Goldklumpen und der Türsteher stellt sich breitbeinig vor sie, den Revolver erhoben. Unwillkürlich ziehe ich den Kopf zwischen die Schultern und halte die Luft an.

»Ich will keine Scherereien hier drin, verstanden?«, sagt er in scharfem Ton und sofort ist es so still, dass nur noch die Fiedel aus dem Gastraum zu hören ist.

Erleichtert atme ich aus und sehe zu Perry Hill. Sämtliche Farbe ist aus seinem Gesicht gewichen. Seine Augen sind jetzt starr, seine Haut fast grau.

Und Kay? Unsere Blicke treffen sich, aber seine Miene ist ausdruckslos. »Ich bin raus«, sagt er nur, schiebt seine Karten zusammen und klopft sie ein paar Mal auf den Tisch.

Jimmy Cornfield dreht sich zu mir. »Vernünftig. Ihr Mann hat scheinbar mehr Verstand als der Trottel mit dem Gold. Das ist er los.«

Was? Ich stöhne laut auf. Mir ist egal, dass Jimmy Cornfield mich verwundert ansieht. Ich empfinde nur ungeheures Mitleid für meinen Urururgroßvater.

Wie aus weiter Ferne beobachte ich, wie einer nach dem anderen seine Karten offenlegt.

Schräg vor mir der Mann mit dem Zylinder, dann der stinkende Kerl mit dem Colt. Er schleudert seine Karten regelrecht auf den Tisch, stürzt sein Getränk hinunter und flucht laut, irgendetwas mit Sankt Patrick. Kay erhebt sich schwankend und der Mann mit dem Zylinder grapscht nach dem Gold.

»Er hat vier Gleiche. Vier Damen!«, schreit jemand.

Vier Damen? Ich dachte, zwei und drei Gleiche ... Ich sehe zu Jimmy Cornfield. Er hat die Augen weit aufgerissen.

»Das gibt's doch nicht. Der Goldsack hat vier Gleiche!«

»Wer? Perry Hill?«

»Weiß der Kuckuck ... der mit dem Goldklumpen.« Er deutet auf meinen Urururgroßvater, der eben den Revolver zu sich zieht.

»Heißt das, er hat alles gewonnen? Auch das Land am Pier?«

Jimmy Cornfields Augen blicken plötzlich hoch. Jemand legt seine Hand auf meine Schulter.

Ich drehe mich um.

»Das heißt es«, sagt Kay lächelnd. »Es wird Zeit, dass wir gehen, Alison.«

Verwirrt schüttle ich den Kopf, aber Kay zieht mich zu sich und führt mich eng an seine Seite gedrückt zur Tür.

Plötzlich geht alles viel zu schnell. Es ist nicht so, dass ich hierbleiben will. Nichts auf der Welt würde mich in dieser gefährlichen Zeit halten, aber ich verspüre den Wunsch, Abschied von dieser Reise zu nehmen. Wie bei einem letzten Urlaubsabend auf die erlebten Momente zurückschauen.

Als wir das Hinterzimmer verlassen, will ich Kay zumindest fragen, wie zum Teufel er Perry Hill hat gewinnen lassen, aber der Gastraum ist erfüllt von Jubel. Es muss Mitternacht sein, ich könnte mein eigenes Wort nicht verstehen. Jemand klappt den Klavierdeckel hoch, beginnt, einige Takte zu spielen. Und sofort wird die Melodie von hundert oder mehr Stimmen begleitet.

Mit Kays Hand auf meiner Schulter gehe ich zwischen selig trunkenen Menschen hindurch, die, ihre Arme verschlungen, voller Inbrunst singen, ohne zu ahnen, dass sich eben das Leben eines einfachen Goldgräbers auf unglaubliche Weise verändert hat. In diesem Moment bin ich glücklich.

Als wir das Gasthaus verlassen und in die sternenklare Nacht treten, lege ich meinen Kopf auf Kays Schulter und singe leise mit ...

Should auld acquaintance be forgot ...

Sollten alte Bekanntschaften vergessen werden ...

And days of auld lang syne?

Und die guten alten Zeiten ...

Kay nimmt seinen Arm von mir und streicht mir die Locken aus dem Gesicht. »Das sollten sie nicht, Alison ...« Ein ernster Ausdruck tritt in seine dunklen Augen. »Ich werde diese Stunden mit dir nie vergessen.«

Ich sehe ihn nur an, unfähig, etwas zu erwidern. In diesem Augenblick erkenne ich so viel von dem Kay wieder, den ich liebe, dass ich fast glaube, er ist es doch. Ich verliere mich in seinen dunklen Augen, suche dort nach der Wahrheit.

»For auld lang syne, my dear, for auld lang syne«, verabschieden die Worte das Jahr 1852. Dann ist Kay verschwunden.

9

01. Januar 1853, 00:13 Uhr, San Francisco

Ich brauche eine kleine Ewigkeit, bis ich kapiere: Ich bin immer noch hier.

Langsam öffne ich meine Hand, Finger für Finger, starre auf den Marker. Er zeigt drei Nullen: 0 Stunden, 0 Minuten, 0 Sekunden. Sie blinken nicht, sondern leuchten rot und ohne weitere Erklärung in der Finsternis der Nacht.

Was ist passiert?

Angestrengt horche ich in mich hinein. Mir ist ein wenig flau, aber keine Spur von Übelkeit oder Schwindel. Wieso bin ich noch hier?

Ich muss Ruhe bewahren, alle Möglichkeiten durchdenken. Es gibt sicherlich eine logische Erklärung dafür.

Vielleicht haben sie irgendein technisches Problem und versuchen, es in diesem Moment zu beheben. Aber warum haben sie dann Kay holen können? Nein, es muss an mir liegen.

Immer noch drei Nullen. Ausgefallen ist mein Marker also nicht. Aber es ist gut möglich, dass die andere Seite der Verbindung es ist: ihr Portierer. Womöglich nachdem sie Kay geholt haben und kurz bevor sie mich erfassen konnten. Hatte Sam Oscar nicht gesagt, diese riesige Halbkugel sei der Prototyp? Prototypen sind anfällig, zumindest in meiner Vorstellung. Mir bleibt wohl nichts anderes übrig, als zu warten, bis ich in die Zukunft getragen werde.

Eine Weile stehe ich stocksteif da, wage nicht mal, einige Meter weiterzugehen, wie an einer Haltestelle, aus Sorge, den Bus zu verpassen. Doch dann kriecht Kälte meinen Körper hinauf. Durch die dünnen Sohlen meiner Schuhe bis in meine Fingerspitzen, die langsam taub werden.

Ich balle meine Hände zu Fäusten, öffne sie wieder, schließe sie erneut, auf, zu, auf, zu, bis das Gefühl in meine Fingerspitzen zurückkehrt. Inzwischen muss die Temperatur noch weiter gesunken sein und noch immer warte ich auf die typischen Begleiterscheinungen eines Zeitsprungs: Übelkeit und Schwindel. Aber das Einzige, was ich spüre, ist Kälte.

Um mein Gehirn mit etwas Greifbarem zu beschäftigen, versuche ich, die Temperatur einzuschätzen. Das Straßenpflaster glänzt dunkel und feucht, es ist also nicht überfroren, sonst würde es hell glitzern. Noch müssen Plusgrade herrschen. Von Osten aber bläst ein eisiger Wind und der Stoff meines Kleides hat ihm nur wenig entgegenzusetzen. Die Luft schmeckt salzig. Das Meer dürfte ganz in der Nähe sein, ich sehe es jedoch nicht, denn das trübe Licht aus den Lokalen hinter mir beleuchtet nur das Pflaster, alles dahinter verschmilzt zu kontrastlosem Schwarz. Straßenlaternen gibt es nicht.

Vielleicht sollte ich wieder hineingehen. Sie können mich mit meinem Marker doch überall erfassen. Es ist nicht notwendig, in der Kälte zu warten. Außerdem müsste Kays Mantel noch da sein, mit etwas Glück kann ich ihn mir holen.

Aus dem Gastraum dringen laute Stimmen auf die Straße, etwas scheppert fürchterlich, von der Fiedel ist nichts mehr zu hören, dafür Schreie. Sie klingen dunkel und wütend. Unschlüssig sehe ich die Tür an. Vielleicht sollte ich ... Verdammt noch mal!

Ich springe zur Seite. Gerade noch rechtzeitig. Ein Mann knallt auf das Pflaster, direkt vor meine Füße. Man hat ihn aus dem Lokal geworfen. Blut läuft von der Stirn über seine Nase. Ein schneller Blick zur Tür. Sie pendelt hin und her, nur noch einen Spaltbreit ist sie offen, aber ich erblicke Fäuste, wutverzerrte Gesichter, ein Bierglas fliegt auf mich zu, zerschmettert in dem Moment an der Tür, als sie sich schließt. Gerade noch rechtzeitig.

Der Mann vor mir rappelt sich auf. Ich kann nicht anders, als ihn anzustarren. Als unsere Blicke sich treffen, steht blanker Hass in seinen Augen. Ich weiß nicht, ob er mir gilt, hebe aber instinktiv meine Hände. Langsam gehe ich rückwärts, Meter für Meter. Selbstverteidigungskurs hin oder her. Dieser Kerl ist riesig, es ist besser, sich von ihm zu entfernen.

Plötzlich stoße ich gegen etwas, ich schnelle herum, nein, jemand: ein weiterer Mann. Er grapscht nach mir. Ich schreie, raffe das hinderliche Kleid, renne.

Aus irgendeinem Lokal torkeln drei Gestalten. Blitzartig schlage ich einen Haken. Sie grölen mir etwas hinterher, lachen rau. Ich bin in der Hölle und tausend Hände greifen nach mir, um mich ins Verderben zu zerren!

Als ich das Ende der Straße erreiche, schimmern mehrere weiße Zelte im fahlen Licht. Ich denke nicht darüber nach, wieso sie hier sind, sondern kaure mich zwischen zwei von ihnen und mache mich so klein wie möglich. Mein Herz hämmert so heftig gegen meine Brust, dass ich befürchte, es würde mich verraten. Ich halte die Luft an, aus Angst, zu laut zu atmen.

Überall knackt es, überall Schritte, irgendwo kotzt jemand geräuschvoll. Und noch immer haben sie mich nicht geholt. So leise wie möglich atme ich aus, ziehe salzige Luft in meine Lungen und sehe auf den Marker. Drei Nullen. Keine Nachricht, keine Übelkeit, kein Schwindel. Wie viel Zeit brauchen sie denn noch? Ich will hier raus. Ich muss hier raus! Ich muss! Ich muss!

Diese Stadt ist gefährlich. Besonders in der Nacht, besonders für eine Frau. Nichts schützt mich! Ich habe keinen Mantel, kein Geld, keine Waffe und keinen Schimmer, warum ich noch hier bin. Meine Güte, was ist, wenn sie Stunden brauchen, um den Portierer zu reparieren, oder Tage, vielleicht sogar Wochen?

Ganz tief im Inneren habe ich das Gefühl, dass ich einen Fehler gemacht haben muss. Aber welchen? War ich zu verhalten bei dem Pokerspiel? Haben sich die Zuschauer von *Top The Realities* vielleicht gelangweilt? Oder habe ich in meiner Rolle als Scout versagt?

Eine leise Stimme mahnt mich, logisch zu denken, nicht zu spekulieren. Und da begreife ich meinen Fehler: Ich habe falsch gedacht. So falsch, dass die Luft zu gefrieren scheint, als ich endlich verstehe! Sie werden mich nicht holen, niemals! Sie lassen mich hier allein – der Nacht, der Stadt, dem Leben im Jahr 1853 ausgeliefert. Denn es ist egal, wann sie den Portierer reparieren oder ob er überhaupt kaputt ist. Selbst wenn sie erst in 100 Jahren dazu fähig wären, mich zurückzuholen, sie hätten mich genau in der Sekunde von Kays Verschwinden portiert, für mich wäre die Zeit nicht spürbar gewesen, was bedeutet, dass sie es nicht tun werden, nie getan haben. Nur ich Idiotin bin wieder in lineares Denken verfallen.

Sämtliche Energie weicht aus meinem Körper, so jäh wie die Luft aus einem zerstochenen Ballon, und ich falle in mich zusammen.

Ich werde Kay nicht wiedersehen, nicht zu ihm in den Wald portiert werden und nicht ich werde es sein, die mein jüngeres Ich vor dem Bären rettet. Eine andere Alison wird es tun, denn für mich gibt es diese Zukunft nicht. Ich weiß zwar, dass mein Kay 2 gelebte Jahre in einer grausamen Realität ausharrt, bis er mich wiedersieht und als Scout durch die Wüste führt, aber mein Weg ist nicht vorherbestimmt, denn seine Zukunft ist meine Vergangenheit und unsere weitere Zukunft kenne ich nicht! Unsere ... Es gibt kein unser. Vielleicht sterbe ich hier, erfriere einfach oder werde vergewaltigt oder ermordet oder beides ...

Aber als der Morgen graut, lebe ich noch. Meine Zehen sind taub, meine ineinander verkrampften Hände so starr, dass ich sie kaum lösen kann.

Die weiße Zeltplane rechts neben mir beult sich. Jemand hustet laut und zieht Rotz durch die Nase. Die ganze Nacht hat irgendwer in dem Zelt geschlafen, in meiner direkten Nähe. Jetzt höre ich Rascheln aus dem Inneren, und auch wenn mein Lebensmut nicht zurückgekehrt ist, mein Überlebensinstinkt bringt mich wieder auf die Füße.

Mit steifen Beinen stakse ich davon, ohne mich nach dem Zelt oder seinem Bewohner umzudrehen. Mein Kleid ist feucht, am Saum sogar steif vom Frost der Nacht, und ich sehne nichts mehr herbei als ein Feuer. In diesem Moment würde ich die wärmenden Flammen sogar gegen das bisschen Stoff tauschen, das meinen Körper bedeckt. Aber es gibt kein Feuer und auch keine Wärme.

Ich lasse mich von irgendeiner Straße führen, leicht abwärts, dem nebelverhangenen Meer entgegen, aus dem hier und da ein Segelmast heraussticht. Die Straßen sind viel dichter bebaut, als ich angenommen hatte. Die Zelte waren nicht das Ende der Zivilisation, sondern standen auf einem unbebauten Platz, zwischen halb fertigen Häusern. Vielleicht ein Provisorium.

Und obwohl ich mich wie betäubt fühle, registriert mein

darauf trainiertes Gehirn alles Wesentliche. Überall werden neue Gebäude errichtet, wobei nichts einer Ordnung zu folgen scheint. Oftmals stehen eine ganze Reihe dreistöckiger Häuser mit Balkonen dicht aneinandergedrängt, dann wieder befinden sich nur einige Bretterverschläge oder einfache Schuppen.

Die vergangenen Stunden verlieren mit dem Tageslicht ein wenig von ihrem Schrecken. Der Morgen ist eben erst angebrochen und die Sonne vertreibt allmählich das Zwielicht zwischen Nacht und Tag. Aber noch liegt San Francisco unter einem grauen Schleier.

Irgendwann biege ich ab, verliere das Meer aus den Augen und lasse mich von dem salzigen Geruch leiten, der sich zunehmend mit dem Gestank von Unrat mischt. An den Straßenrändern wächst wilde Minze, und obwohl es streng nach Urin riecht, stopfe ich mir einige Blätter in den Mund, um überhaupt etwas im Magen zu haben. Reine Vernunft, denn Hunger verspüre ich keinen.

Als ich erneut um eine Ecke biege, erhasche ich wieder einen Blick auf den Zipfel des grauen Meeres, rechts und links aber nur weitere Häuser, ab und an eine Palme, keine anderen Bäume, nur jede Menge Stümpfe. Wahrscheinlich wurde jeder brauchbare Baum für den Bau der Häuser gefällt.

In diesem Moment denke ich an Dad und meine Brust zieht sich vor jäher Sehnsucht nach Geborgenheit zusammen. Er hat mir einmal erzählt, die großen Redwoods seien früher zu Tausenden gefällt und dann über die Bay nach San Francisco verschifft worden, um die wachsende Stadt mit Bauholz zu versorgen.

Die Golden Gate Bridge gab es natürlich noch nicht, aber um diese Zeit entstand Mill Valley und eben auch die Sägemühle, der meine Heimat ihren Namen zu verdanken hat. Dad arbeitet im letzten Sägewerk im County und weiß alles über Holz, er liebt es so sehr, dass er an manchen Tagen von nichts anderem redet.

Plötzlich vermisse ich nicht nur Dad, sondern auch mein Zuhause derart schmerzlich, dass ich das Gefühl habe, es zerreißt mich innerlich. Ich renne die letzten paar Hundert Meter zum Wasser, um einen Blick auf die andere Seite der Bucht zu werfen, wo Mill Valley nur wenige Kilometer landeinwärts liegt. Nur zu erahnen, dass es schon jetzt dort existiert, mir auszumalen, dass der Grundstein für mein Leben 162 Jahre später bereits gelegt wurde, wird mir Halt geben, mich nicht ganz so verloren zu fühlen.

Aber als ich die Häuserschlucht hinter mir lasse, stockt mir der Atem. Ich sehe die andere Seite der Bucht gar nicht, obwohl sich der Nebel gelegt hat und die Sonne endlich ihre ersten Strahlen über die Hügel im Osten schickt. Statt der glitzernden Wasseroberfläche erblicke ich Dutzende, ach was, Hunderte Schiffe. Es ist, als wolle an diesem 1. Januar 1853 die halbe Welt in San Francisco anlanden. Das Meer ist zwischen den monströsen Holzkörpern kaum auszumachen. Viele von ihnen sind riesig, die meisten Schiffe haben Segel, die jedoch gerafft sind, bei einigen mache ich sogar Schornsteine aus. Dunkel überragen sie die unzähligen Masten.

Mill Valley. So nah ... und doch unerreichbar.

Ich steuere auf den Pier zu, gehe bis zum Ende der Planken, aber auch von hier aus sehe ich nichts als Schiffe und Möwen. Sie kreisen über dem breiten Steg und kreischen erwartungsvoll, als ein kleines Fischerboot hinter einem monströsen Kahn hervorkommt. Vier Männer lenken es mit langen Rudern in meine Richtung. Ich drehe mich um und gehe zurück, bevor sie auf mich aufmerksam werden.

Aber jetzt strömen Menschen aus allen Ecken auf die

Straße. Sie machen mir Angst, denn es sind ausschließlich Männer. Ich habe das Gefühl, jeder von ihnen starrt mich an. Eine junge Frau im schmutzigen rosa Abendkleid passt hier nicht hin, das ist mir klar, und ich suche, mit dem Rücken zum Wasser, in einer Reihe von Schuppen und Häusern nach einem Versteck, einer Lücke, irgendetwas, in das ich mich flüchten kann. Zwecklos. Hier am Hafen ist jeder Quadratzentimeter bebaut.

Mit halb gesenktem Kopf gehe ich weiter, bedacht darauf, niemanden anzusehen. Pferde, vor Karren gespannt, ziehen an mir vorbei, voll mit Holz, Fässern oder Kisten. Andere Karren stehen am Wasser und werden mit dem beladen, was die Arbeiter von den vorne liegenden Schiffen holen. Es muss Wochen dauern, bis sie alle entladen sind, und am Horizont sehe ich zwei weitere Schiffe mit geblähten Segeln in die Bucht steuern.

Von überall erschallt Hämmern, Schlagen, Klopfen, laute Rufe. Männer schreien sich knappe Befehle zu. Ich verstehe kein Wort. Die Sprachen scheinen aus allen Ländern zu kommen oder es ist einfach zu laut.

Ich achte darauf, mit der Masse zu schwimmen. Gehe nicht zu schnell, nicht zu langsam. Der Wind zieht an, greift in meine offenen Haare. Ich stopfe sie in das Kleid, um meinen Nacken zu schützen, und biege in eine der schmalen Seitenstraßen ein, weg vom Hafen, weg von der Kälte.

Ich lasse mich weitertreiben, sehe ab und zu auf meinen Marker. Immer noch die Nullen. Ich erwarte nicht mehr, dass sich die Anzeige ändert, und würde das Ding am liebsten wegwerfen, wie eine billige Armbanduhr, die nicht mehr funktioniert.

Meine Füße tragen mich immer bergauf, geradeaus vom Wasser und vom Hafen weg, bis ich gezwungen bin abzubiegen. Ich bleibe nicht stehen. Wieso auch? Es gibt nichts, was ich tun könnte. Ich habe keine Mission, es existiert keine Challenge, die irgendwann zu Ende ist. Mein einziges Ziel heißt: durchhalten. Durchhalten, bis irgendetwas geschieht, das mich leitet, meiner Existenz hier einen Sinn gibt. Aber durchhalten bedeutet überleben und überleben bedeutet: Wärme, Wasser, Unterschlupf, Nahrung.

Es ist kalt, das einzig erreichbare Wasser ist das salzige Meer und niemand wird mir Essen oder ein Dach über dem Kopf geben, solange ich nicht dafür zahle.

Vor einem halben Tag noch hatte Kay 1.000 Dollar bei sich. Für diese Summe hätte ich mir wahrscheinlich ein Haus kaufen können, jetzt aber habe ich keinen Penny und es gibt nur einen Ort, an dem ich schnell Geld verdienen könnte: im Hinterzimmer des *Louisiana.*

Ich könnte einige Tage ohne Essen auskommen und vielleicht in einem Gasthof um Wasser bitten. Aber werde ich die Nächte überleben? Wahrscheinlich werde ich gezwungen sein, zurück zu Isabella zu gehen und sie zu bitten ...

Nein! Schon bei dem Gedanken daran zieht sich alles in mir zusammen. Es muss einen anderen Weg geben, in dieser Stadt zu überleben. Aber welchen? Wenn ich tatsächlich Socken stopfen oder besser nähen könnte, würde ich vielleicht auch als Frau eine Anstellung finden, schließlich tragen die Menschen in diesem Jahrhundert ebenso Kleidung und die muss irgendjemand herstellen. Aber dafür habe ich kein Talent. Ich kann nichts, außer in der Wildnis überleben ...

Genau! Ich stoße meine Hand vor die Stirn. Das ist meine einzige Chance! Ich muss San Francisco verlassen, jeglicher Zivilisation den Rücken kehren. Denn Menschen sind in dieser Zeit viel gefährlicher für mich als die Tiere des Waldes. Zumindest einige, aber die reichen, um eines Nachts als Leiche in der Gosse zu enden.

Es tut gut, ein Ziel zu haben, so vage es auch sein mag. Raus aus der Stadt, rein in die Wildnis; und als ich in eine breitere Straße abbiege, erscheint mir mein Schicksal nicht mehr so schwer. Die Sonne trocknet langsam mein Kleid und auch sonst fühle ich mich besser, viel besser! Ich verspüre sogar ein bisschen Abenteuerlust. In welcher Richtung soll ich die Stadt verlassen? Könnte ich auch ohne Boot in die Wälder um Mill Valley gelangen? In meine Heimat?

Die Bucht, die die Redwoods von San Francisco trennt, ist groß. Ich schätze, dass der Landweg einen Umweg von mindestens 200 Kilometern bedeuten wird. Aber ich habe Zeit. Niemand treibt mich und in den Ebenen ist der Winter gut auszuhalten, vorausgesetzt, ein Feuer brennt. Doch das dürfte kein Problem darstellen. Ich bin sicher, dass mir der Wald genug Essbares liefern wird. Selbst im Jahr 2015 sind Hasen, Wildschweine, auch Rehe keine Seltenheit, jetzt dürfte der Wald voller Tiere sein.

Mit der nächsten Straße verlasse ich die Stadt, setze Fuß vor Fuß, die Wege bergauf, der Natur entgegen. Die Sonne steht schon fast im Zenit, als die Häuser langsam hügeligem Grasland weichen. Wenig später lasse ich die letzten versprengten Gebäude hinter mir und folge den ausgefahrenen Spurrillen. Ab und zu erblicke ich links von mir das Meer.

Nach wenigen Stunden überlege ich, den Weg zu verlassen. Es ist wahrscheinlich, dass irgendwann eine Kutsche oder Reiter vorbeikommen wird, denn auch Hufabdrücke haben sich in die durchfeuchtete Erde eingeprägt. Zu beiden Seiten zieht sich jedoch, soweit das Auge reicht, dichtes Gestrüpp, dornig und schwer durchdringbar. Doch das ist nicht das einzige Problem. Diese Gewächse brauchen wenig Flüssigkeit, und dass sich nichts anderes hier ausgesamt hat, bedeutet, es gibt so gut wie kein Wasser.

Meine Lippen sind spröde, mein Mund ist staubtrocken. Ich benötige dringend Flüssigkeit, fast so sehr wie Wärme. Doch Feuerholz werde ich ebenso wenig finden und bald wird es Nacht werden. Bisher habe ich keinen einzigen verfluchten Baum gesehen, nur ab und zu Stümpfe. Vielleicht entdecke ich welche, wenn ich noch einige Kilometer landeinwärts gehe. Die Sonne wandert allerdings unerbittlich gen Westen. In 2 oder 3 Stunden wird sie untergegangen sein.

Inzwischen schmerzen meine Füße und an meinen lächerlich dünnen Schuhen kleben schwere Erdklumpen, was das Gehen nicht leichter macht. Nur wenige Kilometer und schon gerate ich an meine Grenzen.

Kurz vor einer Wegbiegung setze ich mich auf einen Baumstumpf, um meine Schuhe abzuklopfen. Sie sind vollkommen durchnässt und die Haut an meinen Füßen aufgeweicht. Na großartig. Mit einem Ruck reiße ich die Bänder von dem Stoff, binde sie mir um den Arm und schleudere die Schuhe ins Dornengestrüpp. Sie weiter zu tragen, wäre schädlicher, als barfuß zu gehen. Die Bänder allerdings könnten mir noch nützlich werden.

Kaum habe ich einige Schritte getan, steigt schwindelerregende Übelkeit in mir hoch, im ersten Moment freue ich mich – sie haben mich endlich gefunden und holen mich! –, aber dann schreie ich auf. Mein Kopf! Er zerspringt! Ich stehe wie erstarrt, bin panisch, will die Hände hochreißen, weglaufen, aber da ist nichts mehr, was ich steuern kann. Jede Faser von mir zerfließt. Nichts mehr da, außer meinen Gedanken!

Oh verdammt! Irgendwas läuft da gewaltig schief!

Die Luft vor mir flimmert, wie in einer Fata Morgana sehe ich verschwommene Umrisse von Menschen in eng anliegenden weißen Overalls, Schaltpulte mit unzähligen Knöpfen und blinkenden Lichtern in einem weißen Raum, höre Stimmen ...

»Schnell! Wir haben sie!«

»Himmel, Herrgott! Endlich!«

Sie holen mich! Sie holen mich tatsächlich!

»Moment ... Achtung, wir verlieren sie wieder! Das kann doch nicht ... So eine verfluchte ... Ihr Muster fügt sich nicht zus...«

Etwas stimmt nicht. Das Bild löst sich in Schlieren auf. Ich löse mich auf ... ich ...

10

Irgendwann in den 1960ern, mittags, San Francisco

Bin ich tot? Ich fühle ... ja, ich fühle noch ... dann wohl nicht ... Jeder Sinn ist aufs Äußerste gespannt, als würde er auf 500 Prozent laufen. Was ist passiert? Wo bin ich? Wann bin ich?

Ich fühle alles gleichzeitig: Gras unter meinen Füßen, warme Sonnenstrahlen auf meiner Haut, eine leichte, salzige Brise, weiche Knie, schmerzhaftes Ziehen in jeder Zelle meines Körpers, Tränen in meinen Augen, die Anwesenheit Tausender Menschen, Hände, die nach mir greifen ... Ich schubse sie weg, schwanke.

»Hey! Habt ihr das gesehen? Das Mädchen! Sie ist aus dem Nichts aufgetaucht.«

»Abgefahren ...« Ein Finger stupst mich an die Stirn, ich schlage die Hand, zu der er gehört, kraftlos weg. Aber die Leute drängen zu mir, wollen mich berühren, als wäre ich Jesus persönlich.

»Was ... was wollt ihr von mir?« Verzweifelt drehe ich mich im Kreis, sehe verschwommen Gesichter, bekomme kaum Luft, keuche.

»Was auch immer in deiner Tüte war, ist 'n krasses Kraut, Mann!«, höre ich einen sagen. Er klingt high bis in die Haarspitzen.

Nicht nur er, wie ich gleich darauf merke. »Sie ist es!«, brüllt ein anderer. »Gaias Tochter ist zu uns gekommen!«

»Wer?« Was reden die da für einen Schwachsinn? In welchem Jahrhundert bin ich gelandet? Und wieso ist alles so irre laut? Stimmen. Unzählige Stimmen. Wasser rauscht irgendwo, Wellen brechen sich am Ufer, Vögel zwitschern, Straßenlärm. Musik von überallher. Jemand singt *If you're going to San Francisco, be sure to wear some flowers in your hair* ... Ich kenne den Song. Eins steht fest: Ich bin nicht mehr im Wilden Westen.

Mir ist immer noch übel, es riecht süßlich, vermischt mit dem Geruch von Zigaretten, Schweiß, Urin, Kräutern, Holzkohle, Abgasen, Sommer und mindestens hundert anderen Dingen. Sie beißen mir in die Nase. Ich übergebe mich.

Besser ...

Und jetzt sehe ich auch klarer: Ich bin zwar immer noch in San Francisco, im Golden Gate Park, wie es aussieht, aber etwa 100 Jahre später als eben noch.

Das hier müssen die 1960er sein ...

Die nächste Challenge!, schießt es mir durch den Kopf. Aber ... wenn das die nächste Challenge ist, wo ist dann Kay? Er muss hier sein! Mein Herzschlag beschleunigt sich.

Ein langhaariger Typ mit Stirnband, in gelb und rot gestreiften Pumphosen und einer mit Rosen bestickten weißen Tunika, fasst mich am Arm, schüttelt mich, so als wolle er prüfen, ob ich auch echt bin. »Wahnsinn! Sie ist es. Gaia hat unseren Gesang erhört!« Er wirft sich auf die Erde und presst sein Gesicht auf meine nackten Füße. »Du bist die Erlöserin!«

Ich taumle rückwärts, packe den nächstbesten Kerl am Kragen, schreie ihn an: »Hey! Welches Datum haben wir? Hast du einen Typen mit einer Tätowierung im Gesicht gesehen?«

Statt einer Antwort hält er mir einen Joint hin. »Hier, nimm einen Zug. Kriegst voll den Durchblick.«

Eine Sekunde lang bin ich in Versuchung. Den Durchblick zu haben, wäre von entscheidendem Vorteil. Aber nein.

»Alison! Hier drüben! Alison Hill!«

Jemand ruft nach mir. Jemand hier kennt meinen Namen! Ich schubse den Kerl mit dem Joint weg, er versperrt mir die Sicht. Und dann sehe ich ihn: Sam Oscar! Dem Himmel sei Dank! Er steht vielleicht 30 Meter entfernt zwischen unzähligen bunten Zelten und winkt wie wild, drängt sich durch die feiernden Hippies zu mir durch. Ich kämpfe mich aus dem Kreis frei, den sie immer noch um mich bilden, remple zwei junge Frauen beiseite und falle ihm in die Arme. »Mr Oscar! Etwas ist schiefgegangen. Wo ist Kay?«

Jemand reißt mich von hinten von ihm weg. Noch bevor ich von Oscar eine Antwort erhalte, erfasst mich erneut heftige Übelkeit.

Oh nein! Bitte nicht schon wieder …!

Keine gefühlte Sekunde später bin ich wieder da, wo ich vorher war. 100 Jahre in der Vergangenheit. Keine Menschenseele in meiner Nähe. Es ist ruhig, kalt, die Sonne steht tief. Die Übelkeit legt sich überraschend schnell. Meine Sinne arbeiten relativ normal.

Aber ich zittere am ganzen Körper und mein Kopf fühlt sich taub an. Der Sprung hat keine 2 Minuten gedauert, zumindest meinem Empfinden nach.

Während meine Füße entscheiden, den Weg einfach weiterzugehen, versuche ich zu begreifen, was da eben geschehen ist. *Timeship* hat versucht, mich zu holen, das ist sicher. Aber irgendetwas muss schiefgelaufen sein. Und zwar verdammt schief. Noch nie habe ich einen Sprung bewusst erlebt. Ich konnte sogar in einen Schaltraum oder so etwas sehen.

Himmel! Ich will mir gar nicht vorstellen, was geschehen wäre, wenn sie mein Muster nicht wieder hätten zusammensetzen können. Bei dem Gedanken, was da in der anderen Zeit hätte ankommen können, läuft es mir kalt den Rücken runter. Ich taste wieder und wieder meinen Körper ab, meine Hände und Arme. Aber es fühlt sich alles normal an.

Sam Oscar hätte mir meine Fragen mit Sicherheit beantworten können. Da dämmert es mir: Ihm habe ich es überhaupt erst zu verdanken, dass ich hier festsitze, während er sich bei den Hippies – am Ende des Regenbogens! – verkrochen hat. Er hat im Cube meinen Marker manipuliert, damit sie mich nicht zurückholen können. Und als sie es doch versuchten, hat er es da erneut verhindert?

Dieser Mistkerl! Aber warum, verdammt …?

»… erhöhe die binukleare Schwingungsfrequenz auf 200 Prozent …«, höre ich es plötzlich ganz aus der Nähe.

Nein. Nicht noch einmal!

»… Zellenmembranmuster gespeichert …«

Sie werden nicht aufgeben, begreife ich. Es immer wieder versuchen, bis sie mich haben, ob in einem Stück oder nicht.

Im selben Moment kommen Übelkeit und Schmerzen zurück, ich löse mich auf …

… und stehe wieder mitten zwischen den Mutter-Erde-Typen, die ausflippen vor Begeisterung, als sie mich sehen. »Sie ist wieder da!«, ruft jemand.

Ja großartig. Ich bin wieder da.

»Gaias Tochter ist zurückgekehrt!« Eine Frau mit weißer Leinentunika will mich umarmen.

»Lasst mich in Ruhe!«, keife ich.

Aber die Frau legt mir ihre Hände an die Schläfen. Das

metallische Klirren ihrer unzähligen Armreifen vibriert in meinem Schädel. Ihre dunklen Augen bohren sich tief in meine Seele. »Tochter, keine Sorge. Du wirst geliebt!«

»Fass mich nicht an!« Ich reiße mich von ihr los, stoße sie zurück, sie fällt in die Menge. »Wo ist Sam Oscar?«, brülle ich die Umstehenden an. Ich werde ihn finden und dann wird er was erleben!

So wütend, wie ich mich gebärde, halten die Gaia-Jünger etwas Abstand, helfen der Frau auf, starren mich an. Vermutlich kommen ihnen erste Zweifel an meiner *Heiligkeit.*

Eine kleine, ältliche Frau in weiter, unförmiger beiger Bluse und rot gemustertem Zigeunerrock, mit Zöpfen und Blumen in den langen graublonden Haaren, tritt vor. »Endlich! Wir haben stundenlang um deine Rückkehr gebetet!«

»Was? Stundenlang?« Stimmt, die Sonne steht bereits tiefer am Himmel, es ist später Nachmittag, schätze ich.

Im nächsten Moment entdecke ich Oscar. Er tritt aus einem der Zelte heraus, 20, vielleicht 30 Meter entfernt. Na warte!

Ich stürze wutentbrannt aus dem Schatten des Baumes auf ihn zu, schreie wieder und wieder über den Lärm hinweg. »Mr Oscar! Verdammt, was soll der Mist? Mr Oscar! Ich will jetzt sofort Antworten!«

Endlich sieht er mich. »Alison!« Winkend reißt er den Arm hoch.

Doch ich schaffe nur noch ein paar Schritte, dann kommt die verdammte Übelkeit zurück ...

... und gleich darauf stehe ich, wer hätte es gedacht, genau an derselben Stelle im Jahre 1853 wie eben, mitten im Schritt, als wäre ich nie weg gewesen!

»Ihr Arschlöcher!«, krächze ich, zu mehr reicht es leider

nicht. Aber ich weiß, sie hören mich. Mir ist furchtbar elend, ich zittere, kann mich kaum noch auf den Beinen halten. Zu Tode erschöpft, setze ich mich auf einen Baumstumpf, nehme den Kopf auf die Knie und verbiete mir jede Vorstellung davon, wie sie mich wieder und wieder auseinandernehmen und zusammensetzen ... auseinandernehmen und zusammensetzen ...

Ein Schauer kriecht über meinen Rücken. Plötzlich habe ich das Gefühl, beobachtet zu werden. Es ist, als wäre die kalte Luft durch eine weitere Aura erwärmt worden. Anders als die Male zuvor, wo ich die Männer in ihren weißen Ganzkörperanzügen zwar sah und hörte, aber nicht spüren konnte. Geht es wieder los? Wann geben sie auf?

Ich wappne mich, erwarte die Übelkeit. Doch in diesem Moment knackt es laut. Wie ein Ast, der zerbrochen wird. Einen Wimpernschlag danach steigt ein ganzer Schwarm Krähen auf. Scheiße, verdammt! Da ist wirklich jemand! Ich springe auf, wirble herum. Was?!

Wie ist das ...? Ich erfasse die Person, kaum einen Steinwurf entfernt. Aus weit aufgerissenen Augen sieht sie mich an. Ich schreie erstickt auf.

Doch bevor ich etwas fragen kann, verschwimmt alles vor meinen Augen, die Fata Morgana von der Schaltzentrale ist wieder da, Wortfetzen dringen an mein Ohr, der Schmerz kommt zurück. Hört auf damit! Ich will schreien, aber da ist nichts mehr von mir, das schreien könnte. Keine Stimme, kein Körper, nur Schmerzen ...

... gleich darauf schlage ich auf einer warmen, weichen Decke auf, spüre darunter Wiese. Ich muss die Augen nicht aufschlagen, um zu wissen, wo ich bin.

Das muss aufhören!

»Alison! Mein Gott! Ich hab schon gedacht ... Das alles hätte nicht passieren dürfen. Niemals. Du meine Güte, was rede ich. Komm! Gib mir deine Hand!« Sam Oscar greift nach ihr.

»Finger weg!«, fauche ich und schlage seine weg. Ich bin so wütend …

»Bitte, Alison, es ist wichtig«, erklärt er mir mit mühsam beherrschter Aufregung. »Es tut mir so leid, es ist meine Schuld, ich habe …«

Ich weiß nicht, warum, aber etwas in seiner Stimme sagt mir: Ich kann ihm trauen. Ich muss ihm trauen, was bleibt mir auch anderes übrig. Wenn ich dieser Zerreißprobe zwischen den Jahrhunderten entkommen will, ist Sam Oscar vielleicht meine einzige Chance.

Ich strecke ihm meine Markerhand entgegen und kneife die Augen zusammen wie beim Blutabnehmen. Kurz spüre ich den Druck kalten Metalls in der Kuhle zwischen Daumen und Zeigefinger.

»Was tun Sie da?« Ich richte mich vorsichtig auf. Jeder Knochen tut mir weh, meine Haut fühlt sich wund und fiebrig an.

»Ich muss den Marker nachjustieren, einige Einstellungen anpassen«, meint Oscar und legt gleich darauf seinen silbernen Stab beiseite. »So, schon fertig!«

Wir sind in einem der Stoffzelte. »Die können meine Muster nicht mehr richtig erfassen.«

»Richtig. Aber sie sollten dich gar nicht mehr erfassen können. Und dafür habe ich jetzt gesorgt.«

»Dann ist es vorbei?« Ich atme erleichtert durch. »Ich bleibe hier, in den 1960ern?«

Oscar sieht reichlich zerknirscht aus. »Nein, Alison, das hier ist nur ein Notfallplan. Ein Emergency-Exit, wenn man so will.«

»Dann ist das auch keine neue Challenge«, stelle ich fest und weiß nicht, ob ich enttäuscht oder erleichtert sein soll.

Ich schlage die Hände vors Gesicht, ich weiß gar nichts mehr.

»Alison! Sieh mich an!« Oscars Stimme ist drängend.

»Ich will hierbleiben«, flüstere ich. Die 60er fühlen sich so viel näher an meinem Leben an als der Wilde Westen. Ich will nicht dahin zurück. Ich mag nicht mehr.

Oscars Gesicht verheißt nichts Gutes. »Das geht nicht. Selbst wenn ich wollte, ich könnte es dir nicht ermöglichen. Es zieht dich gleich zurück.«

»Warum?«

Oscar schaut auf den Stab. Zahlen laufen darauf rückwärts. »Keine Zeit für Erklärungen. Hör zu. Das ist jetzt extrem wichtig, verstehst du?«

»Nein, ich verstehe gar nichts ...«

»Du musst gut auf diesen Beutel achtgeben.« Er drückt mir etwas Weiches in die Hand, schließt seine um meine. »Und wenn es an der Zeit ist, gibst du Kay davon!«

»Kay? Meinem Kay?« Ich sehe ihn also wieder! Die erste gute Nachricht. »Wo ist er?«

Oscar lächelt milde. »Es wird alles gut, Alison.«

»Und wenn nicht?« Die Wahrscheinlichkeit ist viel größer.

»Es wird gut«, höre ich ihn sagen, während mich Übelkeit ergreift. Im nächsten Moment sitze ich wieder auf dem Baumstamm im Nirgendwo.

»Dieser Mistkerl!«, fluche ich heulend. Ich habe nicht einmal mehr die Kraft aufzustehen, fühle mich zerschlagen, als hätte ich eine Woche nicht mehr geschlafen. Am liebsten würde ich mich auf dem Boden zusammenrollen ...

Aber dann kommt die Angst zurück – und die Zweifel. Nichts wird gut! Gar nichts. Oscar hat mich angelogen. Beinahe hätte ich ihm geglaubt. Aber wie soll ich einem

Mann glauben, der mir dabei nicht mal in die Augen sehen konnte?

Ich kann nicht hierbleiben. Keine Ahnung, woher ich die Kraft nehme, aber ich renne. Renne wie um mein Leben. Nur weg von hier.

11

02. Januar 1853, nachts, 30 km südöstlich von San Francisco

Nur das Feuer bringt Licht in die Dunkelheit. Ich lege noch zwei Stück Treibholz nach, bevor ich mich zusammenrolle und in die sternenlose Nacht blicke. Die kleine Bucht zu finden, war ein Glücksfall. Sie ist vollständig von rund gespülten Steinen eingefasst, die sich bis ins Meer und auf den Strand ziehen. Ein starker Wind muss das Wasser vor Wochen in Wellen über diesen natürlichen Schutzwall getrieben haben und damit jede Menge Holz. Es lag trocken und übereinandergeschoben da, fast als hätte jemand einen Vorrat für mich angelegt. Eines der feinen Schuhbänder habe ich in schmale Streifen gerissen, in eine Muschel gelegt und als Zunder geopfert.

Hier am Meer war es leicht, Flint zu finden und ihn gegeneinanderzuschlagen, bis Funken den Stoff in Brand setzten, auch wenn es ewig gedauert hat. Jetzt fängt sich die Hitze des Feuers in der flachen Höhle, die gerade groß genug ist, damit ich mich hineinschieben kann. Eigentlich ist sie mehr ein Spalt, aber für mich könnte ein Himmelbett nicht schöner sein.

Zum Glück ist es beinahe windstill. Das Meer spült sein Wasser leise ans sandige Ufer, ab und zu knackt ein Holzstück in den Flammen, sonst bin ich allein mit dem Geräusch meines Atems und meinen Gedanken.

Ich kann kaum noch die Augen offen halten, so unendlich müde bin ich. Die vielen schnellen Sprünge haben nicht nur meinen Körper, sondern auch meinen Geist erschöpft. Was sagte Sam Oscar? Ein Notfallplan. Notfall weswegen? Weil sie versuchen, mich zu holen? Warum sollen sie es nicht? Warum hat er dafür gesorgt, dass ich alleine in der Vergangenheit zurückbleibe?

Meine Gedanken drehen sich im Kreis. Ich habe das Gefühl, nicht weiterzukommen. Doch plötzlich bahnt sich einer einen Weg in mein Bewusstsein ... Natürlich. Oscar will, dass ich ... dass ich für ihn die Zukunft verändere. Weil er es nicht kann oder will. Aber warum ist Kay nicht bei mir, wenn ich ihn ohnehin wiederfinden werde? Ich verstehe das alles nicht.

Trotzdem bin ich mir sicher, ich war es, die plötzlich auf dem Weg aufgetaucht ist, und keine Alison einer anderen Realität. Die wenigen Sekunden waren zu kurz, um jedes Detail zu erfassen, aber mein zukünftiges Ich hatte noch immer leicht gewelltes Haar, es zwar zerzaust, aber nicht so glatt wie sonst.

Ich ziehe eine meiner Locken lang, die der Cutformer geschaffen hat. Noch sind meine Haare weich und ringeln sich wieder zusammen, als ich die Strähne loslasse. Wie viel Zeit muss vergehen, damit sie so zerzaust aussehen wie bei ihr? 1, 2 Wochen vielleicht?

Um ihren linken Arm waren die rosa Bänder der Schuhe gebunden. Ich konnte nicht sehen, wie viele es waren. Aber ich glaube, es wäre mir aufgefallen, wenn der Stoff bereits ausgefranst gewesen wäre.

Alles spricht dafür, dass es mir bald gelingen wird, selbst durch die Zeit zu springen. Oder *Top The Realities* findet mich und portiert mich erneut. Bei dem Gedanken bricht mir der kalte Schweiß aus. Noch immer spüre ich die Nachwehen der Schmerzen. Nein, Sam Oscar hat mir versichert, dies sei nun vorbei, und tatsächlich hat es in den letzten Stunden keinen weiteren Versuch gegeben.

Ich blicke endlich in den kleinen Lederbeutel, den mir Oscar gegeben hat und von dem er meinte, ich dürfe ihn nicht verlieren. Darin sind zerriebene, getrocknete Kräuter. Sie stinken bitter, ich kenne sie nicht. Nachdenklich ziehe ich die Schnur wieder zu. Ich soll sie Kay geben. Aber wieso? Und vor allem wann?

Ein warmes Gefühl steigt von meinem Bauch auf. Ich werde Kay wiedersehen. Meinen Kay. Zumindest das glaube ich Sam Oscar. Ich will es glauben. Es muss stimmen!

Es gibt tausend und keine Erklärung für das, was geschehen ist. Sicher sind nur zwei Dinge, die in naher Zukunft passieren werden: Ich werde jemanden treffen, tot oder lebendig, dem ich die Kleidung abnehme, da mich dieses Kleid denkbar schlecht schützt. Und ich werde wieder durch die Zeit springen, wie oder mit wessen Hilfe auch immer.

Meine Augen flattern, als ich einen letzten Blick auf den Marker werfe. Kaum noch bin ich in der Lage, die Lider aufzuhalten. Drei Nullen ... sie begleiten mich in den Schlaf.

Mir ist eiskalt, als ich aufwache. Das Feuer ist erloschen, das Meer ist aufgewühlt, weiße Schaumkronen hüpfen im Morgengrau auf und ab und die Erde bebt! Alles vibriert, erzittert. Steine, Holz, Asche, Sand ... die Konstanten verlieren ihre Bedeutung. Ein Schreck fährt mir durch die Glieder: Sie wollen mich wieder holen! Doch diesmal dematerialisieren sie meine ganze Umgebung. Ich warte auf den Schmerz. Aber er kommt nicht.

Als ich endlich begreife, zwänge ich mich aus der Nische. Das Beben hat aufgehört. Nur ich bebe noch. Aus Angst und vor Unterkühlung.

Furchtsam beäuge ich das Meer. Dunkle Wolkenberge

türmen sich über den mannshohen Wellen, gleichzeitig färbt die aufgehende Sonne den Himmel blutrot. Es wirkt wie die Apokalypse und es könnte tatsächlich mindestens so schlimm kommen. Das Erdbeben könnte nur ein Vorbote gewesen sein und mit vielfacher zerstörerischer Kraft zurückkommen. Das große Beben 1906 hat San Francisco komplett zerstört. Noch heute finden sich Bilder davon in den Geschichtsbüchern. Zwar erinnere ich mich nicht, etwas über ein bemerkenswertes Erdbeben am 2. Januar 1853 gelesen zu haben, aber das bedeutet nicht, dass es ausbleibt.

An meinem Plan, in die Wildnis zu gehen, ändert es jedenfalls nichts. Solange ich keine brauchbaren Informationen habe, wo ich Kay suchen soll, halte ich mich besser von anderen Menschen fern.

Während ich zurück zur Straße gehe und ihr weiter folge, versuche ich zu errechnen, wie viele Kilometer ich bereits hinter mir gelassen habe. 6 Stunden muss ich gestern etwa gegangen sein, wobei ich um die fünf Kilometer pro Stunde zurückgelegt habe. 30 Kilometer also. Das Ergebnis ist ernüchternd.

Ich weiß nicht, wie weit sich diese lebensfeindliche Vegetation noch zieht, aber mein Weg geht schnurgeradeaus und bis zum Horizont erblicke ich nur dichtes, dorniges Gestrüpp und Flechten. Vielleicht werde ich auch heute keinen Baum zu Gesicht bekommen.

Mein Kopf schmerzt. Ängstlich halte ich nach schlierenähnlichen Fata Morganas Ausschau, horche nach Stimmen, aber da ist nichts.

Ich dehydriere, wird mir klar. Wasser ... Was würde ich für Wasser geben ...

Trinken ... kaltes, klares Regenwasser ...

Lange werde ich nicht mehr ohne auskommen.

Die Straße scheint kein Ende zu nehmen. Das Meer ist inzwischen in schwer erreichbare Ferne gerückt. Links dehnt sich eine breite Landzunge aus und drängt das Wasser vermutlich mehrere Kilometer zurück. Inzwischen ist nur noch ein hellblauer Streifen zu erkennen, der konturlos in den Himmel übergeht.

So viel Wasser und voller Salz ...

Ich gehe stur weiter und beschäftige meinen Geist mit irgendwelchen Dingen, summe tonlos Melodien. *If you're going to San Francisco, be sure to wear some flowers in your hair* ... Hätte ich doch nur in der Hippie-Zeit bleiben können.

Irgendwann, ich habe jegliches Zeitgefühl verloren, werden meine Kopfschmerzen immer heftiger und meine Muskeln verkrampfen sich so sehr, dass jeder Schritt zur Qual wird.

Nein! Bitte, nicht ... zu früh ...

Ich muss in den nächsten Stunden etwas zu trinken finden, sonst werde ich nicht mehr fähig sein, überhaupt danach zu suchen. Der Himmel ist von eisigem Blau und wolkenlos. Es wird nicht regnen ...

Wenig später bin ich zu keinem klaren Gedanken mehr fähig, und als die Sonne kaum noch Schatten wirft, lasse ich mich auf die Erde sinken.

Nur eine kurze Pause ... gleich gehe ich weiter. Gleich bin ich wieder auf den Füßen.

Aber wozu?

Wasser. Ich muss Wasser finden ... Nur 5 Minuten schlafen ... gleich ...

»Mrs Hill!«

Ich komme gleich. Nur ein paar Minuten noch ...

»Mrs Hill! Um Himmels willen! Was tun Sie denn hier? Kommen Sie!«

Nein! Nicht rütteln. Lass das!

»Sie sind ja kaum noch bei Sinnen! Mrs Hill! Verstehen Sie mich?«

Ja, zu laut, nicht schreien, mein Kopf ...

»Jesus! So etwas kann auch nur mir passieren. Gut, also ... Mrs Hill, ich lege Sie jetzt in den Wagen. Ich werde Sie hochheben.«

Arme ... warme Hände, die mich tragen. Kay ...

»Ich liebe dich.« War das meine Stimme, dieses Krächzen?

»Sie fantasieren. Ich bin nicht Ihr Gatte. Gleich haben wir es geschafft. Ich werde Sie ... Halten Sie sich fest. Ich muss die Plane öffnen.«

Halt ... Halt ist gut und sicher ...

»Geschafft. Wir haben Sie drin. Hier, ich schiebe Ihnen etwas unter den Kopf, in Ordnung? Meine Güte, Sie sind ja eiskalt. Eine Decke ... warten Sie. Ich hole eine Decke.«

Nein! Geh nicht weg. Ich brauche ... »Wasser.« Zu leise. Er hört mich nicht!

»So, gleich ist Ihnen wärmer. Biberfell, es gibt nichts Besseres. Sehen Sie, ich decke Sie zu. Was noch ...? Was noch ...?«

»Wasser ...«

»Wasser? Natürlich! Wasser! Sie können auch ... vielleicht wäre ... Wein könnte Sie mehr stärken.«

»Wasser!«

»Gut, gut. Ich habe Wasser. Heben Sie Ihren Kopf, sonst läuft das Wasser ... So können Sie nicht trinken, Mrs Hill! Heben Sie Ihren Kopf!«

»Es tut so weh ...«

»Hatten Sie einen Unfall? Sind Sie verletzt? Ja, so ist gut. Trinken Sie, trinken Sie. Ich habe ausreichend da.«

Wunderbar ... so kalt, so klar ... ich trinke ... ich lebe!

»Mehr ... bitte.«

»Sie sind ja vollkommen ausgetrocknet! Ich muss die Flasche füllen. Einen Augenblick.«

Ich kenne die Stimme. Sie gehört nicht Kay. Aber sie ist gut. Ein guter Mensch.

»Hier, hier haben Sie mehr Wasser. Hoppla! Nicht so schnell, es läuft ja alles daneben! Haben Sie Schmerzen? Da, ich habe Ihnen Bibergeil geholt. Trinken Sie einen Schluck. Es wird helfen. Es gibt nichts Besseres. Schmerzen, Krämpfe, Fieber, bei allem hilft der Biber. Sie wissen schon ... Wie in der Zeitungsannonce mit diesem putzigen Nager. Bei allem hilft der Biber. Herrlich, nicht wahr? Gott sei Dank! Sie öffnen die Augen. Das ist gut.«

»Wo bin ich?« Ich räuspere mich.

»Sie sind in meinem Planwagen, Mrs Hill. Was ist geschehen?«

»Mr Cornfield?«

»Ein Schutzengel muss über Sie wachen. Wenn jemand anderes Sie gefunden hätte ...«

»Ich dachte, ich schaffe es.«

»Allmächtiger! Wo wollten Sie denn hin?«

»In Sicherheit ...« Ich versuche zu lächeln, aber meine aufgerissenen Lippen schmerzen. »Raus aus der Stadt.«

»Ich verstehe das nicht. Hat Ihr Gatte etwa sein gesamtes Vermögen verspielt? Hat er Sie im Stich gelassen?«

Ich sehe in das runde Gesicht von Jimmy Cornfield, in seine freundlichen Augen, die mich besorgt betrachten. Ich will ihn beruhigen, irgendetwas erfinden, aber mir fehlt die Kraft. »Ich muss schlafen.«

»Gut, schlafen Sie. Klopfen Sie einfach gegen die Rückwand, wenn Sie etwas brauchen. Ich muss noch heute Santa Clara erreichen. Wenn ich noch länger hierbleibe, wird es dunkel, bevor ich an der Stadtgrenze bin, und die Straßen sind gefährlich. Ich werde später nach Ihnen sehen, in Ordnung?«

»Der Beutel. Ich brauche ihn!«

»Der Beutel?«

»Draußen.« Zu sprechen fällt mir unendlich schwer. Jede Bewegung, sogar die der Lippen, verursacht stechenden Kopfschmerz, der sich über meine Augenhöhlen, meine Zähne, den Hals hinunterzieht. »Bitte, mein Beutel.«

»Machen Sie sich keine Gedanken. Er kann ja nicht weggelaufen sein. Ich werde ihn holen. Gut, was sonst? Ah! In der Kiste neben Ihnen ist gepökeltes Fleisch, Brot und etwas Käse. Bedienen Sie sich, falls Sie Hunger verspüren.«

»Danke ... Ich ... Mr Cornfield ... danke.«

»Schon gut. Erholen Sie sich. Dann sehen wir weiter.«

Kurz darauf ruckt der Wagen an. Er holpert über die Straße, mein Kopf jedoch liegt auf weichem Stoff, der die Schläge der Achsen dämpft. Eigentlich will ich nicht einschlafen, sondern meine Zukunft planen, zumindest die nächsten Tage. Es würde mir Sicherheit geben. Aber ich fühle mich wie ein vollgesogener Schwamm. Schwer und voller Wasser.

Und noch bevor ich mir darüber klar werde, wo ich die Nacht verbringe oder was geschieht, sobald wir in Santa Clara angelangt sind, trägt mich das eintönige Rumpeln des Wagens in einen traumlosen Schlaf.

Als ich wieder aufwache, habe ich Mordshunger. Ich sehe mich um. Hatte Jimmy Cornfield nicht etwas von Fleisch gesagt? In einer Kiste? Schon füllt sich mein Mund mit Speichel, als hätte ich Tage nichts gegessen. Wobei, ich habe tatsächlich seit 3 Tagen nichts gegessen. Aber erst jetzt, als ich, warm eingepackt und nicht mehr halb verdurstet, geschützt im Planwagen liege, spüre ich, wie ausgehungert ich bin.

Auf meiner Decke liegt eine Feldflasche. Ich schraube den Deckel ab und rieche daran. Wasser. In wenigen Zügen trinke ich sie zur Hälfte leer und lasse meinen Blick dann weiterschweifen. Rechts und links von mir sind Bretter eingezogen, auf denen Stoffballen, Kästchen, Flaschen, Schuhe, ein Fässchen und jede Menge verschnürte Kisten stehen. Selbst von der Decke hängen alle möglichen Dinge: Kochgeschirr, Hüte, getrocknete Felle ...

Der Wagen ist so vollbepackt, ich habe kaum Platz, mich aufzurichten. Mit gekrümmtem Rücken und eingezogenem Kopf ziehe ich durch die Nase Luft ein. Ich rieche das würzige Fett des Fleisches förmlich. Wie ein Hund schnüffle ich in alle Richtungen. Noch immer schmerzt mein Kopf, nicht mehr so stechend, sondern eher dumpf, aber als ich meine Decke zurückschlage, entdecke ich die Kiste und der Schmerz ist mir egal. Ich öffne den Deckel.

Harte Würste, in ein Tuch eingeschlagener Käse, sogar Wein und unbeschreiblich lecker duftendes helles Brot.

Ich nehme mir das Jagdmesser, das zwischen den Kochutensilien baumelt, und schneide ein Stück von dem Käse ab, stopfe ihn mir zusammen mit dem Brot in den Mund. Viel zu lange muss ich kauen, bis ich das Essen endlich herunterschlucken kann.

Nach kurzer Zeit habe ich drei Würste, den ganzen Käse und das halbe Brot in mich hineingeschlungen und lehne mich mit einem Seufzer gegen die Rückwand.

»Sind Sie wach, Mrs Hill?«

Jimmy Cornfield muss mich gehört haben. Ich antworte nicht, denn plötzlich reift ein böser, kleiner Plan in meinem Kopf. Ich könnte das Messer, die Decke, das Kochgeschirr, Wasser und das restliche Essen nehmen und aus dem Planwagen springen. Es hört sich so an, als würden zwei Pferde im gemächlichen Tempo gehen, der Sprung wäre ungefährlich.

Würde Jimmy Cornfield meine Flucht sofort bemerken? Im schlimmsten Fall würde er mir meine Beute abnehmen und mich zum Teufel jagen. Ich glaube nicht, dass er fähig wäre, einer Frau etwas anzutun. Sollte er es dennoch versuchen, habe ich ein Messer und meine zweite Waffe: meinen Körper.

Plötzlich vernehme ich ein »Brrr« und der Wagen stoppt. Kurz danach wird die Plane auseinandergebunden. Sonnenstrahlen blenden mich.

»Hab ich doch richtig gehört. Sie sind wach.« Jimmy Cornfield lächelt mich freundlich an und späht in den Wagen. »Haben Sie schon etwas gegessen?«

Ich nicke stumm und schiele mit schlechtem Gewissen zur Kiste. Außer dem Rest Brot ist nur noch eine Wurst geblieben. Das Essen liegt plötzlich so schwer wie Steine in meinem Magen und ich komme mir wie der böse Wolf beim Rotkäppchen vor. Nicht nur, dass ich fast die gesamten Vorräte gegessen habe, eben noch war ich bereit, den Mann, der mir wahrscheinlich das Leben gerettet hat, zu beklauen und notfalls mit einem Jagdmesser anzugreifen.

Aber bleibt mir eine andere Wahl? Ehrlichkeit und Bescheidenheit sind schließlich Tugenden, die sich nur ein satter Magen leisten kann, versuche ich, mein Verhalten vor mir selbst zu rechtfertigen, doch ich kann mich nicht belügen: Binnen eines Tages ist aus mir der böse Wolf geworden. Wie werde ich enden, wenn ich noch Wochen oder mein ganzes Leben auf mich allein gestellt sein werde?

Ich muss versuchen, mich an grundlegende Werte zu

halten, mir selbst treu zu bleiben, wenn ich nicht zum instinktgetriebenen Tier werden will. Ich habe eine Wahl. Immer.

Jimmy Cornfield klappt eine Leiter aus, schlägt die Plane zurück. »Kommen Sie doch zu mir auf den Kutschbock. Es sind noch gut 2 Stunden bis Santa Clara, und wenn Sie sich gestärkt genug fühlen, könnten Sie mir erzählen, was um alles in der Welt Sie allein und halb verdurstet in dieser Gegend gemacht haben. Befriedigen Sie meine Neugier.«

Trotz meiner albernen Gedanken über das Menschsein möchte ich mich doch wie ein Tier verkriechen, am liebsten für den Rest meines Lebens unter dem Fell verstecken, solange ich nur Essen und Wasser habe.

»Mrs Hill? Geht es Ihnen noch schlecht? Hat das Bibergeil nicht geholfen?«

Bibergeil? Ich erinnere mich, davon in einem meiner Geschichtsbücher gelesen zu haben. Dieses Mittel war in der Pionierzeit weit verbreitet. Das Drüsensekret der Biber enthält einen schmerzstillenden Wirkstoff. So ähnlich wie Aspirin. Anscheinend aber um einiges stärker. Ich atme einmal tief durch und pelle mich vollständig aus der Decke. Plötzlich schäme ich mich in meinem zerschlissenen Kleid und mit nackten Füßen. Ich schlinge die Arme um meine Knie. »Ähm ... doch. Danke, es geht mir besser.«

»Ach, du meine Güte! Das hatte ich vergessen. Sie tragen ja kaum etwas am Leib. Warten Sie.«

Jimmy Cornfield steigt geduckt in den Wagen, zieht etwas Dunkles aus einem Regal, geht rückwärts wieder die Leiter hinunter und legt das Bündel auf die oberste Stufe.

»Ziehen Sie das erst mal an«, sagt er und klopft auf den

Stoff. »Ich habe leider keine Damenkleider oder -schuhe dabei. Auf dieser Tour fahre ich in die Goldgräbersiedlungen, da ist feiner Zwirn nicht gefragt. Aber dort sind Schuhe in verschiedenen Größen, auch kleinere, vielleicht finden Sie etwas Passendes. Klappen Sie einfach die Leiter hoch und ziehen Sie die Schnur fest, wenn Sie sich umgekleidet haben. Ich warte dann vorn auf Sie.«

Der Wagen neigt sich etwas nach rechts, als Jimmy Cornfield auf den Kutschbock steigt.

Ich presse mir die Hände auf den Mund, um Tränen zu unterdrücken. Wie groß ist die Wahrscheinlichkeit, einen so selbstlosen Menschen in dieser Zeit und mitten in der Wildnis zu treffen? Und ich wollte ihn bestehlen.

In diesem Moment beschließe ich, meinem Retter etwas zurückzugeben. Keine Ahnung, was genau, denn ich besitze ja nichts, aber mir wird schon noch etwas einfallen.

Kurz darauf trage ich eine dunkelbraune Hose und ein Männerhemd aus kratzigem, steifem Stoff, der Schnitt ist unförmig, aber die Sachen schützen meinen Körper unvergleichbar besser als das Kleid zuvor, und über meinen Beinen liegt die Decke aus Biberfell.

Jimmy Cornfield neben mir auf dem Kutschbock schnalzt mit der Zunge und beide Pferde ziehen zeitgleich an.

Eine Weile sehe ich schweigend in die Landschaft. Die Sonne steht bereits tief. Mittlerweile ist das dornige Gestrüpp hügeligem Grasland gewichen, vereinzelt wachsen jetzt Bäumchen am Wegrand, die lange, dünne Schatten auf die Pferderücken werfen.

Als wir an einem Stichweg vorbeifahren, sehe ich das erste Haus seit San Francisco und mir ist klar, dass ich bald eine Entscheidung treffen muss, denn nach wie vor will ich der Zivilisation ausweichen.

»Und meinen Sie, die Demokraten werden die Whig-Partei ablösen?«, bricht Jimmy Cornfield das Schweigen.

Ich zucke zusammen, so jäh hat er mich aus meinen Gedanken gerissen.

»Habe ich Sie erschreckt?«, fragt er besorgt.

Ich fühle mich ertappt. »Nein, es ist nur ... Ich habe überhaupt keine Ahnung von Politik.«

»Nun, das ist auch nichts für Frauen, da haben Sie recht. Und? Haben Sie das Beben heute Morgen gespürt?«

»Ehrlich gesagt, hatte ich ganz schön Angst«, gebe ich zu, wobei ich wieder auf die Hügel sehe. Es fällt mir schwer, ein normales Gespräch zu führen.

»Wo waren Sie denn zu dem Zeitpunkt?«

Ich löse meinen Blick von einer Herde zottiger Rinder und sehe zu Jimmy Cornfield. Ich bin ihm mehr als eine Antwort schuldig. Er hat mir wahrscheinlich das Leben gerettet.

»Ich habe in einer Felsspalte am Meer geschlafen, als es anfing.«

»Himmel! Was ist denn nur geschehen?«

»Mein Mann war plötzlich nicht mehr da.«

Jimmy Cornfield macht große Augen. »Etwa die Shanghaier?«

»Wer?«

»Sie haben nicht davon gehört? Wann sind Sie denn in San Francisco angekommen?«

»Erst vor Kurzem«, antworte ich vage.

»Über den Landweg oder per Schiff?«

Ich habe Sorge, etwas Falsches, zu Verräterisches zu sagen. »Was genau machen Shanghaier denn?«, lenke ich das Gespräch daher zurück.

»Oh, das sind schlimme Ganoven, Kidnapper, Schläger. Die übelste Sorte Mensch. Sie verschleppen Männer, sogar halbe Kinder auf die Schiffe, wo sie so lange festgehalten werden, bis sie in See stechen. Die Kapitäne zahlen gut dafür.«

Ich reibe meine Augenbrauen, während ich versuche, seine Worte zu verstehen. »Wieso tun sie das? Was haben sie davon?«

»Oh Kindchen, Sie müssen unter einer Glasglocke gewohnt und nicht viel von der Welt mitbekommen haben.« Jimmy Cornfield nimmt die Zügel in die andere Hand und holt zu einer ausladenden Geste aus. »Gold. Überall ist Gold. In den Bergen, in den Flüssen. Ein armer Matrose kann in wenigen Tagen zu einem reichen Mann werden, sofern Fortuna ihm gesonnen ist. Die Schiffe fahren in den Hafen ein, und kaum liegen sie vor Anker, flüchtet nicht selten die gesamte Besatzung, um nach Gold zu suchen. Dann steht der Kapitän da und kann sein Schiff nicht mehr steuern. Entweder er lässt es zurück und es wird auseinandergenommen oder er findet genug gesunde Männer, um wieder in See zu stechen. Aber das ist nicht leicht. Jeder, der zwei Arme hat, sucht lieber nach Gold, als ein Segel zu hissen. Aus dieser Not hat sich ein wahrlich lukrativer Geschäftszweig für die Shanghaier ergeben.«

»Und niemand unternimmt etwas dagegen?«

»Nun, ab und zu hängen sie einen auf, aber abschrecken tut es doch niemanden. Könnte Ihr Mann Opfer von Shanghaiern geworden sein?«

»Ich weiß es nicht.« Ich presse die Lippen zusammen.

»Sie müssen mir nichts erzählen, wenn Sie nicht wollen, aber wir sollten uns Gedanken machen, wie es mit Ihnen weitergeht. Sie können ja schlecht im Wald leben. Und ich kann Sie auch nicht in die Goldgräbersiedlungen mitnehmen. Zu raue Gesellen. Meiner Tochter habe ich es auch nie erlaubt. Aber es gibt eine Mission in Santa Clara, soweit ich weiß. Vor einigen Jahren traf ich Vater John, der beabsichtigte …«

Ich höre Jimmy Cornfield nicht mehr zu, denn in diesem Moment kommt uns ein Wagen entgegen, bewaffnete Männer darauf, und hinter ihnen schleppen sich zwanzig oder mehr Menschen über den Weg, auch Kinder. Sie sind aneinandergebunden wie Vieh und mit ihrer rötlichen Haut und der typischen Lederkleidung unverkennbar Indianer.

Sofort muss ich an die Indianerin denken, die ebensolche Unmenschen zu Tode gequält haben. 2 Jahre ist das her. Für mich zumindest. Vielleicht sind es sogar dieselben Männer. Bei der Erinnerung fröstle ich, trotz der warmen Decke.

Jimmy Cornfield lenkt sein Gefährt zur Seite und nickt den Männern auf dem Wagen zu, wobei er seinen Hut etwas hebt. Als die Gruppe gebückt gehender Menschen an uns vorüberschwankt, sieht er nur kurz zu ihnen und verzieht den Mundwinkel, als ekle er sich.

Ich blicke in die gebrochenen Gesichter, die vielen leeren Augen und schlucke trocken. Ich kann ihnen nicht helfen, genauso wenig wie der Frau damals. Aber ich kann versuchen, den Wahnsinn zu begreifen.

»Wieso tun sie ihnen das an?«, frage ich, erst nachdem wir um eine Kurve gebogen sind.

»Den Diggern?« Jimmy Cornfield winkt ab. »Das sind Wilde. Die können froh sein, wenn sie umgesiedelt werden. Vielleicht kommen sie auch auf den Sklavenmarkt. Beides soll mir recht sein.«

»Das sind Menschen!«

»Nicht wirklich, nicht wie wir.«

Ich zwirble verdrossen eine Haarsträhne. Natürlich kenne ich die Geschichte der Indianer, wie sie von den

Siedlern von ihrem Land vertrieben oder gleich ermordet wurden, jeder Amerikaner kennt sie. Trotzdem verstehe ich nicht, wie der sonst so freundliche Jimmy Cornfield derart über sie sprechen kann. »Es ist ihr Land, von dem sie vertrieben werden.«

»Mrs Hill, mit Verlaub. Sie haben sehr verklärte Vorstellungen. Diese sogenannten Menschen wissen doch gar nichts mit dem Land oder dem Gold, auf dem sie hocken, anzufangen. Sie malen sich ihre Gesichter an wie Kinder und tanzen halb nackt um einen Pfahl. Sie sind in ihrem Geist gestört. Wir lehren sie Demut, harte Arbeit und den richtigen Glauben!«

Wütend reiße ich die Hände hoch. »Und woher nehmen Sie sich das Recht? Denken Sie et…«

Plötzlich weiten sich Jimmy Cornfields Augen so abrupt, dass ich Angst bekomme. Er reißt an den Zügeln, die Pferde wiehern empört, dann steht der Wagen still.

»Was ist das?« Jimmy Cornfield streckt seinen Finger aus. Er zittert.

»Was meinen Sie?« Ich stelle mich dumm. Schlagartig ist mir klar, dass ich einen Fehler gemacht habe, unachtsam war. Er meint meinen Marker.

»Ihre Hand … Da leuchtet doch was in ihr!«

»Da ist nichts.« Ich balle die Hand zur Faust, wobei meine Gedanken sich überschlagen, nach einer glaubhaften Erklärung suchen.

»Aber natürlich! Ich weiß, was ich gesehen habe. Und es ist mir schon einmal begegnet. Brennende Zeichen … Zeigen Sie sie mir!«

»Schon einmal begegnet?« Mir läuft es kalt und heiß den Rücken runter. Wen meint er? Sam Oscar? Einen anderen Kandidaten? Vielleicht Kay, nachdem ich ihn betäubt zurückgelassen hatte! Ich kann mir nicht sicher sein, wann genau wir dort waren. Es könnte in etwa die gleiche Zeit gewesen sein …

»Wann war das?«, frage ich heiser.

Jimmy Cornfield ist so weit wie nur möglich von mir abgerückt. Seine Augen wandern von meiner Hand zu dem Verschlag des Wagens und zurück, als könne er sich nicht zwischen Flucht und Angriff entscheiden. Irgendwie empfinde ich sein Verhalten als übertrieben, aufgesetzt.

»Bei wem haben Sie es gesehen? Ein Mann, eine Frau?«, dränge ich. Ich muss es erfahren. Falls er wirklich Sam Oscar getroffen hat, könnte es meine Fahrkarte nach Hause bedeuten. Er hat mich zu den Hippies geholt, er kann mich auch nach Hause bringen.

Doch Jimmy Cornfield schüttelt heftig den Kopf. »Erst zeigen Sie mir dieses Feuer!«

Ich beiße mir in die Wange, öffne aber langsam meine Finger. Die feinen silbernen Linien des Markers reflektieren die letzten Sonnenstrahlen und drei Nullen leuchten klar und signalrot in der Mitte. Jimmy Cornfield beugt sich vor und sieht mit zusammengekniffenen Augen auf den Marker. Misstrauisch drückt er mit dem Finger auf den Nullen herum. Ich muss mich zusammenreißen, um meine Hand nicht wegzuziehen.

»Stunden, Minuten, Sekunden«, murmelt er. »Was in drei Teufels Namen ist das? Eine Uhr?«

Ich ziehe meine Hand zurück. »In etwa.«

Jimmy Cornfield reibt sich die Nasenwurzel, als würde es ihm helfen zu begreifen. »Ich bin Händler«, sagt er unvermittelt. »Ich handle mit Fellen, Stoffen, Kurzwaren, Bekleidung und einigem mehr, das Sie gebrauchen könnten. Und eines habe ich bereits vor Langem gelernt: Alles ist käuflich. Auch Wissen. Also?«

»Sie wollen mich bezahlen?«, frage ich irritiert.

»Ich will wissen, was es ist, was es kann und wie man es herstellt. Ich wäre der Erste, der mit solchen Uhren Handel treiben würde.«

Eine eigenartige Reaktion. »Man kann es nicht herstellen«, antworte ich.

»Aber woher haben Sie es dann?«

»Ich … es ist …« Verdammt! Wieso fällt mir keine Erklärung ein? Obwohl … Die Wahrheit ist so absurd, er wird mir ohnehin nicht glauben. »Es ist eine Maschine, mit der man reisen kann. Durch die Zeit«, sage ich also.

Jimmy Cornfield lacht laut auf, er schüttelt sich vor Lachen, hält sich den Bauch, klatscht sich auf die Schenkel und lacht, bis er nach Luft schnappen muss. »Durch die Zeit reisen!«, prustet er. Sein Gesicht ist ganz rot. »Nein wirklich, sagen Sie mir die Wahrheit.«

»Das ist die Wahrheit«, antworte ich ruhig, obwohl ich am liebsten aus ihm herausschütteln möchte, bei wem und wann er diesem Marker schon einmal begegnet ist. »Mr Cornfield, glauben Sie mir. Ich komme aus der Zukunft.«

»Sie meinen das ernst!«

Ich nicke.

Er kratzt sich am Kopf. »Ich bin viel rumgekommen. So etwas wie diese Uhr habe ich aber nur einmal gesehen. Ihre Behauptung jedoch, damit durch die Zeit zu reisen, also … das ist unmöglich!«

»Bitte sagen Sie mir jetzt, wo Sie den … die Uhr schon einmal gesehen haben.«

»Überzeugen Sie mich von Ihrer Behauptung und ich verrate es Ihnen.«

Ich seufze. »Also gut. Es ist wie … Vor einigen Jahrhunderten dachte man noch, die Welt sei eine Scheibe, dann, die Erde sei das Zentrum des Universums. Sie glauben, Zeitreisen seien nicht möglich, aber sie sind es.«

Jimmy Cornfield wiegt den Kopf. »Das überzeugt mich nicht. Zeigen Sie's mir. Reisen Sie.« Er zieht etwas aus seinem Mantel, das wie ein großes Brillenetui wirkt, und wiegt es in seiner Hand. »In dieser Geldbörse sind über 500 Dollar. Beweisen Sie Ihre verwegene Theorie! Reisen Sie zu dem Pokerspiel zurück und geben Sie mir mein Geld, sagen Sie mir, wie das Spiel ausgeht. Dann fahren Sie mit Ihrer Maschine zurück und ich sage Ihnen, bei wem ich diese Uhr gesehen habe.«

»Sie ist kaputt.«

»Sie funktioniert also nicht. Mrs Hill, unsere Konversation bereitet mir wirklich Vergnügen und ich möchte dieses Geheimnis unbedingt lüften, aber Sie müssen mir schon etwas bieten.« Er steckt den Beutel zurück und sieht mich erwartungsvoll an.

»Es tut mir leid. Sie ist kaputt und diejenigen, die sie reparieren könnten, leben in der Zukunft. Und ich kann nicht zurück und anscheinend kommt auch niemand zu mir, um mich hier rauszuholen.«

»Sie wollen mir also weismachen, Sie stecken hier fest? Wie ein Karren im Schlamm?«

»So ungefähr. Deswegen muss ich ja wissen, wo Sie so einen Mark… eine Maschine schon mal gesehen haben. Verstehen Sie?« Meine Stimme klingt jetzt nicht mehr ruhig, eher verzweifelt.

Er streicht sich nachdenklich über die Oberlippe. »Nun gut. Nicht weit entfernt, vielleicht zwei Tagesmärsche oder einen Ritt bis Sonnenaufgang.«

»Wo genau und bei wem? Wie sah er aus? Oder sie?«

»In welchem Jahr wurden Sie geboren?«

»Bitte … Mr Cornfield. Ich muss es wissen!«

»Quid pro quo. Der Grundsatz des Handels. Ich gebe Ihnen etwas und Sie mir. Betrachten Sie es als ein Spiel.«

»Im Jahr 1996. Bei wem haben Sie so ein Ding gesehen?«

Er betrachtet mich mit schräg gelegtem Kopf. »Fast 150 Jahre in der Zukunft. Wirklich?«

Ich nicke.

»Ich tue mal so, als würde ich Ihnen Glauben schenken. Also, womit treibt man Handel in Ihrer Zeit. Wer hat die Börse am schwersten gefüllt?«

»Quid pro quo«, sage ich mit hochgezogenen Brauen.

»Es war ein Mann. Sie sind am Zug! Wer ist der reichste Mann von ... sagen wir ... San Francisco in Ihrer Zeit und womit macht er sein Geld?«

Ich knete meine Hände, während ich nachdenke. Bill Gates? Wahrscheinlich. Aber Computer, Betriebssysteme, Apps, Smartphones ... nichts davon würde Jimmy Cornfield begreifen.

»Es ist Bill Gates«, antworte ich trotzdem, weil mir kein besserer Name einfällt. »Er verkauft Kleidung.«

Mein Gegenüber nickt zufrieden. »Das klingt überzeugend. Kleidung braucht der Mensch immer. Fragen Sie, fragen Sie!«

»Wie sah der Mann aus?«

»Wild, er wirkte wie ein panisches Tier. Ein ungepflegter Bart. Er war groß und nicht allzu alt, glaube ich, aber trotzdem rannte er vor mir davon.«

Groß? Sam Oscar kann es nicht gewesen sein. Er ist eher klein für einen Mann. Kay? Wild, ungepflegt, das passt nicht zu ihm.

»Was für Kleidung? Mäntel, Hosen, welche Stoffe?«

Ich zucke die Achseln.

»Kommen Sie! Sie müssen mir etwas geben. Eine Neuheit. Es muss doch einen Fortschritt in der Kleidermanufaktur geben!«

»Isovantage«, sage ich mit halb ersticktem Lachen und lasse den Kopf in meine Hände fallen. Nanotechnologie, Lotusblütenbeschichtungen ... Was soll ich bloß sagen?

Aber auf einmal fällt mir etwas ein. Ein Bild, über das ich in einem Buch über die Geschichte San Franciscos gestolpert bin. Es ist gefährlich, derart in die Vergangenheit einzugreifen. Aber habe ich das nicht ohnehin schon? Es hat keinen Sinn, über morgen oder über die ferne Zukunft zu spekulieren. Ich muss mir jetzt helfen und die beiden Pferde vor meinem geistigen Auge nehmen Gestalt an, wie sie in entgegengesetzten Richtungen an einer scheinbar unkaputtbaren Hose ziehen ...

»Mr Cornfield ...«

»Nun?«

»Ich werde Sie zu einem sehr reichen Mann machen.«

»Ihre Worte klingen wie klimpernde Goldmünzen in meinen Ohren ...«

Ich hebe die Hand. »Aber ich habe Bedingungen.«

»So, so ... gut, dann erzählen Sie mal. Welche Bedingungen?«

»Ich will die ganze Geschichte hören, von dem Mann, der auch so eine Maschine trägt. Ich will jedes Detail kennen und ich will diese Decke, das Fläschchen Bibergeil, das Kochgeschirr, die Wasserflasche, ein Messer und die restlichen Vorräte.«

»Ich dachte, Sie würden die Geldbörse verlangen.« Jimmy Cornfield gluckst vergnügt. »Gut, abgemacht. Entweder Sie sagen die Wahrheit oder Sie überzeugen mich mit einem Geistesblitz.«

»Sie fahren oft in die Goldgräbersiedlungen?«

Er nickt eifrig. »Das ist mein Hauptgeschäft.«

»Und die Männer kaufen dann diese Sachen bei Ihnen«,

vergewissere ich mich und zupfe an dem groben Stoff. »Was ist das?«

»Segeltuch. Hervorragendes Hanf-Flachs-Gemisch. Es gibt nichts Besseres.«

»Nun, kennen Sie Levi Strauss?«, beginne ich, die Zukunft zu verändern …

12

03. Januar 1853, abends, 80 km südöstlich von San Francisco

Die Sonne geht bereits unter, als ich vom Kutschenweg in einen Wald trete. Endlich Bäume! Hohe starke Tannen, Kiefern und moosbedeckte Steine. Das verbleibende Licht durchbricht die dichten Wipfel in so durchdringender Kraft, wie es nur die Wintersonne kann. Wüsste ich es nicht besser, ich würde meinen, in einem Feenwald zu stehen.

Die Biberdecke habe ich um meinen Körper geschlungen und mit einem Hanfseil fest verschnürt. Es gibt nichts Besseres, hat Jimmy Cornfield lachend behauptet und mir zu dem Kochgeschirr und den anderen Dingen noch eine Petroleumlampe, zwei Streichholzheftchen und meinen Beutel mit den Kräutern in die Hand gedrückt. Meine Schätze sind in ein Tuch gewickelt, mein Messer halte ich in der freien Hand. Ich möchte nicht nach meiner Waffe suchen müssen, wenn ich den ausgetretenen Pfad allein und in die Nacht hineingehe.

»Mrs Hill?«

Ich drehe mich zu dem Planwagen um.

»Sie sind unglaublich! Dank Ihnen kann Levi Strauss bald einpacken. Baumwolle, indigoblau gefärbt und mit Nieten ...« Jimmy Cornfield schüttelt den Kopf. »Warum bin ich nicht darauf gekommen?«

»Machen Sie etwas draus!«, rufe ich ihm zu. Ich bin richtiggehend aufgekratzt. »Vielleicht tragen in 150 Jahren ja alle eine CORNFIELD und keine Levis!«

»Wie nannten Sie es noch mal?«

Ich lache vergnügt. »Eine Jeans!«

»Eine Jeans, richtig.« Er nimmt die Zügel auf und die Pferde heben schnaubend ihre großen Köpfe aus dem Gras. »Mrs Hill, ich wünsche Ihnen, dass Sie Ihr Zuhause finden. Wo oder wann auch immer es ist.«

»Danke!« Ich winke zum Abschied. »Danke für alles!«

Jimmy Cornfield schnalzt mit der Zunge. Die Pferde spitzen die Ohren.

Es wird Zeit, mich auf den Weg zu machen, den Mann mit dem Marker zu finden. Ich atme die kühle Luft ein und drehe mich um.

»Mrs Hill!«

Schmunzelnd sehe ich noch einmal zurück. Wahrscheinlich will Jimmy Cornfield mir noch etwas schenken. Seit ich ihm von der Levis erzählt habe, ist er derartig überschwänglich, dass er mir quasi seine halbe Ladung mit auf den Weg geben wollte. Aber ich habe nur genommen, was ich über weite Strecken tragen kann.

»Mrs Hill, mir ist noch etwas eingefallen. Vielleicht hilft es Ihnen.«

»Ja?«

»Der Mann mit der Uhr ... Er hatte so eine Tätowierung im Gesicht.«

»Eine Tätowierung?« Fast lasse ich das Bündel fallen. »Was für eine Tätowierung?«

»Ich entsinne mich nicht richtig. Irgendetwas Wildes, wie die Digger. Würde ja passen.«

»Kay!« Ich schreie seinen Namen heraus wie einen Jubelruf. Kay! Mein Kay! Es gibt keine andere Erklärung. Die Tätowierung! Er muss es sein! Kay! Ganz in meiner Nähe! Ich presse die Faust vor den Mund, mein Kinn bebt. Tränen sammeln sich in meinen Augen. Er lebt! Er ist hier!

Endlich, endlich kann ich ihn wiedersehen. Jetzt wird alles gut.

Kaum dass ich diesen Gedanken gefasst habe, packt mich die Angst. Werde ich rechtzeitig da sein? Werde ich ihn finden?

»Kay!«

Seinen Namen zu rufen, ist wie ein Startschuss für mich. Ich renne los. Mein Atem geht heftig, stoßweise. Bei jedem Schritt schlägt mir das Bündel in die Seite. Ich werfe es über die Schulter und laufe weiter. Jetzt zählen für mich die Sekunden. Mit jedem verstrichenen Moment könnte sich Kay von mir entfernen, falls er überhaupt noch in dieser Zeit ist.

Erst als ich tief im Wald bin, wird mir bewusst, dass ich Jimmy Cornfield ohne ein weiteres Wort stehen lassen habe. Ich bezweifle, dass er Santa Clara noch vor Einbruch der Dunkelheit erreicht hat.

Inzwischen ist die Nacht eingebrochen. Es müsste Vollmond sein, aber die Wolkendecke ist jetzt so dicht, dass die Bäume wie schattenhafte Riesen wirken. Der ausgetretene Pfad, der mich bislang geführt hat, versinkt in der Finsternis und ich taste mich nur noch voran.

Au! Verflucht ...

Über irgendetwas bin ich gestürzt. Lang gestreckt, wie ein gefällter Baum, liege ich auf dem Bauch, mein Gesicht in feuchtes, weiches Moos gedrückt. Ich befühle den Waldboden, suche nach meinem Bündel. Meine Handinnenfläche schmerzt. Instinktiv habe ich das Messer in der Hand behalten, aber der raue Hirschhorngriff hat bei dem Sturz meine Haut abgeschürft. Ich rapple mich auf und streiche über die Wunde. Sie brennt, scheint aber nicht zu bluten. Jetzt wäre die Lampe hilfreich.

Ich schiebe einen Fuß vor den anderen. Taste so Zentimeter für Zentimeter den Waldboden ab. Ich kann nicht auf meine Habseligkeiten verzichten. Sie könnten überlebenswichtig sein. Und wenn nicht für mich, dann vielleicht für Kay.

Jimmy Cornfields Worte haben mich beunruhigt. *Er wirkte wild ... lief in Panik vor mir weg ...*

Irgendetwas Schlimmes muss geschehen sein. Grausige Bilder steigen in meinem Kopf auf: Kay schwer verletzt, Kay im Todeskampf, Kay blutend und röchelnd ...

Jetzt krieche ich auf allen vieren. Der Waldboden riecht feucht und irgendwie faulig. Kay, verfolgt und gehetzt ... Ich stöhne laut auf. Immer male ich mir gleich das Schlimmste aus. Vielleicht um mich zu wappnen, sollte es tatsächlich passieren.

Meine Hose ist nass, im Fell haben sich pikende Tannennadeln verfangen und es ist stockfinster. Es hat keinen Zweck. Ich muss meine Suche abbrechen.

Vor mir ertaste ich die schroffe Rinde eines Baumes. Der Stamm ist dick, sodass ich mich mit dem Rücken daranlehnen kann. Unter mir spüre ich Moos. Es ist weich und hält einigermaßen die Kälte des Bodens ab, wie ein Lager aus Stroh.

Ich ziehe die Beine eng an den Oberkörper, lege den Kopf auf die Knie und starre in die Finsternis. Ich sollte müde sein und auch erschöpft, aber ich bin hellwach. Nur mein Geist ist träge und kaum mehr fähig, logisch zu denken.

Nichts ergibt einen Sinn. Die Puzzleteile scheinen nicht ineinanderzupassen.

Ich vergrabe meine klammen Hände unter der Decke und sehe zu den blauschwarzen Baumwipfeln hoch. Verflucht, ist das kalt! Ich sollte mich zusammenrollen, die Nacht verstreichen lassen. Nein! Konzentriere dich! Was weißt du über die Zukunft? Was hat Kay mir damals verraten? Vor über 2 Jahren ...

Er war Kandidat der ersten Staffel von *Top The Realities,* wurde ins Jahr 2415 portiert, wie auch ich vor ... Meine Güte, erst 3 Tage ist es her. Es kommt mir wie Wochen vor. 3 Tage ... Da dachte ich noch ...

Konzentriere dich!

Er sagte, ich hätte ihn als Scout in die Vergangenheit begleitet, hätte ihn geführt, gelehrt zu überleben. Es wäre, als hätte ihn das Schicksal gelenkt, um die Frau zu treffen, die er mehr als alles auf der Welt lieben wird: mich!

Aber ... meine Brust zieht sich zusammen ... nichts davon ist eingetroffen. Nichts!

Wenige Stunden habe ich mit einem Mann verbracht, der wie Kay aussah. Und obwohl Kay mir in der Wüste gestanden hat, dass er ein leichtsinniger Egoist gewesen war, der dieses Spiel als ein beherrschbares Abenteuer betrachtet hatte, war der Mann im Hinterzimmer des *Louisiana* so weit entfernt gewesen von dem Mann, den ich liebe, dass er es unmöglich sein konnte.

Die Kälte kriecht von meinen Zehen die Beine hoch. Ich wippe mit den Füßen, wobei ich versuche, brauchbare Hinweise aus dem emotionalen Wirrwarr meiner Erinnerungen zu fischen.

Was noch? Was hat Kay mir über die Zukunft verraten? Warum nur so wenig?

Da fällt es mir wieder ein und ich schlage mit der Faust auf meinen Oberschenkel, so wütend bin ich. Hätte er einfach die Klappe gehalten! Nichts gesagt!

Ich saß in seine Arme geschmiegt, das Feuer brannte und ich drängte ihn, mir zu erzählen, was mich in 2 Jahren erwarten würde.

»Das, was geschehen wird, ist schon geschehen«, hat

Kay geantwortet und meinen Nacken geküsst. »Wenn ich dir aber mehr verrate als ohnehin schon, könnten sich die Realitäten wieder verschieben. Es ist nicht gesagt, dass all das genau der Alison widerfahren wird, die jetzt bei mir sitzt, die ich so sehr liebe.«

Und so ist es. Es bestätigt meinen Verdacht, den ich begraben habe, seit Jimmy Cornfield mir von der Tätowierung erzählte. Ich hasse diese andere Alison! Ich hasse sie! Aber schon im nächsten Moment lache ich hysterisch. Irgendein Nachtvogel antwortet schimpfend. Der Mann, von dem Jimmy Cornfield erzählte, ist im Gesicht tätowiert. Es muss Kay sein. Mein Kay! Fast habe ich das Gefühl überzuschnappen, allein im Wald, zwischen Wahnsinn und Erkenntnis. Oder gibt es noch einen Kay, der sich hat tätowieren lassen? Allein die Frage erschreckt mich.

Es hilft nichts. Um zu verstehen, muss ich allen unwichtigen Ballast aus meinen Gedanken streichen. Nur die wichtigsten Informationen abgleichen, wie bei zwei scheinbar gleichen Bildern, wo man die Fehler finden soll.

Also, erstens: Kay wird in das Jahr 2415 geholt. Stimmt. Zweitens: Ich werde sein Scout. Stimmt, zumindest für einige Stunden. Drittens: Zunächst ist er ein leichtsinniger Egoist, der das Spiel als ein beherrschbares Abenteuer betrachtet. Und wie das stimmt. Kay hatte mehr Glück als Verstand, das Pokerspiel überhaupt zu finden. Aber dann: Er hat nichts davon gesagt, dass ich hierbleiben werde und er verschwindet. Aber bedeutet das, es ist nicht geschehen?

Plötzlich scheinen mir wieder alle Möglichkeiten offen zu sein und ein Stein fällt mir vom Herzen, von dem ich gar nicht bemerkt hatte, dass er da war.

Ich atme tief durch und schließe die Augen. Morgen werde ich der Wahrheit ein Stück näher kommen.

Mitten in der Nacht wache ich auf. Es ist bitterkalt. Die Wolkendecke hat sich aufgelöst und im fahlen Licht des Mondes sehe ich, wie mein Atem zu kleinen Rauchwölkchen kondensiert. Ich reibe meine Hände aneinander, das Gelenk schmerzt noch immer und meine Finger fühlen sich taub an.

Gerade will ich meine Hände wieder unter dem Fell vergraben, da geht mir auf, dass das rote Licht fehlt. Der Marker ist erloschen. Keine Nullen mehr. Ich wende meine Hand in alle Richtungen, bis der matte Glanz des Markers erkennbar ist. Er ist also noch da. Aber vielleicht habe ich ihn mit dem Hirschhorngriff endgültig zerstört, als ich gefallen bin. Doch dann durchläuft es mich kalt: Wenn der Marker kaputt ist, kann ich dann überhaupt noch springen? Was, wenn nicht? Dann war nicht ich die andere Alison, sondern es war eine Abspaltung von mir, der ich begegnet bin. Wer aber soll dann Kay retten?

Verdammt! Ich drehe mich schon wieder im Kreis. Wie auch immer, kaputt oder nicht, ich kann es nicht ändern.

Ich kugle mich zusammen und falle fast augenblicklich wieder in den Schlaf, aber die andere Alison beschäftigt mich in meinen Träumen weiter. Ein Teil meines Bewusstseins ist wach und denkt darüber nach, wie sie dorthin gekommen ist. Ich starre auf meine Hand, mir vollkommen bewusst, dass ich schlafe, und streiche über die silberne Fläche des Markers. Sie lässt sich nicht ertasten, auch nicht mit der Zunge.

Ich halte sie dicht vor mein Auge. Die Linien verschwimmen zu einer glitzernden Fläche. Ich tauche in sie hinein. Ein eigenartiges Gefühl, als schwämme mein Unterbewusstsein in einem Meer aus flüssigem Silber. Alles ist hell und glänzend, form- und konturlos.

Ich will aufwachen. Ich mag diesen Traum nicht und

versuche, mich in die Hand zu kneifen, um mich aus dem Schlaf zu wecken, mich aus dem silbernen Nichts zu lösen. Doch ich spüre keinen Schmerz, ich träume weiter.

Irgendetwas muss doch hier sein! Etwas, an dem ich mich festhalten kann, etwas Greifbares ...

Wie führt der Weg hinaus aus dem Marker? Silberne, hauchdünne Drähte, die elektrische Impulse leiten, rufe ich mir ins Bewusstsein. Nervenbahnen, Synapsen ...

Meine Hand brennt, als hätte ich die Drähte zum Glühen gebracht. Wahrscheinlich ist es aber nur die Verletzung durch das Jagdmesser, die schmerzt, und ich baue den Schmerz in meinen Traum ein.

Das Messer zerschneidet die Verbindung. Jetzt bin ich frei. Kein flüssiges Silber hält mich mehr. Wenn sich nur nicht alles drehen würde. Mir ist schwindelig, ich glaube, nicht mehr atmen zu können, als wenn sich eine Klappe über meine Luftröhre gelegt hätte. Meine Lungen sind plötzlich zum Bersten gefüllt.

»Huaaah!« Ich ziehe die Luft wie eine Ertrinkende ein und reiße die Augen auf. Es ist taghell!

Die Sonne steht tief: Wie lange habe ich geschlafen? Oder träume ich noch?

Ich muss träumen, denn ich bin nicht mehr im Wald, sondern stehe mitten im dornigen Gestrüpp. Ein Traum im Traum also. Aber es fühlt sich nicht so an. Alles um mich ist greifbar und viel zu detailreich, um einem Traum zu entspringen. Das Zwitschern der Vögel, die Dornen der Büsche, der eisblaue Himmel ...

Langsam drehe ich mich im Kreis. Was? Da bin ich! Hocke in dem rosa Kleid auf dem Baumstumpf, ohne Schuhe ...

Oh mein Gott! Es ist passiert! Es ist kein Traum, nein, alles ist real. Der Zeitsprung! Ich bin es selbst!

Was ich gesehen habe, hat sich erfüllt. Gleich werde ich mich umdrehen und erschrocken aufschreien. Ich halte den Atem an, fixiere meinen Rücken.

Noch immer ist mir schwindelig, und nicht zu atmen, macht es nicht besser. Ich schwanke, taumle einen Schritt zurück. Ein Ast bricht laut knackend unter den festen Arbeitsschuhen. Vögel steigen auf.

Ich muss hier weg, sonst verändere ich die Vergangenheit. Ich blicke auf den Marker. Die Zahlen sind wieder da. Ein Countdown! Diesmal nicht rot, sondern grün – und blinkend. Noch 2 Sekunden. Als ich aufsehe, starrt mich mein 2 Tage jüngeres Ich aus aufgerissenen Augen an, genauso wie ich es. Dann zieht mich etwas aus dieser Zeit. Wie ein gespanntes Gummiband, das plötzlich losgelassen wird.

Der Schwindel ist erträglich. Ähnlich wie bei den letzten Sprüngen zurück aus der Hippie-Zeit.

Ich kneife die Augen fest zusammen.

Als ich sie wieder öffne, ist es Nacht. Der Mond beleuchtet die Wipfel der Tannen. Ich bin zurück im Wald. Heißer Schweiß läuft mir den Nacken hinunter, als wäre ich die Distanz gerannt.

Aber Zeit kann man nicht rennen. Ich bin durch sie gesprungen.

Die drei Nullen leuchten im fahlen Mondlicht in geradezu unheimlichem Rot. Mit dem kleinen Finger male ich sie nach, wahrscheinlich das hundertste Mal, aber noch immer begreife ich nicht, wieso sie plötzlich wieder da sind.

Haben Wum Randy oder Sam Oscar oder sonst wer aus der Zukunft meinen Marker wieder aktiviert? Bisher brauchten sie diesen Metallstab dazu – auch in der elften Staffel und auch Oscar, als er ihn im Zelt nachjustierte, wie er meinte.

Unwahrscheinlich, dass sie plötzlich in der Lage sein sollten, den Marker fernzusteuern, und 2 Jahre später, 2417 also, trotzdem diesen Stab benutzen. Das wäre wohl so, als würde man aufstehen und auf den Knöpfen eines Fernsehers herumdrücken, obwohl man die Fernbedienung neben sich liegen hat. Es widerspricht dem menschlichen Bedürfnis nach Bequemlichkeit.

Aber ... Moment mal. Was ist mit der noch ferneren Zukunft? Vielleicht haben sie meinen Marker aus dem Jahr 2419 oder 2436 angesteuert. Die Technik ist bis dahin womöglich zu so etwas in der Lage. Könnte es nicht sein, dass sie versuchen, mich aus dieser Zeit zu retten?

Vielleicht entschuldigen sie sich bei mir, vielleicht versuchen sie wiedergutzumachen, was sie mir angetan haben, vielleicht erfüllen sie mir meinen größten Wunsch: eine gemeinsame Realität mit Kay.

Verdammt! Ich verliere mich ständig in Bildern, statt rational zu denken. Ich schweife ab. Daher verbiete ich mir weiterzuträumen. Ohnehin weiß ich schon, nichts von meinen Fantasien hat sich so abgespielt, wie ich sie mir erträumt habe.

Erstens: Wenn es ihnen irgendwann gelingen wird, meinen Marker zu reaktivieren, und sie mich zurückholen wollen, hätten sie es in der Sekunde getan, als sie auch Kay portiert haben.

Zweitens: Sam Oscar, also der ohne Zwirbelbart, hat mir im Cube zu verstehen gegeben, dass die Show sich noch grausamer entwickeln wird. Ich sollte also besser nicht darauf hoffen, dass sich irgendjemand irgendwann auf die kleine Alison besinnt, die man unglücklicherweise irgendwie im 19. Jahrhundert verloren hat.

Drittens hat Oscar beim Nachjustieren von einer Notfallsituation gesprochen. Meine Sprünge in die 60er-Jahre des 20. Jahrhunderts waren also keineswegs geplant oder vorhersehbar gewesen, denn dann hätte Oscar die entsprechende Situation verhindert und sie wäre nie passiert.

Und viertens, und das ist der wichtigste Punkt, hat Sam Oscar mir prophezeit: – Wie war das noch gleich? – Wenn man das Unmögliche ausgeschlossen hat, muss das, was übrig bleibt, die Wahrheit sein, so unwahrscheinlich sie auch klingen mag. Und das bedeutet, ich werde lernen, allein durch meinen Willen den Marker zu steuern!

Jetzt erscheint es mir wie eine Tatsache und nicht mehr wie ein unlösbares Problem, auch wenn ich immer noch keinen Schimmer habe, wie ich das Ding beeinflussen soll.

Über meine Gedanken ist der Nachthimmel heller geworden. Noch reicht das Licht nicht, um meinen Marsch fortzusetzen, aber in 1 oder 2 Stunden wird die Sonne aufgehen und die Zeit bis dahin kann ich genauso gut nutzen. Ich werde trainieren. Nicht Messer werfen oder Hürden überwinden, sondern den Marker zu beherrschen.

Wenn es nur nicht so kalt wäre ...

Der Schweiß auf meinem Körper ist kühl und klebt wie ein eisiges, nasses Tuch an mir. Aber das darf mich nicht ablenken. Nicht jetzt. Ich muss nachdenken. Also wickle ich das Fell noch enger um meinen Körper und schließe die Augen.

Zwei Zeitsprünge sind mir bisher gelungen. Der erste wenige Tage, bevor ich in die Zukunft portiert wurde und Jeremys Dr-Pepper-Dose an meine Stirn prallte. Das zweite Mal in dieser Nacht.

Wo sind die Gemeinsamkeiten?

Natürlich! Schmerz! Unerwarteter Schmerz.

Die Dose traf mich am Kopf und das Hirschhornmesser schrammte meine Handinnenfläche auf. Ich erinnere mich, wie ich in meinem Traum das Gefühl hatte, meine

Wunde würde brennen. Vielleicht war es eine eingebildete Empfindung, aber ich habe Schmerzen gespürt, in beiden Fällen.

Gut, also, was weiß ich über Schmerz? Was stand in meinem Biobuch über Reize? Schmerz ist der stärkste, der tief in die Gefühls- und Gedankenwelt des Menschen greift. Ein Überlebensinstinkt, hieß es. Es erscheint logisch. Leidvolle Erfahrungen dürfen nicht vergessen werden, um einen Fehler nicht zu wiederholen. Also nur einmal auf die glühende Herdplatte fassen.

Aber was geschieht in diesem Moment?

Rezeptoren werden stimuliert, so viel habe ich in Erinnerung. Besondere Rezeptoren, die den Impuls über irre schnell leitende Nervenfasern an das Gehirn weitergeben. Irgendwelche Bla-bla-Fasern. Elektrische Impulse, die mit Blaulicht ins Gehirn transportiert werden, um extrem schnell reagieren zu können, die Hand augenblicklich von der Herdplatte zu nehmen.

Ja, so könnte es funktioniert haben. Schmerz könnte die Energie sein, die mich katapultiert hat.

Ein Katapult also ...

So weit, so gut. Ich stelle mir das Katapult vor, um mich an etwas Greifbarem festzuhalten. Es ist aus Holz, hat einen großen Löffel, in dem das Geschoss liegt. Zurückziehen, loslassen, Flug, Ziel treffen!

In diesem Bild bin ich das Geschoss, die Nervenfasern die Flugbahn, der Marker das Katapult, bleibt folglich das Ziel. Wie habe ich das Ziel erreicht? Was hat mich genau an diesen Ort zu jenem Zeitpunkt gebracht? Woran habe ich gedacht?

In meinem Traum hatte ich die Begegnung mit der anderen Alison vor Augen. Zusammen mit dem Schmerz haben die elektrischen Impulse mich womöglich zu dem

Moment geleitet. Und bei Jeremy war es die Dr-Pepper-Dose, die meine Stirn getroffen hat. Oder vielmehr Jeremys Wurf an sich. Ich war wütend auf ihn. Vielleicht brachte mich diese Empfindung zurück.

Starke Empfindungen also und dazu fokussierte Gedanken.

»Puh.«

Ich stoße hörbar die Luft aus und lasse meinen Kopf gegen den Stamm in meinem Rücken fallen. Mit halb geöffneten Augen sehe ich in den immer heller werdenden Himmel. Jetzt kann ich die Konturen der Tannenwipfel erkennen. Bald bricht der Tag an.

Ich müsste meine Theorie überprüfen. Es einfach ausprobieren, auch wenn sie mir abwegig vorkommt.

Wie soll das überhaupt gehen? Rein technisch? Wie funktionieren Zeitreisen an sich? Und könnte es mir gelingen, auch in die Zukunft zu springen, nicht nur in die Vergangenheit, schon um zu sehen, wohin mich meine Reise führt? Und wenn ich dadurch feststelle, dass all dies kein gutes Ende nimmt, werde ich es dann ändern können? Falls ich 2 Monate oder sogar Jahre in die Zukunft portieren würde und sähe, wie ... ja, wie ich an einem Schlangenbiss sterbe, könnte ich diese Schlange in einem weiteren Zeitsprung töten, bevor sie mich beißt? Vielleicht ...

Aber das würde doch bedeuten, die tote Schlange kann und wird mich nicht beißen, dann würde ich mich doch nie im Todeskampf sehen können, wodurch ich unmöglich auf den Gedanken käme, die Schlange zu töten!

Du meine Güte!

Ich massiere mir die Schläfen. Allein das Gedankenkonstrukt bereitet mir Kopfschmerzen. Was war zuerst da? Die Henne oder das Ei? Vielleicht beides. In der einen Realität die Henne, in der anderen das Ei.

Aber all das bringt mich nicht weiter. Ich kann es nur herausfinden, wenn mir noch mal ein Zeitsprung gelingt.

Ich brauche einen Auslöser, Schmerz.

Doch als ich das Messer in der Hand halte, zögere ich. Die Spitze bohrt sich in meinen Unterarm und alles in mir weigert sich, mir in die Haut zu schneiden. Sich selbst zu verletzen, ist schwerer, als ich dachte. Zumindest wenn es ordentlich wehtun soll. Ich muss wahnsinnig sein, mir in die Haut schneiden zu wollen, denn eine Wunde könnte sich schnell entzünden!

Ich werfe das Messer auf den Waldboden und fluche laut. Wieso Schmerz? Hätten es nicht Liebe oder Sehnsucht sein können, die mich katapultieren?

Auf meinem Arm ist ein kleiner roter Fleck, eine winzige Einstichstelle. Sie ziept ein wenig. Das ist alles. Nein, es muss anders gehen!

Unentschlossen wackle ich an dem kleinen Finger meiner linken Hand und dehne ihn ein wenig nach hinten. Ich könnte mir den Finger brechen. Ich biege ihn noch ein Stück weiter, bis ich das Zerren der Bänder spüre. Oh shit! Das wird höllisch wehtun. Ist das jetzt gut oder schlecht? Ich weiß es noch nicht. In jedem Fall ist der kleine Finger der Teil meines Körpers, auf den ich am ehesten verzichten kann. Der Schmerz wird mich zu Kay bringen.

Ich streiche über meine Haut, die aufgeschürfte Handinnenfläche, die winzige Stichwunde, den kleinen Finger ... Wenn ich Kay wiedersehe, möchte ich mit ihm allein sein und nicht mit meinem 2 Jahre jüngeren Ich zusammenstoßen. Es wäre zu verwirrend und zu kompliziert.

Okay, eine andere Alison, eine Abspaltung von mir, die ihren Marker vollkommen beherrscht, hat den Bären getötet. Kurz danach war Kay allein. Er lag betäubt neben dem toten Tier. Irgendwann ist er aufgewacht, um feststellen zu müssen, dass ich ihn zurückgelassen habe. Ich bin mir zwar nicht sicher, wie ich diesen Zeitpunkt ansteuern soll, aber ich habe ja noch neun weitere Finger, falls der erste Versuch misslingt. Ich lache bitter auf, bevor ich die Augen schließe und mich zurückdenke ...

Das blutverschmierte, zottige Fell des Bären nimmt Gestalt an. Ganz in der Nähe Kay, ausgestreckt und bewusstlos an der Felswand. Ich stelle mir vor, wie er sich die Augen reibt und benommen um sich schaut, spüre mein übermächtiges Verlangen, ihn wiederzusehen, strecke die Hände nach seinem Gesicht, will ihn berühren. Los! Tu es! Tu es jetzt!

Mit einem Ruck biege ich meinen Finger nach hinten. Es knackt leise. Im gleichen Moment schießt wilder Schmerz in meine Hand. Ich reiße die Augen auf und schreie.

Nein! Ich hab's vergeigt!

Das Bild von Kay ist mit dem Schmerz erloschen. Mein Geist war nicht stark genug, nicht so stark wie der Instinkt, meine Wunden zu lecken, wie ein Idiot die Augen aufzureißen, um zu sehen, was ich bereits wusste: Der Finger ist gebrochen. Er steht widernatürlich gespreizt ab.

Vorsichtig tippe ich auf meine Fingerkuppe und zucke zusammen. Allein die Berührung peitscht den Schmerz auf. Und jetzt?

Mein kleiner Finger schwillt mit jeder Minute stärker an und ist jetzt schon so dick wie der Daumen. Ich muss ihn schienen.

Ich presse die Zähne aufeinander, als ich den gebrochenen Finger zusammen mit dem Ringfinger fixiere, das zweite Schuhband verschwende und fest um die Glieder wickle. Tränen schießen mir in die Augen. Ich wische sie mit dem Handrücken ab, greife mein Messer und schnüre die Decke wieder um mich.

Als ich mein Bündel fast 20 Schritte weiter in einem blätterlosen Strauch finde, wird mir klar, wie dämlich ich war, mir den Finger zu brechen. Meine linke Hand ist unbrauchbar geworden. Außer Schmerz habe ich kein Gefühl in dem Finger und schon der Versuch, die restlichen Glieder zu krümmen, lässt mich aufstöhnen.

Ich hebe das Bündel auf. Der Leinenstoff ist dunkel, irgendwie durchnässt. Vielleicht durch den Morgentau. Aber da rieche ich den beißenden Gestank von Petroleum. Mir schwant nichts Gutes.

Nur mit der rechten Hand nestle ich an dem Leinen. Ich muss prüfen, was von meinen Schätzen noch brauchbar ist. Endlich löst sich die Schnur.

Oh nein. Nein! Nein! Nein! Nicht das noch!

Das Glas der Petroleumlampe ist zersprungen und der Deckel vom Tank hat sich gelöst. Alles stinkt, ist nass. Die Wurst, das Brot, die Streichholzmäppchen. Vollkommen durchtränkt.

Ich fische das Kochgeschirr, die Kräuter und das Fläschchen Bibergeil heraus. Zum Glück ist die Flasche mit der Medizin nicht zerbrochen und weiterhin fest verkorkt. Ich wische alles mit Moos so sauber es geht, schleudere die Lebensmittel in den Wald, wickle das zerbrochene Glas vorsichtig in Farn. Vielleicht kann ich es noch gebrauchen. Als Pfeilspitze oder Brennglas. Der Lederbeutel hat die Kräuter zwar trocken gehalten, aber er stinkt nach Petroleum. Ich binde ihn trotzdem an einer Gürtelschlaufe fest.

Bald steht die Sonne hoch am Himmel. Es ist lange nicht mehr so bitterkalt wie in der Nacht, und als die Bäume sich mehr und mehr lichten, die Sonne ungefiltert ihre Kraft entfalten kann, beginne ich sogar zu schwitzen. Trotzdem beschließe ich, zügig weiterzumarschieren, denn bereits zwei Stunden vor Sonnenuntergang werde ich einen Rastplatz suchen, um mich diesmal auf die Nacht vorzubereiten. Am Nachmittag des nächsten Tages müsste ich das Lager erreichen, von dem Jimmy Cornfield sprach.

Mehrmals im Jahr sucht er diesen Indianerstamm auf, die Olohe-Digger, wie er sie nannte, um dort Felle und Leder zu kaufen oder zu tauschen. Er fluchte, als er von dem Marsch erzählte, den er mit zwei Pferden bewältigen muss, ohne Planwagen und weit abseits jedweder Zivilisation, bis er die kleine Indianersiedlung schließlich erreichte. Und dort sah er ihn: einen Weißen inmitten von Indianern.

»Er sah nicht aus wie die Digger, aber die Digger behandelten ihn, als wäre er einer von ihnen. Aber als er mich entdeckte, einen Weißen –, seinesgleichen! –, da rannte er kopflos davon.«

»Einfach so? Ohne Grund?«, fragte ich Jimmy Cornfield. Das klang nicht nach Kay.

»Nun, nicht ganz«, antwortete der Händler. »Er war dabei, ein Fell abzuschaben. Ich sah die leuchtende Uhr und griff nach seinem Handgelenk. Im ersten Moment dachte ich, er wolle auf mich losgehen, aber dann ...« Jimmy Cornfield lachte wiehernd. Bloßer Hohn lag in seinem Gelächter und ich musste mich beherrschen, es ihm nicht aus dem Gesicht zu schlagen. »... aber dann rannte er davon, wie ein aufgescheuchter Hase, und die verfluchten Digger machten plötzlich keine Geschäfte mehr mit mir. Nun ... hilft Ihnen das jetzt weiter, Mrs Hill?«

Es ist das Einzige, das mich auf den Füßen hält, ohne Pause vorangehen lässt. Der stechende Schmerz in meinem Finger ist zwar einem dumpfen Pochen gewichen, es wird jedoch Wochen dauern, bis ich meine Hand wieder benutzen kann. Ich hätte mir einfach auf die Zunge beißen sollen oder mich selbst ohrfeigen ...

Inzwischen habe ich den Tannenwald hinter mir gelassen. Wenn mich bislang dunkles Grün begleitet hat, durchschreite ich jetzt helles Ocker. Meine Füße treten auf festen sandfarbenen Boden und vertrocknetes Gras. Mein Weg führt mich seit der Mittagszeit bergauf. Der Anstieg ist zum Glück nicht besonders steil, jedoch ist der Trampelpfad immer schwerer erkennbar und ich bin gezwungen, wie ein Spurenleser auf kleinste Anzeichen zu achten: abgeknickte Zweige, heruntergetretenes Gras, blanke Wurzeln oder festgetretener Boden. Irgendwann muss es hier gebrannt haben, denn außer schwarz verkohlten Stämmen entdecke ich nur junge Büsche oder zarte Pflanzen, die wieder ins Leben zurückgefunden haben.

Als ich die ersten essbaren Pflanzen finde, stoße ich einen kleinen Jubelruf aus. Bergminze, wilder Salbei und sogar ein Johanniskrautstrauch, dessen Samen und Blätter gegen Entzündungen helfen. Ich stopfe mir die Hosentaschen voll, esse so viel Minze, dass mein Mund nach Zahnpasta schmeckt, und halte weiter auf ein Plateau am höchsten Punkt des Hügels zu: mein Tagesziel.

Als ich es endlich erreicht habe, reiße ich mir das Biberfell vom Körper und lasse mich ins Gras fallen. Der Himmel ist wolkenlos, die tief stehende Sonne taucht ihn in so gleißendes Licht, dass ich die Augen schließen muss. Ich ziehe die Luft in meine Lungen und lasse sie Stück für Stück entweichen. Sie ist angenehm trocken, nicht so feucht wie im Wald, und es riecht nach süßen Blüten. Ich spüre, wie kurz davor ich bin einzuschlafen. Alles in mir sehnt sich nach Schlaf, nach Erholung. Einfach die Schuhe abstreifen, zusammenkugeln und warten, dass die Nacht vorüberzieht.

Stattdessen setze ich mich auf, seufze abgrundtief. Wenn meine Muskeln nicht brennen würden, meine Füße nicht schmerzen, mein Finger nicht pochen, meine Schläfen nicht hämmern, mein Magen nicht ziehen, meine Kehle nicht kratzen, würde ich diesen Ausblick genießen können. Aber mein Körper signalisiert mir mit jedem einzelnen Schmerz: Ich brauche Wasser, Nahrung und Schlaf.

Das Wasser habe ich mir bisher aufgespart, auch weil die Flasche nach Petroleum stinkt, aber jetzt muss ich trinken. Ich leere den Inhalt in einem Zug und ohne dabei zu atmen.

Danach lege ich die gefundenen Kräuter, die Streichholzheftchen und die Johanniskrautblätter zum Trocknen und reiße büschelweise verdorrtes Gras aus, mein Zunder. Hier oben, auf dem Plateau, bin ich ungeschützt. Kein Baum oder Strauch wird den Wind abhalten, aber Feuer bietet mir sowohl Schutz vor Kälte als auch vor Tieren. Bisher jedoch habe ich nur Vögel und ab und an Hasen gesehen.

Als ich eine kleine Ewigkeit später gut 30 kahle Weidenäste zusammengetragen habe, reicht die Kraft der Sonne nicht mehr, um den Zunder mit dem Brennglas zu entzünden, und ich muss fast ein gesamtes Streichholzheftchen opfern, bis endlich eins der durchtränkten Stäbchen zündet.

Kurz danach bricht die Nacht herein und ich rolle mich in meinem Lager zusammen. Ich habe zwei leidlich starke, gegabelte Weidenäste mühsam mit einer Hand in den Boden gebohrt und die Decke darübergelegt, sie dann mit Steinen beschwert, sodass mein Nachtlager wie ein zur Seite gekipptes V wirkt. Vorn offen und gerade groß genug, um mich gekrümmt hineinzulegen.

Ich habe Hunger und noch immer Durst und glaube, so niemals einschlafen zu können, aber kurz darauf tue ich es doch.

Erst das Zwitschern der Vögel weckt mich wieder. Es ist kurz vor Sonnenaufgang und ich fühle mich vollkommen zerschlagen. Meine Hand pocht und der Schmerz schießt mit jeder Bewegung über das Schultergelenk bis in meine Schläfe.

Wenn ich talabwärts gehen will, muss dieser Schmerz aufhören. Oder könnte ich ihn nutzen, um zu springen? Schon der Versuch, darüber nachzudenken, misslingt. Ich kann mich nicht konzentrieren.

Kurz entschlossen, ziehe ich den Korken mit den Zähnen aus dem Fläschchen Bibergeil und trinke zwei große Schlucke. Die Beine dicht an den Körper gezogen, lege ich behutsam den Kopf auf die Knie und warte darauf, dass der Schmerz nachlässt.

Vor meinen halb geschlossenen Augen verschwimmt die Glut des Feuers. Es ist bis auf ein paar glimmende Stücke fast erloschen. Plötzlich werde ich ganz ruhig und Wärme breitet sich in mir aus. Ist das der nahende Tod? Vielleicht habe ich zu viel von dem Zeug getrunken, vielleicht wirkt es toxisch ... Der Schmerz ist verschwunden.

Irgendwo da unten ist Kay, wenn er noch da ist.

Mir ist schwindelig. Schön schwindelig.

Falls er das Indianerdorf nicht verlassen hat oder von *Top The Realities* in eine andere Zeit geschickt wurde.

Nichts tut mehr weh.

Ich liebe Kay. Bald bin ich da. Wieso ist das Denken so schwer? Wohin führt mich mein Weg? Bald werde ich aufbrechen ... Schmerz ist der Weg. Schmerz!

Es ist wunderschön hier. Die Farben sind so schön. Sonnengelb, Glutrot. Kay ...

Sein bronzefarbenes Haar. Nie habe ich so eine Farbe ... Glühende Kohle ... Warum nicht?

Wie bewege ich meinen Arm? Einfach ausstrecken. Lustig. Er fühlt sich gar nicht wie mein Arm an. Ich kann ja meine Finger bewegen ... Sie schließen sich um die glimmende Kohle. Es riecht nach verbranntem Fleisch. Sollte ich schon loslassen?

Kay ... irgendwo da unten. Bronzefarbenes, weiches Haar ... Der Duft von Kiefern ...

Ich werde in einen Strudel gezogen. Die ganze Welt ist ein Strudel, das Universum auch. Warum bin ich nicht früher darauf gekommen? Nur einen halben Tagesmarsch ... Kay! Ich muss los. Jetzt riecht es nach kaltem Rauch. Deshalb ist mir übel.

Hilfe! Ich bekomme keine Luft mehr! Ich will atmen! Reiß dich zusammen! Los. Mach schon! Tief einatmen. Ja, so ist gut. Meine Luftröhre öffnet sich, lässt den Sauerstoff hindurchströmen, bis in meine Lunge. Und jetzt mach die Augen auf. Gib dich dem Rausch nicht hin.

Bin ich wirklich wach?

Die Sonne steht tief. Um mich sind verbrannte Erde, schwarze Baumstümpfe, umgeknickte, kahle Stämme, erst etwas weiter blühende Büsche und einige Weiden, mit silbern schimmernden Blättern, davor ein lang gestreckter Körper, bronzefarbenes Haar ...

Ich komme hoch, gehe auf ihn zu. Noch immer dreht sich alles, nein, es schwankt mehr. Ich schwanke ... Kay! Er ist es wirklich. Meine Knie geben nach, ich knicke ein.

Oh Gott! Was ist nur mit ihm passiert?

Seine Haut ist wächsern, vollkommen grau, sein Gesicht eingefallen, selbst die schwarzen Linien seiner Tätowierung, die Augen sind nachtschwarz und leer ... alles verschwimmt. Ich klammere mich an Kays Körper. Er fühlt sich kalt an. Viel zu kalt.

Nein! Bitte! Gott!

Adrenalin pumpt heiß durch meine Venen, ich zittere.

Meine Hand bebt, als ich meine Finger an Kays Hals lege, den Puls suche, aber das Adrenalin lässt mein Bewusstsein klarer werden. Grausam klar. Kaum noch ist Kays Herzschlag zu spüren. Er ist mehr tot als lebendig. Ich presse die Hand vor den Mund und würge.

Kays Haare sind blutverkrustet. Etwas bewegt sich. Eine Made! Sie windet sich zwischen den Strähnen hervor. Mein Atem geht stoßweise, als ich seine langen Haare aus der Stirn streiche. In der Haut ist ein tiefer Riss, blutverkrustet, und unzählige Maden winden sich in der Wunde, fressen Kays Körper bei lebendigem Leibe auf. Aber er spürt nichts davon, sein Bewusstsein ist schon an einem anderen Ort und sein Körper wird bald folgen und ich kann nichts dagegen tun.

Alles in mir zerbricht. Ich habe das Gefühl, zu Stein zu werden, dabei kotze ich. Es riecht nach Galle und Minze und Tod.

Jemand zerrt an mir, nein, etwas. Ich will nicht! Ich muss hierbleiben! Kay begraben, wenn es so weit ist. Ihm seine letzte Ruhe geben!

Ich bäume mich auf, sehe plötzlich mit erbarmungsloser Klarheit zig aufgeworfene Erdhügel um mich, die sich dunkel und feucht von dem verbrannten Grund abzeichnen. Gräber!

Ich umklammere Kays Brust, um mich festzuhalten, dem Sog zu entkommen, doch plötzlich ist unter meinen Händen nur Leere, Kays Körper ist verschwunden, die Gräber sind noch da, aber schon im nächsten Augenblick höre ich Vogelgezwitscher und sehe die aufgehende Sonne.

Vor mir glimmt das Feuer. Ich schlinge die Arme um meinen Oberkörper und wiege vor und zurück, um die unerträgliche Wahrheit nicht spüren zu müssen: Kay ist vor meinen Augen gestorben. Da bin ich mir sicher. Sein

Körper hat sich mit seinem Tod in Luft aufgelöst, vielleicht ist er zurückgeholt worden von diesen widerlichen Unmenschen aus der Zukunft.

Aber das spielt keine Rolle. Kay ist tot. Ich bin tot. Meine Träume sind tot. Es gibt nichts, was mich zum Aufstehen bewegen könnte, keine Zukunft, kein gemeinsames Leben, keine Kinder, die über den Rasen laufen und *Daddy ist da!* rufen werden.

Ich wimmere leise, mir fehlt die Kraft, meine Gefühle laut herauszuschreien: Trauer, Entsetzen und vor allem Wut. Unfassbare Wut. Wieso nur haben sie ihm das angetan? Kay hätte sein Leben weiterleben können, ohne mich, aber er hätte gelebt!

Die Macher von *Top The Realities,* Wum Randy und sein dröhnendes Lachen und auch dieser feige, verlogene Sam Oscar ... Sie alle will ich ermorden, mit meinem Messer töten, in den Wald werfen, bis sie von Maden aufgefressen werden, bis nichts mehr von ihnen übrig ist!

Ich balle meine Hände zur Faust. Am liebsten würde ich mir den Marker rausschneiden, alles damit enden lassen. Drei Nullen. Noch immer leuchten sie in meiner Handinnenfläche, nur dass die Haut über den silbernen Linien abgeschürft ist, der Finger darüber gebrochen und mein Handballen rot-schwarz marmoriert. Ein langer dunkler Strich, genau in Form eines verkohlten, glühenden Weidenastes, der mich zu Kay in die Vergangenheit hat springen lassen.

Das Spiel ist vorbei.

Kay ist tot.

Millionen von Zuschauern haben zugeschaut, wie er gestorben ist. Sie wissen, warum er plötzlich in dieser Zeit, ganz in meiner Nähe, auftauchte. Sie wissen, wohin seine Leiche verschwunden ist. Sie wissen, wieso der andere

Kay nach dem Pokerspiel zurückportiert wurde und nur ich noch hier bin. Vielleicht sehen sie auch jetzt zu ... Gut möglich, dass die Show für sie weitergeht und erst beendet ist, wenn auch ich sterbe.

Aber den Gefallen werde ich ihnen nicht tun. Ich kann durch die Zeit springen. Ich kann es! Ich kann Kays Tod verhindern.

Anscheinend muss mein Geist dafür in einer anderen Sphäre sein, im Schlaf oder durch Drogen berauscht, um mich zu fokussieren, ohne dass der Schmerz meine Gedanken beherrscht.

Ich kann in die Vergangenheit springen, Kays Tod ungeschehen machen.

Ich rufe mir die Landschaft ins Gedächtnis, in der ich Kay gefunden habe. Noch ist die Erinnerung frisch und ich versuche, mir die verkohlten Stümpfe als winterkahle Bäume vorzustellen. Das Bild von Kay, wie er ein Fell abschabt, nimmt in meinem Kopf Gestalt an, so wie Jimmy Cornfield es mir beschrieben hat. Ein Weißer zwischen Indianern ... Was noch? Was habe ich noch gesehen?

Ein blühender Busch, die silbrige Weide ... gleich hinter – mein Gott!

Ich stiere sekundenlang auf die verkohlten Reste der Weide, überdenke alles wieder und wieder, bis ich lache. All meine Gefühle machen sich in diesem Moment Luft und ich heule und lache gleichzeitig. Die Weide trug Blätter, der Strauch blühte! Ich bin nicht in die Vergangenheit gesprungen, sondern in die Zukunft! 1, 2 Wochen vielleicht, denn hier, südlich von San Francisco, blühen die ersten Sträucher schon Mitte Januar.

Ich weiß nicht, wie lange Kay dort so lag. Stunden? Tage? 1 Woche maximal, linear betrachtet zumindest. Eine andere Sichtweise kann und will ich nicht einnehmen.

Für mich gibt es nur gestern, heute, morgen – genau genommen ein Zeitfenster von etwa 2 Wochen, in denen etwas Schreckliches passiert sein muss. Vielleicht wird es sogar in den nächsten Stunden geschehen oder gerade jetzt, während ich hier sitze und mir den Kopf darüber zerbreche, statt zu handeln.

Ich stehe auf. Meine Hände haben die Habseligkeiten zusammengerafft, ohne dass ich darüber nachgedacht habe, und als ich den Hügel hinunterstolpere, rast mein Herz vor quälender Angst und banger Hoffnung. Vielleicht schaffe ich es, vielleicht komme ich zu spät ...

Ich renne, bis mir die Seite sticht, achte kaum noch auf einen Weg.

Meine Zehen stoßen bei jedem Schritt gegen das harte Leder der Schuhe. Längst sind die Blasen aufgeplatzt. Ich könnte den Schmerz auch nutzen, um wieder einen Zeitsprung zu wagen, aber ich weiß nicht, ob er mir gelingt und welchen Moment ich ansteuern soll und wie ich mich lange genug halten kann, um Kay zu warnen oder ihm zu helfen.

Jetzt habe ich die Weide erreicht und ein steileres Stück liegt vor mir. Im Lauf packe ich einen Ast, um meine Geschwindigkeit zu bremsen. Er biegt sich bis aufs Äußerste, aber ich lasse ihn nicht los, da meine Füße keinen Halt auf dem steinigen Abhang finden. Kleine Brocken lösen sich, kullern wie Murmeln bergab. Heiliger Mist! Dieser Hang ist viel steiler, als ich dachte!

Bis zum Wald nur Geröll und brüchige Steinplatten. Hinter der Abbruchkante schlängelt sich ein Weg ins Tal, aber dies ist die kürzere Strecke, und wenn ich gestern noch das Gefühl hatte, jede Minute zählt, bange ich jetzt um jede verstrichene Sekunde.

Ich lasse los und stolpere bergab. Fast augenblicklich

verliere ich das Gleichgewicht, reiße Geröll mit mir, mein Schulterblatt schlägt hart gegen Fels und stechender Schmerz raubt mir kurz den Atem, faustgroße Steine fliegen über mich hinweg, ich presse meine Hand vors Gesicht, drücke das Bündel mit meinen Sachen wie ein Baby gegen meine Brust, bis ich so abrupt abgebremst werde, dass eine Wolke aus Steinstaub auffliegt.

Hustend rapple ich mich auf. Ich spüre Kälte auf nackter Haut. Wahrscheinlich ist das Biberfell zerrissen und auch meine Kleidung. Vielleicht blute ich. Aber ich bekomme Luft und meine Beine funktionieren.

Den Wald nehme ich kaum wahr. Ich weiß, er ist nicht groß, zumindest erschien er mir aus der Ferne nicht so, und dahinter kommt das Meer. Gleich bin ich da! Die Blätter rauschen, als wollten sie mich davor warnen weiterzulaufen.

Plötzlich verdunkelt sich der Himmel. Ich zucke heftig zusammen, als ein greller Blitz ganz in meiner Nähe einschlägt. Es kracht fürchterlich, gleich darauf grollender Donner, der den Wald zum Schweigen bringt. Die Luft ist elektrisch aufgeladen und schon zuckt es wieder hell am Himmel. Dicke Regentropfen prasseln auf mich nieder. Der Boden wird schnell nass.

Jetzt schlittere ich mehr, als dass ich laufe. Selbst die Bäume können den Wind nicht abhalten, der mir den Regen ins Gesicht peitscht. In diesem Moment denke ich daran, was Wum Randy vor 2 Jahren über mein Geburtsjahr gesagt hat: eine Zeit, in der man das Wetter noch nicht beeinflussen konnte ... Aber in der Zukunft ist es möglich. Können sie das? Schickt er das Unwetter? Gehört das zum Spiel? Will mich *Top The Realities* mit allen Mitteln davon abhalten, zu Kay zu gelangen? Ist der Blitz womöglich für den Brand verantwortlich? Ist Kay deshalb gestorben? Nie habe ich so plötzlich einen derartigen Sturm aufkommen erlebt.

Ich presse das Kinn an die Brust und kämpfe gegen den Wind, der mich schier von den Füßen reißen will. Laubblätter wirbeln durch die Luft, Äste brechen, braunes Wasser fließt zu Bächen zusammen ... Und plötzlich rieche ich kalten Rauch und bittere, durchfeuchtete Asche.

Oh Gott! Nein! Ich komme zu spät!

Ich hebe mein Kinn, ziehe heftig die Luft ein und jage auf die ersten niedergebrannten Bäume zu, tiefschwarze Vorboten zum Finale eines grauenvollen Spiels!

Es ist, wie ich es gesehen hatte: verkohlter Boden, verbrannte Stämme, aufgeworfene Erde ...

Ich lasse mein Bündel fallen, strauchle zwischen den Gräbern auf die Weide zu. Sie biegt sich im Wind, der kleine, zarte Blätter von ihr reißt. Der Strauch! Winzige Knospen, doch er blüht noch nicht. Aber Kay! Wo ist Kay?

Ich forme meine Hände zu einem Trichter und schreie seinen Namen wieder und wieder. »Kay! Kay! Kaaaaay!«

Meine Worte werden vom Sturm weggetragen. Er kann mich nicht hören. Wo ist er? Wo?

»Kaay!«

Eine Ewigkeit atme ich nicht, um das kleinste Geräusch durch die Böen heraushören zu können. Nichts. Keine Antwort.

»Kay ...« Ich will schreien, aber diesmal kommt nur noch ein ersticktes Schluchzen heraus.

Heiße Tränen vermischen sich mit kaltem Regen. Ich weiß nicht, wohin mit meiner Verzweiflung, und reiße an meinen Haaren, bis ich ein Büschel in der Hand halte. Der Schmerz hilft, den eigentlichen zu betäuben ...

Wieder zuckt ein Blitz und da, plötzlich, entdecke ich einen Arm hinter einem der Gräber. Er schwebt, wie von einem Puppenspieler gezogen, für wenige Sekunden in der Luft, gleich darauf fällt er zurück, als wären die Fäden durchtrennt worden.

Nur einen Wimpernschlag später bin ich über Kay.

13

04. Januar 1853, tagsüber, 100 km südwestlich von San Francisco

Seine Lider flattern kurz, als ich ihn berühre, sein Gesicht mit beiden Händen umfasse. Seine Haut fühlt sich heiß an. Viel zu heiß.

»Kay ... kannst du mich hören?«

Aus seiner Kehle dringt ein leises, fürchterliches Röcheln.

»Ich bin da, Kay. Ich ... ich bin ja bei dir. Du wirst wieder gesund. Es wird ... alles wird gut.« Meine Stimme hört sich brüchig an. Ich darf nicht hoffnungslos klingen! »Alles wird gut«, wiederhole ich fester, was mechanisch in meinen Ohren klingt. Sam Oscar hat es versprochen. »Ich verspreche es dir! Ich lass dich nicht gehen.«

Kay reagiert nicht mehr. Meine Bewegungen sind unbeholfen und meine Hände zittern, während ich mit dem Daumen Blut aus seinem Gesicht wische und seine Haare aus der Stirn streiche. Ich erwarte, Maden zu sehen, die sich in der Wunde winden. Kays Haut ist an der Stirn zwar aufgeplatzt, ein Riss von wenigen Zentimetern, der Herd darum geschwollen und gelb verfärbt, sein Blut jedoch ist trocken und nichts daran erklärt, wieso Kay mehr tot als lebendig ist.

Vorsichtig taste ich seinen Schädel ab, hebe seinen Kopf, meine Finger befühlen seinen Nacken, streichen über seinen Oberkörper, die Arme, sein Becken, seine Beine. Als ich sein rechtes Knie abtaste, stöhnt Kay auf.

Erschrocken sehe ich hoch. Er atmet flach und schnell,

wie ein gehetztes Tier, aber sein Gesicht ist dabei ausdruckslos und furchtbar blass. Tiefe Schatten liegen unter seinen Augen, seine Lippen sind rissig und spröde. Er wirkt halb tot. Ich muss mein Bündel holen, das Bibergeil und Wasser finden, schießt es mir durch den Kopf. Schon renne ich über die feuchte Asche. Erst jetzt wird mir bewusst, der Regen hat aufgehört, das Gewitter hat sich genauso schnell verzogen, wie es gekommen ist. Als hätte es jemand ausgeschaltet.

Gleich darauf bin ich zurück bei Kay. Ich lasse einen Schluck Bibergeil in meinen Mund laufen, öffne Kays Lippen und gebe die Medizin in winzigen Dosen weiter. Kay hustet und würgt. Ich stemme mich mit aller Kraft, die ich aufzubringen imstande bin, gegen seine Schulter, drehe ihn halb auf die Seite, damit er nicht erstickt, falls er bricht.

Kay verhält sich leblos, sein Körper ist schlaff, ich stöhne laut, so schwer ist er. Schließlich kippt er willenlos komplett auf die Seite. Ich will sein Bein anwinkeln, ihn in eine stabile Stellung bringen, aber da sehe ich Blut. Seine schlammverkrustete Hose ist in der Kniebeuge voll Blut gesogen, er muss Mengen davon verloren haben, es ist auch in die Erde gesickert, denn als ich meine Hand vom Boden nehme, kleben blutgetränkte Bröckchen daran.

Irgendwie schaffe ich es, Kay auf den Bauch zu drehen. Er reagiert nicht auf mein Zerren und Drücken und ich lege meine Hand an seinen Hals, erwarte fast, dass der Puls nicht mehr zu spüren ist, doch dann fühle ich ein schwaches Zucken unter meinen Fingerkuppen und greife nach dem Messer.

Die Hose habe ich schnell aufgeschnitten. Vor lauter Blut kann ich keine Verletzung ausmachen. Ich versuche unbeholfen, es wegzuwischen, es ist trocken und klebt auf seiner Haut. Erst als ich ein Stück Stoff von der Hose abtrenne, es durch eine Pfütze ziehe und über die Kniekehle rubble, entdecke ich die Ursache: ein dunkelroter, kleiner Kreis. Dickflüssiges Blut sickert heraus. Ich Idiotin habe die Wunde wieder aufgerissen!

Ich presse meinen kleinen Finger in das Loch. Kay stöhnt auf. Das ist gut. Er lebt. Dann zähle ich bis 100, während ich Kays sich schnell hebenden und senkenden Rücken beobachte, und löse den Druck. Es hat funktioniert. Die Blutung ist vorerst gestoppt. Dafür erblicke ich jetzt etwas mattschwarz in seinem Fleisch schimmern: eine Kugel. Oh Gott. Kay ist angeschossen worden.

Das Projektil scheint nicht weit eingedrungen zu sein, aber vielleicht hat es ein Gefäß getroffen oder eine Entzündung verursacht oder beides. Sicher ist nur, es muss raus.

Ich schüttle den Kopf und schluchze. Hilfe ... Hilfe. Ich kann das nicht! Auf so etwas habe ich mich nicht vorbereitet. Auf Brüche, ja, und Krankheiten, wie ich sie mit bestimmten Heilpflanzen behandle, aber doch keine Operation!

Ich kann gar nicht aufhören, den Kopf zu schütteln, und warte, dass Kay sich erhebt, sich selbst hilft. Er könnte es, da bin ich mir sicher. Kay hat noch nie hilflos gewirkt, jetzt jedoch könnte er hilfloser nicht sein.

Ich muss klar denken, mich aus meiner Starre lösen, handeln.

Endlich komme ich hoch und beginne zu reagieren. Das Meer dürfte nicht allzu weit sein, noch besser wäre ein Fluss, aber Wasser brauche ich auf jeden Fall und Feuer. Jetzt, da es nicht um mein Leben geht, sind mir die Prioritäten ganz klar.

Mit dem Kochgeschirr, der Feldflasche und dem Messer

in der Hand springe ich über die Erdhügel, wieder in den Wald hinein. Meine Angst verschließe ich tief in mir, ummantelt von Kälte und Entschlossenheit. Nichts darf mich davon abhalten, das Richtige zu tun.

Ich presche zwischen Birken hindurch, mein Gehirn registriert dabei nur die wichtigen Details, so wie ein kurzes, klares Bild in einem verschwommenen Film: dunkle, morastige Erde, Farn, Weiden, Sumpfdotterblumen, kraftvolle grüne Gräser ...

Gott sei Dank! Wasser. Es ist nur ein Tümpel, fast schon ein brauner Sumpf, voller verfaulter Pflanzen, aber ich muss die Flüssigkeit ohnehin abkochen. Ich knie mich in den Schlamm und tauche die Feldflasche ein, bis keine Blasen mehr aufsteigen, schöpfe die stinkende Brühe in den Blechnapf.

Auf dem Rückweg verschütte ich die Hälfte, da ich es nicht aushalte, langsam zu gehen. Kaum dass ich Kay erreicht habe, renne ich wieder los. Nicht einmal sehe ich nach, ob er noch atmet.

Ich schlage mein Messer in die Äste des nächsten Baumes, den ich erreiche, und stolpere zurück. Das zweite Streichholzmäppchen ... wo ist es?

Mit zittrigen Händen schütte ich den gesamten Inhalt des Bündels neben Kays Arm, aber ich entdecke es nicht. Panik steigt in mir auf. Ich kämpfe sie nieder, versuche, mich an meinen überhasteten Aufbruch zu erinnern. Ich hatte es in die Hosentasche gesteckt, genau.

Mein geschienter Finger behindert mich. Ich zerre mit den Zähnen an dem Verband, bis der Stoff auf den Boden fällt. Den Bruchteil einer Sekunde wundere ich mich. Mein Finger schmerzt nicht mehr und ich kann ihn bewegen. Es ist gleichgültig, warum es so ist, aber es grenzt an ein Wunder.

Hektisch schneide ich das Seil, das um das Biberfell geschlungen ist, durch, schüttle beides ab und ziehe die Streichhölzer hervor. Schon das erste zündet. Der Stoff vom Bündel fängt sofort Feuer, so viel Petroleum haftet ihm noch an. Irgendwie gelingt es mir, in Windeseile halb verkohltes Holz zusammenzukratzen, es zu entzünden, und kurz darauf lodern heiße Flammen.

Es kommt mir wie Stunden vor, bis das Wasser endlich kocht. Ich kann nicht nach Kay sehen, da ich den Stiel des Blechnapfs ruhig halten muss, um kein Wasser zu verschütten.

Als winzige Bläschen aufsteigen, zerre ich mit den Zähnen das letzte Schuhband von meinem Arm und lasse es in das Kochgeschirr fallen. Danach tauche ich mein Messer hinein, stelle den Topf beiseite und stolpere mit meinem sterilen Operationsbesteck zu Kay: einem Messer und einem Tuch.

Extrem vorsichtig reinige ich die Haut um seine Wunde, dann setze ich die Messerspitze an. Kay stöhnt laut auf. Ich könnte seinen Schmerz mit dem restlichen Bibergeil dämpfen, aber er wird es später brauchen, denn sein Fieber ist noch längst nicht besiegt. Er muss da durch, so wie ich.

Ich presse meinen Kiefer zusammen und führe das Messer Millimeter für Millimeter in sein Fleisch. Die Klinge schneidet in seine Haut, die sofort wieder zu bluten beginnt, was mir die Sicht auf die Kugel nimmt. Behutsam taste ich mich weiter vor, meine, auf einen Widerstand zu stoßen.

Kay ächzt jämmerlich, aber er bewegt sich nicht, als würde er mitbekommen, was auf dem Spiel steht.

Das Messer steckt schon zwei oder drei Zentimeter tief und ich beschließe, es zu kippen, um das Projektil so herauszuführen, und halte den Atem an. Mit einer Blutblase kommt die Kugel hervor.

Oh Gott! Ich habe es geschafft!

Ich stoße pfeifend Luft aus, gönne mir aber keine Pause. Mit dem Tuch wische ich wieder über die Wunde. Kays Blut pumpt mit jedem seiner Herzschläge heraus.

Ich muss die Wunde verschließen! Aber wie?

Suchend sehe ich mich um: mein Messer, das Kochgeschirr, heißes Wasser, Feuer ... ja! Das könnte funktionieren, auch wenn der Schmerz höllisch für Kay sein wird.

Schon nach wenigen Augenblicken glüht die Messerspitze in den Flammen. Das Metall hält die Hitze, auch als ich wieder bei Kay bin. Ich werde ihn nicht warnen. Wahrscheinlich hört er mich ohnehin nicht. Kurzerhand setze ich mich auf seinen Rücken und würde am liebsten mir den Schmerz zufügen, nicht ihm ...

Ich atme tief durch, drücke ihm das Messer in die Wunde, um die Gefäße zu veröden. Sein Körper zuckt heftig und Kay stößt einen gurgelnden Laut aus. Es stinkt nach verbranntem Fleisch. Tränen fließen über mein Gesicht. Ich muss die Prozedur wiederholen, das Band erneut abkochen, die Wunde säubern und dann Kays Knie fest verbinden. So will es zumindest die Theorie in meinen Büchern.

Als die Sonne untergeht, habe ich das erste Mal das Gefühl, Kay könnte es schaffen. Er könnte überleben. Ich habe ihn auf das Biberfell gerollt, jedoch nicht zugedeckt, da er immer noch fiebert. Seine Haut wirkt rosiger, aber vielleicht ist es auch nur die Abendsonne, die sie beleuchtet.

Wieder benetze ich seine Lippen mit Wasser, lasse kleine Schlückchen in seine Kehle laufen. Die letzten Stunden habe ich mehrere Armvoll Äste gesammelt und sechs Mal die Feldflasche aufgefüllt, das Wasser abgekocht, Kays Bein gewaschen, sein Gesicht von Blut befreit, ihm immerzu Flüssigkeit eingeflößt und selbst genug getrunken, um nicht erneut zu dehydrieren. Das Wasser schmeckt, wie es riecht: dreckig, schlammig, widerlich.

Bevor mich meine Erschöpfung in den Schlaf zwingt, verabreiche ich Kay noch einen halben Schluck Bibergeil.

Im Schein des Feuers streiche ich über seine Tätowierung und fahre die schwarzen Linien entlang. Nichts könnte mich glücklicher machen. Ich habe meinen Kay wieder. Das ist, was zählt, alles andere wird sich finden.

Ich gähne lautlos und reibe mir mit dem Handballen die Augen. Ich muss schlafen. Kay braucht mich stark und erholt. Behutsam schmiege ich mich an seine Seite und lausche seinem Herzschlag. Er ist regelmäßig und stark und trägt mich in einen Dämmerschlaf.

In der Nacht taste ich trotzdem immer wieder nach Kays Stirn, kontrolliere seine Temperatur und fühle nach seinem Puls. Ich weiß nicht, ob er spürt, dass ich da bin, dass überhaupt jemand bei ihm ist.

Am frühen Morgen stehe ich auf, um Feuerholz nachzulegen. Kay ächzt leise. Ich will ihn nicht allein lassen, muss mich aber um Essbares kümmern. Für uns beide ist es überlebenswichtig, dass wir bald Nährstoffe zu uns nehmen.

Außerdem will ich weiterdenken. Ich weiß nicht, wie schnell Kay genesen wird, wann ich erfahre, was es mit diesen grausigen Gräbern auf sich hat, aber auf keinen Fall möchte ich länger zwischen ihnen schlafen als nötig. Also beschließe ich, meine Umgebung näher zu erkunden, um den besten Platz für ein Lager zu finden.

Wie unsere Zukunft aussehen mag, steht in den Sternen, aber was ich jetzt zu tun habe, ist klar. Ich werde uns ein Zuhause schaffen, in das ich Kay führen kann, sobald er imstande ist zu gehen.

Erst jedoch beäuge ich meine Verletzung, den gebrochenen Finger, wackle vorsichtig an ihm, balle die Hand zur Faust, öffne sie wieder. Kein Schmerz. Es ist unbegreiflich. Wenn Bibergeil so ein Wundermittel ist, warum gibt es das zu meiner Zeit nicht mehr?

Ich werfe noch einen Blick auf Kay, gleich danach führt mich mein Weg zurück zum Tümpel.

Wo Wasser ist, sind auch Tiere.

Wie wenige Chancen ich habe, etwas Essbares zu finden, sehe ich im selben Moment, da ich vor der Senke stehe, in der sich das Wasser gesammelt hat. In der Vormittagssonne stinkt es noch mehr als tags zuvor. Verfaulte Stämme von umgestürzten Bäumen liegen kreuz und quer darin. Ich ziehe meine Schuhe aus, kremple die Hosenbeine hoch und wate durch die schlammige Brühe. Hinter einem Ast steigen Luftblasen auf. Ich hechte nach vorn und greife ins Wasser. Nur eine Handvoll verfaulter Blätter bekomme ich zu fassen.

Nach etwa einer Stunde gebe ich meine Versuche auf, fülle lediglich die Feldflasche und gehe langsam zurück. Irgendwo, meine ich, einen großen, umgefallenen Baum gesehen zu haben. Ich finde ihn nur wenige Minuten später. Er ist halb verrottet, wie ich es erhofft hatte, und ich breche die Borke ab. Unzählige fette Larven liegen darunter. Ich seufze bei dem Gedanken, sie Kay zu essen zu geben, aber was bleibt mir übrig ...

Auf meinem Rückweg entdecke ich noch fünf Nacktschnecken, einige große Käfer und jede Menge Brennnesseln. Ein klägliches Mal. Bald muss ich Fallen stellen, sonst werden wir verhungern.

Mittags köcheln die Tiere mit den Brennnesseln und dem getrockneten Salbei zu einer grünen Pampe zusammen.

Kay habe ich aufgefunden, wie ich ihn verlassen habe. Fiebrig und leblos auf dem Bauch liegend. Es ist Zeit, seine Wunde zu untersuchen. Kays Haut glüht, trotz der zehn Grad Lufttemperatur, die wir etwa haben. Das Bibergeil scheint kaum zu helfen und ist fast aufgebraucht.

Kurz entschlossen, flöße ich ihm den Rest ein und versuche, den improvisierten Druckverband zu lösen. Er hat sich mit der Haut verklebt. Ich muss ihn regelrecht abreißen. Kay reagiert nicht auf den Schmerz und ich bekomme Angst. Die Wunde hat sich etwas zugezogen, der Herd jedoch ist dunkelrot und Eiter hat sich gesammelt. Weiße Blutkörperchen bekämpfen Entzündungen, was Kays Fieber erklärt. Dringend bräuchte er ein Antibiotikum, was wahrscheinlich noch nicht mal entdeckt wurde. In diesem Jahrhundert sterben Menschen an einer Entzündung.

Verdammt! Verdammt! Verdammt!

Alles, was mir zur Verfügung steht, sind die Johanniskrautblätter, von denen ich noch nicht einmal weiß, wie ich sie zubereiten soll. Plötzlich fühle mich unendlich allein und genauso hilflos. Ich will das Richtige tun. Wenn Kay nur ansprechbar wäre. Schon das würde mir helfen.

Vor lauter Verzweiflung trete ich mit Wucht gegen einen verkohlten Baumstamm und schreie, bis ich heiser bin. Niemand hört mich, niemand kommt, die einzige Botschaft, die ich empfange, sind drei leuchtende Nullen.

Kay! Ich habe nicht nach seinem Marker gesehen! Bisher habe ich mich so auf Kays Überleben konzentriert, dass ich daran nicht gedacht habe. Gleich darauf drehe ich seine Handfläche nach oben. Der Marker ist da, Zahlen blinken: 18 Tage, 7 Stunden, wenige Sekunden. Was bedeutet das? Muss er so lange überleben oder zu dem Zeitpunkt sterben? Wird in 18 Tagen der Strauch blühen und Kay dort verendet, von Maden befallen liegen? Oder habe ich nur eine der vielen Realitäten gesehen, die parallel zueinander existieren?

Sicher ist nur eins: Wir sind noch immer im Spiel. Es existiert eine Deadline, wahrscheinlich ein Auftrag, der in den nächsten Wochen erfüllt werden muss, den ich jedoch nicht kenne.

Aus irgendeinem Grund gibt mir gerade diese Deadline Kraft. Vielleicht weil sie meinen Hass auf Wum Randy und seine Show anstachelt oder weil etwas endlich ist.

Schon aus Trotz würge ich die grüne Madenbrühe herunter. Kay ist nicht mehr in der Lage, sie zu sich zu nehmen, da bin ich mir mittlerweile sicher.

In den restlichen Sud lege ich das Johanniskraut und lasse es köcheln, während ich wieder Kays Stirn befühle. Sie fühlt sich in der Tat kühler an. Auf seinem Gesicht liegt ein entspannter Zug. Das Bibergeil hat seine Aufgabe erfüllt.

Als die zweite Nacht an Kays Seite anbricht, ist sein Körper schon so kühl, dass ich ihn zudecke. Vielleicht war es der Johanniskrauttrank, vielleicht das Biberzeugs oder einfach ein Wunder. Es ist im Grunde egal. Kays regelmäßiges Atmen zu hören, ist alles, worauf es ankommt.

Am nächsten Morgen liegt Frühling in der Luft. Sie ist auf einmal mild und weich wie Seide. Ich reibe mir den Schlaf aus den Augen und setze mich auf. Kay liegt auf der Seite. Er muss sich in der Nacht gedreht haben.

Ich beuge mich über ihn, um seine Stirn zu befühlen, da schlägt er die Augen auf.

»Du bist wach!«

Für wenige Sekunden glaube ich, doch noch zu träumen, aber dann räuspert sich Kay und ich nehme sein Gesicht in meine Hände.

»Ich bin bei dir. Du wirst gesund«, flüstere ich.

»Ist es vorbei?« Kays Stimme klingt unendlich schwach und seine Augen sind glasig.

»Pst. Nicht sprechen. Du wirst gesund«, wiederhole ich und presse meine Lippen auf seine Schläfe.

»Der Marker ... Wie ...« Kay atmet tief ein. »Wie lange noch?«, bringt er beim Ausatmen heraus.

»Nicht mehr lange«, lüge ich und Kay seufzt: »Gut.«

Gleich darauf ist er wieder eingeschlafen.

Eine halbe Ewigkeit streiche ich über seine Haare und sehe ihm beim Atmen zu. Wie ich seinen Anblick vermisst habe. Die geraden Brauen, die wie zwei Wächter über seinen tiefdunklen Augen stehen, sein ebenmäßiges, schlankes Gesicht, die wilde Tätowierung, besonders die. Nur die Bartstoppeln sind ungewohnt für mich, aber sie lassen Kay noch männlicher wirken, was den unbändigen Wunsch in mir auslöst, seine Lippen zu küssen, aber ich traue mich nicht.

Es kommt mir noch immer wie ein Wunder vor, dass dieser Mann sich in mich verlieben wird, und jetzt, da er gesundet, kann ich es kaum noch abwarten.

»Kay ...« Ich weiß, er schläft. Trotzdem sage ich leise: »Ich muss etwas zu essen suchen. Du wirst Kraft brauchen. Bald bin ich wieder bei dir.«

Kay atmet tief durch, als wäre er erleichtert.

Mit der milden Luft ist Leben eingekehrt. Wenn ich bisher nur Krähen und drei, vier Feldhasen gesehen habe, kriecht, raschelt, flattert und wieselt es jetzt überall. Zwei Eichhörnchen springen von Baum zu Baum und ich folge ihnen eine Weile im Laufschritt. Die kleinen Nager ernähren sich hauptsächlich von Nüssen und können mich viel besser leiten als meine dürftige Erfahrung.

Ich sehe kurz in den Himmel, um mir meiner Richtung

bewusst zu werden: Ganz sicher gehe ich Richtung Nordwesten, die frühe Vormittagssonne im Rücken ...

Die Eichhörnchen habe ich jedoch aus den Augen verloren. Nicht schlimm. Diesmal werde ich mir Zeit lassen. Erst sammeln, morgen oder übermorgen Fallen stellen und, sobald ich einen Speer oder einen Bogen habe, jagen. Zu planen hilft mir, dies als mein Leben zu sehen. Als unser Leben, korrigiere ich mich, und muss lächeln.

Ich lächle immerfort, eine Zeit lang summe ich auch und dann kreische ich wie eine Irre.

Nicht aus Schreck. Ganz und gar nicht. Nein. Ich bin im Paradies, direkt unter einer Buche, ein Stück außerhalb des dichten Waldes. Der Boden ist mit Bucheckern vom letzten Herbst bedeckt, ein Bach windet sich zwischen Birken und Weiden hindurch über hügeliges Grasland und nur wenige 100 Meter weiter erblicke ich das Meer.

Hier wird unser Zuhause sein! Genau hier werde ich nach und nach ein richtiges Haus bauen.

Ich breite die Arme aus und drehe mich im Kreis. Am liebsten würde ich sofort damit beginnen und junge Birken fällen, um unser Lager zu errichten, das jedoch muss warten. Erst das Essen. Die Birken kann ich trotzdem gebrauchen.

Am Mittag habe ich Dutzende Stämmchen und Äste in das Flussbett gelegt, bis sich das Wasser zu stauen begonnen hat. Jetzt muss ich nur noch warten. Der Bach ist breit und recht tief. Es werden Fische darin sein, vielleicht sogar Krebse.

Ich nutze die Zeit, um mir die Taschen voller Bucheckern zu stopfen. In der Nähe quaken Frösche, eine Möwe landet im hohen Gras, wahrscheinlich brütet sie dort und mir läuft der Speichel im Mund zusammen, allein bei dem Gedanken an frische Eier.

Als die Bäume lange Schatten werfen, bin ich bereits auf dem Rückweg. Unfassbar! Ich halte einen wahrscheinlich drei Kilo schweren Flussbarsch unter den Kiemen, den ich roh und mit seinen Eingeweiden verschlingen könnte. Hoffentlich glimmt das Lagerfeuer noch. Gleich werde ich es wissen.

»Kay!«

Ich erschrecke mich so sehr, dass ich den Fisch fallen lasse. Ohne auf ihn zu achten, sprinte ich zum Feuer, an dem Kay, die Decke um sich geschlungen, sitzt, sein verletztes Bein ausgestreckt. Einfach so, als wäre er nicht kurz zuvor dem Tode geweiht gewesen. Gleich darauf bin ich neben ihm.

»Du bist aufgestanden?«, frage ich das Offensichtliche.

Kay verzieht seine Mundwinkel und sieht düster und starr in die Flammen.

»Es sind noch 3 Wochen«, sagt er rau und bricht einen Ast durch, um ihn in die Glut zu werfen.

Ich hocke mich neben ihn, lege eine Hand auf seinen Rücken. »Wie geht es dir?«

»Es wäre besser gewesen, du hättest mich sterben lassen.«

Ich ziehe meine Hand zurück. Am liebsten würde ich Kay schütteln oder ihm eine Ohrfeige verpassen. Was redet er da bloß? Du weißt nicht, was passiert ist, rufe ich mich zur Ordnung. »Was ist geschehen? Wieso bist du hier?«

Kay sieht hoch. In seinen Augen liegt eine Kälte, die die Luft zum Gefrieren bringen könnte.

»Wieso bin ich hier ... Das ist das Spiel, Alison. Das ist das Spiel.«

Ich möchte das Richtige sagen oder tun, aber ich weiß nicht, wie oder was. »Ich habe Fisch«, sage ich daher, obwohl mir die Worte *Ich liebe dich* auf den Lippen liegen.

»Iss du ihn«, antwortet Kay, ohne mich anzusehen, und versucht hochzukommen.

»Warte! Ich helfe dir.« Schon bin ich auf den Beinen und halte ihm meinen angespannten Arm hin.

»Nein.«

»Kay, bitte ...«

»Ich lasse mir nicht von einer von euch helfen.«

»Wohin willst du?«

»Weg von dir«, antwortet Kay nur und schleppt sich hinter einen Erdhügel, ein Grab, als wollte er den Tod besuchen.

Ich bleibe mit meiner Fassungslosigkeit allein und fühle mich so leer, dass es noch nicht mal für Tränen reicht. Tausend Gedanken schwirren durch meinen Kopf und keiner davon ergibt einen Sinn. Kays Verhalten ergibt keinen Sinn. Wieso eine von euch? Glaubt er tatsächlich, ich gehöre zu *Top The Realities?* Wie zum Teufel kommt er darauf?

Mir ist ganz flau im Magen. Eben noch habe ich mich vollkommen ausgehungert gefühlt, jetzt sagt mir nur meine Vernunft, ich muss essen. Ich stehe auf, um den Fisch zu holen, an dem Erdhügel bleibe ich stehen. Kay lehnt mit dem Rücken daran, seinen Kopf aufgestützt, und starrt auf den verbrannten Boden.

»Ich gehöre nicht zu ihnen«, sage ich leise. »Glaub mir ... Ich kann dir alles erklären, bitte.«

Kay reagiert nicht.

Ich strecke vorsichtig meine Hand aus, meine Fingerspitzen berühren seine Schulter. »Kay ... ich ...«

Sein Kopf schnellt hoch. »Fass mich nicht an! Fass mich nie wieder an, hörst du?« Flammender Hass steht in seinen Augen. »Ich würde dich umbringen ... Wenn du mich nicht an jemanden erinnern würdest ... Ich würde dich umbringen ...«

Ich habe das Gefühl, mir bleibt die Luft weg. Falls er vorhatte, mich einzuschüchtern, dann ist es ihm gelungen. Ich spüre, wie ernst es Kay ist. Er sieht mich noch immer an. Allein sein Blick könnte töten und er tut es auch, irgendwie.

Mechanisch nehme ich den Fisch aus, wobei ich nicht glaube, ihn runterzukriegen. In diesem Moment kann ich mir nicht vorstellen, je wieder zu essen oder zu reden oder zu lachen. Alles, was die letzten 2 Jahre erträglich gemacht hat, war die Vorstellung, wie Kay mich küsst, mir seine Liebe gesteht, und jetzt ...

Ja, jetzt gibt es keinen Grund mehr weiterzumachen. Alles ist egal. Der Marker, die Frage, wieso ich nicht portiert worden bin, wie ich durch die Zeit springen kann, welche Alison es war, die den Bären tötete, wie es ihr gelang, so gezielt zu portieren, und ob ich meine Familie je wiedersehe.

Mit tauben Fingern löse ich die starke Mittelgräte aus dem Fisch und werfe ihn in das kochende Wasser. Anscheinend ist einem Teil von mir meine Zukunft doch nicht gleichgültig, sonst hätte ich das Messer in mich hineingerammt statt in das Tier.

Nach einigen Minuten schwimmt auf der Wasseroberfläche eine Fettschicht, der Geruch von Minze und Fischeiweiß steigt mir in die Nase und mein Körper reagiert mit heftigem Ziehen in der Magengegend.

Kurze Zeit später schlürfe ich die Suppe, schmecken tue ich dabei nichts. Sogar mein Gehirn ist unfähig zu einer Regung, nur von einem Wort blockiert: Warum? Ich finde keine Antwort darauf. Kay könnte sie mir geben – wenn er mit mir reden würde.

Ich stelle den Blechnapf neben mich ins Gras. Mehr als die Hälfte der Suppe ist übrig. Kay soll sie sich holen, wenn er sie will. Aber er kommt nicht.

In der Nacht geht das Feuer aus. Ich wache von der feuchten Kälte auf, die sich kurz vor Sonnenaufgang als Morgentau auf meine Haut gelegt hat. Meine Holzvorräte sind erschöpft, die Decke hat Kay. Es ist ihm egal, ob ich friere.

Ich kann nicht länger hierbleiben, zwischen den Gräbern und in der Nähe des Mannes, den ich liebe, der mir aber den Tod wünscht. Ich werde gehen. Nur ein kleines Stimmchen in meinem Kopf sagt mir, wie lächerlich meine Entscheidung ist, dass ich ergründen sollte, wieso sich Kay derart verhält. Doch in diesem Moment will ich davon nichts wissen.

Mir ist nicht viel geblieben, das ich mitnehmen könnte: Das Bibergeil ist aufgebraucht, das Fell werde ich nicht wiederbekommen und das Streichholzmäppchen ist verschwunden. Er wird es genommen haben. Wahrscheinlich damit ich erfriere.

Ich merke, dass ich Kay vielleicht unrecht tue, aber das ist mir gleichgültig. Die Vorstellung, er könnte tatsächlich so etwas unfassbar Gemeines getan haben, erlaubt mir, endlich Wut zu empfinden, und als ich meine Habseligkeiten zusammenklauben will, merke ich: Auch mein Messer ist verschwunden. In diesem Moment wird aus der Wut rasender Zorn. Blut rauscht heiß durch meine Adern, während ich um den Erdhügel gehe, hinter dem er sich verkrochen hat. Kay ist verschwunden. Kaum dass er gehen kann, hat er mich im Stich gelassen.

»Du bist ein arrogantes, selbstverliebtes Arschloch!«, schreie ich in die Dunkelheit. »Glaubst du, ich habe nicht gelitten? Verdammte 2 Jahre habe ich nichts anderes gemacht, als ... als mich auf all das hier vorzubereiten.«

Plötzlich tue ich mir selbst so leid, dass Tränen über mein Gesicht laufen. Ich schniefe und brülle gleichzeitig.

»Ich habe kaum etwas gegessen, fast nicht geschlafen, nur gelernt und ... und trainiert und trainiert und trainiert und bin dafür nicht aufs College gegangen, habe meine Familie, meine Freunde vernachlässigt! Und weißt du, warum? Nein, du weißt nichts. Nichts! Weil du dich nur für dich selbst interessierst. Ich wollte ein guter Scout für dich sein, dich beschützen, dein Leben beschützen! Weil ich dich liebe!«

»Du kennst mich doch kaum.«

Ich fahre herum. Kay steht, die Hände in die Hosentaschen gesteckt, vor mir und sieht auf mich herab. Es durchläuft mich heiß.

»Du ... Was machst du hier?«

»Dein Feuer ist ausgegangen. Ich habe Holz geholt.«

»Holz?« Meine Stimme klingt grell. »Du hast ... gestern hast du ... du wolltest mich ...«

»... umbringen.«

»Ja.«

»Dazu ist immer noch Zeit.« Kay nimmt die Hände aus den Taschen, um mir das Streichholzmäppchen entgegenzustrecken. »Hier, die gehören dir.«

Ich strecke mein Kinn vor. Nach außen bin ich trotzig, in mir jedoch ringen meine Gefühle miteinander. Mein Verstand befiehlt mir, Kays Verhalten nicht zu verzeihen und zu gehen, mein Herz aber jubelt darüber, dass er überhaupt mit mir spricht.

Als ich nicht reagiere, steckt Kay die Streichhölzer wieder ein und sieht mich ernst an. »Vielleicht war ich ungerecht. Aber wenn du mich nicht davon überzeugen kannst, dass du nicht zu ihnen gehörst, dann ...«

Ich schüttle traurig den Kopf. »Ich gehöre nicht zu ihnen.«

»Ich weiß nicht, wem ich noch trauen kann.«

»Was ist passiert?«

»Erst du.« Kay deutet auf das Feuer. »Komm.«

In einem Baumstumpf, direkt am Feuer, steckt mein Messer. Ich ziehe es heraus, stecke es in die Schlaufe meiner Hose und setze mich. Auf der anderen Seite der Feuerstelle liegt, sauber aufgeschichtet, ein großer Stapel frisch geschlagener Äste. Mir bleibt der Mund offen stehen, als ich begreife, wie viel Holz Kay zusammengetragen hat, dafür, dass er vor 2 Tagen noch so schwach war ... eigentlich unmöglich. Ich verstehe das nicht.

Stirnrunzelnd beäuge ich Kays Bein. Er hat es gewinkelt auf das andere gelegt, so als hätte er überhaupt keine Schmerzen.

Als Kay meinen Blick bemerkt, verschränkt er die Arme. »Also, was hast du mir eingeflößt, das mich so schnell wieder auf die Beine gebracht hat?« Sein Ton klingt kalt und fordernd und schüchtert mich ein.

Dabei kann ich nicht mehr als die Wahrheit sagen und trotzdem fürchte ich mich davor, Kays Vertrauen nicht gewinnen zu können, diese Chance zu verspielen. Ich rutsche auf dem Baumstumpf herum und breche vor lauter Nervosität Stücke der Rinde ab, die ich zwischen meinen Fingern zerbrösle.

»Was hast du mir gegeben?«, drängt Kay.

Ich verschränke meine Finger, um sie ruhig zu halten. Kay hat recht. Allein der Umstand, dass ich sie einfach krümmen kann, mein Finger ebenso rasant verheilt ist wie sein Bein, spricht für ihn. Trotzdem, ich begreife es nicht. Ich atme tief durch und zwinge mich, ihn anzusehen.

»Das, was ich hatte ... ausgekochte Essenz von einem Johanniskrautstrauch, etwas gegen das Fieber, Wasser.«

Auf Kays Stirn zeichnet sich eine steile Falte ab. »Und das soll ich dir glauben? Pflanzen? Ich weiß, dass ich beinahe tot war! Ich bin angeschossen worden, meine Wunde hat sich entzündet, ich erinnere mich, wie ich Fieber bekam, wahrscheinlich eine Blutvergiftung, und kurz darauf war ich kaum noch Herr meiner Sinne.«

Kays Augen sind zu Schlitzen verengt. Ich könnte ihn berühren, wenn ich meinen Arm ausstrecke, aber die Eiseskälte zwischen uns ist unüberbrückbar. Fröstelnd umschlinge ich meine Knie und sehe in die Flammen.

»Und? Wie erklärst du dir meine Wunderheilung?«

»Vielleicht war es ja genau das richtige Mittel«, antworte ich kaum hörbar.

»Nein«, sagt Kay entschieden. »Keine Medizin dieser Zeit hätte mich retten können, erst recht keine Sträucher. Also, Alison, erkläre es mir: Wieso sitze ich jetzt hier und rede mit dir, statt auf der Erde zu verfaulen?«

Ich fühle mich hilflos und vergrabe das Gesicht in meinen Händen. »Ich verstehe das auch nicht.«

»Natürlich tust du das«, sagt er bedrohlich leise. »Ihr bekommt nicht genug von diesem Spiel, nur deshalb konntest du mich nicht sterben lassen. Nein, du bist hier aufgetaucht, um mir eure fantastische Wundermedizin zu verabreichen, denn solange ich lebe, werdet ihr euch an mir ergötzen und an all dem Leid und Tod um mich herum. Und du spielst die Hauptrolle dabei! «

»Das ist Wahnsinn«, keuche ich. »Nichts davon ist wahr!«

»Ach nein? Sie haben mir meine Frau genommen, wieder und wieder und wieder. Du siehst ihr so verdammt ähnlich. Ich sollte mich in dich verlieben, deshalb haben sie dich mitgeschickt, nicht wahr? Was für eine Inszenierung! Die zauberhafte, störrische Alison. Die Baronessa war sehr eindeutig ...«

Ich sehe überrascht auf. »Baronessa da Lucia?«

»Du kennst sie also. Wie kannst du sie kennen, wenn

du nicht zu ihnen gehörst? Deine Karten stehen schlecht, Alison. Es wäre besser für dich, du überzeugst mich bald.«

Vor Verzweiflung beiße ich mir auf die Lippe. »Mir ... mir geht es doch auch nicht anders. Ich begreife nichts hiervon. Nichts ist, wie es sein sollte«, sage ich gepresst, den Blick noch immer auf die Erde geheftet.

»Wie sollte es denn sein? Was war eurer Plan?« Kay hat sich abrupt vorgebeugt. »Sieh mich an!«

Ich schüttle nur den Kopf. Ich will nicht. Ich kann nicht, da ich nicht weiß, wie ich Kay überzeugen soll, ohne ihm von der Zukunft zu erzählen, der elften Staffel von *Top The Realities*. Ich verstehe ja noch nicht mal, wovon er da spricht.

»Ich hätte euch niemals vertrauen dürfen. Schon nach dem Pokerspiel hätte mir aufgehen müssen, dass ihr mich nicht in Frieden lassen werdet«, fährt Kay in bitterem Ton fort und steht auf.

Aus den Augenwinkeln sehe ich, wie er sich abwendet. Ich will die Hand nach ihm ausstrecken, ihn festhalten.

»Ich schwöre dir, ich habe damit nichts zu tun.« Meine Stimme klingt weinerlich.

»Ich glaube dir kein Wort.« Kay wirft, ohne sich umzudrehen, im Gehen die Streichhölzer auf die Erde. »Geh, Alison. Geh dorthin, wo du hergekommen bist. Wenn die Sonne aufgeht, bist du weg, sonst gnade dir Gott!«

»Ich kann nicht. Kay!« Ich bin aufgesprungen und jetzt schreie ich vor Verzweiflung. »Versteh doch! Sie haben mich zurückgelassen. Ich bin in ... Pokerspiel? Was? Du ... das ... du meine Güte ... Kay! Warte!«

Mit wenigen Sätzen bin ich hinter ihm und berühre ihn an seiner Schulter.

Blitzartig dreht Kay sich um und packt mein Handgelenk. »Nicht«, sagt er scharf.

Obwohl sein Griff so fest ist, dass es schmerzt, möchte ich ihn nur an mich heranziehen, meine Finger über seine angespannten Muskeln wandern lassen, mich an ihn drängen.

»Gib mir nur eine Minute«, sage ich heiser.

Kay führt meinen Arm nach unten und gräbt seine Finger in meine Haut. »Wie ich dich hasse …«, sagt er gepresst.

In seinen Augen jedoch lese ich plötzlich das gleiche Begehren, das ich empfinde. Vielleicht hasst er mich. Aber er fühlt sich von mir angezogen. Das spüre ich. Er atmet schwer und ich schaffe es kaum, mich zu konzentrieren.

»Eine Minute«, bringe ich heraus und sehe Kay aus weit geöffneten Augen an. Ich spüre meinen eigenen Herzschlag unter seinem Daumen, der mein Handgelenk immer noch umfasst.

Dieser Mann vor mir ist mein Kay! Nicht nur die Tätowierung in seinem Gesicht verrät es mir, sondern sein Auftreten, seine Selbstsicherheit, seine Entschlossenheit, seine Beherrschtheit, nur dass sich alles in ihm gegen mich wendet.

Und doch kann nicht er es gewesen sein, der mit mir vor wenigen Tagen ins 19. Jahrhundert gesprungen ist. Das ist nicht möglich, oder? Ich war mir so sicher … und jetzt kommt alles ins Wanken.

Doch halt! Der Brief! Ich kenne ihn auswendig. Jedes Wort, auch wenn ich ihn nur zweimal gelesen habe …

Verschwende keine Zeit auf meine Mission. Vielleicht kannst du mir mein Verhalten irgendwann verzeihen, denn ich war ein Riesenidiot. So spät habe ich erkannt, dass das einzig Wichtige du bist. Nur du!

Mein Gott! Ich stöhne auf. Die ganze Zeit über habe ich versucht, eine Erklärung dafür zu finden, warum der Mann im *Louisiana* nicht mein Kay sein konnte. Spätestens seit dem Abschiedsbrief, den Hillary mir hat zukommen lassen, war ich überzeugt, ich wüsste, was mich erwartet: Kay wird jemand auf die gleiche Weise genommen werden wie mir Jeremy. Als Kays Scout werde ich dann immer tiefer in seine Vergangenheit eintauchen und dafür sorgen, dass er nicht bei dem Versuch stirbt, meine Urgroßtante zurück ins Leben zu holen, so wie er mich beschützt hat. Irgendwann wird er sich in mich verlieben ... Aber so ist es nicht! Ich habe mich derart in diese Idee hineingesteigert, dass ich ...

Mein Gott! Langsam fügt sich alles zusammen.

Als die erste Staffel von *Top The Realities* nicht in meine eingefahrene, idiotische Vorstellung von dem, was geschehen wird, passte, bin ich stur davon ausgegangen, der Mann, der vor mir steht, kann nicht mein Kay sein. Ich war absolut überzeugt, all das würde einer anderen Alison widerfahren, an die Kay sich erinnerte, als er mir während der elften Staffel seine Liebe gestand.

Wieder rufe ich mir seinen Brief in Erinnerung.

... wenn wir uns das nächste Mal sehen, werde ich mich nicht an dich erinnern können ...

Und genauso ist es geschehen. Kay konnte sich nicht an mich entsinnen, natürlich nicht, für ihn gab es ja keine gemeinsame Vergangenheit. Aber ... aber jetzt kann er es. Jetzt haben wir eine gemeinsame Vergangenheit: das Pokerspiel.

Wieso ist mir nicht früher aufgegangen, dass ich sonst in diesem Totental eine Fremde für ihn hätte sein müssen, dass er noch nicht einmal meinen Namen hätte kennen dürfen?

Plötzlich sehe ich Kays Abschiedsbrief mit anderen Augen.

... und ich werde nicht der Mann sein, den du kennst.

Wie wahr. Der Kay im *Louisiana* war ein leichtsinniger Egoist, genau wie er sich selbst, 2 Jahre später, beschreiben wird. Ich habe wieder seine Worte im Ohr: *Ich erzähle dir das, Alison, damit du verstehst, was für ein Mensch ich war.*

Ich Idiotin war nur nicht in der Lage gewesen, eins und eins zusammenzuzählen. Allein der Umstand, dass unsere Challenge lediglich 4 Stunden andauern sollte, hat mich blind dafür werden lassen, dass mein Kay die ganze Zeit an meiner Seite gewesen war.

Bloß ... was ist geschehen, das ihn derart verändert hat? Was haben sie ihm in den wenigen Tagen seit dem Pokerspiel angetan und woher stammt diese Tätowierung?

Erst durch das Geschehene wurde ich zu dem Menschen, der ich heute bin, schrieb Kay. Aber was für ein Geschehen meinte er?

Ich sehe zu ihm hoch und empfinde in diesem Moment so viel Sehnsucht, so viel Liebe, so viel Begehren, dass es mich fast zerreißt.

»Das warst du. Du warst es die ganze Zeit ...«, flüstere ich und lege meine inzwischen verheilte Hand auf seine.

Er zuckt zusammen, aber ich lasse mich nicht beirren. Dies ist meine letzte, meine einzige Chance.

Die entscheidenden Worte liegen mir auf der Zunge, es kostet mich jedoch allen Mut, sie auszusprechen: »Kay ... du ... du wirst es nicht verstehen, das weiß ich ...« Seine Augenbrauen ziehen sich zusammen.

Ich kann kaum atmen. »Aber ich liebe dich. Ich liebe dich so sehr ...« Mein Herz rast, es könnte nicht schneller schlagen. »Und wenn du wirklich der Überzeugung bist, ich würde zu ihnen gehören ...« Ich ziehe das Messer aus der Schlaufe und halte es so, dass Kay es am Griff nehmen kann. »... wenn du tief im Inneren davon überzeugt bist, dass ich dir irgendein Leid antun könnte, dann ... töte mich. Denn so will ich nicht leben.«

Ich bin mir bewusst, wie dramatisch das ist, aber ich will, dass Kay versteht, wie ernst ich es meine.

Er greift nach dem Messer, ohne mich loszulassen. In seinem Blick liegt unendlicher Schmerz. »Wie kannst du mich lieben?«

»Irgendwann wirst du es verstehen.« Ich sehe nicht auf seine Hand, ich weiß nicht, ob er das Messer hebt. Unwillkürlich bin ich noch näher getreten. Jetzt spüre ich seinen Atem auf meiner Haut.

»Als ich im Sterben lag, habe ich dich gesehen. Es war wie in einem Traum und doch fühlte es sich real an«, sagt Kay mit eigenartig entfremdeter Stimme und seine Hand wandert von meinem Unterarm in meinen Nacken. Er greift in meine Haare und zieht meinen Kopf zurück, als wolle er meine Kehle freilegen, um sie zu durchtrennen.

Ich keuche, halte seinem undurchdringlichen Blick aber stand.

»Die Sonne schien. Wir standen unter einem Apfelbaum, in den Bänder gebunden waren. Du trugst ein helles Kleid und ich habe dich geküsst. Wie kann das sein, Alison?«

»Finde es heraus«, sage ich kehlig und gebe seinem festen Griff nach. Mit einem dumpfen Geräusch fällt das Messer zu Boden. Im selben Augenblick umfasst Kay mit beiden Händen mein Gesicht, seine Lippen legen sich auf meine.

Mein Körper zuckt, als würde ein Stromschlag ihn durchfahren. Seine Berührung ist nicht vorsichtig oder tastend, sondern voller Verzweiflung und Wut zugleich. Seine Zunge öffnet meine Lippen, seine Zähne beißen in meine Haut. Ich schmecke Blut und schreie erstickt. Sofort fährt seine Hand sanft über meine Wange, als wolle er sich entschuldigen, aber er hört nicht auf, mich zu küssen. Seine rauen Bartstoppeln fühlen sich fremd und aufregend zugleich an. Ich bekomme kaum Luft. Von mir aus könnte ich in diesem Moment ersticken, solange ich nie wieder etwas anderes spüren muss.

Meine Finger nesteln am Saum seines Hemdes, schieben sich unter den Stoff. Kays Haut ist warm und seidenweich. Jeder seiner Muskeln ist angespannt. Ich presse meine Hüfte an ihn, vergrabe meine Finger in seinem Fleisch. Kays Rücken biegt sich nach hinten und er umschlingt meine Taille. Trotzdem bin ich ihm nicht nah genug. Ich spüre, wie jede Faser meines Körpers ihn begehrt, ich ihn in mich aufnehmen will. Ich weiß, ich bin bereit. Über 2 Jahre des Sehnens liegen in diesem Moment.

»Lass uns zum Feuer gehen«, keuche ich.

In diesem Augenblick jedoch lässt Kay mich los und nimmt mein Becken in seine Hände, um mich von sich wegzuschieben. »Nicht jetzt. Nicht hier.«

»Warum?«, frage ich atemlos.

»Weil ich sie hier begraben habe.«

Mich durchläuft es kalt. »Wen?«

Kay streicht mir die Haare aus dem Gesicht und legt die Hand auf meine Wange, seinen Daumen hinter meinem Ohr. »Die Sonne geht auf. Ich will, dass wir diesen Ort verlassen, Alison.«

»Was ist geschehen?«, frage ich Kay und verschränke meine Finger in seinen.

Er versteift sich, dann zieht er seine Hand zurück. »Ich werde dir alles erklären, sobald ich verstanden habe, was eben geschehen ist.«

14

06. Januar 1853, mittags, 40 km östlich von Santa Clara

Bis zum Mittag sitze ich am Feuer und lege Holz nach, während ich auf Kay warte. Er ist ohne eine Erklärung in den Wald gegangen. Ich bin mir sicher, er versucht, etwas mit sich auszumachen. Kay kann sehr impulsiv sein, sich vollkommen vergessen, im nächsten Moment jedoch gewinnt sein Verstand die Oberhand und er sucht die Einsamkeit, um eine Entscheidung zu treffen: Herz oder Kopf. Wenn er zurückkehrt, wird er mir vertrauen – oder auch nicht. Im zweiten Fall werde ich keine Chance mehr erhalten, ihn zu überzeugen. Sein Entschluss wird endgültig sein.

Die Stunden verstreichen unendlich langsam. Ich breche Äste in winzige Stückchen, verfolge die Sonne, die langsam den Hügel hinter dem Feuerplatz aus dem Schatten hebt, und wage nicht aufzustehen. Aber als der Nachmittag anbricht, halte ich es nicht mehr aus und schnappe mir die Feldflasche, um Wasser zu beschaffen. Ich muss etwas tun, sonst drehe ich durch. Ich entscheide mich für den Tümpel, nicht für den Bach. Das Wasser dort ist zwar viel klarer, aber auch viel weiter entfernt.

Während ich durch den Farn streife, entdecke ich immer mehr Pflanzen, die mit der lauen Luft erwacht sind. Es tut gut, den trostlosen, unter Asche begrabenen Lagerplatz verlassen zu können und stattdessen den Duft der sich öffnenden Blüten einzusaugen. Trotzdem kann ich nichts hiervon genießen.

Die Vorstellung, Kay könnte zurückgekehrt sein und glauben, ich sei gegangen, macht mich furchtbar nervös, und als ich aus der Ferne brechende Äste zu hören meine, drehe ich mich um und renne zurück, so schnell mich meine Beine tragen, ohne die Flasche aufgefüllt zu haben.

Keuchend stolpere ich aus dem Wald.

Kay sitzt, den Rücken mir zugewandt, auf dem Baumstumpf und trennt den aufgerissenen Stoff seiner Hose ab.

Ich gehe langsam auf ihn zu. Bei jedem Schritt, den ich ihm näher komme, schlägt mein Herz heftiger. Schon der Gedanke, in seinem Gesicht Kälte oder Abweisung zu lesen, nimmt mir den Mut, ihn zu umrunden, und ich bleibe wenige Zentimeter hinter ihm stehen. Ich spüre die Wärme seines Körpers, so nah bin ich ihm. Bemerkt er mich nicht?

Mit den Fingerspitzen berühre ich seine Haare, die ihm bis in den Nacken fallen. Kay dreht sich nicht um, er fasst nur nach meiner Hand und führt mich mit sanftem Druck um sich. Jetzt sollte ich ihm in die Augen sehen, aber ich habe Angst und blicke nach unten.

Kay legt einen Finger unter mein Kinn und hebt meinen Kopf. »Ich möchte, dass du mich ansiehst, wenn ich dir diese Frage stelle.«

Mit flatternden Lidern schaue ich in sein Gesicht. Er lächelt ein wenig. Aber das Lächeln reicht nicht bis zu seinen Augen. Sein Blick ist ernst und wachsam zugleich. »Woher hattest du die Medizin?«

»Von einem Händler«, antworte ich knapp, aus Sorge, ein Wort zu viel könnte Kay auf falsche Gedanken bringen.

»Und diesen Händler, wie hast du ihn kennengelernt?«

»Ich ... ich hatte mehrere Tage nichts getrunken und ... also ... plötzlich bekam ich heftige Kopfschmerzen«, stammle ich. »Kurz danach war ich dehydriert, ich konnte nicht mehr weitergehen und lag am Straßenrand ...«

»Wohin wolltest du?«, unterbricht Kay mich.

»Einfach raus aus der Stadt.«

Kay wiegt den Kopf. »Und dann?«

»Dann hielt dieser Planwagen an und der Mann darin gab mir Wasser und Bibergeil. Er hieß Jimmy Cornfield und ... Kay! Du musst ihn kennen!« Plötzlich bin ich aufgeregt und die Worte gehen mir leichter über die Lippen. Jetzt muss er mir glauben. »Er war auch im *Louisiana* und hat mir das Pokerspiel erklärt. Wir sind um den Tisch gegangen, kurz bevor Perry Hill den Goldklumpen herausgezogen hat, erinnerst du dich?«

»Erzähl weiter«, fordert Kay und steht auf. »Was geschah, nachdem du dieses Bibermittel getrunken hast?«

Ich schüttle heftig den Kopf. »Du bist ihm noch einmal begegnet. Er hat es mir erzählt. Hier irgendwo im Wald ... Sonst hätte ich doch gar nicht gewusst, wie ich dich finden soll. Er sagte, er hätte deinen Marker gesehen, als er in ein Indianerdorf kam, um Pelze zu kaufen oder so etwas. Und dann ...« Mitten im Satz vergesse ich meine Worte, so plötzlich hat sich Kays Gesicht verfinstert.

»Wie sah er aus, dieser Jimmy Cornfield?«

»Ich weiß nicht ...« Kays Blick verunsichert mich noch mehr. »Freundlich irgendwie ... und ...«

Erst suche ich nach den richtigen Worten. Aber schließlich berichte ich Kay von der gesamten Odyssee. Von dem Moment an, als er verschwunden ist, mein Marker nur noch Nullen anzeigte und ich allein in der Nacht vor dem *Louisiana* stand, von meinem Entschluss, Städte zu meiden, mich in der Wildnis durchzuschlagen, der Felsspalte am Meer, dem Beben, meinem Durst, dann von Jimmy Cornfield, seiner Fürsorge und meinem Weg über die Hügel durch den heftigen Sturm hierher. Nur die Zeitsprünge, sowohl meine eigenen Versuche als auch die von *Timeship*, mich zu holen, verschweige ich. Vielleicht erzähle ich ihm irgendwann, wie er in einer anderen Realität, schlussendlich tot und von Maden befallen, hier lag und dann wie von Zauberhand verschwand.

Als ich ende, bin ich schweißnass.

Kay hat während meiner Ausführungen keine Sekunde den Blick von mir genommen. Jetzt aber schüttelt er den Kopf. »Und du glaubst an all diese Zufälle?«

»Natürlich. Wieso?«

»Sei doch nicht so naiv«, sagt Kay und wirkt dabei verärgert. »In dem Moment, in dem du am Verdursten bist, taucht ein alter Bekannter auf, der dir nicht nur eine unsagbar schnell heilende Medizin schenkt, dir überlebenswichtige Dinge mitgibt, sondern auch weiß, wo ich zu finden bin.«

»Aber es war Zufall«, beharre ich, obwohl ich mir nicht mehr so sicher bin. »Hätte er dich nicht 3 Wochen zuvor in dem Indianerdorf gesehen ...«

»Alison, das hat er nicht. Ich erinnere mich an diesen Mann, ja. Ich habe ihn jedoch nur beim Pokerspiel gesehen, danach nie mehr.«

»Aber ...« Ich hebe die Arme, lasse sie jedoch gleich darauf fallen. »Vielleicht eine andere Realität.«

»Du meinst also, dieser Cornfield hätte die gemeinsame Realität verlassen oder du selbst hättest das.« Kays Frage klingt mehr wie eine Feststellung.

Ich kann seiner Logik kaum folgen. »Ich verstehe das ja auch nicht«, antworte ich hilflos.

»Aber ich. Nach dem Pokerspiel konnten sie dich nicht zurückholen.«

»Sie konnten nicht? Woher weißt ...«

Kay hebt den Zeigefinger. »Hör mir zu. Ich will, dass du begreifst, was geschehen ist und was dich noch erwartet.«

Ich wippe unruhig mit den Zehen. Kay weiß also, warum ich immer noch hier bin.

»Nach dem Pokerspiel konnten sie dich nicht zurückholen. Eine Weile hat dein unerwartetes Schicksal die Zuschauer vermutlich bei Laune gehalten, aber dann sank ihr Interesse, erst recht, als es dir verhältnismäßig gut ging. Doch dann ...«

»... bebte die Erde«, flüstere ich.

»... und du warst gezwungen weiterzugehen. Du brauchtest Wasser. Es wäre ein unspektakuläres Ende gewesen, wärst du am Straßenrand einfach verdurstet. Nichts, was die Zuschauer sehen wollen. Der Held muss lieben, leiden und kämpfen. Also tritt dieser Jimmy Cornfield auf die Bühne. Du kanntest ihn ja schon und hast ihm vertraut. Auch er gibt dir, was du begehrst, ebenso den entscheidenden Hinweis, wo ich bin. Die letzten Minuten, bevor du mich findest, wird dein Weg von einem dramatischen Sturm begleitet, der sich wie auf Knopfdruck legt, um deine Worte zu wiederholen.«

»Du meinst, all diese Dinge sind inszeniert worden? Und Jimmy Cornfield wurde aus der Zukunft geschickt? Das ist gar nicht möglich«, sage ich heftig. »Sam Oscar hat mir gesagt, dass sie selbst noch keine Zeitsprünge unternehmen dürfen.«

Kay hebt die Augenbrauen. »Ich habe nicht gesagt, dass sie aus der Zukunft kommen. Wahrscheinlich stammen sie aus anderen Zeiten, vielleicht sogar aus diesem Jahrhundert. Ich nehme an, sie sind selbst Kandidaten der Show, nur wissen wir es nicht.«

»Deswegen dachtest du, auch ich würde ihr Spiel mitspielen?«

»Es erschien mir wahrscheinlich.«

»Und glaubst du es immer noch?«

»Nein«, antwortet Kay und zieht mich an sich heran. Ich spüre seinen Atem an meinem Ohr. »Aber was ich dir zu erklären versuche, Alison, ist, dass es kein Happy End für dich gibt«, sagt er leise. »Nicht für dich, nicht für mich, nicht für uns. Sie werden dafür sorgen, dass wir keinen Frieden finden. Und es wird schlimmer. Viel schlimmer, als du dir vorstellen kannst.«

Die Härchen auf meinen Armen stellen sich auf. »Was meinst du?«

»Ich meine, dass du bessere Chancen hast, wenn du nicht bei mir bist. Dir haben sie bisher kein Leid zugefügt. Mich aber wollen sie wieder und wieder zerbrechen sehen. Wenn du bei mir bleibst, wirst auch du leiden.«

Innerlich lache ich auf. Wenn Kay glaubt, ich habe nicht gelitten, so könnte er sich nicht mehr täuschen. Aber das kann er nicht wissen. Noch nicht. Doch egal, was kommen mag, ihn zu verlassen, wäre, als würde ich mir das Messer selbst in die Brust rammen. Ich löse mich von Kay, auch wenn sich alles in mir dagegen sträubt.

»Du hast keine Ahnung, wie sehr ich erst leiden würde, wenn ich nicht bei dir sein kann.«

»Wieso?«, fragt Kay.

»Du wirst es irgendwann verstehen.«

»Was macht dich so sicher?«

»Ich weiß es«, sage ich mit fester Stimme. »Vertrau mir bitte!«

Kay nickt, als würde er es tun. In diesem Augenblick kommt Wind auf und wirbelt Ascheflocken durch die Luft. Ich weiß nicht, ob er von *Top The Realities* gesteuert wird oder ob es ein Zeichen der Natur ist, aber ich möchte nicht länger an diesem grausigen Ort bleiben.

»Lass uns gehen«, sage ich.

Kay lässt seine Augen über die verbrannte Erde, die verkohlten Baumstämme und die Gräber wandern. »Ja. Es ist an der Zeit.«

Ich lehne meinen Kopf an seine Brust. »Wirst du mir vertrauen können?«

Kay streicht mir über das Haar. »Ich habe mich dazu entschieden.«

Mein Herz macht einen Satz bei diesen Worten. Jetzt haben wir eine Basis. Ich spüre, wie ich mich entspanne, und hebe den Kopf, um ihm ein Lächeln zu schenken. Doch da weicht meine Entspannung erneuter Unsicherheit. Auch Kay lächelt, aber es wirkt unecht, beinahe wie in einem Wachsfigurenkabinett: freundlich, aber ohne wirklichen Ausdruck. So als wolle er etwas nicht preisgeben.

»Verschwinden wir von hier«, meint Kay unvermittelt, bückt sich nach dem Messer und einigen anderen Dingen.

In meinem Kopf schwillt die Frage, ob er mir wirklich vertraut, plötzlich zu einer riesigen Blase an. Und falls er gelogen hat, ist die Frage nach dem Warum noch entscheidender.

Kay sieht mich abwartend an.

»Warum?«, platzt es aus mir heraus.

Er zieht die Brauen hoch. »Warum was?«

»Warum vertraust du mir plötzlich?«

»Es war eine logische Entscheidung«, antwortet Kay mit einem Anflug von Ungeduld und ruckt mit dem Kopf. »Lass uns Richtung Meer gehen, einige Kilometer von hier ist ein Bach, der uns mit Wasser versorgt.«

»Ich kenne ihn«, sage ich tonlos. Ich weiß, mehr werde ich zu diesem Zeitpunkt nicht von ihm erfahren.

Kay reicht mir das Messer. Den Rest unserer Habseligkeiten hat er in das Fell geschnürt.

Während wir Seite an Seite durch den Wald gehen, schweigen wir. Nur das Knacken von brechenden Stöckchen unter unseren Füßen und Vogelgezwitscher sind zu hören und mit der Zeit weicht mein Misstrauen.

Wahrscheinlich hat Kay wirklich die Wahrheit gesagt und es war eine logische Entscheidung. Über etwas nachzudenken und dann einen Entschluss zu fassen, ist typisch für ihn, und als wir nach einiger Zeit aus dem Wald treten und auf den Bach zuhalten, habe ich das Gleiche getan: den Entschluss gefasst, seinen Worten zu trauen.

Im selben Moment breitet sich ein regelrechtes Hochgefühl in mir aus, denn jetzt freue ich mich auf die Zeit, die vor uns liegt, was auch immer geschehen mag.

Wenige Minuten später haben wir die Buche erreicht. Kay lässt das Bündel ins Gras gleiten und schaut sich mit in die Seite gestemmten Armen um. »Der Platz ist hervorragend.«

Ich nicke begeistert und deute auf den Bach. »Absolut. Klares Wasser, reichlich Fisch und hinter uns der Wald. Wir werden Fallen stellen und können später jagen und da«, sage ich mit ausgestrecktem Arm, »wird unsere Feuerstelle sein. Ich glaube, am Bach sind eine Menge großer Steine, die nehmen wir dann für die Feuerstelle, und hier unter der Buche«, ich wirble herum, »ist der Schlafplatz!«

All das, was ich mir bei meinem ersten Besuch an dieser traumhaften Stelle bereits ausgemalt habe, sprudelt jetzt aus mir heraus, und Kay lacht mit offenem Mund.

»Also, dort die Feuerstelle?«

»Genau, und wir brauchen Holz und Zunder und sieh mal, hier liegt alles voller Bucheckern. Allein davon werden wir heute satt.« Ich spüre meine Wangen vor Aufregung glühen.

»Gut, dann an die Arbeit.« Kay klatscht in die Hände

und wir gehen die kurze Strecke zum Bach hinunter, wo jedoch weniger brauchbare Steine liegen, als ich in Erinnerung hatte.

Bis zum Abend sind wir damit beschäftigt, Feuerholz zusammenzutragen, einen Vorrat für die Nacht anzulegen, damit es nicht ausgeht, und Bucheckern zu schälen und über dem Feuer zu rösten. Als die Sonne untergeht, rolle ich mich erschöpft, aber zufrieden unter dem Biberfell zusammen und beobachte Kays dunkle Silhouette im Schein des Feuers. Er legt Holz nach, die Flammen lodern plötzlich auf. Ich ziehe das Biberfell so über meinen Körper, dass auch Kay noch darunter Platz hätte, doch bevor ich weiß, ob er zu mir kommen wird, bin ich eingeschlafen.

»In der Ruhe liegt die Kraft!«, rufe ich Kay am nächsten Morgen zu, als er mit freiem Oberkörper im Bach steht und versucht, eine Forelle herauszuheben.

»Nicht so laut, Alison. Du verscheuchst sie noch.«

Ich lache. »Das geht gar nicht. Wo soll sie denn hin? Halt deine Hände ruhig, dann klappt's schon.«

Kay schnaubt unwillig. »Das versuch ich ja.«

Ich verknote die Pflanzenfasern, aus denen ich ein Seil geflochten habe, und lege es zur Seite. Kay ist so süß. Seit einer Stunde versucht er schon, die Forelle zu packen und an Land zu schleudern. Aber in dieser Hinsicht ist er ungeschickt wie ein kleines Kind, das laufen lernt. Dabei könnte er es einfacher nicht haben.

Mit dem ersten Tageslicht, während Kay schlief, habe ich den Staudamm geflickt und etwas weiter eine zweite Barriere gebaut, eine Schleuse, durch die eine prächtige Bachforelle geschwommen ist und nun den Weg nicht mehr herausfindet. Das arme Tier muss ganz erschöpft sein.

Mit einem Seufzer stehe ich auf und gehe zum Wasser.

Es klatscht laut und Kay flucht: »Herrgott! Man könnte meinen, dieser Fisch verhöhnt mich!«

»Das ist albern. Er will nur leben.«

»Nein! Er sieht mich an und grinst«, behauptet Kay und stemmt die Arme in die Seite. »Guck! Jetzt ist er ganz ruhig.«

»Er ist erschöpft, nicht ruhig.«

»Von wegen erschöpft. Sieh's dir an.« Pfeilschnell taucht Kay seine Hände in das Wasser, aber die Forelle schwimmt im Zickzack zwischen seinen Beinen hindurch. Luftblasen steigen über ihrem Maul auf. »Und jetzt lacht er.«

»Er atmet.« Ich kremple meine Hose hoch. »Lass mich mal!«

Schlamm wirbelt auf, als wir die Plätze tauschen, und ich bewege mich nicht, bis das Wasser wieder klar ist.

Aus den Augenwinkeln sehe ich, wie Kay in sein Hemd schlüpft und es zuknöpft. »Heute Abend wird er sich mit seinen Freunden treffen und ihnen beim Barbecue von den zwei Idioten berichten, die er zum Narren gehalten hat«, sagt er mit gespielter Empörung.

»Dazu wird er nicht kommen«, ich tauche meine Hände langsam in das Wasser, packe zu und hebe den Fisch heraus, der wild zappelt, »er ist das Barbecue.«

»Wie hast du das gemacht?«, fragt Kay verblüfft und kratzt sich hinter dem Ohr. In diesem Moment wirkt er wie ein ganz normaler Neunzehnjähriger.

Ich komme aus dem Wasser. »Es ist gar nicht schwer. Viel leichter, als mit dem Bogen zu jagen oder dem Speer zu treffen.«

Kay folgt mir zum Feuer. »Das kannst du?«

»Na ja, es zählt nicht gerade zu meinen besten Disziplinen«, gebe ich zu, als Kay sich gesetzt hat, und nehme den

Fisch aus. »Ich treffe mit einem guten Bogen eine Scheibe auf 30 Meter Entfernung, aber es ist verdammt schwer, ein bewegliches Ziel zu erwischen. Mit einem Messer bin ich geübter.«

Kay lacht laut. Seine Zähne sind weiß und gerade. »Das ist mir lebhaft in Erinnerung. Die kleine Alison, mit nackten Füßen und wütend funkelnden Augen, und plötzlich steckt ein Kuchenmesser in der Armlehne.«

»Du warst ein Riesenidiot.«

Feixend steckt Kay seinen Finger durch ein Loch seiner abgeschnittenen Hose. »Kannst du trotzdem stopfen?«

»Vorsicht! Ich bin immer noch bewaffnet«, gebe ich zurück und halte das Messer hoch, an dessen Klinge Fischschuppen kleben.

»Es tut mir leid«, sagt Kay, unvermittelt ernst. »Ich habe dich falsch eingeschätzt, wie das alles hier. *Top The Realities ...«* Kay schnaubt verächtlich. »Für mich war es das Spiel meines Lebens.«

»Und, ist es das noch, ein Spiel?«, frage ich, wobei ich mich wieder mit den Gräten beschäftige, nur weil ich nicht will, dass Kay bemerkt, wie wichtig mir dieses Gespräch ist.

Noch immer stehen jede Menge unausgesprochene Fragen zwischen uns. Sie zu stellen, würde jedoch bedeuten, die Leichtigkeit der Situation zu zerstören, die selbst mir etwas zu glücklich erscheint.

Das erste Mal erlebe ich Kay gelöst und seit dem Morgen habe ich das Gefühl, wir könnten ein fast normales Leben miteinander führen. Aber ich weiß, wir können es nicht wirklich. Nicht nur wegen der Show, sondern auch weil ich keine Klarheit habe. Ich werde ihn fragen müssen, wer unter den Erdhügeln begraben liegt. Und was er über die drei Nullen meines Markers weiß, welche Bedeutung die verbliebenen Tage auf seinem haben. Aber wird er sich dann wieder verschließen?

Ich muss wissen, was *Top The Realities* ihm in der Zwischenzeit angetan hat, was ihn so veränderte. Wie ist ihm seine Frau wieder und wieder genommen worden? Und hat er mich nur geküsst, weil ich ihr ähnlich bin? Die letzte Frage sollte die unwichtigste sein, aber mein dummes Hirn beschäftigt sich fortwährend damit.

Die Nacht haben wir, in das Fell gewickelt, unter dem Schutz der Buche verbracht. Irgendwann kam er zu mir. Ich lag in Kays Armen, wie in einen wärmenden Kokon gesponnen, mehr nicht. Wir waren nur zwei Menschen, die ihre Körper aneinandergeschmiegt haben, um nicht zu frieren.

Noch einmal hat er mich nicht geküsst.

Und jetzt taste ich mich wie ein verliebter Teenager an die Frage heran, was er für mich empfindet, als wenn wir alle Zeit der Welt hätten.

Ich kann nicht länger so tun, als würde ich mich mit dem Fisch beschäftigen. Er ist ausgeschabt und gänzlich von Gräten befreit und das Wasser kocht auf der Feuerstelle. Ich werfe unser Mittagessen hinein und sehe Kay an. »Das Spiel deines Lebens, ist es das noch?«

»Ich spiele nicht mehr«, antwortet Kay und steht in einer fließenden Bewegung auf, »aber ich lebe.« Er beugt sich runter und küsst meine Stirn. »Dank dir, Alison, lebe ich. Ich könnte keinen besseren Scout haben.«

»Ich würde nie zulassen, dass du stirbst.«

Kays Hand ruht auf meiner Schulter. Ich schmiege meine Wange an sie und lächle.

»Das weiß ich jetzt«, sagt er und zieht seine Hand weg. »Irgendwann ist das alles hier vorbei und dann wird jeder von uns sein normales Leben weiterleben. Wer weiß, vielleicht lachen wir dann darüber. Über diese verrückte Zeit ...«

Tränen schießen mir in die Augen.

Kay bemerkt sie, noch bevor ich sie wegwischen kann. »Du weinst?«

»Es ist nur der Rauch vom Feuer«, lüge ich, weil ich ihm nicht sagen kann, wie viel Angst ich davor habe, dass jeder von uns sein normales Leben weiterführt. »Komm, lass uns einfach essen.«

Ich mag das Gefühl, trockenes, piksiges Gras unter meinen Füßen zu spüren. Vielleicht weil das viele Barfußlaufen sie unempfindlich gemacht hat und weil ich Feuchte und Nässe nicht mehr ausstehen kann. In der Wüste, vor 2 Jahren, hätte ich alles für einen Flecken Moos gegeben, den man auswringen kann, um das gespeicherte Wasser zu trinken. Jetzt aber macht mich die Sonne glücklich.

Heute riecht es noch intensiver nach Frühling und ich habe mir das Biberfell genommen und bin Richtung Meer gegangen. Spiegelglatt dehnt es sich, wenige 100 Meter entfernt, bis zum Horizont aus. Die Nachmittagssonne ist kräftig und zum ersten Mal seit Tagen friere ich nicht. Nein, ich liege mit hochgekrempelten Ärmeln auf dem Fell und sehe in den Himmel, beobachte einige träge Schäfchenwolken und bin so satt, ich mag nicht mal meine Hand heben, um mich an der Nase zu kratzen.

Kay wollte irgendetwas holen. Er hat ein großes Geheimnis daraus gemacht und ich lag ihm so lange bettelnd in den Ohren, bis er aufgestanden ist und meinte: »Du bist unglaublich. Lass dich doch einfach überraschen.«

Die Sonne liegt wie eine hauchdünne, wärmende Decke auf mir, und noch während ich mir vorstelle, Kay kommt mit einem Schatz, einer Axt oder einer Säge zurück, etwas, mit dem wir uns eine Hütte oder so etwas bauen können, verschwimmen meine Gedanken und ich schlafe ein.

»Hey ...«

Kay! Ich schlage die Augen auf. Unscharfe Farbkleckse und helle Sonnenflecken tanzen vor meinen Pupillen, gelbe, orange und violette.

Ich niese und stütze mich auf die Ellenbogen. »Du hast mir Blumen gepflückt?«

»Ich wollte dich mal wieder lächeln sehen.«

Kay kniet vor mir und sieht mich mit schräg gelegtem Kopf an. Seine Haare sind nass, ich schätze, er hat sie am Bach gewaschen. Erst jetzt fällt mir auf, dass er sich rasiert hat, wahrscheinlich mit meinem Messer, und nun sind die schwarzen Linien seiner Tätowierung wieder deutlich sichtbar. Schwarz, fast wie Kays dunkle Augen, die mich fixieren. Ich liebe und hasse es, wenn er nie wegsieht, nicht blinzelt, sondern den Blick hält, als sei es ein Spiel: Wer sieht zuerst zur Seite? Du oder ich? Dieses Spiel verwirrt mich.

»Du lächelst ja gar nicht.« Kay zieht einen Flunsch.

»Ich habe keine Vase«, bringe ich hervor.

Total dämlich, doch Kay bricht in lautes Lachen aus. Er prustet und wirft seinen Kopf in den Nacken, bis auch ich einstimme. Ich lache mindestens so laut wie Kay, fast übergeschnappt, bis mein Bauch wehtut und ich nach Luft schnappen muss. Es ist wie eine Befreiung.

Kay lässt sich neben mich fallen, dreht sich zu mir und stützt sich auf einen Arm. Dabei versucht er, sichtlich ernst zu bleiben, aber seine Mundwinkel zucken belustigt.

»Keine Vase!«, wiederholt er und wir lachen wieder los.

»Ich kann nicht mehr. Hör auf damit!«, schimpfe ich und Kay sieht mich wieder mit diesem Blick an. Aus lauter Verlegenheit vergrabe ich meine Nase in den Blüten.

»Sie riechen nach Frieden«, murmle ich.

»Nach Frieden?« Kay schaut verständnislos drein.

»Ja irgendwie, als wenn nichts Schlimmes passieren könnte, solange es so etwas Schönes gibt.«

»Es geschieht aber immer etwas, wenn es zu friedlich ist. Meistens genau dann.« Kays Blick verdüstert sich und ich bereue meine Worte.

Ich will nicht darüber reden, auch wenn mich die Fragen bisher gequält haben, was geschehen ist, was passieren könnte. Jetzt möchte ich nur das Gute an unserer Situation sehen. »Sieh mal, die Wolke da sieht aus wie ein Krokodil auf einem Einrad.«

Kay legt sich auf den Rücken, die Arme hinter dem Kopf verschränkt. »Wo?«

»Na dort!« Ich strecke den Finger aus. »Gleich neben dem Delfin, der in die Kokosnuss beißt.«

»Das ist doch kein Delfin. Das ist ein T-Bone-Steak neben einem Spiegelei. Und siehst du die kleine Wolke mit dem Zipfel?«

»Der Tennisschläger?«

Kay verdreht die Augen. »Das ist eine knusprig gebratene Gänsekeule mit ganz viel Fett unter der Haut.«

»Mhm ...« Ich lecke mir über die Lippen. »Und ich glaube, da zieht gerade eine riesige Tüte Chips vorbei und die Sonne ist die Käsesoße.«

»Käse ... verdammt! Ich habe seit Ewigkeiten keinen Käse mehr gegessen.«

»Kay, ich glaube, wir müssen unseren Speiseplan erweitern und Fallen stellen.«

»Meinst du, ein Gouda wird reingehen?« Kleine Lachfalten umspielen seine Augen. Er nimmt mich einfach nicht ernst.

Ich boxe ihn gegen die Schulter. »Wirklich. Wir können

nicht von Tag zu Tag so weiterleben und hoffen, dass es nicht regnet, und die ganze Zeit nur von Fisch und Bucheckern leben.«

»In 15 Tagen ist alles vorbei. Dann führe ich dich zum Essen aus.«

»Du weißt, dass das nicht geht.«

Kay streicht mir eine Haarsträhne aus dem Gesicht und beugt sich über mich. »Es ist schon merkwürdig, Alison ...«

»Was?«, frage ich erstickt. Mein Herz überschlägt sich geradezu.

»Dass ich dich nur so kennenlernen konnte. Ich hätte jeden Winkel der Erde absuchen und dich doch nur auf diese eine Weise finden können.« Kay beugt sich runter und küsst mich auf die Nasenspitze. »Weißt du, was?«

Ich schlucke trocken, unfähig, etwas zu sagen.

»Wir tun so, als ob wir immer hierbleiben, vergessen einfach, was uns erwartet, was wir verloren haben oder wie es weitergehen könnte. Lass uns ... ja, lass uns ein kleines Haus bauen oder zumindest etwas Ähnliches. Einen Unterschlupf. Gleich dahinten. Unter der Buche!«

Im ersten Moment möchte ich Ja schreien, aber sofort meldet sich das gemeine Monster zu Wort, das mir sagt, es wird nicht funktionieren. Das Glück wird uns nicht vergönnt sein.

»Und was ist mit dem, was du meintest, das sie uns noch antun werden?«, frage ich umständlich. Ich will ihren Namen nicht aussprechen, nicht einmal denken.

»Pst.« Kay legt seinen Finger auf meine Lippen und kommt noch näher. »Nicht jetzt«, flüstert er und streicht über meine Wange, meinen Hals, meinen Mund mit seinen Lippen.

Ich spüre sie kaum, nur den Hauch seines Atems. Er küsst mich zwischen die Augenbrauen. Ein Teil seiner Brust liegt schwer auf mir und ich spüre seinen Herzschlag. Er ist genauso schnell wie meiner. Seine Finger streichen über meinen Hals, die Erhebung meines Schlüsselbeins bis zur Knopfleiste meines groben Hemdes. Mein Atem geht schnell, ich keuche. Plötzlich sind die obersten Hemdknöpfe geöffnet. Ich spüre Kays warmen Atem auf meiner Haut und schäme mich wieder für meinen ausgemergelten Körper, vor allem für die kleinen Brüste. Während Kay ihren Ansatz küsst, schielt er nach oben. Meine Wangen glühen vor Verlegenheit.

»Sieh mich nicht so an.« Meine Stimme klingt merkwürdig atemlos. So habe ich sie noch nie gehört.

»Du bist so schön ... Ich will dich ansehen«, sagt er heiser.

Sein makelloses Gesicht ist jetzt nur wenige Zentimeter über mir, aber er rührt sich nicht, sondern betrachtet mich nur. Wenn er mich nicht bald küsst, verliere ich den Verstand!

Die Blumen gleiten mir aus der Hand und ich vergrabe meine Hände in seinem feuchten Haar, um ihn an mich zu ziehen. Ich liebe ihn so sehr ...

Kaum dass ich das gedacht habe, weiten sich Kays Augen erstaunt.

»Ich kann das nicht«, sagt er gleich darauf und springt regelrecht auf die Füße.

Ich habe das Gefühl, ein glühendes Eisen wurde mir in den Magen gerammt. »Was ist los? Wieso ... Kay! Was habe ich getan?«

Kurz wirkt er verwirrt, dann verschließt sich sein Gesicht zu einer undurchdringlichen Maske. »Nichts. Es liegt nicht an dir. Es liegt an ... Ich will nicht darüber reden.« Kay presst die Lippen zusammen und sieht zu unserer Lagerfeuerstelle. »Es tut mir leid ... ich ... ich gehe dann schon mal ...«

Mit zittrigen Fingern knöpfe ich mein Hemd zu und schäme mich. Ich schäme mich fürchterlich – und ich bin wütend.

Diese Nacht schlafe ich in das Biberfell gehüllt und lasse Kay frieren. Es ist nicht mehr so kalt, dass er ernsthaft unterkühlen könnte, aber kurz vor dem Einschlafen höre ich, wie er zum Feuer geht, um Holz nachzulegen. Wahrscheinlich schläft er dicht bei den Flammen, während ich mich unter der Buche zusammengerollt habe. Ich würde es nicht ertragen, auch diese Nacht in Kays Armen zu schlafen und dabei nicht zu wissen, was er empfindet, warum er mich wieder einmal zurückstößt.

Was nur habe ich getan? War ich zu ungeschickt, als ich versucht habe, ihn zu küssen? Im Gegensatz zu ihm sind meine Erfahrungen ... na, beschränkt wäre noch angegeben. Vielleicht hat ihn auch mein abgemagerter Körper abgestoßen oder – ach, ich weiß es nicht. Ich weiß nur, dass ich ihn nie wieder küssen werde. Nie mehr! Ab morgen werde ich mich benehmen wie ein Scout und nicht mehr wie ein liebestrunkener Tollpatsch, der nicht weiß, wie man küsst.

Ich wache von dem Klappern meiner Zähne auf. Es ist früh, die Vögel zwitschern zwar bereits, aber der Tag ist noch nicht angebrochen. In diesem Moment würde ich mein Messer gegen eine Tasse heißen Kaffee eintauschen. Oder Kakao. Kakao wäre wunderbar! Aber ich bin jetzt schon 4 Tage in diesem Tal und habe noch nicht mal einen Vorrat an Brennnesselblättern angelegt, um mir damit einen Tee aufzubrühen. Und warum? Weil meine Gedanken nur um Kay kreisen.

Um seine Geheimnisse, seine Vergangenheit, sein Wechselbad der Gefühle. Ständig habe ich Angst, etwas falsch zu machen, ihm zu nahe zu kommen, um bloß nicht zurückgestoßen zu werden. Damit ist jetzt Schluss!

Sei hart zu mir, hat Kay geschrieben. Gut, das werde ich sein.

Ich schlinge das Fell um mich und gehe mit so viel Wut im Bauch zum Feuer, dass meine Fäuste geballt sind, als ich vor Kay stehe. Nur noch ein Stück verkohltes Holz glimmt darin. Er hätte längst Holz nachlegen müssen. Erwartet er etwa, dass ich das tue? Ich bin mir sicher, Kay bemerkt mich, stellt sich aber schlafend.

»So! Dein Wellness-Urlaub ist beendet. Ab heute wird trainiert, gearbeitet und gelernt«, fauche ich, während ich das letzte Stückchen glimmende Kohle unter meinen Schuhen zermalme.

Kay reibt sich die Augen. Seine Haare sind auf der einen Seite zerzaust und auf der, auf der er geschlafen hat, ganz platt. Er streckt sich ausgiebig und seine starken Brustmuskeln zeichnen sich verführerisch unter dem Hemd ab. Derart verschlafen wirkt er noch unwiderstehlicher als sonst.

Blinzelnd sieht er zu mir hoch. »Guten Morgen, Darling. Was gibt's zum Frühstück?«

Was? Jetzt tut er wieder so, als hätte er mich gestern nicht einfach liegen lassen, als wäre ich eine ... eine ... ist auch egal.

»Das, was du erlegst«, gifte ich und stemme die Arme in die Seiten. »Los. Hoch mit dir!«

»Kein Rührei und Speck? Nein warte ... Ich könnte mir nichts Leckereres vorstellen als einen frisch gegrillten Fisch in diesem Bucheckern-Matschzeug. Bekommst du das hin, meine kleine Meisterköchin?« Kay zwinkert mir zu.

»Wenn du Fisch willst, dann besorg ihn dir selbst!« Ich

warte auf Kays Reaktion. Er zieht nur eine Braue hoch, also schimpfe ich weiter. »Oder du lässt dir zeigen, wie man Fallen stellt, und kannst mit Glück am Abend Fleisch essen.«

Kay lacht hell auf und klopft neben sich. »Komm, setz dich, Alison, und erzähl mir, welche Laus dir über die Leber gelaufen ist.«

»Es ist deine Wahl, Kay. Entweder du lernst, dich selbst zu versorgen, oder du hungerst.« Ich drehe mich um und stakse davon. Kurz vor der Buche stolpere ich über eine ihrer Wurzeln und falle auf den Po.

»Wut ist kein guter Ratgeber«, ruft Kay mir hinterher.

»Aber Hunger!«, brülle ich zurück, unfassbar sauer über meinen misslungenen Abgang, aber Kay lacht nur vergnügt.

Was zum Teufel ist mit ihm? Erst will er sterben und ist wütend, dass ich sein Leben gerettet habe, dann küsst er mich, kurz danach misstraut er mir, bis er sich entschieden hat, es doch nicht zu tun, bald darauf küsst er mich fast noch einmal und rennt weg und jetzt tut er tatsächlich so, als wäre nichts vorgefallen. Entweder Kay ist plötzlich manisch-depressiv geworden oder sein Verhalten hat etwas mit dem Ereignis zu tun, das er mir vorenthält. Welchen Grund es auch haben mag, es ist kindisch und ich werde da nicht mehr mitmachen. Jetzt ist es an Kay, um mich zu kämpfen – und um sein Essen.

Ich rapple mich auf und lese fast alle Bucheckern vom Boden, um ihm diese Nahrungsgrundlage zu entziehen. Danach beginne ich, weitere Seile zu knüpfen.

Meine Finger vollziehen die Bewegung wie von selbst, fast wie beim Haareflechten, und nach kurzer Zeit liegen etliche geknüpfte Seile aus Brennnesselfasern neben mir, gespitzte Stöcke, ein großer, flacher Stein und zwei starke

Mittelgräten der Fische, die ich mit dem Messer so bearbeitet habe, dass sie mühelos ein Kleintier töten werden, sobald die Falle zuschnappt.

Ein tiefes Grollen geht durch meinen Bauch. Es wird Zeit, den Speiseplan zu erweitern und etwas Essbares zu fangen. Vorher will ich jedoch noch prüfen, ob sich mehr Fische in der Schleuse verfangen haben, und blicke zum Bach. Kay entdecke ich nirgendwo.

Als ich an der Feuerstelle vorbeigehe, stelle ich fest, dass er weiß glänzende Äste einer Birke hineingeworfen hat. Ich bleibe stehen und schüttle den Kopf. Das Holz wirkt feucht. Dabei ist der ganze Wald hinter uns voll von harzigem, trockenem Tannengehölz, welches sich viel leichter entflammen lässt, Birkenäste speichern viel Wasser. Außerdem fehlt der Zunder, das Holz ist falsch geschichtet und der Himmel ist heute verhangen. Bald wird es regnen. Kay wird das Zeug nie zum Brennen bringen, ganz abgesehen davon, dass ich die restlichen Streichhölzer habe.

Gerade als ich zum Bach runtergehen will, kommt Kay mit großen Schritten aus dem Wald, den Arm voller Blätter.

»Das müsste brennen!«, ruft er und wirft das Laub in die Feuerstelle, sobald er mich erreicht hat. Kein Wort verliert er über unser Wortgefecht von vorhin. Stattdessen klopft er sich die Hände ab und deutet auf den Stein in meinem Arm. »Was willst du damit?«

»Eine Falle bauen.«

»Damit?« Kay lacht. »Lass den Blödsinn, Alison, und setz dich zu mir.«

»Und was willst du in den nächsten Tagen essen?«

»Mir wird schon was einfallen. Und jetzt leg das Ding weg und gib mir die Streichhölzer.« Ich umfasse den Stein fester, als Kay danach greifen will, und ignoriere seine Forderung.

»Die Äste da sind feucht. Das Laub auch. Es wird jedes Feuer ersticken«, sage ich so ruhig wie möglich. Ich will ihm eine Chance geben zu lernen. »Bestenfalls wird das Zeug gehörig qualmen, sodass jeder im Umkreis von 20 Meilen auf uns aufmerksam werden wird. Willst du das?«

»Hier lebt niemand mehr«, sagt Kay und schiebt den Unterkiefer vor. Seine gute Laune ist verflogen. »Gib mir die Streichhölzer.«

»Nein.«

»Bitte«, schiebt Kay hinterher und lächelt gewinnend. Es wirkt aufgesetzt.

»Vergiss es! Nicht für diesen Scheiterhaufen da. Wenn du Feuer willst, musst du die unteren Äste der Tannen abbrechen, dann suchst du dir trockene Flechten oder die Rinde von Bir...«

»Es wird schon brennen!«, fällt Kay mir ins Wort. »Jetzt gib mir bitte die Streichhölzer, Alison. Es ist verflucht kalt heute.«

Ich schüttle den Kopf und stapfe zum Bach. Was ist das denn? Die Schleuse ist unbrauchbar, ach was ... sie ist verschwunden. Die Äste haben sich anscheinend gelöst und sind fast vollständig vom Wasser davongeschwemmt worden. Oder hat Kay etwa dieses Holz genommen, um damit Feuer zu machen? Falls er wirklich ... Herrgott! Verdammter Idiot! So dumm kann man doch nicht sein. Ich möchte wissen, wie er bisher überlebt hat.

Als ich mich nach Kay umdrehe, ist er fort. Ich lasse meinen Blick schweifen, doch er ist weg, wie vom Erdboden verschluckt. Soll er doch gehen. Der Hunger wird ihn zurücktreiben.

Wie ich es erwartet hatte, beginnt es zu regnen. Der

Himmel ist genauso düster wie meine Stimmung und die Tropfen auf meiner Haut sind die Tränen, die ich mir verbiete, aus Wut zu weinen. Ich war überzeugt, irgendetwas hätte Kay grundlegend verändert. Gut, er wirkt reifer, ein Teil von ihm ist jedoch derselbe verantwortungslose Junge, den ich bei unserem Sprung in dieses Jahrhundert angetroffen habe.

Ich ziehe die Schultern hoch und kämpfe mich mit fest zusammengebissenen Zähnen durch den aufkommenden Wind zum Tümpel. Die Erde wird bald matschiger und klebt schwer an meinen Schuhen, was das Gehen beschwerlich macht. Außerdem hat es der Stein in sich. Ich hätte hier einen brauchbaren suchen sollen, statt ihn durch den halben Wald zu schleppen.

Meine Muskeln brennen und ich setze mich auf einen umgekippten Baumstamm. Dieser Platz ist genauso gut wie die meisten anderen, um die erste Falle zu stellen. In zwei meiner Stöcke habe ich eine Kerbe geschlagen. Jetzt brauche ich sie nur mit zwei weiteren so ineinanderzustecken, dass sie den Stein stützen. Ich hoffe auf einen Marder oder einen Hasen. Im Grunde wäre mir auch ein Stinktier recht, solange die Falle nur zuschnappt.

Zufrieden betrachte ich mein Werk. Die Falle ist perfekt! Jetzt zahlt sich mein Training aus. Jeder Handgriff sitzt und ich werde bis zum Sonnenuntergang noch genug Zeit haben, einen provisorischen Unterschlupf für Kay und mich zu ...

Nein! Nicht an Kay denken!, ermahne ich mich und stapfe mit gesenktem Kopf weiter.

Gleich müsste ich den Tümpel er...

Heilige Biberkacke!

Ich verharre mitten in der Bewegung. Am Wasserloch steht ein Hirsch. Noch nie habe ich einen so nah gesehen und er ist verdammt groß. Unverkennbar ein Bock, mit Angst einflößendem Geweih. Schnuppernd hebt er seine Nüstern. Der Wind weht in meine Richtung und kann meinen Geruch daher nicht zu ihm tragen.

Ich stehe ganz ruhig, beobachte ihn. Er schnaubt laut, als würde er mich doch wittern.

Langsam bücke ich mich nach einem vertrockneten Blatt. Der Hirsch stampft mit dem Huf auf. Sein Körper ist massig und schaukelt, als er sich umdreht. Verdammt! Jetzt nur keine Panik.

Hirsche greifen keine Menschen an. Sie sind Fluchttiere, keine Räuber. Sie fressen Gras, kein Fleisch. Dieser Hirsch starrt mich trotzdem an. Wieso läuft er nicht weg? Registriert er mich überhaupt oder schaut er nur zufällig in meine Richtung?

Das Tier schüttelt seinen mächtigen Kopf, als verspotte es mich, und setzt urplötzlich auf mich zu, prescht so dicht an mir vorbei, dass ich den Luftzug spüre, und verschwindet im Unterholz.

Kopfschüttelnd sehe ich ihm nach. Die Windrichtung muss sich geändert haben. Ich zerbrösle das Blatt zwischen den Fingern. Die kleinen Teilchen flattern dem Hirsch hinterher. Nein, der Wind kommt immer noch aus Westen.

Eigenartig, aber letztendlich nicht von Bedeutung. Viel wichtiger ist: Ich hätte den Hirsch mit der richtigen Waffe aus dieser geringen Distanz erlegen können. Sein Fleisch hätte uns wochenlang versorgt, sein Fell hätte einen prächtigen Flecken Leder gegeben, aus seinem Geweih hätten sich Werkzeuge und Waffen schnitzen lassen.

Plötzlich muss ich an den kleinen Silberdachs denken, den ich vor 2 Jahren in wilder Panik getötet habe, an mein schlechtes Gewissen, an meine Hände, die ein Grab für ihn ausgehoben haben. Jetzt sehe ich nur noch Fleisch in einem Tier. Schinken, Speck, Steaks, Knochen, die ich zu einer wunderbaren Brühe auskochen kann, geräuchertes Fleisch, gekochtes Fleisch, gedörrtes Fleisch …

Vielleicht werde ich zu einer Wilden, aber genau das ist es doch, worauf ich mich vorbereitet habe: ein Leben in der Wildnis führen zu können. Ich werde wiederkommen und ich werde eine Waffe dabeihaben, die den Hirsch tötet. Denn sicherlich wird er dieses Wasserloch nicht das letzte Mal aufgesucht haben.

Der Regen will einfach nicht aufhören. Bis zum Nachmittag bin ich bis auf die Knochen durchnässt, aber stelle mit verbissenem Fleiß Schlingen, grabe dort, wo der Boden sandiger ist, Löcher, die ich mit Ästen zudecke, und baue zwei raffinierte Fallen aus den Fischgräten. Sie werden nur ein Kleintier töten können, aber das kann ich als Köder für größere Tiere nutzen.

Ich bin weit gegangen. Der Wald ist hier noch dichter und ich kann nur hoffen, alle Fallen morgen wiederzufinden. Mein Gott, habe ich Hunger! Außerdem spüre ich jeden meiner Muskeln und es regnet noch immer. Feiner, kalter Nieselregen. Mir ist bitterkalt. Meine Nase kribbelt und die Augen brennen. Hoffentlich werde ich nicht krank. Am liebsten würde ich mich unter einer Tanne zusammenrollen und schlafen. Doch die Sonne steht schon tief. Sie wird in weniger als einer Stunde untergehen. Zu wenig Zeit, um noch einen Unterschlupf zu bauen.

Ich klopfe mir die Hände sauber und werde am Meer entlang zurück zu unserem Lager gehen.

Der Ozean liegt im Westen. Ich folge der untergehenden Sonne. Bald lösen Kiefern den dichten Tannenwald ab und kurz darauf trete ich auf hügeliges Grasland. Etwa einen Kilometer rechts von mir müsste die Buche stehen.

Ob Kay zurück ist? Auf mich wartet?

Unschlüssig sehe ich Richtung Wasser. Die Hügel strecken sich einige Hundert Meter bis zum Meer, das jedoch unter dem grauen Regenschleier kaum auszumachen ist. Eine Möwe kreischt über mir. Sie fliegt auf eine kuppelartige Anhöhe zu meiner Linken und stößt nach unten.

Vielleicht brütet sie dort.

Kurz entschlossen, folge ich dem Vogel. Sollte ich Eier finden, ist es den Umweg allemal wert.

Ich wische mir über die Stirn und schreite weit aus. Als ich die Anhöhe erreiche, hefte ich meinen Blick auf die Erde und verlangsame meinen Schritt, setze behutsam einen Fuß vor den anderen, wobei ich das länger werdende Gras nach einem Nest absuche.

Das Gras wirkt an einigen Stellen zertreten. Eigenartig ... vielleicht der Hirsch? Ich knie mich hin und suche nach Hufabdrücken. Es sind keine zu sehen, dafür wird es unvermittelt heller. Die Wolkendecke ist aufgerissen, letzte Tropfen fallen auf meine Nasenspitze, dann hört es endlich auf zu regnen.

Ich ziehe tief die feuchte Luft ein und stocke. Es riecht nach ... Ist das Feuer? Ich lausche. Nein, kein lautes Prasseln und Knacken wie bei einem Großbrand, dem ich vor 2 Jahren ausgesetzt war. Erleichtert lasse ich die Luft aus meinen Lungen und stehe auf. In diesem Moment steigt eine Rauchfahne über die Anhöhe. Mein Herz schlägt schneller. Hinter diesem Hügel muss jemand sein. Hier leben doch Menschen!

Ich bin kurz davor, zurückzurennen und Kay zu holen, aber meine Neugier ist stärker als meine Angst, und ich schleiche geduckt den Hügel hoch, bis ich die Kuppe erreicht habe. Im Tal auf der anderen Seite steht inmitten einiger Bäume eine Hütte. Groß und rund, mit Blättern bedeckt, ein niedriger Eingang, scheinbar eine Öffnung oben, aus der Rauch steigt. Jemand muss also im Inneren sein.

Es läuft mir kalt den Rücken runter. Wer baut so etwas, derart einsam und mitten in der Wildnis?

Plötzlich verlässt mich mein Mut. Ich will mich umdrehen, zurück zu Kay laufen, aber da fällt ein langer Schatten durch den Eingang und ich werfe mich ins Gras. Eine Gestalt tritt rückwärts und gebückt heraus und richtet sich zu voller Größe auf. Ich schreie erstickt auf. Das kann doch nicht sein! Wie zum Teufel ...

»Kay!« Ich stolpere den Hügel hinunter, auf die Hütte zu. »Kaaaaay!«

Doch dann bleibe ich wie angewurzelt stehen. Nur wenige Meter trennen uns, aber ich kann meinen Augen nicht trauen. Kay ist in eine helle Hose und Weste aus Leder gekleidet, die er offen auf der nackten Haut trägt, sein Haar ist so lang, dass er es zusammengebunden hat, und um seinen Unterarm ist ein silberner Reif geschlungen. Kay wirkt ganz ruhig und lächelt mich an.

Mir ist bewusst, dass mein Mund offen steht, aber ich kann ihn nicht schließen, kann mich überhaupt nicht bewegen.

Langsam kommt Kay auf mich zu.

»Bleib stehen!«, kreische ich. Dieser Mann ist nicht der Kay, den ich am Morgen zurückgelassen habe. Seine Muskeln sind explodiert, sein Gesicht wirkt älter, reifer. Ich begreife das nicht! Er kommt noch näher. Ich bin immer noch erstarrt. Wieso kann ich nicht weglaufen?

»Wer bist du? Wie ... wo kommst du her?«, frage ich erstickt, als er vor mir steht, und in diesem Moment wird mir klar, was mich hat innehalten lassen: Alles an diesem Mann ist so, wie ich es in Erinnerung habe, als ich ihn vor 2 Jahren zurückließ. Nicht die langen Haare, nicht die Kleidung, aber seine Bewegungen, seine ruhige und überlegene Ausstrahlung, sein gestählter Körper, sein liebender Blick ... vor allem der.

»Alison ...«, sagt er leise, verschränkt seine Finger in meinen und zieht mich in seine Arme.

Ich zittere.

Kay reibt über meinen Rücken. »Du bist ja vollkommen durchnässt. Komm mit rein, das Feuer wird dich wärmen.«

»Was ... Ich ... Woher ...«

»Scht ...« Kay lehnt seine Stirn an meine, unsere Augen sind so nah, dass die Sicht verschwimmt. »Komm und ich erkläre es dir«, sagt er mit warmer Stimme.

»Was?« Es rauscht in meinen Ohren.

»Alles, Alison, alles. Es ergibt endlich einen Sinn.«

15

08. Januar 1853, nachmittags, in der Hütte

In der Hütte ist es warm und schummrig und es riecht nach trockener Erde. Ich streiche mit der Hand über die starken, gebogenen Äste, die miteinander verknüpft sind, um einen stabilen Korpus zu bilden. Dazwischen wurden dünnere Äste gesteckt, die mit einem Gemisch aus Lehm und Gräsern abgedichtet sind. Wer auch immer das hier gebaut hat, verstand sein Handwerk.

Ich kann aufrecht stehen, so hoch ist die Hütte und so groß, dass mindestens zehn Menschen um die Feuerstelle herum Platz finden könnten. Jetzt aber sitzen nur Kay und ich an den Flammen. Das Feuer prasselt zwischen uns, umfasst von großen Steinen, an die meine Schuhe zum Trocknen gelehnt sind.

Ich bin bis auf meinen Slip nackt, lediglich in das eingerissene Biberfell geschlungen, von dem ich nur annähernd verstehe, wie es hierherkommt, wie alles, was Kay behauptet hat, nur schwer begreiflich ist. Am wenigsten kann ich glauben, dass dieser Mann derselbe sein soll, den ich vor wenigen Tage beinahe tot und mit einer Kugel im Bein im Wald gefunden und heute Morgen erst wutentbrannt verlassen habe. Jetzt ist es beinahe Abend und ich sitze einem Kay gegenüber, der genau die Ruhe und Überlegenheit ausstrahlt, die ich so an ihm geliebt habe, bisher jedoch nicht in ihm fand.

Und trotz dieser Wandlung, der anderen Kleidung, den längeren Haaren beschwört Kay, er sei derselbe Mann, der im *Louisiana* am Pokertisch saß, der mit der Kugel im Bein beinahe starb, den ich sitzen gelassen habe. Ich spüre, dass der Mann, der mir jetzt gegenübersitzt, ebender ist, nach dem ich mich 2 lange Jahre gesehnt habe. Jede Faser meines Körpers spürt es und jede Zelle sehnt sich danach, ihm nah zu sein. Doch ich zügle meine Sehnsucht, denn ich will endlich Antworten bekommen. Also noch mal von vorn ...

Meine Beine dicht an den Körper gezogen, beäuge ich Kay über die Flammen hinweg. »Du bist so anders ... so ... so ...«

»Ja?«

»Ich weiß auch nicht ... zumindest nicht so idiotisch wie heute Morgen. Und woher hast du diese Kleidung und diese Hütte? Wann hast du sie gefunden und wie das Feuer entfacht?«

Kay wirft mir die Streichhölzer zu. »Du hast sie verloren, als du in den Wald gegangen bist.«

Ich öffne das Mäppchen. »Und die Hütte?«

»Die habe ich gebaut.«

»Blödsinn! In den paar Stunden?« Ich ziehe die Brauen zusammen. »Erzähl mir keinen Quatsch! Du bist doch noch nicht mal fähig, Feuer ohne Streichhölzer zu machen, oder?«

Kay lächelt schief. »Das stimmt.«

»Und das da?« Ich deute auf den Blechnapf, in dem eine Brühe köchelt, auf der herrlich große Fettaugen schwimmen.

»Die ist fertig.« Geschmeidig erhebt sich Kay und nimmt das Kochgeschirr vom Feuer, um es neben mich zu stellen. »Vorsicht, heiß.«

Ich schiele zu ihm hoch. »Das ist keine Erklärung.«

»Ist dir warm genug?«

»Ja!«

Kay drückt seine Lippen auf mein feuchtes Haar. Ich versteife mich.

»Gut. Möchtest du Wasser oder sonst etwas?«

»Ich will Erklärungen!«

»Das ist nicht so leicht, so viel ist geschehen seit ...«

»Ach komm, seit heute ...« Ich breche mitten im Satz ab, sehe auf Kays zusammengebundenes Haar. »Deine Haare ... Du warst heute nicht nur ein paar Stunden weg, oder?«

Kay schüttelt den Kopf. »Damals, als sie mich zurückgeholt haben, vor dem *Louisiana*«, meint er leise und setzt sich mir wieder gegenüber. »Weißt du noch?«

Natürlich weiß ich es noch. Wie lange ist das jetzt her? Etwas über 1 Woche? Mein Gott, es hört sich an, als wären Monate für ihn vergangen.

»Du warst weg und ich allein«, antworte ich. Es klingt wie ein Vorwurf.

Aber Kay lässt sich nicht beirren. Er wirft einen Kiefernast in die Flammen, der knisternd verbrennt, und sieht dem weißen Rauch nach, wie er aus dem Loch über der Feuerstelle zieht und in den Sternenhimmel steigt.

»Sie waren in heller Aufregung, als sie dich nicht portieren konnten«, erzählt er und lehnt sich an die Hüttenwand.

Ich sehe auf meinen Marker. Drei Nullen. »Wieso konnten sie es nicht?«

Kay hebt die Hände. »Ich weiß es nicht. Ein technisches Problem, hieß es. Mehr wollten sie mir nicht verraten. Ich hab nur gedacht, hoffentlich können sie mich in meine Zeit zurückschicken. Hoffentlich gibt's da kein Problem.«

»Sehr nett.«

»Ich will nur nichts beschönigen. Das ist es, was ich gedacht habe. Ich verstand ohnehin nicht, wieso ich dort war und nicht zu Hause, in meiner verbesserten Gegenwart. Ich hatte meinen Job doch gut gemacht. Tja, und dann steckte man mich in einen Raum. Ich sollte warten. Wum Randy würde bald da sein. Aber er kam nicht. Ich konnte noch nicht mal die verdammte Tür öffnen ...«

Ich nicke. Das klingt viel mehr nach *Top The Realities.*

»Da habe ich gedacht, etwas stimmt nicht. Sie halten ihr Wort nicht«, fährt Kay fort. »Ich hätte auf mein Gefühl hören sollen. Aber als Wum Randy am nächsten Tag auftauchte, beglückwünschte er mich. Die Show sei ein Riesenerfolg gewesen, die weiblichen Zuschauer würden mich lieben, ich wäre der Star und so weiter. Obwohl ich ein ungutes Gefühl hatte, ließ ich mich zu einem, wie er meinte, letzten Interview überreden. Man gab mir andere Kleidung und ich beantwortete brav Wum Randys Fragen. Dich haben sie übrigens mit keinem Wort erwähnt.«

»Und das war dir egal?« Ich knirsche mit den Zähnen.

»Ich dachte, sie hätten das Problem wohl gelöst und dich in deine Zeit zurückgeschickt.«

»Das haben sie nicht. Ich war plötzlich allein und musste sehen, wie ich klarkomme.«

Kay sieht mich mitfühlend an. »Ich weiß. Aber du hast es geschafft. Du bist stark und klug.«

Abwehrend schüttle ich den Kopf. »Spar dir das. Erzähl lieber weiter.«

»Alison ...«

Ich hebe die Hand und Kay seufzt.

»Gut. Zum Schluss des Interviews kündigte Wum Randy eine Jury an. Ich wusste nicht, was er meinte. Sollte ich vor Gericht gestellt werden? Redete er von so einer Jury? Nein. Er meinte eine Jury wie bei einem Karnickelzuchtwettbewerb! Zwei Männer und diese Baronessa. Baronessa de ...«

»... da Lucia.«

»Genau.« Kay verzieht die Lippen. Er wirkt, als hätte er auf etwas Ekliges gebissen. »Du bist ihr begegnet, der Baronessa?«

»Ich habe von ihr gehört«, sage ich ausweichend.

»Wie auch immer ... Bei meiner nächsten Challenge, erklärte man mir nebenbei, würden diese Herrschaften mein Verhalten beurteilen. Ich habe gedacht, ich höre nicht richtig. Was für eine nächste Challenge? Wir hatten eine Abmachung! Aber Wum Randy, dieser ... dieser Dreckskerl ... sagte nur, ich solle es als Chance begreifen. Nun, um die ganze Sache abzukürzen: Ich weigerte mich.«

Erstaunt ziehe ich die Brauen hoch. »Wie das denn?«

Kay lacht trocken und stochert mit einem Ast in der Glut. »Ganz einfach: Ich beantwortete keine Fragen, sprach nicht mehr mit ihnen, bewegte mich nicht vom Fleck.«

»Und dann haben sie dir Schmerzen zugefügt«, mutmaße ich. So haben sie mich damals gezwungen zu kooperieren.

»Schmerzen? Nein. Keine körperlichen zumindest. Wum Randy behauptete, ich würde meine Frau nie wiedersehen. Sie würde sterben. Ich glaubte ihnen kein Wort. Wieso sollte sie sterben? Aber er machte mir allzu deutlich, was er meinte«, sagt Kay und seine Augen verengen sich. »Er zeigte mir, wie sie von einem Pferd fiel, sich das Genick brach, wie sie krank wurde und am Fieber starb, sie überfallen und erstochen wurde, vom Auto überfahren, unser Kind verlor und verblutete ... Herrgott! Ich habe sie Dutzende Mal sterben sehen und immer am selben Datum: dem 3. Juli 1929.«

Es knackt. Kay hat den Ast zerbrochen und hält die beiden Teile in seinen geballten Fäusten.

Ich weiß, was er meint, und denke mit Schaudern zurück an diesen Tag, an meine Versuche, Kays Ehefrau davon zu überzeugen, dass sie verbrennen wird.

»Sie war meine Urgroßtante«, murmle ich, ohne Kay anzusehen. Wie wird er reagieren, wenn er begreift, dass wir nicht aus derselben Zeit stammen? Oder hatte man es ihm gesagt? Ich erinnere mich nicht mehr.

»Ich weiß. Baronessa da Lucia hat mich darüber unterrichtet.«

Ich sehe auf. Kay wirkt nicht erstaunt oder verstört, sondern ernst. Er wirft die Stöcke in die Flammen und erwidert meinen Blick. »Und hast du eine Ahnung, wie sie ...?« Er schluckt. »Ist sie ...?«

»Sie ist verbrannt«, antworte ich leise. »Mein Vater benannte mich nach ihr.«

Eine Welle von Mitleid durchströmt mich. Es muss grausam sein, den Menschen, den man liebt, wieder und wieder sterben zu sehen, ohne die Möglichkeit, ihn retten zu können.

Durchdringend sieht Kay mich an. »Du siehst ihr sehr ähnlich, weißt du?«

Ich nicke beklommen, löse mich von seinen dunklen Augen und sehe zur Seite. Ist das der Grund, aus dem sich Kay schlussendlich in mich verliebt hat, oder besser, in mich verlieben wird, wenn er mich in 2 Jahren wiedersieht? Wegen meiner Ähnlichkeit mit seiner verstorbenen Frau?

»Wie ging es weiter?« Noch immer spüre ich Kays Blick auf mir. Ich nage an meiner Lippe, schweige, bis er endlich fortfährt.

»Sie zeigten mir, wie meine Zukunft aussehen würde, wenn ich nicht kooperiere, wie sie es nannten. Ich sollte begreifen, warum es keinen anderen Ausweg gab. Also ließ Wum Randy mich in die entscheidenden Momente meiner Vergangenheit schicken. Ich sah meine Wurzeln, vor Jahrtausenden begründet, meine Vorfahren, irgendwo in Europa, etwa tausend Jahre nach Christi ...«

»Du warst da?«, falle ich Kay ins Wort. »Sie haben dich in diese Zeiten portiert?«

»Nur kurz. Gerade lang genug, um zu begreifen, wie alles zusammenhängt. Ich sollte es wohl hautnah erfahren. Dann sah ich die Beerdigung meiner Frau, wie mein Schwiegervater beschloss, die Plantage zu verlassen, ich so viel trank, bis er mich von seinem Grund jagte ... Schließlich sprang ich in meine Zukunft. Erblickte mich als verbitterten alten Mann, dem Suff verfallen, mit zerrissener Kleidung. Ich lebte auf der Straße ... und starb dort.« Kay atmet tief durch. »Man stellte mich vor die Wahl. Entweder könne ich mein Leben auf diese Weise führen oder ich würde ...«

»... einer weiteren Challenge zustimmen.«

Kay winkt ab. »Ach was. Mit Sicherheit hätten sie mich auch gegen meinen Willen portiert. Es ging Wum Randy um die Show, dass ich mitspiele, kämpfe, zeige, was ich draufhabe, wie er es nannte. Dann, ja, dann würde ich mit einer anderen Zukunft belohnt werden.«

»Mit deiner Frau?«, frage ich verunsichert.

Kaum sichtbar schüttelt er den Kopf. »Anscheinend war es ihr vorherbestimmt, den 3. Juli 1929 nicht zu überleben. Es gab keine verfluchte Realität, in der sie am nächsten Tag noch gelebt hätte. Keine! Aber es existierte ein Leben, in dem ich in Würde starb, wenn ich es auch ohne sie führte.«

Ich atme erleichtert auf, schäme mich jedoch im selben Moment für meine Gefühle. Ihr offenbar unausweichlicher Tod sollte mich nicht froh stimmen, auch wenn er bedeutet, dass Kay durch ihn frei ist. Frei für mich.

Aufmerksam sieht Kay mich an, als wäre ihm meine Reaktion nicht verborgen geblieben. Ich greife verlegen zu dem Blechnapf und nehme einen Schluck. Mein Bauch gluckert furchtbar laut und Kay lacht auf. Für diesen Moment ist die düstere Stimmung verflogen.

Während ich die Suppe schlürfe, berichtet Kay von der Jury, zwei Männern, deren Beschreibung nichts mit dem furchtbaren Melim Ferrisen oder dem überkandidelten, aber liebenswerten Nicolas Noun zu tun hat. Sie sollten seinen Kampfgeist und seine Anpassungsfähigkeit bewerten, erklärt er. Das dritte Jurymitglied, die Baronessa da Lucia, ist die Einzige, die auch in der elften Staffel dabei sein wird. Kay erzählt mir von der Baronessa, ihren wallenden Kleidern, ihrer Überschwänglichkeit, wie sie von Alison und Kay als der ewigen Liebe sprach. Das alles ist mir bekannt, aber ich tue so, als hätte ich die Frau nie gesehen.

»Zuerst dachte ich, sie meinte meine Frau, als der Name Alison fiel, aber die Baronin bekam sich gar nicht mehr ein vor Lachen, und ich erfuhr, dass du Alisons Großnichte bist. Und dann wurde die Baronessa deutlich. Sie erwartete von mir, dass ich ...«, Kays Wangen färben sich rot, als wenn ihm das passende Wort unangenehm wäre, »... dass ich dich umgarne.«

Das war es also! Seine Worte verletzen mich. Der Kuss gestern war also nur Show. Ein Teil der Abmachung. Mittel zum Zweck.

»Dann war das alles geplant, ja?«, blaffe ich. Ich sollte nicht reagieren wie ein eingeschnappter Teenager. Dies ist nicht das normale Leben. Wir tun Dinge, um nicht zu sterben, zumindest alles, damit sie uns zurück nach Hause lassen. Da ist es albern, sich darüber den Kopf zu zerbrechen, ob ein Kuss echt war oder Teil der Show. Aber ich kann nicht anders. Nur benutzt worden zu sein, fühlt sich an, als würde man mir mein Herz zerquetschen. Tränen steigen mir in die Augen. Ich lasse meine Haare vors Gesicht fallen und blinzle sie weg.

»Bitte, Alison, lass mich zu Ende erzählen. Ich verspreche dir: Du wirst mich verstehen.«

»Ich höre zu«, sage ich hinter dem Vorhang meiner Haare, die meine Gefühle verbergen sollen, aber meine Stimme verrät mich. Sie klingt brüchig.

»Es ist anders, als du denkst.«

»Und wie ist es?«

»Ich dachte, sie schicken mich zurück zu dir, zum *Louisiana.* Aber die Baronessa war begeistert von dem Gedanken an ein tragisch getrenntes Paar, das sich den Weg zueinander erkämpfen soll, allen Widrigkeiten zum Trotz, wie sie sagte. Nur Sam Oscar sprach sich dagegen aus, er wollte zunächst das Problem mit deinem Marker geklärt wissen, aber die Spielleitung stimmte Baronessa da Lucias Idee zu und kurz darauf portierte man mich in die Wildnis. Es war mitten in der Nacht und bitterkalt. Das Schlimmste aber waren die Zahlen auf diesem Ding! Über 1 Monat! Ich dachte, sie müssten sich vertan haben, schrie bis zum Morgen, sie sollen mich zurückholen.«

»Aber das taten sie nicht«, sage ich, lasse trockene Erde durch meine Finger rieseln und unterdrücke ein Gähnen. Der volle Bauch, die Wärme und die Behaglichkeit der Hütte machen mich schläfrig, obwohl ich es nicht will, obwohl ich eigentlich hellwach sein sollte, jetzt, da endlich meine stummen Fragen beantwortet werden. »Entschuldige ...«, murmle ich und streiche mir die Haare aus dem Gesicht, als Zeichen, dass ich ihm weiter zuhöre.

»Es tut mir leid. Ich sollte dich schlafen lassen.«

Ich schüttle den Kopf. »Ich werde doch nicht auf so eine Gutenachtgeschichte verzichten.«

Kay lächelt, aber seine Augen bleiben ernst. »Leider hat die Geschichte kein Happy End«, sagt er und reibt sich das Gesicht, als wolle er seine Erinnerung verbannen. »Die Nacht verging und am nächsten Morgen leuchtete immer noch ein verfluchter Monat in meiner Hand. Da begriff ich, dass ich verrecken werde, wenn ich mir nicht selbst helfe. Den Tag über irrte ich umher, ich wollte mich durchschlagen. Irgendwie zurück nach San Francisco. Aber dann kam alles anders. Etwas Merkwürdiges geschah, von dem ich lange nicht verstand, was es zu bedeuten hatte.«

»Was ist passiert?« Ein Schauer überläuft meinen Rücken und meine Müdigkeit ist verflogen.

»Ich traf auf Indianer. Sie stürmten auf mich zu und ich bekam es mit der Angst, aber anscheinend freuten sie sich, mich zu sehen. Sie kannten meinen Namen, behandelten mich wie einen guten Freund, obwohl ich nie, nie zuvor in meinen Leben einen Indianer getroffen hatte. Ich folgte ihnen trotzdem in ihr Dorf. Ich war dankbar, etwas zu essen zu bekommen, an einem Feuer zu sitzen und vielleicht die Nacht nicht im Freien verbringen zu müssen. Aber irgendetwas beunruhigte sie. Ich verstand sie nicht, nur dass es mit meinem Gesicht zu tun hatte. Sie griffen immer wieder hierhin«, sagt Kay und streicht sich über die Stirn.

»Deine Tätowierung?«

»Richtig. Aber davon wusste ich nichts. Für den Abend wurde ein Fest geplant. Eigentlich war es ein Initiationsritual, wie ich später verstand. Trommeln, Feuer, Gesänge ... Man gab mir Pilze zu essen. Ich hatte Hunger, also nahm ich sie. Kurz darauf veränderte sich meine Wahrnehmung. Es war eigenartig. Ein Rausch aus Farben und Lichtern, Klängen und Gerüchen ... Tja, und am nächsten Morgen wachte ich mit der Tätowierung hier auf. Ein Junge, der von der Jagd zurückgekehrt war, verstand meine

Sprache erstaunlich gut. Er hieß Ahanu und bedeutete mir, jetzt sei ich Teil seines Stammes.«

»Was? Wieso?«

»Bevor ich das verstehen konnte, wurden sie alle getötet. Es waren 30 oder 40 Weiße. Wir hörten sie schon von Weitem. Die Indianer tanzten ihren rituellen Tanz, die Nacht hindurch, auch noch am Tage, als ich wieder erwacht war. Ahanu sagte, so würden sie die Vergangenheit wiedererwecken, jene Vergangenheit, als die Indianer noch frei waren. Aber der weiße Mann hätte diesen Tanz gesetzlich verboten. Er würde ihm Angst machen. Die Indianer tanzten ohne Pause. Immer weiter und weiter. Gelegentlich fiel jemand völlig erschöpft in die Mitte und lag da wie tot. Sie konnten nicht aufhören zu tanzen, schienen das Klappern der Wagen und die stampfenden Pferdehufe gar nicht wahrzunehmen. Als die Sonne aufging, hatten sie uns umkreist wie eine Herde Schafe. Der Häuptling war ein friedliebender Mann. Er bat Ahanu zu übersetzen, sagte: *Denkt an die Alten, an die Kinder und die Frauen, wir haben nichts Böses im Sinn. Bitte lasst uns leben.* Der Häuptling hielt eine Friedensfahne in der Hand, die um einen Stock gebunden war. Als die Soldaten ihre Gewehre auf uns richteten, brachten er und die Männer alle ihre Waffen heraus und legten sie in die Nähe der weißen Fahne. Dann durchsuchten die Soldaten die Zelte und Wagen. Sie beschlagnahmten, was sie brauchen konnten, auch Kochgeräte und Nähzeug. Als sich der Stamm um die Friedensfahne versammelte, brachten sie ihre gewaltigen Schnellfeuergewehre in Stellung. Wir sahen auch Kanonen auf den Hügeln, die in unsere Richtung zeigten. Bevor wir verstanden, wieso sie auf uns zielten, fiel der erste Schuss. Dann drei oder vier, dann noch mehr und plötzlich ganze Salven. Danach die Schnellfeuergewehre. Es war fürchterlich! Sekunden waren wir wie gelähmt. Als ich mich endlich bewegte, sah ich fast alle Indianer blutend am Boden liegen. Frauen, Kinder, schreiende Babys in den Armen ihrer Mütter. Plötzlich rannte Ahanu an mir vorbei, er war von einer Kugel getroffen, schrie mir zu: *Lauf weg! Lauf weg! Ich werde sterben.* Und es war das Letzte, was er sagte. Alle, die flohen, wurden ermordet. Einfach totgeschossen. Dann gab es einen Aufruf. Es hieß, die, die sich versteckt hätten, sollten herauskommen, man würde ihnen nichts tun. Aus den hohen Gräsern kamen drei kleine Jungen. Sie wurden in dem Moment erschossen, als sie ihre Köpfe hoben. Einfach abgeschlachtet. Es dauerte nur wenige Minuten vom ersten Schuss, bis sie alle tot waren.«

Kay hat ohne Pause, ohne aufzusehen, ohne Bewegung, ohne Mimik gesprochen. Er scheint innerlich erstarrt, und als er aufblickt, mir in die Augen sieht, sind seine glanzlos, als hätte er mit sich gebrochen.

»Wieso hast du überlebt?«, frage ich leise.

»Eine Kugel traf mich ins Bein. Ich sackte zusammen und musste hilflos mit ansehen, wie die Indianer rings um mich abgeschlachtet wurden. Plötzlich war es totenstill. Ich war der einzige Überlebende. Ein Weißer in Uniform, ein Leutnant, kam auf mich zu, beschimpfte mich als dreckigen Diggerfreund und hieb mir seinen Gewehrkolben gegen die Stirn. Er befahl seinen Männern, die Toten auf einen Wagen zu werfen und sie wegzuschaffen. Fünf ließen sie zurück, weil der Wagen so voll war, dass sie herunterfielen. Der Leutnant spuckte mir ins Gesicht, sagte, ich würde auch bald verrecken. Dann steckten sie die Hütten in Brand und verschwanden.« Kay atmet tief durch und legt seinen Kopf in den Nacken. Eine Träne läuft über sein Gesicht.

»Mein Gott ...« Unwillkürlich bin ich aufgestanden und

knie neben ihm. Ich habe keine Ahnung, was ich sagen soll, also nehme ich seine Hand. Es lässt es zu, sieht aber nach wie vor an die Decke. »Kay ... Das ist ...«

Als er zu mir runterblickt, verstumme ich. Ich weiß ohnehin nicht, was ich ihm hätte sagen können.

»Ich konnte nichts tun, ihnen nicht helfen«, sagt er heiser.

Seine Stimme klingt eigenartig entfremdet. »Ich wollte die fünf Toten begraben, aber mir fehlte die Kraft. Also verscharrte ich sie unter dem, was ich in meinem Zustand zusammenkratzen konnte.«

Kay wischt sich über die Augen und wir sehen eine Weile schweigend in die Flammen.

Als er schließlich weiterspricht, klingt seine Stimme fester. »Während ich die Toten begrub, muss ich viel Blut verloren haben und brach irgendwann einfach zusammen, spürte noch, wie ich Fieber bekam ... und dann ...«

»... habe ich dich gefunden.«

»Ja, aber was ich dir noch nicht erzählt habe, ist, als der Leutnant sein Gewehr hob, um mir den Kolben gegen die Stirn zu schlagen, da sah ich seine Hand ... in ihr war ein Marker.«

»Was?«

»Ich weiß nicht, ob sie ihn gezwungen haben wie mich, aus welcher Zeit er kam, aber ich bin mir sicher, die Indianer würden heute noch leben, wenn ich mich ihnen nicht angeschlossen hätte.«

»Aber ...« Ich bin vollkommen perplex. »Sie können doch nicht jemanden zwingen, Menschen abzuschlachten! Wieso ...«

»Herrgott! Weil es zu dieser Zeit gehört, die Zuschauer genau das sehen wollen, so pervers es ist.«

Ich schüttle den Kopf. »Deshalb dachtest du, auch ich

wäre von Wum Randy geschickt worden? Hast du mir deswegen misstraut?«

»Ja.«

»Was hat deine Meinung geändert?«

Kay nagt an seiner Unterlippe. »Nichts«, antwortet er nach einer Weile. »Ich habe dir die ganze Zeit misstraut.«

Ich öffne den Mund, bringe aber keinen Ton heraus. Meine Sorgen und Ängste erscheinen mir plötzlich zu lächerlich gegen das, was Kay erlebt hat.

»Ich habe dir auch noch misstraut, als ich dich geküsst habe«, beantwortet Kay meine Frage, die ich nicht auszusprechen in der Lage bin. »Vielleicht holen sie mich zurück, habe ich gedacht, wenn ich tue, was sie verlangen, aber dann ...«

Mein Magen zieht sich zusammen. »Ich weiß nicht, ob ich das noch hören will.«

Kay zieht laut die Luft ein. »Du musst! Alison, das alles habe ich dir erzählt, damit auch du begreifst. Verstehst du?«

»Ich verstehe fast nichts. Das alles ist so ... so verwirrend.«

»Dann lass mich zu Ende berichten. Wenigstens das. Danach werde ich dich in Frieden lassen, wenn du es verlangst.«

Ich schlucke, höre, wie Kay wieder durchatmet, als sammle er Kraft für das, was er mir sagen will.

»Du ... Als wir auf dem Biberfell lagen, ich dich wieder küsste, da hast du mich plötzlich auf eine Weise angesehen, die mich ... Dein Blick war voller Begehren und ... aufrichtiger, tiefer Liebe.«

Ich spüre meine Wangen heiß werden. »Das ist es, was ich dir gesagt hatte. Dass ich dich liebe.«

»Ich dachte erst, diese Worte wären dir in den Mund

gelegt worden. Ich glaubte, du würdest Baronessa da Lucias Ansinnen nachkommen. Dein Liebesgeständnis, das Angebot, dich mit dem Messer zu töten, sollte ich der Meinung sein, dir misstrauen zu müssen, war lächerlich dramatisch. Ich hielt das alles für eine Inszenierung ...«

Jetzt ist Kay es, der nach meiner Hand greift. Ich lasse es zu, auch wenn es mich verletzt, dass er meine Liebeserklärung als lächerlich dramatisch bezeichnet. Aber wie auch hätte er anders empfinden sollen? Er weiß nicht, dass auch er in 2 Jahren, aus seiner Sicht, ebenso empfinden wird.

»Aber als ich diese Liebe in deinen Augen sah«, fährt Kay fort, »wusste ich, du hast nicht gelogen. Du würdest mich nicht hintergehen, ihr Spiel nicht mitspielen. Da beschloss ich, es auch nicht mehr zu tun! Die Jury wollte meinen Kampfgeist, meine Anpassungsfähigkeit und meine romantische Natur bewerten? Schön. Ich entschied mich zum genauen Gegenteil. Ich war gemein und kalt zu dir, zerstörte die Schleuse, nahm die nassen Äste, gab vor, ein Feuer damit machen zu wollen, um meine Unfähigkeit unter Beweis zu stellen. Und plötzlich wurde mir übel, schwindelig. Ich wusste, sie holen mich.«

Ich löse meine Hand aus Kays und stütze mein Kinn auf die Fingerknöchel. In diesem Augenblick brauche ich all meine Konzentration, Kay weiter folgen zu können, die schrecklichen Bilder, die er in meinen Geist gerufen hat, zu verdrängen.

»Warst du deswegen plötzlich verschwunden?«, frage ich schließlich.

»Ja, aber es kam anders, als ich dachte. Ich trat aus dem Portierer, zurück in der Zukunft ... und da stand Jill.«

»Die Jill?«

»Die Jill. Und jetzt rate, wessen Tochter sie ist.«

»Das ist mir vollkommen gleichgültig.«

»Gleich nicht mehr. Sam Oscar ist ihr Vater.«

Ich ziehe scharf die Luft ein. »Er sagte mir, seine Tochter wäre eine seiner fähigsten Mitarbeiter, aber ... Jill?«

»Niemand weiß, wer ihr Vater ist. Sie befürchtete, sonst nicht als Wissenschaftlerin ernst genommen zu werden. Wie dem auch sei. Jill stand also vor mir. Sie wirkte hektisch, erklärte, ihr Dad sei plötzlich verschwunden. Er hätte Wirbel wegen der Entwicklung der Show gemacht, man hätte ihn seines Amtes enthoben, irgendeines Komitees. Dann gab sie mir diesen Reif. Der Wunsch ihres Vaters, wie sie meinte. Die Erfindung sei noch nicht ganz ausgereift, aber das Beste, was sie mir anbieten könne.«

»Den Reif?« Ich deute auf Kays Unterarm. »Was ist das?«

»Es ist ein ... Ich habe den Namen vergessen. Aber er bewirkt, dass die Verbindung unterbrochen wird, sie uns nicht sehen können, solange wir uns in einem Umkreis von etwa 100 Metern befinden.«

»Was?« Meine Augen werden groß. »Dann sehen sie uns auch jetzt nicht?«

»Auch jetzt nicht. Ich soll ihn dir geben, sobald sie mich zu dir zurückgeschickt hat«, sagt Kay, nimmt den Reif ab, um ihn mir zu reichen.

Ich drehe ihn in der Hand. Auf der Innenseite blinkt ein hellgelbes Licht. »Ich verstehe nicht ... Wieso tut sie das?«

Kay zuckt mit den Schultern. »Sie meinte nur, ihr Vater wird es dir erklären, sobald du bei ihm seist.«

»Sam Oscar ist hier?«

»Ich hatte gehofft, du wüsstest mehr darüber.«

»Am Ende des Regenbogens«, murmle ich. Vielleicht ist der alte Wissenschaftler doch nicht verrückt geworden. Aber was zum Teufel meinte er damit? Und kann ich Kay von seinem Auftauchen im Cube erzählen? Und den

Sprüngen in die 1960er-Jahre, dem Nachjustieren meines Markers? Oscar sagte, sie können mich nun nicht mehr scannen. Aber sie konnten mich noch immer sehen, das hat Kay mir ja gerade erzählt.

»Am Ende des Regenbogens?«, wiederholt Kay, während ich immer noch auf den Reif starre, zu verstehen versuche, warum Sam Oscar ihn mir hat zukommen lassen, was genau er von mir will. »Alison.«

»Hm?«

»Bist du noch bei mir?«

»Ich begreife noch weniger als vorher.«

»Vielleicht verstehst du es, wenn ich zu Ende erzählt habe.«

»Können sie uns wirklich nicht sehen, nicht hören, nicht portieren, nichts?«

»Ich schätze, nein«, sagt Kay.

»Aber woher willst du wissen, dass wir ihr trauen können?«

»Das wissen wir nicht. Wir können es nur hoffen.«

Ich runzle die Stirn, lege den Reif zur Seite und sehe Kay an, bemüht, nicht mehr zu diesem Ding zu starren. »Erzähl weiter.«

»Ich sollte in genau die Sekunde meines Verschwindens zurückkehren«, fährt er fort, wobei langsam der Glanz in seine Augen zurückkehrt. »Aber es funktionierte nicht so wie geplant. Vielleicht ist dieser Reif schuld. Ich weiß es nicht. Weder Ort noch Zeit stimmten. Als sich der Schwindel gelegt hatte, fand ich mich an einem Fluss wieder, auf dem Eisplacken schwammen. Anscheinend war es tiefster Winter. Auch die Landschaft war mir vollkommen unbekannt. Ich ging flussaufwärts, weil ich nicht wusste, was ich sonst tun sollte. Plötzlich hörte ich ein Keuchen. Ich dachte an ein verletztes Tier oder so etwas und habe die Gegend abgesucht. Ich hatte wahnsinnigen Hunger ... tja ... und da sah ich mich.«

»Dich?«, wiederhole ich stumpfsinnig.

»Ich lag am Waldrand, röchelte, spuckte Blut. Mein Hemd war dunkelrot gefärbt.« Kay fasst sich an die Brust. »Ein Lungendurchschuss. Mein anderes Ich hatte die gleiche Tätowierung, wirkte älter, vielleicht weil er im Sterben lag. Ich dachte nur, so werde ich also ums Leben kommen. Das ist meine Zukunft.«

Ich schlinge die Arme um mich und er hält inne.

»Ist dir kalt?«

»Nein ... Es ist nur ...«

»Ja?« Kay beobachtet mich mit gerunzelter Stirn.

»Vielleicht ist mir doch kalt«, lüge ich, denn ich fröstle nicht, weil das Feuerholz fast niedergebrannt ist, sondern weil mir seine Beschreibung allzu bekannt vorkommt: der Waldrand, ein Fluss, auf dem Eisplacken schwimmen. Kay, der stirbt.

»Warte, draußen ist Holz«, sagt er, sieht auf und legt mir die Hand kurz auf die Schulter. »Ich bin gleich wieder da.«

Ich nicke. »Okay.«

Vor 2 Jahren ließ ich Kay betäubt zurück, um zu verhindern, dass er stirbt.

Du wirst auf Menschen treffen. Eine Gruppe besoffener Goldgräber. Acht Männer!, hat die ältere Alison einer anderen Realität mich damals gewarnt. *Sie werden ihn töten, weil sie ihn für einen Indianer halten. Die Tätowierung ...*

Ist er so gestorben? An einem Lungendurchschuss? Die Männer waren bewaffnet. Jeder von ihnen.

Als Kay eine Handvoll zerbrochener Äste in die Feuerstelle wirft, leuchtet sein Gesicht rot im Schein der Flammen. Zusammen mit der Tätowierung, den langen Haaren, der Kleidung wirkt er in diesem Augenblick tatsächlich wie ein Indianer. Aber als er sich setzt, ist seine Haut wieder bleich. Zu bleich. Er muss erschöpft sein.

»Er griff nach meinem Bein, versuchte, mir etwas zu sagen«, fährt er leise fort und sieht an mir vorbei in eine Ferne, die nicht existiert. »Ich beugte mich zu ihm. Seine Stimme war furchtbar kraftlos und ich habe ihn kaum verstanden. Blutblasen kamen aus seinem Mund und dann meinte er: *Sie ist für dich bestimmt. Es gibt keine andere, nur Alison.* Ich antwortete, es gäbe keine Zukunft mit meiner Frau, das müsste er doch wissen ...« Plötzlich lächelt Kay und seine vorhin noch trüben Augen funkeln geradezu. »Doch da hat er mich mit letzter Kraft beschimpft. Als einen Riesenidioten und dämlichen Hornochsen. Insgeheim dachte ich, er stirbt. Er ist nicht mehr Herr seiner Sinne. Aber was er dann sagte, veränderte alles ...«

Unverwandt sieht Kay zu mir. Sein Blick ist so intensiv, dass ich ihm nicht standhalten kann, und ich hefte meinen auf die Erde. Doch mein Schützling legt seine Finger unter mein Kinn und hebt es mit sanftem Druck.

»Schau mich an«, flüstert er.

Ich tue es, aber meine Lider flattern und mein Herz schlägt plötzlich furchtbar schnell und laut.

»Alison ... Er sagte, er meine dich, meinen Scout.«

Erst als der Tag anbricht, hat Kay mir seine ganze Geschichte erzählt. Meine geschlossenen Augen brennen vom Rauch des Feuers und vor Müdigkeit, aber ich bin viel zu aufgewühlt, um zu schlafen. Jedoch tue ich so und atme möglichst gleichmäßig, weil ich spüre, dass Kay mich beobachtet und ich Zeit für mich brauche, um alles zu verstehen und zu verkraften.

Seit 2 Jahren frage ich mich, was die Tätowierung auf Kays Gesicht zu bedeuten hat. Sie ist also tatsächlich indianisch, wie ich immer vermutet habe.

Kurz nachdem Kay sich selbst begegnet ist, stieß er das zweite Mal auf Indianer, genau jene, die ihn zuvor aufgenommen hatten. Sie waren weit entfernt von ihrem Dorf, wollten einen anderen Stamm besuchen. Als sie Kay sahen, fiel ihm eine Indianerin um den Hals. Sie war überzeugt, er hätte ihr das Leben gerettet, sie davor bewahrt, von Weißen ermordet zu werden, aber Kay erinnerte sich nicht, so etwas getan zu haben. Er mutmaßte, dass es sein älteres Ich gewesen sein muss, das an dem Lungendurchschuss starb, und damit hatte er recht. Ich hätte ihm gern Gewissheit gegeben, ihm davon erzählt, dass es so nicht geschehen wird, nicht für ihn. Aber dann hätte ich ihm auch erzählen müssen, warum es anders kommen wird und wie eine andere Alison sein grausames Schicksal abgewendet hat. Zu schweigen ist mir schwerer denn je gefallen. Nur meine Angst, dass unsere Vergangenheit und Zukunft sich dann nicht erfüllen, nicht mehr sein könnten als eine im Marker verankerte Erinnerung, hielt mich davon ab.

Also habe ich ihm stumm zugehört, erfahren, wie er mit den Indianern die Wälder durchquerte, zurück zu ihrem Lager wanderte. Dort führte man ihn zum Stammesältesten, der sich Kays Tätowierung ansah und augenscheinlich nicht verstand, wieso ein Weißer die gleichen Zeichen im Gesicht trug wie alle Männer seines Stammes. Schließlich kam er zu dem Schluss, Kay müsse von den Göttern geschickt worden sein, um die Frau zu retten, die ich in meiner Realität vor 2 Jahren habe sterben sehen. Ich musste lächeln bei dem Gedanken, dass mir etwas Ähnliches, nur in einer anderen Zeit, widerfahren ist. Die Hippies hielten mich ja auch für eine Tochter von Mutter Erde, als ich da so plötzlich vor ihnen auftauchte.

Die Verflechtungen, die aus den unterschiedlichen Zeitsprüngen entstehen, sind verwirrend, selbst für mich noch. Immer wieder verschwimmt die Logik zu einem zähen Brei und ich zwinge mich, Kays Geschichte wieder und wieder zu durchdenken, in meine Geschichte einzufügen, sie linear zu gliedern, bis sie sich in meinem übermüdeten Gehirn gefestigt hat.

Aus meiner Sicht stand ich vor 2 Jahren dem Bären gegenüber, den Tomahawk in meinen Händen, als die andere, ältere Alison erneut auftauchte, mir die Waffe entriss und den Bären tötete. Wie auch immer sie sich gezielt in diesen Moment portieren konnte. Es war gerade rechtzeitig. Und hätte sie mir nicht ein Betäubungsmittel dagelassen, welches ich Kay einflößte, hätte ich seinen Tod nicht abwenden können.

Es existiert aber folglich mindestens eine Realität, in der ich Kay nicht betäubte, in der er weiterzog und sah, wie die Indianerin zu Tode gequält wurde, und er ihre Peiniger angriff. Damit rettete er ihr Leben, verwirkte aber seines. Sie schossen ihm in die Lunge und er starb.

Genau diese Realität hat der Kay, der dicht neben mir sitzt, gesehen, nämlich als er sich bei seinen letzten Atemzügen am Waldrand entdeckte. Als er kurz danach auf die Indianerin trifft, die sein anderes Ich vor dem Tod bewahrt hatte, glaubte die Frau, sie habe ihren Retter vor sich, und Kay wurde mit offenen Armen von ihrem Stamm empfangen.

Er lebte mehrere Wochen mit ihnen, half hier und da und war schließlich dafür zuständig, Hütten zu bauen und auszubessern. Dann schmolz der Schnee und er wusste, dass bald sein jüngeres Ich zum ersten Mal in diese Gegend portiert und kurz darauf die Indianer von Weißen niedergemetzelt werden würden. Kay versuchte, sie zu warnen, aber sie wollten ihr Dorf nicht verlassen.

Schließlich ging er, hörte sich selbst nachts schreien, man solle ihn zurückholen. Er versteckte sich im Wald, bis er sicher war, dass die Indianer sein jüngeres Ich finden würden. Natürlich waren sie maßlos irritiert darüber, dass der Kay, auf den sie stießen, plötzlich keine Tätowierung mehr trug, und die Geschichte nahm erneut ihren Lauf.

Als sie mit den Vorbereitungen des Festes begannen, war Kay bereits mehrere Kilometer weit weg.

Ich spürte, er spielt nicht mehr, er legt mir seine Seele offen, als er meinte: *Die ganze Zeit über habe ich an dich denken müssen, Alison. Ich habe begonnen, dich mit anderen Augen zu sehen. Nicht mehr als Mädchen, das mit Messern wirft und sich wie eine Irre aufführt, sondern als Frau, die um unser Überleben kämpft, die mir, ohne mit der Wimper zu zucken, eine Kugel aus dem Bein operiert hat und fast verdurstet ist, um bei mir zu sein …*

Mit jedem Tag, der verstrich, wuchs seine Sehnsucht nach mir. Zu gern hätte er dem Volltrottel, wie er sagte, der mich küsste, um der Jury zu gefallen, verprügelt. Stattdessen steckte er seine Energie in diese Hütte, um uns ein Zuhause zu schaffen, denn der Countdown seines Markers war mit dem Reif erloschen, ohne dass er erfahren konnte, was nach seinem Ablauf geschehen würde. *Vielleicht haben wir den Rest unseres Lebens für uns,* meinte Kay, aber als er den Mund voller Bitterkeit verzog, wusste ich, dass auch er nicht daran glaubt.

Ich atme tief ein und seufze beim Ausatmen.

Plötzlich spüre ich Kays Hand auf meiner Stirn. Er fährt mit den Fingerspitzen über sie, streicht eine Strähne aus meinem Gesicht und küsst mich auf die Schläfe. Ich seufze noch mal und höre ihn leise lachen, dann schlafe ich endlich ein.

Ich träume wild, sehe den sterbenden Kay am Waldrand, dann wieder die Indianerin, die er gerettet hat. In meinem Traum aber wird sie hinter dem Fuhrwagen hergezogen. Ihr Kopf schlägt auf die Erde, genau wie ich es damals gesehen habe. Ich stehe am Flussufer und blicke ihr nach. Es ist grausam. Doch etwas quält mich noch mehr als dieser Anblick: das Gefühl, etwas Lebenswichtiges übersehen zu haben ...

Ich werde von Kays Schritten wach und reiße die Augen auf. Er steht gebückt am Feuer, um mit einem Stock die Glut zusammenzuschieben. Durch den Rauchabzug fällt helles Tageslicht. Ich fahre mit der Hand in meinen Nacken. Er ist nass, voller Schweiß. Das Biberfell klebt an mir wie eine zweite, feuchte Haut.

Was ist es? Was habe ich übersehen?

Kay kommt zu mir, als ich mich aufsetze. Er wischt mir mit dem Daumen über die Stirn. »Du bist ja ganz verschwitzt. Geht es dir nicht gut?«

Mit sorgenvoll gerunzelter Stirn setzt er sich neben mich und legt seine Hand auf meine. Ich schüttle den Kopf, unfähig zu sprechen. Ein dicker Kloß sitzt in meinem Hals.

»Alison, alles okay?«

»Ich habe nur schlecht geträumt«, bringe ich schließlich heraus.

»Komm zu mir.« Er öffnet die Arme.

Ich lehne mich gegen seinen muskulösen Brustkorb und Kay hält mich fest. Ich spüre seinen gleichmäßigen Atem, konzentriere mich darauf, im Gleichtakt mit ihm die Luft einzuziehen und herauszulassen, bis meine Unruhe verebbt und die Müdigkeit zurückkehrt.

Kurz bevor ich wieder einschlafe, höre ich, wie er flüstert: »Ich liebe dich.«

16

09. Januar 1853, mittags, in der Nähe des Pazifiks

Als ich erwache, liege ich immer noch an Kays Brust gelehnt. Er atmet genauso beruhigend tief und gleichmäßig wie einige Stunden zuvor und hält seine Arme auch im Schlaf um mich geschlossen. Ich lächle. Nein, eigentlich grinse ich. *Ich liebe dich,* hat Kay geflüstert. Ob er glaubte, ich schlief bereits und hörte ihn nicht? Oder wollte er, dass ich es höre? Ach, es ist vollkommen gleichgültig. Er hat es gesagt, alles andere zählt nicht.

Es kribbelt angenehm in der Magengegend. Vielleicht habe ich ja wirklich Schmetterlinge im Bauch. Was haben eigentlich Schmetterlinge im Bauch, wenn sie verliebt sind? Ich kichere leise.

Obwohl ich ewig in Kays Armen liegen bleiben möchte, drängt mich ein dringendes Bedürfnis aufzustehen. Außerdem bin ich zappelig. Voller Tatendrang will ich mich in den Tag stürzen, die Fallen kontrollieren, Vorräte anlegen, vielleicht einen Tisch zimmern oder einen Kräutergarten pflanzen. Ich will unser Zuhause so schön wie möglich machen.

Leise seufze ich und öffne die Augen. Die Sonne steht direkt über dem Rauchabzug und das helle Licht kitzelt mich in der Nase. Ich niese laut und Kay zuckt. Als ich mich aus seinen Armen befreien will, knurrt er unwillig und zieht mich fester zu sich.

»Nicht gehen«, murmelt er schlaftrunken.

»Ich muss«, flüstere ich.

Kay drückt sein Kinn auf meine Schulter und ich spüre seinen warmen Atem. »Warum?«

Es ist mir peinlich. Ich will ihm nicht sagen, dass ich Pipi machen muss. »Ich will nur mal kurz an die frische Luft«, nuschle ich und winde mich aus seinen Armen.

»Frische Luft ist ungesund.« Kay greift nach meiner Hand, um mich wieder zu sich zu ziehen.

Ich lache. »Bitte ... Ich bin gleich wieder da.«

Er lässt mich los und streckt sich. Ich muss wirklich dringend. Mit einem Satz bin ich auf den Füßen, aber das Biberfell nicht mit mir. Kay hält einen Zipfel davon in den Händen und grinst.

Ich kreische, einen Arm vor meine Brüste gepresst. »Mach sofort die Augen zu!«

»Auf keinen Fall.«

»Kay!«

Wo ist meine verdammte Kleidung? Gott! Da! Beim Stein, das Hemd, die Hose auch. Ich stolpere um die Feuerstelle und schlüpfe in den groben Stoff. Mein Körper ist mir peinlich.

»Du bist schön«, sagt Kay. Diesmal klingt es glaubwürdig. Schlicht und ehrlich.

Aber er muss blind sein, wenn er das denkt. Ich bin nur noch Haut und Knochen und habe seit über einer Woche meine Haare nicht gewaschen. Trotzdem funkle ich ihn an. Er hat es schließlich darauf angelegt, mich nackt zu sehen.

»Und du bist ein Idiot.«

»Ich bin nur ein Genießer ...«

Ich schleudere einen Schuh nach Kay. Er fängt ihn aus der Luft. »Diesmal kein Messer?«

»Diesmal«, antworte ich bissig, aber im nächsten Moment muss ich lachen.

»Alison!«, ruft Kay, als ich durch den Ausgang gehen will.

Ich drehe mich um.

»Denk an den Reif. Geh nicht weiter weg als 100 große Schritte, besser weniger, okay?«

»Keine Sorge«, sage ich lachend, obwohl es gerade keinen Grund zum Lachen gibt. Aber ich bin glücklich.

Ich grinse auch noch, als ich mit nackten Füßen durch das Gras laufe, bis zu einer kleinen Baumgruppe, hinter die ich mich hocke und dabei aufs Meer sehe. Es glitzert in der Mittagssonne. Ein warmer Luftzug streicht über meine Haut, während ich mich erleichtere.

Leise summend, gehe ich schließlich zurück zur Hütte. Zwei zitronengelbe Schmetterlinge flattern über den langen Grashalmen und ich beginne zu singen. *»Love is in the air ... everywhere I look around* ... Hmmm, hmmm ...«

Etwas bohrt sich in meine Füße. Als ich nach unten sehe, ist mein Glück perfekt! Ich bin auf einen kleinen Ast getreten, der senkrecht neben einem Nest herausragt. Vier braune, gesprenkelte Vogeleier liegen darin. Womöglich gehören sie der Möwe, der ich gestern gefolgt bin. Ich hatte sie ganz vergessen.

Ich hebe die Eier samt Nest hoch und trage sie behutsam zu der Hütte. Ach was, zu unserem Zuhause!

Kay steht davor, beide Hände hinter dem Kopf verschränkt. Seine Augen blitzen im Sonnenlicht. »Was hast du da?«

»Frühstück!«, rufe ich gut gelaunt und beschleunige meinen Schritt.

Wie unglaublich gut er aussieht. Irgendwie nicht wie von dieser Welt ... Na ja, genau genommen ist er das ja auch nicht. Er ist ein Zeitreisender wie ich. Unsere einzigartigen Erfahrungen prägen uns.

Vielleicht wäre Kay in meiner Zeit ein normaler Collegejunge, wahrscheinlich im Footballteam, mit Sicherheit der Mädchenschwarm. Aber niemals würde aus ihm das werden, was er in 2 Jahren sein wird: mein Scout, mein Beschützer, in jeder Faser seines Körpers darauf trainiert, zu überleben, ruhig und bedacht zu handeln, wenn es die Situation verlangt, aber genauso stark und kämpferisch sein zu können, ohne jemals die Kontrolle über sich zu verlieren. Und trotzdem ist er ein Gentleman, irgendwo verhaftet in den Sitten seiner Zeit.

All das steckt schon jetzt in ihm, er wird jedoch die Hölle durchleben müssen, wie er mir damals sagte, bis er tatsächlich voll und ganz zu dem Kay wird, den ich betäubt neben dem Bären zurückgelassen habe.

Wieder drängt sich das ungute Gefühl auf, etwas Wesentliches übersehen zu haben ...

Ich verscheuche die fiese kleine Stimme. Sie wird mir nicht den Tag verderben. Jetzt will ich einfach nur glücklich sein!

Die Eier stocken auf einem heißen Stein in der letzten Glut des Feuers, aber ich verspüre keinen Hunger. Ich bin viel zu nervös.

»Was machen wir heute?«, fragt Kay, als ob wir die Alternative zwischen Kino und Eisdiele hätten.

»Ich muss die Fallen kontrollieren. Und du ...« Ich beiße mir auf die Wange. »Du musst es auch lernen, Kay. Fallen stellen, Feuer machen, jagen ...«

»Gut«, antwortet er ohne Protest. »Ich lerne schnell. Es ist mir ohnehin nicht recht, dass du diese Arbeit machst.«

»Na, hör mal! Aus welcher Zeit kommst du denn?«

Er zieht eine Augenbraue hoch. »Denk mal drüber nach.«

Ich muss lachen, als ich begreife, wie widersinnig meine Frage war. Irgendwie finde ich heute alles furchtbar komisch. Aber dann fällt mir etwas ein. »Wie hast du ohne die Indianer überlebt?«, frage ich. »Ich meine Essen, Wasser ...«

Kay sieht in Richtung des Ausgangs und reibt sich die Nasenwurzel. »Ich brauche nicht viel. Der Regen, ab und an Eier, Würmer. Aber ...« Kay stockt. »Aber es gibt etwas Wichtigeres, etwas, das ich dir noch nicht gesagt habe.«

Meine gute Laune verpufft, so ernst wirkt er plötzlich. »Was hast du mir nicht gesagt?«

»Jill ... Sie ...«

»Ja?«

»Sie meinte, sie würde versuchen, die anderen so lange wie möglich davon zu überzeugen, dass es sich bei der Unterbrechung, dem Umstand, dass wir durch den Reif abgeschnitten von ihnen sind, um eine technische Störung handelt. Aber sie war sich sicher, dass *Timeship* der Sache auf den Grund gehen und irgendwann misstrauisch wird, und dann ... dann wärst du in Gefahr.«

Noch mehr Andeutungen. Ich hasse Andeutungen! »Wodurch sind wir in Gefahr?«

Kay sieht mich an. »Nicht wir, Alison. Sie sprach explizit von dir. Du seist in Gefahr.«

Ich schüttle heftig den Kopf. »Wieso ich? Ich mache doch gar nichts. Es ist ja nicht meine Schuld, dass ich nicht zurückgeholt wurde.«

»Vielleicht wirst du aber etwas tun. Etwas, das sie als Bedrohung empfinden.« Kay hebt seine Brauen. »Hältst du das für möglich?«

»Ich wüsste nicht, wie, nein!«, antworte ich, aber kaum dass ich die Worte ausgesprochen habe, fällt mir wieder ein, was Sam Oscar zu mir im Cube gesagt hat: *Weil du an einen Punkt kommen wirst ... Du wirst alles dafür tun, Zeitreisen unmöglich zu machen.*

Wieso? Und wie? Wie sollte ich es mit Menschen aufnehmen, die die Zeit beherrschen? Das erscheint mir ziemlich unwahrscheinlich!

Unwahrscheinlich ... Genau das habe ich schon einmal gesagt, richtig. Als Oscar mir mit diesem sinnlosen Zitat von Sherlock Holmes kam. Wie war das gleich? Wenn man das Unmögliche ausgeschlossen hat, muss das, was übrig bleibt, die Wahrheit sein, so unwahrscheinlich sie auch klingen mag.

Kay berührt mich am Arm. »Und, hältst du es für möglich?«

»Für unwahrscheinlich«, antworte ich heiser und die Härchen auf meinen Armen stellen sich auf, »aber für möglich.«

Kay nickt. »Dann sollten wir uns darauf vorbereiten, dass wir nicht ewig ungestört sein werden.«

»Was meinst du?«

»Wir sollten unser Haus tarnen, Waffen herstellen, uns darauf vorbereiten, zu kämpfen, zu töten, wenn es sein muss.«

»Zu töten? Aber ... warte ...« Ich lege meinen Kopf in den Nacken und versuche nachzudenken.

Kay wartet geduldig.

»Du machst einen Denkfehler«, sage ich nach einer Weile.

»So?«

»Wenn sie mir etwas antun wollten, wieso haben sie es nicht gleich getan? Gleich nachdem ich vor dem *Louisiana* stand.«

»Mitten in der Show? Wo wahrscheinlich Millionen von Zuschauern deinen Weg verfolgt haben?«

Ich zucke mit den Schultern. »Na ja, dann jetzt? Wieso ist jetzt niemand hier? Die Verbindung ist doch unterbrochen, oder? Überleg mal. Auch wenn sie erst in einem Jahr feststellen, was der Grund für unser Verschwinden ist, sie etwas entwickeln, das unseren Schutz aufhebt, sie könnten trotzdem jemanden genau hierhin schicken. Zu diesem Zeitpunkt, diesem Ort. Es ist ja nicht so, dass sie sich an lineare Zeitgesetze halten müssten.«

»Tja, wenn dieser ... Störsender ...« Kay rollt mit den Augen. »Endlich fällt mir das Wort wieder ein. Wenn dieser Störsender bewirkt hat, dass ich viel weiter entfernt von dir portiert wurde, als es vorgesehen war, und dazu noch Wochen zurück, wird dieses Ding vielleicht auch verhindern, dass sie genau hier landen können. Wer weiß, vielleicht sind sie schon auf dem Weg hierher. Für sie ist das Wann letztendlich gleichgültig, wie du schon sagtest, lineare Gesetze haben keine Bedeutung für sie. Die Frage ist nur, warum du eine Gefahr für sie werden könntest.«

»Gott, Kay! Ich weiß es selbst nicht. Das alles ergibt keinen Sinn!« Stöhnend lasse ich den Kopf in die Hände fallen. »Ich glaube, wir machen uns verrückt.«

»Vielleicht, aber ich habe ein ungutes Gefühl.«

»Meinst du wirklich, sie gehen das Risiko ein, selbst durch die Zeit zu springen?«

»Ach, komm schon! Meinst du wirklich, irgendwelche Gesetze halten sie davon ab, wenn sie dich als ...«

»Hör auf! Ich will das nicht mehr hören!«, platze ich heraus und stoße mit ausgestrecktem Finger auf den Reif. »Weißt du, was ich glaube? Dass sich gerade Millionen Zuschauer kaputtlachen, weil zwei Hinterwäldler neben einem billigen Modeschmuck mit Leuchtdioden sitzen und glauben, es sei irgendeine Verschwörung im Gange!«

Kay streckt mir seine Markerhand entgegen. *Technischer Ausfall* blinkt dort und ich sehe bei mir nach. Drei Nullen, wie immer.

»Das muss nichts zu bedeuten haben«, beharre ich, obwohl mir klar ist, dass ich Unsinn rede, aber ich bin wütend. Wütend, weil ich mir nicht schon wieder Sorgen machen will, wütend, weil meinem Glück mit Kay immer etwas im Weg zu stehen scheint, wütend, weil meine gute Laune verflogen ist.

»Ich will das nicht mehr«, sage ich schlicht.

»Was willst du nicht mehr?«

»Ich will ... Ich will endlich Zeit mit dir verbringen und nicht ... Ach, ich weiß auch nicht.«

Meine Unterlippe bebt und Kay umfasst mein Gesicht mit seinen Händen.

»Das werden wir«, sagt er leise. »Und du zeigst mir, wie man Fallen stellt, jagt, Feuer macht. Und um alles andere kümmere ich mich. Ich bin ganz gut darin, Dinge zu bauen. Okay?«

Ich presse die Lippen zusammen.

»Du machst ein Gesicht, als hättest du eben erfahren, dass es keinen Weihnachtsmann gibt«, meint Kay belustigt, obwohl nichts an dieser Situation zum Lachen ist. Vielleicht ist es der berühmte Galgenhumor.

Schon um dieses furchtbare Gespräch zu beenden, steige ich auf sein Spiel ein und reiße die Augen auf. »Den Weihnachtsmann gibt's nicht?«

»Tut mir leid, Kleines.« Kay erhebt sich und küsst mich flüchtig auf den Mund. Ganz selbstverständlich, so als wären wir schon lange ein Paar.

In den nächsten Tagen entwickeln wir eine gewisse Routine. Mit dem ersten Tageslicht beginnt Kays Unterricht. Ich zeige ihm, wie er aus natürlichen Materialien Fallen bauen kann, wann immer uns interessante Pflanzen begegnen, erkläre ich ihm, welche davon nützlich und welche giftig sind, und lasse ihn bei jeder Gelegenheit das Messer werfen.

Als Kay behauptete, er lerne schnell, hat er nicht übertrieben. Ich brauchte Wochen, bis es mir gelang, eine Zielscheibe in ihrer Mitte zu treffen. Kay schaffte es bereits beim siebten Versuch. Er ist ausdauernd, schnell und trotz seiner Größe wendig.

Ich achte darauf, immer in seiner Nähe zu bleiben, mich nicht weiter als hundert Schritte von ihm zu entfernen. Den Reif trage ich am Oberarm, auch wenn ich mir nach wie vor nicht sicher bin, ob er uns wirklich abschirmt.

Mittags und abends gehen wir zum Bach und holen Wasser in allen uns zur Verfügung stehenden Gefäßen. Es muss für den Tag reichen. Wir wagen nicht, uns lange dort aufzuhalten, um Fische zu fangen, denn der Bach ist der letzte Standort, an dem unsere Marker noch erfasst werden konnten. Falls uns tatsächlich jemand sucht, wird er uns dort vermuten.

Das Wasserholen kostet uns jedes Mal fast 2 Stunden. Eine für den Hinweg und eine zurück. Aber es ist die schönste Zeit des Tages, denn in diesen Stunden sind wir uns ganz nah, gehen Händchen haltend durch das Gras, albern herum oder unterhalten uns nur. Doch über das Hier und Jetzt gehen unsere Gespräche nie hinaus. Es ist, als wäre Kays Vergangenheit mit dem Tod seiner Frau gestorben, und ich kann ihm nichts von unserer gemeinsamen Vergangenheit, seiner Zukunft, erzählen …

Die Nachmittage verbringe ich damit, Vorräte anzulegen, Felle von Kleintieren zu bearbeiten, die in die Fallen gegangen sind, Kräuter zum Trocknen aufzuhängen, Pilze zu reinigen, Behältnisse zu flechten, während Kay belaubte Zweige und Äste so um unsere Hütte steckt, dass ihre auffällige Rundung nicht schon von Weitem erkennbar ist.

Das Überleben in der Wildnis ist kräftezehrend und abends falle ich in den Schlaf, lange vor Kay, der im Schein des Feuers Waffen fertigt. In diesen letzten Stunden des Tages wirkt er düster und verhält sich wortkarg. Und obwohl ich seine Arbeit bewundere, gefällt sie mir nicht.

Wir reden auch nicht darüber, ob wir ein Leben nach diesem Spiel haben werden, welches längst keines mehr ist. Vielleicht weil wir spüren, dass etwas kommen muss, dass man uns nicht einfach vergessen wird. Nicht nachdem klar ist, wie beunruhigt sie darüber sind, keine Kontrolle mehr über mich zu haben.

Es ist gekommen, wie ich befürchtete: Jills Warnung schwebt wie eine dunkle, erdrückende Prophezeiung über uns.

Am achten Trainingstag gehen wir nur in den Wald, um Äste und Zunder zu sammeln, und ich erkläre Kay, welches Holz geeignet ist, um daraus einen Feuerbohrer herzustellen. Auf dem Rückweg finden wir unter einer der Steinfallen ein totes Kaninchen. Was für ein großartiger Fang!

Kurz darauf sitzen wir an der erloschenen Feuerstelle und ich mache mich an dem Tier zu schaffen, während Kay den Bogen des Feuerbohrers hin und her zieht.

»Was ist deine Lieblingsfarbe?«, fragt er unvermittelt.

»Grün. Wieso fragst du?«

Er hält in der Bewegung inne und der Stab steht still. »Weil ich mehr von dir erfahren will, als Fallen aufstellen und Feuer machen.«

Ich sehe Kay streng an. »Weitermachen, sonst gibt's nichts zu essen.«

Kay stöhnt, aber tut, was ich verlange. »Und dein Lieblingstier?«

»Kaninchen.«

»Weil es niedlich ist?«

»Nein, weil es lecker ist«, sage ich und ziehe meinem Lieblingstier das Fell ab.

»Du bist unglaublich«, meint Kay. In seiner Stimme liegt Bewunderung, was mich mit Stolz erfüllt.

»Und deines?«, gebe ich zurück. »Hast du ein Lieblingstier?«

»Ich mag Löwen.«

»Weil sie die Könige der Tiere sind?«

»Nein, weil sie mich an dich erinnern.«

»An mich?«

Eine zarte Rauchfahne steigt auf, Kay nimmt das Brett mit dem Zunder und pustet behutsam hinein. Die trockenen Grashalme glühen sofort.

»Du bist mutig«, er legt kleine Zweige auf die Glut, »und anmutig«, er trägt das Brett zur Feuerstelle, »und kämpferisch«, fährt er fort und schichtet dünne Äste über das Feuernest. »Und du würdest dein Rudel immer beschützen.«

»Genau wie du«, flüstere ich.

Kay fächert mit einem Zweig Luft in das Feuer. Als die Flammen sich durch die Äste fressen, kommt er zu mir, nimmt mir das Messer aus der Hand und zieht mich hoch. »Der Löwe und die Löwin«, raunt er in mein Ohr und mir wird schwindelig vor Verlangen. »Dann passen wir gut zusammen.«

Er nimmt meine Hände, verschränkt seine Finger in meinen, um mich noch dichter an sich zu ziehen. Ich schließe die Augen. Kays Mund wandert über meinen Hals, seine Zähne zupfen an meinem Ohrläppchen ... Ich atme schneller und vergrabe meine Hände in seinem weichen Haar, und als sich unsere Münder endlich treffen, seufze ich vor Erleichterung. Es fühlt sich richtig an, wie zwei Puzzleteile, die zusammengehören. So als wenn dies der erste echte Kuss ist.

Ich weiß nicht, wie lange wir so miteinander verschmelzen. Ich weiß nur, dass ich viel zu lange darauf gewartet habe …

Obwohl das Kaninchen ausgenommen auf einem Holzstumpf liegt, hat keiner von uns Hunger.

Unser Bauch ist schon voll. Voll von Schmetterlingen. Hand in Hand gehen wir zum Meer hinunter. Die Sonne ist kräftig und der Frühling mit aller Macht angebrochen. Zwischen den langen Gräsern leuchten überall blaue, violette und rote Farbflecken, Kornblumen und Mohn, und als wir das Wasser erreichen, glitzert die glatte Meeresoberfläche wie ein Zauberspiegel.

Kay hebt einen flachen Stein auf und lässt ihn über das Wasser springen.

Ich lege meine Arme um ihn und drücke meine Stirn gegen seinen Rücken. »Es ist so friedlich hier.«

Kay deutet auf die Stelle, wo der Stein untergegangen ist und sich jetzt immer größer werdende Ringe ziehen. »Es ist, wie Sam Oscar gesagt hat. Eine Kleinigkeit geschieht und die Auswirkungen werden mit der Zeit immer größer, wie diese Ringe.«

»Hmmm«, schnurre ich leise und fahre mit den Fingern unter Kays Weste, um seine Brustmuskeln zu spüren. Ich habe keine Lust, über Zeitreisen nachzudenken.

»Meinst du, deine Zukunft wird sich sehr verändert haben, wenn du zurückkehrst?«, fragt er.

Ich lasse meine Hände sinken. Natürlich habe ich gewusst, der Zeitpunkt wird kommen, an dem ich mich der Frage stellen muss, wie ich zurückkehren kann, und schon längst hätte ich die Abendstunden damit verbringen sollen, die Verbindung zu meinem Marker zu trainieren, statt Kay dabei zuzusehen, wie er Speere und Lanzen anfertigt.

Und noch viel drängender ist das Problem, dass ich mich anscheinend in keiner Zeit länger halten kann als eine, vielleicht zwei Minuten. Erst wenn ich diese Dinge gemeistert habe, kann ich mir darüber klar werden, wie eine gemeinsame Zukunft mit Kay aussehen könnte. Aber all das habe ich verdrängt, gestehe ich mir ein. Über 2 Jahre sind vergangen und ich stehe immer noch am Anfang. Fast zumindest.

»Ich weiß nicht«, antworte ich ausweichend. Wenn ich meine Gedanken nur mit Kay teilen könnte! »Was glaubst du, wie es weitergeht?«

Kay dreht sich um. »Alison, mir ist klar, dass ich nicht zurückkehren werde. Ich habe mich sterben sehen. Es gibt keine Zukunft für mich, die über 2 Jahre hinausgeht.«

»Blödsinn!«, erwidere ich heftig. »Nichts ist in Stein gemeißelt, wahrscheinlich hast du nur eine Variante deines Lebens gesehen. Eine andere Realität. Das hat nichts zu bedeuten.«

»Dann hätte ich dich nicht treffen können, zumindest nicht genau dich. Nur eine Variante von dir«, gibt Kay zurück.

Ich denke über seine Logik nach. Stimmt das?

Vor 2 Jahren waren Kays älteres und mein jüngeres Ich schon einmal zusammen in dieser Zeit – zumindest in etwa. Allerdings mindestens 200 Kilometer von diesem Ort entfernt. Wenn nicht eine Abspaltung von mir, eine Alison, der es möglich ist, gezielt durch die Zeit zu springen, den Bären getötet und mir eine Nachricht hinterlassen hätte, wäre Kay tatsächlich an einem Lungendurchschuss gestorben. Da er sich aber ebenso tot am Waldrand liegen sah, bedeutet dies, dass wir uns vielleicht in derselben Zeit befinden wie vor 2 Jahren, nicht aber in derselben Realität. Was wiederum heißt …

»Er ist einfach verschwunden, weißt du«, unterbricht Kay meine Gedanken. »Sein Marker zeigte noch 2 Stunden an, er seufzte noch einmal tief, dann atmete er nicht mehr. Ich habe meine eigene Hand gehalten, als ich starb, sah die Zahlen auf dem Marker erlöschen und dann war er weg. Ich glaube, er ist ... mein toter Körper ist in diesem Augenblick zurück in seine Zeit gekehrt. «

Kays Trübsinn ärgert mich. »Und warum bereitest du dich darauf vor zu kämpfen, wenn du ohnehin davon ausgehst, so zu sterben?«

Kay zieht mich an sich und legt sein Kinn auf meinen Kopf. »Weil ich nicht will, dass dir etwas passiert.«

»Und ich will das nicht hören!«, schimpfe ich und versuche, mich loszumachen, aber er hält mich so fest, dass ich mich kaum bewegen kann. Und plötzlich will ich es auch nicht mehr, mich weder bewegen noch nachdenken, denn so gehalten zu werden, lässt alle Sorgen verblassen ...

Als eine Bö übers Wasser fegt, gehen wir zurück zu unserer Hütte.

Wenig später sitzen wir, die tief stehende Sonne im Rücken, vor unserer Hütte. Die warme Luft ist von süßem Blütenduft geschwängert und ich muss ständig laut niesen. Jedes Mal grinst Kay. Anscheinend ist er nicht allergisch gegen Pollen. Er fertigt weitere Speere an, das wird er tun, bis die Sonne untergeht, wie jeden Abend. Ich berühre Kay an der Schulter. »Ich gehe rein, in Ordnung?«

»Ich bin bald da«, murmelt er, ohne aufzublicken.

»Lass dir Zeit«, erwidere ich, weil ich mich endlich überwinden werde, etwas zu tun, wofür ich allein sein muss.

In der Hütte riecht es nach warmem Rauch und Blüten, deren intensiv süßer Duft von draußen reinzieht. Ich unterdrücke ein Niesen, starre, die Beine dicht an meinen Körper gezogen, auf das glühende Holzstück, als sei es eine giftige Schlange. Langsam strecke ich den Zeigefinger aus.

Ich will nicht!

Alles in mir widersetzt sich meinem Entschluss, mir wieder selbst wehzutun. Ich stupse gegen die Glut. Ah! Verdammt! Ist das heiß. Ich muss mich trotzdem zwingen. Ich muss!

Ich schließe die Augen, versuche, meinen Geist zu befreien, an nichts zu denken. Hm ... Blumen ... Kay ... Das Kaninchen war lecker. Überirdisch gut ... Nicht so gut wie der Kuss, lange nicht ... Herrgott! Das kann doch nicht so schwer sein!

Einfach an nichts denken, an nichts! Nichts ... nichts ... nichts ... nichts ...

Ich öffne die Augen und wische mir die Haare aus dem Gesicht. So komme ich nicht weiter. Vielleicht sollte ich was von den Hippie-Kräutern nehmen, die Oscar mir gegeben hat. Er sagte, ich solle sie Kay geben. Aber er hat nicht gesagt, wann. Soll ich es jetzt tun, damit ich bei meinem Vorhaben ungestört bin?

Zögernd kippe ich den Inhalt des Lederbeutels in das Kochgeschirr, als das Wasser kocht. Keine Ahnung, wie lange so etwas ziehen muss. Ich sollte mir ohnehin erst überlegen, wohin ich springen will. Bisher habe ich mich immer auf ein Detail konzentriert, das mich geführt hat.

Ich setze mich in den Schneidersitz, schüttle meine Hände aus und lege sie über Kreuz auf meine Knie, fast wie ein Buddha. Vielleicht nur ein kleiner Zeitsprung, für den Anfang. Wer weiß, gut möglich, dass es leichter ist, geringe Distanzen zu springen, zeitliche wie räumliche.

Ich lasse meine Gedanken die letzten Stunden Revue passieren. Den Morgen im Wald, Kay, der den Bogen des Feuerbohrers hin und her zieht, unser Gespräch über Kaninchen und Löwen, der Kuss, wie wir miteinander verschmolzen sind, Hand und Hand zum Meer geschlendert, durch das blütendurchzogene Gras, das Glitzern der Sonne auf dem Meer, Kay, der den Stein darüberspringen lässt, Ringe, die sich ziehen.

Gut, das ist es.

Ich rufe mir in Erinnerung, wie ich Kay von hinten umfasst habe, meine Stirn gegen seinen Rücken gedrückt, halte die Situation in jedem Detail fest ... seine warme Haut, meine Finger, die über seine feste Brust streichen, das helle Leder seiner Weste, das glitzernde Wasser ... Das Bild brennt sich ein, flirrt auch noch vor meinen Augen, als ich sie wieder öffne.

Keine Armlänge von mir entfernt, ist die Feuerstelle, an deren Rand das Stück Holz glimmt. Meine Hände liegen immer noch auf meinen Beinen. Nervös trommele ich auf den Kniescheiben herum.

Okay ... tief einatmen, an Kay und mich am Meer denk...

Es reißt mich fast von den Füßen. Der Sog ist so unerwartet und heftig, dass mir für einen Moment die Luft wegbleibt. Grelles Licht blendet mich. Ich muss meine Augen schließen. Es riecht nach Meer und immer noch nach Blumen und mir ist übel.

»Es ist so friedlich hier«, höre ich meine eigene Stimme und reiße die Augen wieder auf.

Oh – mein – Gott! Ich habe es geschafft!

Nur zehn Meter vor mir stehe ich, meine Arme um Kays Rücken geschlungen. Er streckt gerade die Hand aus, deutet auf das Wasser. Ich selbst wage kaum zu atmen, auch wenn meine Lunge nach Sauerstoff schreit. Gleich wird Kay sich umdrehen und mich entdecken. Langsam gehe ich in die Hocke. Das Gras ist zwar hoch, aber nicht so hoch, dass es mich verdecken könnte.

Ich drücke mich so leise wie möglich auf den Boden. Die

langen Halme kitzeln mich an der Nase. Ich spüre, wie ein Niesen in mir aufsteigt.

Wie viel Zeit wohl vergangen ist? 1 Minute vielleicht ... Ich sehe auf meinen Marker. Grüne Zahlen laufen rückwärts. 29 Sekunden, 28, 27.

Wieder ein Countdown! Genau wie beim letzten Sprung. Noch 20 Sekunden.

Nervös hebe ich den Kopf. In diesem Augenblick dreht Kay sich um und ich presse mich blitzartig auf die Erde, die Nase an eine heruntergedrückte Kornblume gedrückt. Kays Stimme ist jetzt lauter. Sie klingt verärgert. »Alison, mir ist klar, dass ich nicht zurückkehren werde. Ich habe mich sterben sehen. Es gibt ...«

Ich kann das Niesen nicht mehr aufhalten. »Haaaa...« Etwas zerrt an mir. »...tschi!«

Ich höre Kay vor der Hütte auflachen. »Und nochmals Gesundheit.«

»Danke«, murmle ich und sehe in meine Hand. Drei rote Nullen. Der Countdown ist erloschen.

Ich begreife das nicht. Ist er immer gleich lang? Wieso ist er überhaupt da? Und viel wichtiger ist, wieso bin ich gesprungen, ohne das glühende Holzstück in der Feuerstelle berührt zu haben? Keine Frage, ich bin gesprungen, ohne mir Schmerzen zugefügt zu haben. Nur wie? Was war diesmal anders?

Der Reif! Ich hatte den Reif um!

Vor Aufregung geht mein Atem schneller. Wieder schließe ich die Augen, denke diesmal an das *Louisiana,* die mit Blei gekittete Fensterscheibe, die Kälte, das Menschengewirr. Ich rufe mir so viele Details in Erinnerung, wie mir einfallen, versuche, alles andere auszublenden, aber nichts. Nichts geschieht.

Ich probiere es wieder und wieder, bis mein Kopf

schmerzt. Irgendwann gebe ich auf, lege den Reif ab, probiere es ohne ihn. Erfolglos. Verdammt! Der Reif hat anscheinend keinen Einfluss.

Moment mal ... Wieso hat er das nicht? Hätte er meinen Sprung nicht stören sollen? Ihn ungenau werden lassen, wie bei Kay?

Ich drehe das Teil in den Händen. Nach wie vor blinkt es. Gelbes Licht: an, aus, an, aus ... Es bleibt ein Rätsel.

Von draußen höre ich Kay leise fluchen. Bald wird die Sonne untergehen, dann spätestens wird er reinkommen müssen, um im Schein des Feuers weiterzuarbeiten.

Obwohl ich mich nach seiner Nähe sehne, will ich zuerst herausfinden, wie es mir gelungen ist, ohne den Schmerzimpuls zu springen. In dieser Hinsicht bin ich genauso verbissen wie Kay mit den Waffen.

Ich lege den Reif wieder um, setze mich in den Schneidersitz, genau wie vor dem letzten Sprung, und konzentriere mich. *Louisiana* ... Fenster, Bleikitt ... Nichts!

Gleich darauf rufe ich mir Erinnerungen ins Gedächtnis, die nicht mehrere Wochen zurückliegen. Ich wähle den Moment, da ich den Hirsch am Wasserloch sah. Das Ergebnis jedoch bleibt das Gleiche. Nichts tut sich.

Das kann doch nicht sein! Was muss ich tun? Was?

In der Hütte wird es immer dunkler. Die Sonne wird gleich untergegangen sein, was bedeutet, dass mir kaum noch Zeit alleine bleibt.

Nervös trommle ich auf meinen Beinen. Hatte ich nicht genau das vorhin auch getan? Es erscheint mir lächerlich, aber ich bin verzweifelt. Also überkreuze ich meine Arme, lege die Hände auf meine Knie und trommle ... links, rechts, links, rechts ... der Wald, das Wasserloch, der Hirsch ...

Ich ringe nach Luft. Irgendwie gelingt es mir weiterzuatmen, wenn auch nur stoßweise. Um mich ist plötzlich dichtes Gestrüpp, Büsche, umgeknickte Baumstämme, Astgewirr von eng stehenden Weiden. Es riecht modrig und ich spüre meine Füße nass werden. Ich stehe tatsächlich am Rand des Tümpels, nur wenige Meter von dem Hirsch entfernt und ... mir selbst.

Mein anderes Ich verharrt bewegungslos auf der gegenüberliegenden Seite und starrt das Tier an. Es spitzt seine Ohren, hebt den Kopf und ich registriere, wie sich seine Nüstern blähen.

Der Wind weht mir die Haare ins Gesicht. Es kitzelt, aber auch ich wage nicht, mich zu bewegen. Stattdessen sehe ich auf den Marker. Grüne Zahlen.

66 ... 65 ...

Jetzt dreht sich das Tier um und setzt gleich darauf in langen Sprüngen an meinem jüngeren Selbst vorbei ...

47 ... 46 ...

Sie sieht dem Hirsch kopfschüttelnd nach ...

34 ... 33 ...

... zerkrümelt im nächsten Augenblick das trockene Blatt ...

17 ... 16 ...

... lässt es mit dem Wind davonflattern ...

9 ... 8 ...

Er hat also meinen Geruch zu dem Hirschbock getragen, nicht ihren.

1 ...

Ich spüre das Ziehen ...

0 ...

... und die Übelkeit.

Einen Wimpernschlag später rieche ich den Rauch des Lagerfeuers. Ich bin zurück.

Fassungslos sehe ich auf meine Hände. Das war es? Trommeln auf meinen Knien? Wie lächerlich ist das denn?

Doch da fällt mir ein, was ich vor einer halben Ewigkeit auf den letzten Seiten des Biologiebuchs gelesen habe. Damals erschien es mir unwichtig. Wahnsinn! Nie hätte ich gedacht, dass es zum wertvollsten aller Hinweise werden würde: Unsere Informationen werden in einer der beiden Gehirnhälften verarbeitet. Entweder der linken oder der rechten.

Ich erinnere mich verschwommen an eine Zeichnung des Gehirns mit vielen roten Linien und Erklärungen. Zwar weiß ich nicht mehr, welche auf Schmerz reagiert, aber ich bin mir sicher, dass die andere Hälfte des Gehirns im Schlaf viel aktiver ist. Will man beide Gehirnhälften stimulieren, gibt es einen einfachen Trick: Die Hände überkreuzen und einen Impuls auslösen. Also rechte Hand aufs linke Bein und linke Hand aufs rechte. So einfach. Und ich Volltrottel habe mir den Finger gebrochen!

Nun, ganz so einfach ist es doch nicht. Allein die Fähigkeit zu entwickeln, den Marker anzusteuern, hat mich ein Jahr gekostet. Aber dann war es ganz leicht, fast wie Fahrradfahren. Erst muss man lernen, den Lenker gerade zu halten, das Gleichgewicht nicht zu verlieren und ordentlich in die Pedale zu treten, aber wenn man es erst mal kann, denkt man nicht mehr darüber nach.

Und jetzt weiß ich auch, wie ich zu meinem Ziel komme.

Am liebsten würde ich laut jubeln, aber in diesem Moment kommt Kay gebückt durch den Eingang.

»Morgen früh werde ich weitere Spitzen schlagen müssen«, nuschelt er und gähnt. »Ich fürchte, es sind immer noch zu wenige.«

»Hey ... bestimmt nicht.« Ich setze mich neben ihn und lege meinen Kopf an seine Schulter. »Die werden schon reichen.«

Eine Weile sehen wir stumm ins Feuer. Ich vergrabe

meine Hand in seinem Haar und kuschle mich noch enger an ihn. Heute Nacht werde ich nicht ohne ihn einschlafen. Obwohl mir nach Schlafen auch nicht der Sinn steht. Ich hebe meinen Kopf und küsse Kays Hals, knabbere an seinem Ohrläppchen, so wie er es bei mir getan hat.

»Ist das da Tee?«

Bevor ich ihn davon abhalten kann, nimmt er einen großen Schluck. »Igitt, bitter!«, meint er und schüttelt sich. »War das wirklich Tee oder willst du damit einen Bären umbringen ... «

Plötzlich ist seine Sprache verwaschen und ich bekomme Angst. Vorsichtig nehme ich ihm das Kochgeschirr ab und stelle es zurück aufs Feuer. Was, verflucht, habe ich ihn da nur trinken lassen? »Ist alles okay?«

»Es ... sind ... es is...« Kays Lider flattern. Er kann seine Augen kaum noch aufhalten.

Gleich darauf ist er nicht mehr ansprechbar. Angespannt beobachte ich, wie sich sein Oberkörper hebt und senkt, fühle seinen Puls, lege mein Ohr auf seine Brust. Sein Herz schlägt stark und gleichmäßig. Kay schläft einer Ohnmacht gleich.

Verdammt! Am liebsten würde ich den Tee wegschütten. Der atemberaubendste Mann der Welt liegt direkt neben mir und ich kann ihm nur beim Schlafen zusehen!

Mit zusammengekniffenen Augen starre ich in das Kochgeschirr. Und plötzlich begreife ich. Ich spüre, wie mir meine Gesichtszüge entgleisen.

Ich Idiotin!

Jetzt verstehe ich, was mich unterschwellig beunruhigt hat: Wir sind nicht in einer anderen Realität, sondern in derselben wie vor 2 Jahren, nur Kays Zukunft hat sich noch nicht geändert, eine alternative Realität, eine, in der er länger als 2 Jahre lebt, hat sich noch nicht abgespalten.

Plötzlich erkenne ich diesen Fakt mit erschreckender Klarheit. Es ist ganz simpel: Keine andere Alison aus einer anderen Realität wird den Bären töten, niemand sonst wird meinem jüngeren Ich das Mittel hinterlassen, mit dem ich Kay betäube, sondern ich! Den Beweis sehe ich direkt vor mir. Dieser Tee, der Kay fast sofort umgehauen hat! Die Reste sind auf dem Feuer zusammengekocht. Viel ist es nicht mehr. Er müsste jedoch stark genug sein.

Ich suche hektisch nach der leeren Flasche Bibergeil, halte sie schließlich zitternd in der Hand. Sie ist dieselbe, die ich vor 2 Jahren am Lagerfeuer fand, neben der handgeschriebenen Anweisung, wie ich die Tropfen zu dosieren habe. Nur weil es mir bisher nicht gelang, gezielt durch die Zeit zu springen, habe ich geglaubt, eine Alison einer anderen Realität wird diesen Job für mich erledigen, hat es längst getan. Aber so ist es nicht. Niemand anderes als ich selbst muss zurückspringen, Kays Leben retten. Wenn es mir nicht gelingt, wird all das, was ich sah, der tote Bär, die Flasche mit dem Betäubungsmittel, die Botschaft, zu einer im Marker verhafteten Erinnerung werden, aber nicht stattfinden. Denn es gibt keine anderen Alisons und Kays in dieser Realität, nur uns beide aus verschiedenen Zeiten.

Wenn ich selbst nicht handle, wird Kay am Waldrand sterben, genau wie er gesagt hat.

17

17. Januar 1853, irgendwo zwischen Raum und Zeit

Ungeduldig warte ich darauf, dass das Stück Papier über den Flammen trocknet. Ich muss aufpassen. Es darf nicht verbrennen. Mehr Papier habe ich nicht. Nur dieses verwaschene Etikett, das ich mühsam von der Flasche Bibergeil abgelöst habe. In ihr befindet sich der Rest des Kräutersuds. Kay schläft seit mindestens einer Stunde und jetzt bin ich froh, Zeit zu haben, das zu tun, was ich schon längst hätte tun müssen.

Ich wende das Etikett und denke an den Moment zurück, als mein älteres Ich mir den Tomahawk aus der Hand riss. Sie wirkte erschreckend hart und eiskalt. Bin ich das? Hat mich *Top The Realities* dazu gemacht?

Den Reif trage ich um den Arm. Das müsste mich abschirmen, denn auf keinen Fall darf ich riskieren, dass *Top The Realities* mitbekommt, wie ich in die elfte Staffel ihrer Show eingreife, mein Schicksal wende.

Kays Marker ist ausgefallen, *Technische Störung,* die Anzeige auf ihm ist unverändert, und ich erinnere mich, dass auch mein Marker vor 2 Jahren dieselben Worte anzeigte, was ich mir nur so erklären kann: Der Störsender muss die Marker außer Funktion setzen. Jedenfalls eine Zeit lang, solange das Signal des Reifs nah genug ist. Wieso mein eigener Marker dabei einen Countdown anzeigt, ist mir jedoch unbegreiflich.

90 Sekunden werden mir in etwa bleiben. Ich kann nur beten, dass die Zeit reicht ...

Der Zettel ist trocken genug, um daraufzuschreiben. Neben mir liegt einer der Pfeile, die Kay angefertigt hat. Über den Flammen drehe ich die Spitze so lange, bis sie schwarz vom Ruß ist. Meine Hand zittert derart, dass ich sie aufstützen muss. Aber ich kenne den Text. Ich weiß, was ich schreiben muss: *Kay wird morgen sterben …*

Diesmal kann ich schneller wieder atmen. Ich hatte nur vergessen, wie kalt es ist. Kalt und windig. Der Boden ist von Schneeflecken überzogen und es riecht intensiv nach Kiefern. Ich stehe mitten im Wald. Es ist düster, aber so bemerke ich gleich den hellen Schein der Flammen. Ich habe augenscheinlich nicht genau mein Ziel getroffen, denn noch bin ich 20, 30 Meter entfernt von dem Feuer.

Auf Zehenspitzen schleiche ich näher. Schnee knirscht unter meinen Füßen. Irgendwo knacken Äste. Vielleicht Kay, der sie abbricht, um unseren Unterschlupf zu sichern.

Kay!

Er ist ganz in meiner Nähe, ich könnte ihn in die Arme schließen, ihn küssen, und wenn es nur für ein paar Sekunden wäre …

Ich möchte auf die Knie sinken, so jäh packen mich Sehnsucht und Verzweiflung zugleich. Wenn ich mich nur in dieser Zeit halten könnte … Ich würde alles aufgeben, um bei ihm bleiben zu können! Selbst bei seinem jüngeren Ich, das in der Hütte, vom Kräutertee betäubt, schläft.

Aber das kann ich nicht, mich in dieser Zeit halten. Und die Sekunden verstreichen mit jedem Moment, den ich mich selbst bemitleide. Ich beiße die Zähne fest aufeinander und gehe weiter.

Gleich darauf bin ich bei der Feuerstelle. Das Fläschchen mit dem Kräutersud und den Zettel lege ich neben die Steine, die das Feuer umschließen. Hier wird sie es sofort finden. Dann schnappe ich mir die Schale, schaufle Schnee mit der Hand hinein und stelle sie an den Rand der Flammen. Gut, das war's. Ein Blick auf den Marker: 8 Sekunden noch. Gleich müsste mich eine unsichtbare Macht zurückkatapultieren.

In dem Augenblick, da ich das Ziehen spüre, hebt sich das Blatt im Wind. Ich stürze nach vorn, knalle meine Hand auf den Zettel ... Nein noch nicht! Ich ziehe scharf die Luft ein. Ein Stein ... Feuerstelle! Meine Hände umschließen etwas Hartes, Flaches ...

Im nächsten Augenblick umfängt mich die Wärme unserer Hütte. Pfeifend atme ich aus. Der Stein ist nicht mehr in meiner Hand. Alles hat funktioniert, wie es sollte.

Kay liegt nach wie vor neben dem Lagerfeuer und schläft. Natürlich, für ihn ist keine Zeit vergangen. Ich beuge mich trotzdem über seinen Körper, prüfe den Puls. Alles ist okay. Gut, denn ich will das jetzt unbedingt hinter mich bringen.

Bei dem Gedanken an den nächsten Schritt jedoch zieht sich meine Brust vor Anspannung zusammen. Werde ich es schaffen, den Bären zu töten? Ich habe gesehen, wie ich es tue, aber bedeutet das, es wird in jedem Fall eintreten? Nein. Ich kann nur hoffen, dass mein Training ausreicht.

Bevor ich meine Arme überkreuze, rufe ich mir den Tomahawk in Erinnerung, mit all seinen feinen Verzierungen, stelle mir vor, wie er schwer in meinen Händen liegt, spüre meiner Angst nach ...

Mir ist sofort klar, diesmal muss etwas schiefgelaufen sein. Wieder stehe ich zwischen hohen Bäumen, es schneit, aber ich sehe kein Feuer und auch keinen Bären. Dafür höre ich einen Fluss.

Ich folge seinem Rauschen, das gleich darauf zu lautem

Tosen wird. Ganz in der Nähe muss ein Wasserfall sein. Ein Wasserfall …

In diesem Moment wird mir klar, was geschehen ist: der Tomahawk in meinen Händen, meine Angst … Diese Bilder haben nicht ausgereicht, um mich zu dem Bären zu führen. An ihn hätte ich denken sollen. Stattdessen bin ich zu dem Moment gesprungen, da ich vor 2 Jahren die Goldgräberstätte gefunden habe und endlich verstand, dass ein Kind die Kette auslösen wird, die mir schlussendlich Jeremy nimmt.

Ein Blick auf den Marker: Erst 30 Sekunden sind vergangen. Sollte ich stehen bleiben, die Zeit verstreichen lassen? Aber da höre ich helle Stimmen. Sie klingen wütend.

Ohne den Entschluss gefasst zu haben, gehe ich weiter, sehe gleich darauf die Abbruchkante, unter der der Fluss verläuft und die Kinder, die sich um das Gold prügeln, welches Perry Hill, der Vater des einen Jungen, wenige Wochen später auf den Pokertisch legen wird. Wieder überläuft mich ein Schauer bei dem Gedanken daran, dass mein Ururgroßvater Hamilton Hill dort unten spielt, der Sohn von Perry Hill.

Und jetzt? Ich bleibe stehen, wische mir mit dem Handrücken die Schneeflocken von den Wimpern und lasse meinen Blick schweifen. Gut zehn Meter entfernt, entdecke ich sie, bäuchlings ins Gras gedrückt, den Tomahawk in beiden Händen über ihrem Kopf. Ihre Hände zittern so sehr unter dem Gewicht der Waffe, dass ich Angst habe, sie könnte sie fallen lassen, sollte durch mich auch nur ein Ast knacken. Jetzt ganz ruhig bleiben …

Gleich müsste sie den Tomahawk nehmen und die Schlange damit fixieren, die sich jeden Moment aus dem Laubhaufen winden wird. Ich kneife die Augen zusammen. Direkt neben meinem jüngeren Ich scheinen sich die Blätter zu heben. Die Schlange! Sieh doch hin! Los! Mach schon!

»Haaaaaaar!« Ein markerschütternder Schrei durchbricht das Tosen des Wasserfalls.

Plötzlich ist es eiskalt. Mir ist eiskalt.

Es ist Alison, die geschrien hat. Sie sitzt auf ihren Knien und sieht über den Abgrund.

Oh Gott, nein. Nein!

Ich stürze nach vorn, bin einen Wimpernschlag später vor ihr und stoße meine Handkanten ungebremst gegen ihre Schultern. Sie fliegt nach hinten, ich setze nach.

»Warum?«, schreie ich, die Hände zu Fäusten geballt. »Warum hast du den Jungen getötet?« Sie sieht mich aus aufgerissenen Augen an, aber in ihnen ist nur Leere. »Genau solche Menschen«, sagt sie voller Bitterkeit, »haben Kay erschossen und dieser Junge da wäre selbst zum Mörder ge...«

Ich höre sie nicht mehr, will es auch gar nicht, lasse mich stattdessen in den Sog fallen, der mich davonreißt.

Ich drücke meine Hände gegen das Gesicht, presse die Fingerspitzen auf meine Schläfen, bis sie sich wie ein Schraubstock anfühlen, nur um nichts anderes spüren zu müssen. Aber meine Gefühle stecken tief in meiner Brust, nicht in meinem Kopf. Ich müsste mir das Herz herausreißen, um meine Abscheu nicht mehr zu empfinden.

Sie ist eine Mörderin! Sie hat ein Kind getötet, nur um zurückkehren zu können, nicht weil sie in Gefahr war, sondern aus purer Selbstsucht. Wie sie mich anwidert! Wie ich mich anwidere!

Wieso habe ich mich nie gefragt, was aus mir werden wird, nachdem die Goldgräber Kay erschossen haben? Weil ich dachte, diese Realität hätte nichts mit meiner zu tun? Aber das hat sie, denn genau das wird geschehen, solange ich mein 2 Jahre jüngeres Ich noch nicht gewarnt habe.

Die Dinge werden eine schreckliche Wendung nehmen. Alison müsste das Fläschchen gefunden und Kay betäubt haben, doch ohne mein Eingreifen wird die Geschichte einer anderen Richtung folgen. Welche Umstände dazu führen, dass Kay trotzdem an einem Lungendurchschuss stirbt, kann ich nur mutmaßen. Die Möglichkeiten sind unendlich.

Entscheidend ist, dass ich zur Mörderin werde. Und auch wenn es mir gelingt, es zu verhindern, es steckt in mir. Ein Teil von mir ist fähig, ein Kind zu töten.

Das darf nicht geschehen. Niemals!

Als ich mir den massigen Körper des Bären in Erinnerung rufe, tragen mich wilde Entschlossenheit und noch größere Wut auf mich selbst in die Vergangenheit.

Ich lande wenige Meter hinter ihr. Sie bemerkt mich nicht, schwingt stattdessen den Tomahawk über ihrem Kopf und schreit wie eine Irre. Genauso gut könnte sie sich einen Schinken um den Hals hängen. Wie blöd kann man sein?

Das Interesse des Bären hat sie auf jeden Fall geweckt. Er steht nur wenige Meter entfernt auf seinen Hinterbeinen und schlägt mit der Tatze durch die Luft. Im selben Moment stolpert sie rückwärts. Toll! Jetzt hat sie dem Bären den Weg zu den Vorräten freigemacht und dort liegt Kay. Ich sehe ihn nicht, aber ich weiß es.

Alison taumelt, den Tomahawk über ihrem Kopf, auf mich zu. Sie ist ein lächerliches Nervenbündel. Zeit einzuschreiten. Ich springe vor, doch da spüre ich das Ziehen. Ich habe zu lange gewartet.

Ich gebe mir nur wenige Sekunden in der Hütte. Gerade

lange genug, um mich zu sammeln. Dann bin ich wieder zurück, stürze augenblicklich nach vorn und reiße Alison den Tomahawk aus der Hand. Sie fährt herum, schreit erstickt auf. Ich beachte sie nicht, reiße den Arm zurück und schleudere den Tomahawk nach dem Bären, der mit seinem massigen Körper auf Kay zusteuert. Eine fantastische Waffe, das spüre ich sofort. Sie hat seinen Hinterkopf gespalten.

»Scheißvieh!«

Ich bin stinksauer, eigentlich auf Alison, die Kays Leben riskiert hat, zu blöd und unfähig, so eine unglaubliche Waffe zu benutzen.

Ich laufe zu dem Bären, ziehe die Streitaxt mit einem Ruck aus seinem Schädel und wische sie an dem schwarzen Fell sauber. Aus den Augenwinkeln nehme ich Kay wahr. Ich erlaube mir nicht hinzusehen. Es würde mir die Kraft rauben.

Als ich aufsehe, steht Alison vor mir. Sie schlottert vor Angst. »Ist er tot?«, fragt sie. »Er zuckt noch.«

Das ist nicht ihr Ernst, oder? Das sieht man doch. »Toter geht's nicht«, schleudere ich ihr entgegen und wische mit dem Finger über das Bärenohr. »Blut aus den Ohren bedeutet Schädelbasisbruch. Das Gehirn ist auch hin. Keine Reflexe mehr, nur noch Muskelzucken.«

Hoffentlich kapiert sie's jetzt. Ich spüre das Ziehen und brauche nicht auf den Marker zu sehen. Die 90 Sekunden sind verstrichen. Verdammt! Das nervt!

Wütend trete ich gegen den Blechnapf. Er knallt scheppernd gegen die Speere. Zwei fallen um, direkt in die Feuerstelle. Egal, darum kümmere ich mich später. Zeit ist jetzt kein Problem mehr für mich.

Wow! Gänsehaut überzieht meine Arme. Es fühlt sich unglaublich an, das zu wissen.

Trotzdem, ich habe keine Lust, immer und immer wieder zurückzuspringen. Ich will die Vergangenheit hinter mir lassen. Endgültig! Außerdem halte ich den Tomahawk noch in den Händen. Wie gern würde ich ihn behalten, aber sie wird die Waffe noch brauchen, um die Schlange damit zu fixieren. Ich schließe die Augen und konzentriere mich.

Alison öffnet den Mund, um wieder irgendetwas zu sagen.

»Hör mir zu!«, herrsche ich sie an. »Ich habe nur wenig Zeit, bis die Dreckskerle aus der Zukunft uns wieder sehen können.«

So ganz stimmt das nicht, solange ich bei ihr bin und damit der Störsender, sind wir abgeschirmt, sogar einige Zeit darüber hinaus, wenn ich mich richtig erinnere. Aber davon muss sie nichts wissen. Sie soll die Klappe halten und zuhören.

»Du hast den Marker noch?«

Sie redet ja schon wieder! »Ja«, sage ich nur. Ich darf sie nicht zu Wort kommen lassen. »Erstens, zweifle nie, nie an meinen Worten.« Meine Augen werden schmal. »Zweitens, du wirst in 2 Minuten aufbrechen und Kay zurücklassen. Nimm nur den Tomahawk mit. Er weiß sich auch ohne Waffen zu helfen. Geh schnell, mach keine Pausen. Kay darf dich nicht einholen. Etwa 2 Stunden vor Ablauf eurer Zeit hier wirst du auf Menschen treffen. Eine Gruppe besoffener Goldgräber. Acht Männer! Sie werden Kay töten, weil sie ihn für einen Indianer halten – die Tätowierung. Das Schlafmittel war hoch dosiert. Er wird also noch viele Stunden schlafen, hoffentlich lange genug, um den Bastarden nicht zu begegnen, denn er wird dich suchen, deiner Spur folgen, wie ich ihn kenne.«

»Aber …«

Herrgott, kann sie nicht einfach nur zuhören? Tun, was ich ihr sage?

»Sei still und hör nur zu!«, fauche ich, bis aufs Blut gereizt. »Wenn dein Marker exakt 13 Minuten und 11 Sekunden anzeigt, wirst du zwei Kindern am Flussufer begegnen, die streiten. Sobald du sie siehst, wirst du alles verstehen. Du wirst wissen, dass du eines von ihnen töten musst, um deine Gegenwart wiederherzustellen. Aber du wirst damit nicht leben können. Es verändert alles. Es verändert dich.«

»Ich würde niemals ein Kind töten!«, sagt sie im Brustton der Überzeugung.

Niemals ... wie naiv sie ist. Naiv und dumm.

»Du hast es getan, vielleicht auch eine Version von dir. Ich habe dich dabei gesehen. Aber falls du ich bist, wirst du eine andere Lösung finden, denn ich will, verdammt noch mal, nicht damit leben!«

»Wie? Was denn für eine andere Lösung?«, fragt sie und verschwendet damit wertvolle Sekunden. Ich sehe auf den Marker. Noch 11 Sekunden.

»Die Zeit ist gleich um. Finde eine andere Lösung!« Ich schiebe mein Kinn vor. »Schwöre es!«

»Ich schwöre es«, flüstert sie und senkt eingeschüchtert den Blick.

Na also. Jedenfalls das hat sie begriffen, aber sie muss noch verdammt viel lernen.

»Alison ...«

Sie sieht auf. Ein kleines, schüchternes Mädchen. »Ja?«, piepst sie.

»Wenn alles wieder gut ist ... wenn du es geschafft hast, meine ich ... lerne, die Axt zu werfen!«

Ich spüre das Ziehen, lasse den Tomahawk fallen ...

... und ziehe die Speere in der Hütte aus den Flammen, bevor sie verbrennen können.

Es ist Nacht. Ich liege an Kays Brust geschmiegt und sehe durch den Rauchabzug in den Sternenhimmel, bis meine Lider langsam schwer werden. Tiefe Zufriedenheit erfüllt mich. In diesem Moment erscheint mir eine Bedrohung ebenso weit entfernt wie die Sterne. Alles ist gut.

Was auch immer in den nächsten 2 Jahren geschehen wird, Kay wird leben und mich als mein Scout beschützen, bis ich ihn schließlich mit dem Kräutersud betäube. Jetzt hat sich der verzweigte Weg, der mit jeder Gabelung ein neues schreckliches Ereignis ausgelöst hat, endlich zu einem sicheren Kreis geschlossen.

Ich drehe meinen Kopf und küsse Kays Stirn. Er brummt zufrieden. In dieser Nacht schlafe ich so gut und fest wie seit Jahren nicht mehr.

»Guten Morgen, Dornröschen ...«

Ich schlage die Augen auf und blinzle zu Kay hoch. Noch immer liege ich an seine Brust geschmiegt und seine Arme halten mich. »Hey ... Wie lange bist du schon wach?«, murmle ich noch ganz verschlafen.

»Erst ein paar Minuten.« Kay lächelt und streicht mir eine Strähne aus dem Gesicht. »Du siehst zufrieden aus.«

»Ich bin ja auch bei dir.« Im selben Moment fällt mir der Kräutertee wieder ein und plötzlich bin ich hellwach. »Geht es dir gut? Ich meine, der Tee ...«

»Alles in Ordnung, mach dir keine Sorgen.« Kay lächelt noch immer. In seinem Blick liegt ein eigenartiger Glanz. »Weißt du, was wir heute machen?«

Ich vergrabe mein Gesicht in seiner Armbeuge und knurre unwillig, so wenig Lust habe ich, den Tag zu planen.

Kays gespreizte Finger fahren durch mein zerzaustes Haar und lösen vorsichtig einen Knoten. »Was hältst du davon, wenn wir nichts machen?«

»Nichts?«, wiederhole ich ungläubig. »Ist das dein Ernst?«

»Ich habe heute Nacht von dir geträumt«, sagt er leise, wobei er gedankenverloren die Haarsträhne um seinen Finger wickelt. »Wir standen wieder unter diesem Baum, in den die Bänder geknotet waren, und haben uns geküsst. Dabei sahst du so glücklich aus ...«

Plötzlich schweigt er, als hinge er seinem Traum nach, und Stille breitet sich zwischen uns aus.

Aber dann atmet Kay tief durch. »Und ich weiß nicht, ob ich dich jemals wirklich so sehen werde, so glücklich. Verstehst du?«

Ich richte mich ein Stück auf, um in Kays Gesicht schauen zu können. »Was genau meinst du?«

»Ich möchte, dass wir zumindest heute vergessen, dass ...« Er presst die Lippen zusammen.

»Dass?«

»Ich möchte einfach nur bei dir sein.«

Kay legt den Kopf schräg, als würde er um meine Zustimmung bitten. Wenn er wüsste, wie groß der Sprung ist, den mein Herz gerade macht. Einfach nur Zeit mit ihm zu verbringen ... Nichts anderes wünsche ich mir seit mehr als 2 Jahren, und wenn nicht in diesem Augenblick Regen auf unsere Hütte prasseln würde, würde ich an einen Traum glauben.

»Aber wir brauchen Feuerholz«, werfe ich ein und könnte mir im gleichen Moment auf die Zunge beißen.

»Brauchen wir nicht. Ich wärme dich.« Kay winkelt die Beine an, zieht mich an seine Brust und schließt die Arme um mich.

Ich lege meinen Kopf nach hinten. »Und Essen?« Warum kann ich nicht einfach meine Klappe halten?

»Dazu werden wir nicht kommen«, murmelt er.

»Waru...«

Kay erstickt meine Frage mit seinen Lippen. Er presst sie sanft auf meine, seine Hände umschließen mein Gesicht, und als seine Zungenspitze meinen Mund öffnet, durchströmt mich sein heißer Atem. Ich greife in seinen Nacken. Und dann vereinen sich unsere Münder in so unerwarteter, verzweifelter Leidenschaft, dass ich glaube, nicht mehr atmen zu können. Mir ist schwindelig. Wunderbar schwindelig.

Doch gerade, als ich meine, den Verstand zu verlieren, zieht Kay sich zurück. Er zupft an meiner Lippe, fährt mit seinen Lippen sanft über meinen Nasenrücken, meine geschlossenen Augen, meine Stirn ...

Ich dränge mich an ihn. Ich will nicht, dass er aufhört, mich so zu küssen wie eben. Aber er hält noch immer mein Gesicht fest. Ich bin seinem Spiel ausgeliefert.

»Nicht ...«, sage ich erstickt

»Nicht?« Kay lacht leise. »Na gut ...«, flüstert er und sein Mund streicht wieder über meinen, um gleich darauf über meinen Hals zu wandern.

Eine Gänsehaut überläuft mich bis zu den Zehenspitzen. »Nicht aufhören, meinte ich ...«

»Ich käme nie auf den Gedanken«, murmelt er und zupft mit seinen Zähnen an meiner Haut.

Ich strecke meinen Kopf nach hinten, seine Haare fallen in mein Gesicht, als er den Kragen meines Hemdes zur Seite schiebt und mein Schlüsselbein liebkost.

Aber dann weiß ich auf einmal nicht, wohin mit meinen Händen, und komme mir wie ein Trottel vor.

Er jedoch weiß genau, was er tut. Seine Finger schieben sich unter den Stoff, fahren über meine Taille. Ich versteife mich.

Kay spürt es und hält inne. »Habe ich etwas falsch gemacht?«

»Du?«, wiederhole ich. Fast muss ich lachen. »Nein, es ist nur ...«

»Ist nur was?«, fragt Kay. Sein Blick ist ernst und voller Sorge.

»Es ist nur so, dass ich noch nie ...« Verlegen starre ich auf meine Hände.

Kay umfasst sie und drückt sie leicht. »Hey, dreh dich mal zu mir. Komm her ... und sieh mich bitte an, Alison.«

Widerwillig löse ich mich von ihm und setze mich so, dass ich an einem seiner angewinkelten Beine lehne, meine eigenen dicht an den Körper gezogen. Meine Unerfahrenheit ist mir plötzlich unglaublich peinlich und meine Wangen glühen.

Kay streicht mit dem Handrücken über sie. Ein Lächeln umspielt seinen Mund. »Ich verspreche dir, ich werde nichts tun, was du nicht willst. Vertrau mir.«

»Was?« Heftig schüttle ich den Kopf. »Ich will ja mit dir ...«

Oh nein. Kays durchdringender Blick verwirrt mich fürchterlich und ich muss allen Mut zusammennehmen, um weiterzusprechen. »Ich will dich ganz nah spüren, aber ich habe Angst, dass ich mich wie ein Trottel anstelle.« So, jetzt ist es raus.

Kay sieht mich mit in Falten gelegter Stirn an. »Wann könnte eine Löwin schon tollpatschig sein?«

»Wenn der Löwe sie verwirrt?«, gebe ich zurück und ziehe meine Unterlippe zwischen die Zähne.

»Tut er das?«

»Er verwirrt sie so sehr, dass sie an nichts anderes mehr denken kann als an ihn.« Meine Stimme ist nur ein Flüstern.

»Dann sollte die Löwin aufhören zu denken«, sagt Kay

leise und knöpft langsam mein Hemd auf, ohne den Blick von mir zu nehmen, »und einfach nur genießen …«

Der raue Stoff gleitet von meinen Armen. Ich schließe die Augen. Als er diesmal über meine Taille streicht, seine Fingerspitzen über meine Brüste wandern, entweicht mir ein tiefer Seufzer.

Und dann scheinen Kays Hände, seine Lippen, sein warmer Atem überall zu sein.

Ich schlinge meine Arme um seinen Hals, suche seinen Mund. Noch während er mich küsst, spüre ich seine Hände unter meinen Kniekehlen und an meinem Rücken. Er hebt mich hoch, liebkost dabei mein Gesicht und legt mich auf das Biberfell.

Ich spüre Kays Gewicht auf mir, obwohl er auf einen Arm gestützt ist. Er streicht mir die Haare aus dem Gesicht, beißt zart in mein Ohrläppchen, wobei sein Becken sich an mich drängt.

Wir brauchen keine Worte mehr. Unser schneller Atem, meine Finger, die sich in Kays Rücken krallen, seine Hände, die voller Verlangen in meinen Nacken greifen, lassen mich vergessen, dass es überhaupt Löwen gibt.

18

18. Januar 1853, zwischen jetzt und der Stunde null

Ich liege auf der Seite und lausche dem Prasseln des Regens. Kay fährt mit den Fingerspitzen über mein Becken und folgt der Linie meiner Taille bis zum Nacken. Ich schnurre leise, wie ein kleines, zufriedenes Kätzchen.

»Wie fühlst du dich?« Kays Stimme ist weich, genau wie seine warme Haut, an die ich mich anschmiege.

»Glücklich.«

»Wirklich?« Kay beugt sich über mich und sieht mir ins Gesicht. Er lächelt zufrieden. »Genauso glücklich habe ich dich in meinem Traum gesehen. Aber da warst du nicht nackt und weniger zerzaust«, sagt er mit einem Zwinkern.

»Wahrscheinlich gab es in deinem Traum auch eine Haarbürste.«

»Vielleicht. Vielleicht gab es auch eine Herde rosa Elefanten. Aber ich hatte nur dich vor Augen.«

Ich drehe mich um und boxe Kay spielerisch gegen die Schulter. »Hör auf, so kitschig zu sein. Das ist ja schrecklich.«

»Es ist nur die Wahrheit«, gibt er zurück und küsst mich sanft.

Ausgerechnet in diesem Moment knurrt mein Magen.

»Du hast Hunger«, stellt er fest und ist schon auf den Beinen, um nach seiner Hose zu greifen.«

Ich richte mich auf. »Was hast du vor?«

»Dir etwas zu essen zu besorgen.«

»Ich habe keinen Hunger«, gebe ich zurück, aber mein

Magen knurrt schon wieder. Dabei verspüre ich tatsächlich keinen Appetit. »Wir wollten heute doch nichts machen.«

»Du musst auch nichts machen«, meint Kay lächelnd, streift sich die Weste über und nimmt einen der sechs Speere, die an der Hüttenwand lehnen. »Heute sorge ich fürs Essen, und falls nichts in die Fallen gegangen ist, werde ich den Speer hier mal ausprobieren.«

Ich tippe auf den Störsender, den ich nach wie vor am Oberarm trage. »Du weißt schon, dass wir aneinandergefesselt sind.«

»Natürlich. Aber ich würde mich auch ohne ihn nicht weiter als 100 Meter von dir entfernen, eigentlich noch nicht mal zwei.« Kay grinst und reicht mir die Hand.

»Können wir nichts beim Roomservice bestellen?«, maule ich, lasse mich aber von Kay hochziehen. Kaum dass ich stehe, ist mir schwindelig. Diesmal ist es nicht angenehm. Er hat recht: Ich muss etwas essen.

Der nicht enden wollende Regen hat die Luft abgekühlt und es riecht nach feuchter Erde. Heute hat es nicht den Anschein, als würde die Sonne noch einmal zu sehen sein, denn als wir aus dem Wald treten, ist der Himmel ungewöhnlich dunkel und von aufgetürmten Wolken verhangen.

Die letzten 2 Stunden sind wir durch den Nieselregen gestapft, nur um festzustellen, dass in keiner der Fallen ein Tier war. Schlimmer noch: Bei drei von ihnen fehlte der Köder, ohne dass die Falle überhaupt ausgelöst hatte. Ich tippte auf Waschbären. Sie sind geschickt und schlau und zu groß für die Fallen. Kay wettete auf einen Marder.

Tja ... Ich habe gewonnen.

Über Kays Schulter hängt jetzt ein großer und vor allen Dingen toter Waschbär, den wir bei unserer letzten Falle auf frischer Tat dabei ertappt haben, wie er geschickt mit seiner Pfote ein aufgebrochenes Möwenei herausschlug.

Das bedeutet ein weiteres Fell und Fleisch für mindestens eine Woche.

Bei dem Dauerregen müssen wir nicht einmal zum Bach, um unseren Wasservorrat aufzufüllen. Die nächsten Tage können wir also von morgens bis abends in unserer Hütte verbringen und Dinge tun, die Löwen so machen, wenn sie satt sind.

Ich lächle still vor mich hin, während ich hinter Kay den Hügel heraufgehe, auf dessen anderer Seite unsere Hütte liegt. Der Ausfall unserer Marker ist beruhigend und verstörend zugleich. Wir wissen nicht, was die Zukunft uns bringt, ob unsere Zeit endlich ist oder ob uns die Ewigkeit bleibt. Irgendwann werde ich womöglich eine Entscheidung treffen müssen. Denn sollte ich je zu meiner Familie zurückkehren können, wird für sie keine Sekunde vergangen sein, ich jedoch könnte bis dahin selbst Mutter sein oder Großmutter.

Aber bis ich zu einer Entscheidung gezwungen bin, werde ich das Leben mit Kay genießen.

Gleich sind wir zurück in unserer Hütte und dann ...

»Stopp!« Kays Stimme ist leise, aber so schneidend, dass ich mitten in der Bewegung gefriere. Meine Nackenhaare stellen sich warnend auf. Was ist los? Ich habe die Kuppe fast erreicht, bin direkt hinter Kay, aber ich sehe nicht, was ihn beunruhigt!

»Kay, was ist?«, zische ich.

Er streckt den linken Arm zurück und wedelt mit der Hand. Seine Muskeln treten deutlich sichtbar hervor. Kay ist am ganzen Körper angespannt. Wie in Zeitlupe geht er in die Hocke, lässt den Waschbären leise zu Boden gleiten und stellt ein Bein vor, zum Sprung bereit. Seine Hand umklammert den Speer so fest, dass die Fingerknöchel weiß hervortreten.

Was zum Teufel ist da? Ein Reh? Ein Bison? Ich will es nicht verscheuchen, berühre Kay nur leicht am Arm. Er schaut mich über die Schulter hinweg an. Als ich seinen Blick sehe, bekomme ich Angst. Seine Augen sind zu schmalen Schlitzen verengt. Eine Ader tritt an seiner Schläfe hervor und sein Kiefer zuckt.

»Egal, was geschieht«, presst er heraus, »du bleibst hier.«

Auf einmal schlägt mein Herz so schnell, dass ich es bis in die Fingerspitzen spüre. »Du machst mir Angst. Kay, was ist da?« Ich klinge merkwürdig hohl.

»Du – bleibst – hier«, wiederholt er. Etwas Drohendes liegt in seiner Stimme.

Ich nicke beklommen.

Einen Wimpernschlag später stürzt Kay nach vorn. Aus seiner Kehle dringt ein markerschütternder Schrei. Scheiße! Da ist kein Tier.

Ich setze ihm nach, bin Sekunden später auf der Kuppe. Mein Atem geht stoßweise. Regen verfängt sich in meinen Wimpern. Ich wische ihn weg, kneife die Augen zusammen. Kays Speer fliegt schon durch die Luft, als ich sein Ziel endlich registriere: Da steht ein Mann mit erhobenen Armen vor unserer Hütte. Was tut er hier? Wieso bewegt er sich nicht? Er wirkt vollkommen erstarrt.

Unwillkürlich halte ich die Luft an. Der Speer schlägt ein. Kay setzt in langen Schritten nach, hat den Kerl fast erreicht. Erst denke ich, der Speer hat ihn erwischt, aber plötzlich rennt der Typ los.

Er kommt nur wenige Schritte, dann ist Kay hinter ihm, wirft ihn im Lauf zu Boden und presst sein Gesicht in die Erde.

Ich atme erleichtert aus, aber mein Herz hämmert noch immer. Mir ist klar, dass der Mann nicht zufällig hier ist. Er hat uns gesucht – und gefunden.

Kay rückt von ihm ab, seine Hände halten ihn jedoch nach wie vor unten. Und da erkenne ich voller Abscheu, wer er ist, seinen milchig weißen Ganzkörperanzug, seine schmale Statur: Es ist Henry, der Techniker.

Ich empfinde kein Mitleid, auch wenn er gegen Kay keine Chance hat. Dieser Mensch ist mir fast genauso zuwider wie Wum Randy. Er ist kalt und arrogant und irgendwie ohne Menschlichkeit. Aber was auch immer seine Mission ist, Kay wird es herausfinden.

Ich straffe meine Schultern. Jetzt werde ich zu ihm gehen. Mal sehen, ob er mit dem Gesicht im Matsch immer noch so überheblich ist.

Doch etwas hält mich an der Stelle, ein sechster Sinn, der mir Gefahr signalisiert, und plötzlich erkenne ich den Grund: Ein zweiter Mann ist aufgetaucht.

Augenblicklich werfe ich mich ins Gras, damit er mich nicht entdeckt. Ich sollte zu Kay rennen, aber ich kann nicht. Stattdessen biege ich die langen Halme auseinander, beobachte, wie der Mann gebückt um die Hütte schleicht. Er wirkt trotz seiner Haltung groß, irgendwie massig, und ist ganz in Schwarz gekleidet. Mein Magen zieht sich zusammen. Der Mann will nicht reden. Er wird angreifen.

Jetzt richtet er sich auf. Er ist mehr als groß, er ist riesig.

»Kaaaaaay!«

Ein Schrei! Ich habe geschrien. Kay fährt herum, starrt in meine Richtung.

»Hinter dir!«, brülle ich ihm zu.

Meine Stimme kommt mir viel zu leise vor, aber er hat den Mann bemerkt. Nur noch wenige Meter ist er entfernt. Mit vor den Mund gepresster Hand sehe ich Kay aufspringen, mit erhobenen Fäusten auf ihn zustürzen.

Der Regen wird stärker. Die Haare kleben in meinem

Gesicht und ich zittere unkontrolliert. Und als ich sehe, wie der Kerl den Metallstab aus seiner Jackentasche zieht, bebt mein Körper. Ich habe gesehen, wie so ein Ding einen Menschen sofort außer Gefecht gesetzt hat. Aber Kay kann nicht wissen, wie mächtig diese Waffe ist. Noch nicht. Und ich bin mir keinesfalls sicher, wie kampferprobt er ist.

Egal, was passiert, bleib hier.

Wieso höre ich gerade jetzt auf Kay?

Es ist zu spät, ihn zu warnen. Der Mann hält den Stab schon oben. Doch er schützt sein Gesicht nicht. Das ist ein Fehler. Kays Faust trifft ungebremst auf sein Kinn. Mit der zweiten setzt er nach.

Ich reiße die Augen auf. Die Schläge müssen unglaublich hart gewesen sein, denn der Riese strauchelt rückwärts. Der Stab fällt zu Boden. Kay greift blitzschnell danach, holt weit aus und stößt ihn dem Mann in die Rippen. Er knickt ein. Sofort reißt Kay seine Waffe hoch, trifft ihn auf den Hinterkopf, holt wieder aus, einmal, zweimal, dreimal, bis der Mann stöhnend zusammenbricht.

Wow! Augenscheinlich ist Kay kampferprobt. In diesem Moment weicht meine Anspannung wildem Stolz. Ich suche Kays Blick, aber in dem hohen Gras sieht er mich nicht.

Als ich mich erhebe, erblicke ich Henry, der über die Wiese Richtung Meer läuft. Was auch immer er vorhatte, er ist schon zu weit entfernt, um es herauszufinden. Ein kleiner weißer Fleck. Plötzlich ist er verschwunden. Anscheinend haben sie ihn in dem Moment zurückgeholt, da er die Reichweite des Störsenders überschritten hat. Aber der andere Mann ist noch da. Ihn können sie nicht holen und er wird uns Rede und Antwort stehen, sobald er wieder zu sich kommt. Ich atme tief ein. Doch die Luft bleibt in meinen Lungen stecken. Plötzlich tauchen überall Männer auf. Dutzende schwarze Flecken, die schnell größer werden, und Kay hat keine Chance, sie aus dem Tal heraus zu entdecken.

Ich höre Schritte, fahre herum. Hinter mir sind sie auch! Sechs Männer am Fuß des Hügels und gut 100 Meter weiter tauchen noch mehr auf. Sie verstecken sich nicht mehr, gehen im Gleichschritt in meine Richtung und ich stehe auf der Kuppe, für alle sichtbar.

»Das ist sie!«, schreit einer und die Männer beginnen zu rennen.

Was tue ich noch hier? Los, lauf! Beweg dich. Jetzt!

Ich renne. Nein, ich presche den Abhang hinunter, ziehe im Lauf das Messer aus der Schlaufe.

»Kaaay!«

Er sieht auf. Unsere Blicke treffen sich. Entsetzen steht in seinem Gesicht. Ich schaue nicht hinter mich, aber ich bin mir sicher, die ersten Männer sind auf der Kuppe erschienen.

Der Boden ist glitschig, aufgeweicht vom Regen. Die letzten Meter schlittere ich. Als ich Kay erreicht habe, hat er den Speer aus der Wand gerissen. Seine Waffe ist lächerlich. Wir haben keine Chance.

»Geh in die Hütte!«, schreit er und wirbelt mit dem Speer um sich selbst.

Auf einmal ist die Luft von Trampeln erfüllt, als wenn eine Herde Büffel auf uns zurennen würde. Ich höre nur ihre schweren Stiefel, keine Schreie, keine Rufe, allein stumme Entschlossenheit.

Ich habe keine Zeit, Kay zu erklären, wie sinnlos seine Idee ist, mich in der Hütte zu verstecken. Ich will nur noch verstehen, wieso sie hier sind. Vielleicht kann ich es ungeschehen machen, in der Zeit zurückspringen, alles verhindern.

Kay ist in der Hütte verschwunden. Hinter mir höre ich den Mann stöhnen, den er niedergestreckt hat. Mit dem Oberkörper kommt er hoch, hält sich den Kopf, aber als er mich sieht, grinst er verächtlich. Dreckskerl! Ohne nachzudenken, ramme ich ihm das Messer in den Oberschenkel. Sein Grinsen wird zu einer verzerrten Grimasse.

»Was habt ihr vor?«, brülle ich.

Der Mann zuckt, will nach meiner Hand greifen. Etwas Silbernes blitzt in seiner. Ein Marker.

»Was wollt ihr?«, schreie ich wieder.

Seine Lippen werden zu einem schmalen Strich. Ich drehe das Messer in seinem Bein und er jault auf. Aus den Augenwinkeln nehme ich wahr, wie Kay mit den Speeren aus der Hütte kommt und auf die Angreifer zustürmt. Kurz sehe ich ihm nach. Die ersten Männer umschließen ihn.

Kays Schreie klingen mörderisch.

»Wer schickt euch? Antworte!« Ich drücke das Messer bis zum Griff in sein Fleisch.

Diesmal schreit der Mann nicht, er presst den Kiefer aufeinander und sieht mich voller Verachtung an. Anscheinend wird sein Schmerzempfinden über den Marker reguliert. »Du hast keine Chance, Mädchen«, knurrt er zwischen zusammengebissenen Zähnen. Sein Gesicht ist kantig, brutal. »Wir können Tausende schicken, wenn wir wollen.«

Sein Kinn ruckt nach oben und ich spüre die Männer in meinem Rücken, höre Kay immer noch schreien, fürchterliche gurgelnde Laute, Krachen, Stöhnen. Kalter Schweiß bricht aus meinen Poren. Ich weiß, mir bleiben nur noch Sekunden.

»Was wollt ihr?«, brülle ich, drehe das Messer wild hin und her. Der Mann lächelt nur. Er spürt den Schmerz nicht. Ich weiß, ich habe verloren. »Was wollt ihr? Was? Was ...«

Meine Stimme wird immer leiser und Tränen laufen über mein Gesicht. Das ist das Ende. Was auch immer sie tun werden und warum. Ich werde es erst erfahren, wenn es zu spät ist. Und plötzlich ist es still. Niemand schreit mehr, niemand kämpft. Nur das Prasseln des Regens ist noch zu hören.

Ich ziehe das Messer aus seinem Bein. Blut strömt heraus. Es ist mir gleichgültig. Mit zitternden Händen drehe ich mich um.

Unser Zuhause ist unter dunklen Flecken begraben, voller schwarz uniformierter Eindringlinge. Sie sind stehen geblieben, sehen mich stumm an. Ich fühle nichts mehr als furchtbare Machtlosigkeit. Weitere Männer erscheinen am Horizont und noch mehr und noch mehr und nur wenige Meter entfernt liegen vier von Speeren durchbohrt im Gras. Niemand beachtet die Toten. Ich sehe Kay nicht, höre nur sein leises Stöhnen in der grausamen Stille.

An die Hüttenwand gepresst, umklammere ich mein Messer, was mir genauso wenig Schutz gibt wie Kays Speere, doch ich kann es nicht fallen lassen. Es ist idiotisch, aber es ist das Einzige, was mir bleibt.

Warum nur greifen sie mich nicht an? Zehn Schritte und sie wären bei mir. Plötzlich fühle ich mich merkwürdig entfremdet von meinem Körper, so als wäre ich bereits tot.

Ein Mann, er ist kleiner als die anderen, tritt vor. Vielleicht beendet er es, vielleicht ein anderer. Er wirkt ruhig, gelassen.

»Alison Hill. Ich bin froh, dass wir Sie gefunden haben«, sagt er freundlich und lächelt leicht. »Da ist wohl einiges schiefgelaufen. Wir waren besorgt, als Ihr Marker ausgefallen ist.«

»Wir? Wer ist wir?« Ich bin erstaunt, dass ich fähig bin zu reden.

»Wir wollen Ihnen helfen, Alison.«

Er geht noch einen Schritt auf mich zu. Wenn ich meinen Arm ausstrecken würde, könnte ich ihn berühren oder mein Messer werfen, um ihn zu töten. Aber ich tue nichts davon. Es wäre zwecklos. Stattdessen starre ich auf sein regennasses Gesicht, auf dem plötzlich ein heller Schein liegt. Tropfen glitzern in allen Farben auf seiner Haut. Ich hebe den Kopf. Der dunkle Himmel ist aufgerissen und die Sonne wirft ihre Strahlen über den Mann, als ob er ein Heiliger wäre, jemand, dem man bedingungslos vertrauen kann.

»Wir werden Sie jetzt nach Hause bringen«, höre ich ihn mit sanfter Stimme sagen. Er deutet auf meinen Oberarm. »Geben Sie mir den Sender, dann sind Sie in weniger als 1 Minute bei Ihrer Familie. Das wollen Sie doch, oder?«

Will ich das? Ich blinzle. Er ist ganz nah und lächelt noch immer, aber in seinen Augen liegt plötzlich ein unruhiges Flackern.

Er lügt!

Ich denke nicht, registriere nicht mehr, bewege mich, ohne es entschieden zu haben. Mein Messer dringt tief in seinen Unterleib. Er legt seinen Kopf schräg und Erstaunen zeichnet sich in seinem Gesicht ab. Damit hat er anscheinend nicht gerechnet, Schmerz jedoch scheint er genauso wenig zu empfinden. Aber wovor hatte er dann Angst, wenn nicht vor meinem Messer?

Ich reiße es wieder heraus, brülle etwas, springe zurück, bereit, den Nächsten zu verletzen, ihn zu töten, wenn es sein muss. Ich spüre, dass ich das tun werde, wenn ich Kays Leben damit schützen kann.

»Kaaay!«

Wo ist er? Ich höre ihn nicht mehr. Niemand bewegt sich, niemand sagt etwas. Diese Stille ist viel schlimmer als alles andere. Die Wiese ist voll von Männern. Es sind inzwischen unzählige.

Plötzlich brüllt jemand in die Stille hinein. Köpfe drehen sich. Zwei Männer lösen sich aus ihrer Starre, gehen auf mich zu. Ich stolpere rückwärts, stoße gegen die Hüttenwand. Es gibt keinen Ausweg.

Doch! Und wenn es nur für 90 Sekunden ist. Gerade noch schaffe ich es, die Arme zu überkreuzen, eine Erinnerung heraufzubeschwören. Der Geruch von Kiefern, den ich so sehr liebe. Er ist stark in mir verankert, aber ich weiß nicht, wohin er mich führt ...

Hitze umfängt mich. Ich stehe am Meer, ein Kleinkind spielt im Sand. Im Schatten einer Kiefer liegt ein Paar und beobachtet es dabei. Es sind meine Eltern. Sie sehen kurz zu mir, erkennen mich jedoch nicht. Natürlich nicht, denn ich bin das spielende Kind, für sie bin ich drei oder vier Jahre alt. Mir ist gleichgültig, wieso ich hier gelandet bin. Mir bleibt noch etwas mehr als 1 Minute. 60 Sekunden, um unser Leben zu retten. Sie könnten Tausende schicken.

Wenn ich nur mehr Zeit hätte ...

Natürlich! Zeit! Schnell, ich brauche eine Erinnerung, ein Detail! Besser mehr, wie bei einem Koordinatensystem. Schillernde Regentropfen auf seiner Haut, mein Messer, das ich aus seinem Unterleib ziehe, der plötzlich aufgerissene Himmel, Sonnenstrahlen ... Und schon spüre ich das altbekannte Ziehen.

Ich bin zurück. Zwei Männer kommen auf mich zu. Vor mir steht der kleine Mann mit dem freundlichen Lächeln. Blut sickert aus seiner Wunde. Er presst seine Hand darauf.

Ich überkreuze die Arme, bete, dass es klappt. Konzentrier dich! Himmel, Tropfen, Messer, Sonnenstrahlen ...

Im nächsten Augenblick stehe ich hinter den Männern.

Mich sehe ich nicht, nur ihre breiten schwarzen Rücken. Feiner Sprühregen bestäubt ihre Jacken.

Ich forme meine Hände zu einem Trichter, schreie, so laut ich kann: »Hey, ihr Arschlöcher! Ich bin hier!«

Sofort drehen sie ihre Köpfe. Gut, ich habe ihre Aufmerksamkeit auf mich gezogen, von meinem anderen Ich weggelenkt, aber dafür gehen sie jetzt auf mich zu. Ich drehe mich um und laufe. Ihre Schritte werden schneller. Mit angewinkelten Armen renne ich so schnell wie noch nie.

Trotzdem kommen mir die 90 Sekunden wie eine Ewigkeit vor.

»Hey, ihr Arschlöcher! Ich bin hier!«, vernehme ich meine Stimme, wie ein verspätetes Echo. Und dann wieder und wieder. Direkt vor mir steht plötzlich jemand. Nicht jemand. Ich! Fast renne ich ungebremst gegen mich, da spüre ich das Ziehen, gleich darauf die Hüttenwand in meinem Rücken.

Der kleine Mann presst seine Hand auf die Wunde und sackt zusammen. Einer der beiden anderen beugt sich über ihn. Nicht wichtig. Ich weiß, was ich zu tun habe, was ich bereits getan habe.

Gleich darauf stehe ich am Fuß der Kuppe, schreie: »Hey, ihr Arschlöcher! Ich bin hier!«

Sofort wenden sich Köpfe. Vier Männer setzen sich in Bewegung. Wieder laufe ich. Diesmal im Zickzack den Hügel hinauf, weiche greifenden Händen aus, springe über vorgestellte Beine.

Meine Seite sticht. Meine Lungen brennen. Lange werde ich das nicht durchhalten.

Jemand packt mich von hinten an den Haaren, reißt meinen Kopf zurück. Reflexartig greife ich seinen Unterarm, zwinge ihn loszulassen, fahre herum und stoße ihm meine andere Hand mit Wucht in den Schritt. Er knickt jaulend ein. Schon zertrümmert mein Knie seine Rippen. Es knackt befriedigend.

Doch gleich darauf stürzt sich der nächste auf mich. Seine Faust trifft mich in den Magen. Ich keuche. Sämtliche Luft weicht aus meinen Lungen und der Schmerz breitet sich über meinen ganzen Körper aus. Alles dreht sich und schon wieder fliegt eine Faust auf mich zu.

Sie werden mich töten, denke ich, aber dann erlöst mich das Ziehen vor der Attacke. Die Faust hat ins Leere geschlagen.

Ich springe wieder, renne, weiche aus, kämpfe, werde zurückgezogen, springe, schreie, ducke mich weg, folge dem Sog, springe, presche weiter, springe und springe und springe, bis ich nicht mehr weiß, ob ich in der Vergangenheit, Gegenwart oder Zukunft bin. Von überallher höre ich meine eigene Stimme, die Männer streuen sofort in die Richtungen, aus der sie kommt. Es sind so viele ...

Eine Faust zuckt vor, donnert gegen meine Schläfe. Ich schwanke, taumle zurück, stoße gegen einen Körper. Wieso sind sie so brutal?, denke ich noch, dann kommt der Schmerz. Ich meine, allein daran sterben zu müssen, aber dann schließen sich Hände von hinten um meinen Hals und der Schmerz ist egal. Ich kann nicht mehr atmen, ich kann nicht mehr kämpfen. Hilfe ... Hilfe ... Hilfe.

Wo ist Kay? Warum steht er mir nicht bei? Bunte Flecken tanzen vor meinen Augen. Ich schließe sie.

Kay! Kaaaay!

Wie eine Ertrinkende ziehe ich die Luft ein, reiße die Augen auf. Jetzt stehe ich auf der Kuppe. Ich wanke, kann mich kaum auf den Füßen halten. Mir fehlt die Kraft zu schreien. Inzwischen will ich nicht mehr auf mich aufmerksam machen. Es ist vorbei. Der Kampf ist aussichtslos. Sie könnten Tausende schicken ... Das haben sie.

Ich lasse das Messer fallen, warte, dass mich die unsichtbare Macht zurückzieht oder ich niedergeschlagen werde oder getötet. Ein Stab berührt mich am Nacken, ganz leicht nur, aber meine Muskeln geben sofort nach und ich sinke auf die Erde. Mein Kopf schlägt gegen einen Stein, kippt zur Seite und da sehe ich ihn!

Kay liegt blutüberströmt auf dem Rücken. Alles an ihm, um ihn ist rot: sein Gesicht, das Gras, seine Weste, seine Hände, die den Speer umklammern. Er steckt tief in seiner Brust. Sie hebt und senkt sich leicht. Kay ist nur wenige Meter entfernt, doch er sieht mich nicht mehr. Sein Blick ist bereits leer, glanzlos.

Kay stirbt. Und ich kann nichts dagegen tun. Wahrscheinlich ist er schon tot, wenn es mich zurückzieht.

Ich wende meinen Blick ab, schiele in den Himmel. Nichts hält mich mehr hier. Ich bin bereit zu gehen.

In diesem Augenblick brechen Sonnenstrahlen durch die Wolkendecke, als ob ich noch einmal etwas Schönes sehen soll. Schillernd spannt sich ein Regenbogen vom Meer über unser Zuhause bis zum Wipfel eines riesigen Mammutbaums, irgendwo in weiter Ferne. Ein Mammutbaum ... Mill Valley ... meine ersten Stunden mit Kay ... Ich begreife nicht, was ich getan habe, dass ich ihn niemals wiedersehen soll.

Als ich den Sog spüre, verschwimmt der Regenbogen vor meinen tränennassen Augen. An seinem Ende steht kein Topf voll Gold, sondern ein Mammutbaum.

19

Am Ende des Regenbogens

Egal, was geschieht, du bleibst hier.

Ihm hätte ich diese Worte sagen sollen, dann würde Kay vielleicht noch leben. Der Gedanke spinnt sich wie ein Netz durch meinen Kopf, aber zu einer Emotion bin ich nicht fähig, mein Herz ist mit Kay gestorben.

Vielleicht ist es der Schmerz, der mich überhaupt weiteratmen lässt, das taube Gefühl überlagert. Ich bin dankbar für jede Zelle, die wehtut, für die Glassplitter, die in meinen Augenhöhlen stecken, die Schraubzwinge, die meinen Schädel zusammenpresst, Hunderte Wespen, die in meinen Nacken stechen. Nichts anderes möchte ich spüren.

Als eine kühle Hand sich auf meine Stirn legt, versuche ich, sie wegzuschieben, aber ich habe keine Kraft.

»Alison …«

Mein Name. Die Stimme scheint weit entfernt. Sie kommt mir trotzdem vertraut vor.

»Kay …«, flüstere ich.

»Es geht ihm gut. Aber du musst versorgt werden.«

Ich reiße die Augen auf. Es tut höllisch weh und jetzt hasse ich den Schmerz. »Was ist passiert? Wo ist er?«

Schritte entfernen sich, hallen wider, kommen zurück, jemand beugt sich über mich, tupft etwas auf meine Lippen. Ich öffne sie. Flüssigkeit läuft meine Kehle hinunter. Sie schmeckt bitter und ich versuche hochzukommen, aber die Hand drückt mich zurück.

»Nicht, Alison.«

»Wo ist Kay?«, krächze ich, alles verschwimmt vor meinen Augen, auch das Gesicht mit der sorgenvoll gerunzelten Stirn. »Mr Oscar ...« Kurz bin ich verwundert, aber dann breitet sich Wärme in mir aus und ich will nur noch schlafen. »Kay ...«

»Er ist zurückportiert worden und wurde versorgt. Es geht ihm gut. Glaub mir.«

»Ja.« Kay lebt. Es geht ihm gut ... Meine Lider fallen zu.

Als ich aufwache, ist der mörderische Schmerz einem dumpfen Pochen gewichen. Ich fühle mich immer noch erschöpft und furchtbar benommen, verstehe nicht, wo ich bin, warum ich noch lebe, wieso Oscar bei mir war.

Mit aller Willenskraft, die ich aufzubringen imstande bin, öffne ich die Augen und erblicke einen verschwommenen Büffel. Ich blinzle. Noch immer ist er da, rot und schwarz und starr. Er bewegt sich nicht. Ich strecke die Hand aus, um sein Fell zu berühren. Meine Fingerspitzen streichen über kalten Stein, fahren über eine schwarze Linie, den Rücken des Büffels. Ein Bild? Das ergibt keinen Sinn.

Ich lasse den Arm sinken. Fingerabdrücke sind darauf zu sehen, weiß und blau, wie ein Stigma, gleich unter dem Reif. Jemand muss mich gepackt haben, bevor ich ... Moment mal ... Wieso habe ich den Störsender noch um? Wo bin ich überhaupt?

Ich setze mich auf und übergebe mich. Schwallartig breche ich mit bitterer Galle vermischtes Wasser hervor. Es läuft über meinen Arm auf einen Steinboden. Ich kann nichts dagegen tun, aber ich bin dankbar, als Sam Oscar über meinen Rücken streicht, während ich weiterwürge.

»Du hast eine Gehirnerschütterung. Du solltest noch ein paar Stunden schlafen.«

Ich huste heftig, denn Galle ist in meine Luftröhre gelaufen und mein Kopf schmerzt bei den ruckartigen Bewegungen wieder. Aber das ist egal, denn Kay lebt, ich lebe, um alles andere kann ich kämpfen. Auf keinen Fall werde ich schlafen.

Mit dem Handrücken wische ich mir über den Mund und schiele an Oscars zerschlissener Cordhose vorbei. Offensichtlich bin ich in einer Höhle. Sie ist groß, voller indianischer Malereien, die Büffel und Menschen und Speere zeigen. Warmes Abendlicht fällt durch den Eingang und dahinter erahne ich den massigen Stamm eines Mammutbaums.

»Mr Oscar …« Mein Hals brennt und ich muss mich räuspern. »Wo bin ich?«

Er lächelt. Ohne Schnurrbart sieht er jünger aus, auch wenn seine Haare inzwischen grau sind. »Wo es am schönsten ist. Am Ende des Regenbogens. Weißt du, dies ist ein unglaublicher Ort, voller Energie. Wenn ich hierherkomme, um zu meditieren, meine ich, die Aura der Ureinwohner zu spüren, ihre Verbundenheit zur Natur.«

Ich reibe meine Schläfen. Was nur redet Oscar da für einen Schwach… Moment mal. Ich bin hierhergesprungen? Aber … Ich hatte doch nicht mal meine Arme überkreuzt, war gar nicht dazu fähig. Wieso bin ich noch hier? Die 90 Sekunden sind lange verstrichen …

»Die 90 Sekunden … Ich … Wieso …«

Sam Oscar zieht einen silbernen Stab aus seiner Brusttasche. Sein Hemd wirkt auch, als habe er es über Jahre getragen, und kurz frage ich mich, ob Oscar in dieser Höhle haust, doch der Stab ist wichtiger.

»Alison«, sagt er ohne Hast. Seine Stimme ist vollkommen ruhig. »Ich habe die Sicherheitsbarriere aufgehoben, sofort nachdem du hierhin portiert bist.«

»Was? Welche Barriere?« Ich starre auf meinen Marker.

Kein Countdown wird angezeigt und auch die Nullen sind verschwunden.

»Ein Schutz, der verhindert, dass du in einer anderen Realität feststeckst, bevor du gelernt hast, den Marker zu beherrschen. Wie auch immer du das machst ...«, fügt er kopfschüttelnd hinzu.

Ich spüre meine Augen groß werden. »Heißt das, ich kann mich einfach nach Hause portieren oder zu Kay und dableiben? Ich werde nicht mehr zurückgezogen?«

»Das heißt es, ja.«

Ich springe auf. »Ich muss genau wissen, wo Kay ist!«

»Lass uns doch einen Spaziergang machen und ich erkläre dir alles.«

Spaziergang? »Ich habe keine Zeit!« Meine Stimme überschlägt sich.

Sam Oscar steckt unbeeindruckt den Stift weg und legt seine Hand auf meinen Arm. »Zeit, liebe Alison«, antwortet er lächelnd, »ist eine Dimension, die für dich so nicht mehr besteht.«

Ich weiß nicht, was sein philosophisches Gequatsche bedeuten soll, es macht mich nur wütend, aber plötzlich wird mir bewusst: Er hat recht. Es spielt keine Rolle mehr, wo ich bin oder wann oder wie schnell bei Kay. Wichtig ist, das Richtige zu tun. Vielleicht kann ich die Vergangenheit ändern, wenn ich das Warum verstehe.

Ich atme durch und sehe in Oscars wettergegerbtes Gesicht. »Was wollten die Männer?«

Er nickt zufrieden, als hätte er darauf gewartet, dass ich ihm diese Frage stelle. »Und? Begleitest du einen alten Mann auf einen Spaziergang?«

Schweigend folge ich ihm einen ausgetretenen Pfad bergauf und versuche, mir vorzustellen, wie er in der Höhle sitzt und der Aura der Ureinwohner nachspürt. Noch immer bin ich mir nicht sicher, ob er den Verstand verloren hat, und als ich ihn frage, ob er von dem Regenbogen weiß, weil er hier meditiert, antwortet er: »Oh nein, es ist umgekehrt. Die Höhle habe ich gefunden, als ich den Regenbogen sah.«

Vielleicht werde ich die Paradoxe der Zeit nie richtig begreifen oder Oscar redet wirres Zeug.

Aber Fakt ist, der Regenbogen hat mich gerettet, oder besser, der Gedanke an den Mammutbaum, der mich hierhin geführt hat, ganz ohne die Arme gekreuzt zu haben.

Nach einer Weile gehen wir durch immer dichter werdendes Grün und kurz darauf wird der Wald zu einem mit Farn überwucherten Dschungel, in dem Tausende Vögel ihr Gutenachtlied anstimmen. Die Luft ist so rein und klar, wie sie es nur nach Regen sein kann, und letzte Tropfen schimmern im Abendlicht auf den Blättern. Es ist wunderschön, doch im Gegensatz zu Oscar kann ich dieser Schönheit im Moment nichts abgewinnen. Tausend Fragen schwirren in meinem Kopf, besetzen meine Gedanken und jede dieser Fragen beginnt mit Kay.

Als der Pfad breiter wird, gehe ich neben Oscar und er bricht endlich das Schweigen.

»In 600 Jahren gibt es so etwas nicht mehr.«

»Es gibt keinen Wald mehr?«, vergewissere ich mich, obwohl mir andere Fragen auf der Zunge liegen. Aber ich bin mir keinesfalls sicher, ob Oscar zurechnungsfähig ist, und beschließe, mich zurückzuhalten, bis ich es weiß.

»Oh doch. Den perfekten Wald, den Hydroforst, alle anderthalb Meter ein Laubbaum, blühende Büsche an geschwungenen Wegen, keine Schädlinge und in jedem Abschnitt ein Wasserfall, ein See so frei von Bakterien, dass kein Fisch überleben würde.«

»Sind Sie deshalb hierhergekommen?«

»Vielleicht habe ich deshalb diesen Ort gewählt. Aber der Grund für meine«, er bückt sich unter einem Ast hinweg, »Entscheidung war, wie ich dir bereits im Cube sagte, eine andere. Meine Karriere war beendet, man entband mich meiner Pflichten, wie sie es nannten, und hörte mich nicht mehr an.«

Seine Stimme klingt gepresst, vielleicht weil der Aufstieg immer steiler wird, vielleicht weil er nicht darüber sprechen möchte.

Ich taste mich weiter vor. »Und man hat Sie einfach rausgeschmissen, weil Sie durch die Zeit gesprungen sind?«

»Nicht weil ich Gesetze gebrochen habe, nein. Ich wurde unbequem.«

Plötzlich bleibt Oscar stehen. Wir haben eine Hochebene erreicht, von der aus die im Meer versinkende Sonne zu sehen ist.

Der Wissenschaftler wischt sich über die Stirn und deutet auf einen entwurzelten Baum. »Setzen wir uns?«

Ich nicke, aber der Ausblick interessiert mich nicht. »Ich verstehe das alles nicht«, murmle ich, was die Wahrheit ist, vielleicht aber auch an meinem Kopf liegt, der noch immer schmerzt.

»Nein?« Oscar zieht die Brauen hoch. »Ich dachte, es wäre offensichtlich. Gut, dann ... Wo fange ich an? Nun, wie ich dir bereits erzählt habe, bin ich in die Zukunft gesprungen und habe gesehen, welche grausame, unmenschliche Entwicklung diese Show nimmt.«

»Sie meinen die elfte Staffel.«

»Ich meine die erste Staffel, die elfte, die 20. ... Es wurde immer schlimmer. Als ich zustimmte, bei *Top The Realities* mitzuwirken, sah das Konzept folgendermaßen aus: Zwei Menschen aus der Vergangenheit sollten die Chance bekommen, ihr Leben zu verändern. Einer mittelbar, der andere unmittelbar. Ich fand die Idee durchaus reizvoll, und hätten sie sich an ihr Konzept gehalten, wäre Mr Raymond ein reicher Mann geworden und du hättest vermutlich drei Generationen später noch davon profitiert. Deine verbesserte Zukunft. Du weißt schon. Wäre dabei etwas schiefgelaufen, hätte man dich in deine ursprüngliche Realität zurückportiert. In jedem Fall aber sollte euch beiden der Marker entfernt werden, sodass ihr euch an nichts von alldem erinnern würdet.«

»Aber wieso …«

»Alles der Reihe nach«, unterbricht mich Oscar mit erhobener Hand. Jetzt erinnert er mich wieder an den Wissenschaftler, den ich kennengelernt habe, und meine Sorge, er könne den Verstand verloren haben, weicht nervenzerreißender Anspannung. »Was geschah also, nachdem ich euch zum 31. Dezember 1852 portierte?«

Ich zucke mit den Schultern.

»Ich werde es dir sagen: 98,6 Prozent der potenziellen Zuschauer verfolgten euer Abenteuer. Kurzum: Das neue Format von *Top The Realities* wurde zu einem grandiosen Erfolg. Also entschloss man sich, euch beide gleich darauf in eine zweite Challenge zu schicken, gleichgültig ob ihr dem zustimmt oder nicht. Zu diesem Zeitpunkt kamen mir erste Zweifel an meiner Entscheidung, vor allem als ich sah, wie man Mr Raymond gefügig zu machen versuchte. Es gab jedoch keine Gesetzgebung für Menschen, die im Grunde nicht mehr lebten. Wir debattierten die Frage im Komitee für Zeitreisen und deren Auswirkungen. Fast einstimmig war man der Meinung, dass es ohnehin eine Realität gäbe, in der genau das passiert, ob wir sie nun beleuchten oder nicht. Siehst du, in der Teilchenphysik …«

»Oh nein, bitte«, platze ich heraus. »Keine Physik.« Das halte ich jetzt nicht aus.

Oscar verzieht sichtbar enttäuscht den Mund. »Nun gut. Ich entschloss mich, entgegen den damaligen Gesetzen, selbst durch die Zeit zu springen, und sah in die Abgründe unserer Gesellschaft. Anscheinend reichte es den Zuschauern nicht mehr, Menschen dabei zuzusehen, wie sie ihre Vergangenheit zu manipulieren versuchten, um ihr Glück zu machen, und der Aspekt der Realitätenverschiebung wurde zum Dreh- und Angelpunkt ihrer Sendung.«

»Sie meinen die elfte Staffel«, stelle ich fest.

»Unter anderem die elfte, ja, deren Kandidatin du warst. Mittlerweile sah das Konzept folgendermaßen aus: Nimm einem Menschen etwas, auf das zu verzichten ihm das Herz brechen würde, und beobachte, wie er sich immer weiter von seiner Gegenwart entfernt, desto verzweifelter er versucht zurückzukehren.«

»Das war einkalkuliert?« Wut steigt in mir auf. »Jeremy nie wiederzusehen? Es ging nur darum, mich leiden zu sehen?«

»Statistisch gesehen, hattest du nicht die geringste Chance, je in deine Realität zurückzufinden.«

Ich ziehe scharf die Luft ein und Oscar legt besänftigend die Hand auf meinen Arm. »Darum geht es jetzt nicht mehr, Alison. Bitte lass mich zu Ende erzählen, dann wirst du alles verstehen.« Ich lasse stoßweise die Luft raus, aber meine Fäuste sind geballt, als ich zustimme.

»Ich sprang noch weiter in die Zukunft, in der Hoffnung, die Show würde ihren Reiz verlieren«, fährt er fort. »Und das tat sie auch. Zumindest in der Art, wie du sie kennst. Die letzte Staffel, die ich betrachten konnte, lag einige Jahre in der Zukunft. Ihr Konzept war einfach. Erstens: Nimm einen Menschen, einen Sympathieträger, jemanden, den die Zuschauer kennen und lieben, und stecke ihn in eine unbarmherzige Zeit, mit dem Ziel zu überleben.«

»Sie meinen ... Ich werde ...«

»Nein, Alison, bei aller Sympathie für dich. Der Publikumsliebling bist nicht du.«

»Kay.«

»So ist es.«

»Wann?«

»Für dich liegt es bereits in der Vergangenheit. Für Mr Raymond fängt es gerade erst an.«

In meinem Magen formt sich plötzlich ein dicker Klumpen, denn ich begreife, was Kay in den 2 Jahren widerfahren wird, nachdem ich sein Scout war und bevor er mich als mein Scout wiedersah. Er ist nicht in einer grausamen Realität verendet, weil er bei irgendeiner Challenge versagt hat. Nein. Er wurde auch zum Spielball späterer Staffeln. Das hat ihn so verändert, so kämpferisch, selbstdiszipliniert, so hart werden lassen. Ein Überlebenskampf in der Wildnis. Ganz auf sich gestellt. Aber er hat es geschafft, sonst hätte er nicht 2 Jahre später mein Scout sein können. Der Klumpen in meinem Magen wird mit dieser Erkenntnis kleiner.

»Er wird es schaffen. Er kann in der Natur überleben«, spreche ich meine Gedanken laut aus.

Oscar lacht rau. »In der Natur überleben! Du bist der irrigen Meinung, dies allein wäre ihr Konzept gewesen. Aber du hast zweitens nicht abgewartet.«

»Zweitens?« Scheiße!

»Erstens, man stecke den Publikumsliebling in eine unbarmherzige Zeit. Zweitens, man nehme weitere Kandidaten, mit dem Ziel, ihn umzubringen oder selbst zu verrecken. Panem et circenses. Brot und Spiele. Das Konzept ist nicht neu, verliert jedoch nie seinen Reiz.« Oscar lässt seine Worte wirken und blickt zum Meer.

In diesem Augenblick wird mir alles klar. Grausam klar!

Wieder sehe ich Kay vor mir. Es war das erste Mal, dass ich ihm begegnete, er mir auf der Showbühne als mein Scout vorgestellt wurde, und ich erinnere mich zu gut an seine ersten Worte, die ich zunächst für einen schlechten Scherz hielt.

Ich sah gerade einem Mann zu, wie er an seinem eigenen Blut erstickt, nachdem ich ihm mit dem Messer die Luftröhre durchtrennt habe.

Aber es war kein Scherz, auch keine Drohgebärde, sondern die schlichte Wahrheit. Blut klebte an Kays Händen. Das Blut eines Menschen, den er umbringen musste, um zu überleben.

Und in diesem Augenblick ist Kay wieder mitten in diesem grausigen Spiel. Sie haben ihm nur das Leben gerettet, damit sie sich weiter an ihm ergötzen können, damit die Quoten stimmen.

»Konntest du mir bis hierhin folgen, Alison?«

Ich nicke stumm. Der Gedanke an das, was Kay durchleiden muss, verschlägt mir die Sprache.

»Gut, denn den Rest der Geschichte kennst du«, sagt Oscar leichthin. »Ich sprang zurück in meine Gegenwart, schlug Alarm. Man nahm meine Bedenken nicht ernst, und als ich zu unbequem wurde, diskreditierte man mich als Wissenschaftler und enthob mich meines Amtes im Komitee.«

Ich sehe den Wissenschaftler, der all das überhaupt möglich gemacht hat, mit zusammengekniffenen Augen an. »Und dann haben Sie gedacht, nicht mein Problem, ich verschwinde einfach in die Vergangenheit, genieße die Natur und meditiere ein wenig.«

Ein verärgerter Zug tritt in Oscars Gesicht. »Ich habe mehr riskiert, als dir bewusst ist, liebe Alison.«

»Indem Sie an meinem Marker herumgepfuscht haben?

Ihretwegen konnte ich nicht zurückportiert werden, richtig? Und Sie waren es, der mich zu den Hippies geholt hat!«

»Für dein Vorhaben ist es unerlässlich, dass die Verbindung unterbrochen wurde, dass sie den immerwährenden Zugriff auf dich verlieren. Verstehst du?«

Ich schüttle abwehrend den Kopf. Am liebsten würde ich Oscar nicht weiter zuhören, denn ich ahne, worauf das Ganze hinauslaufen wird. Ich soll seinen Kampf führen und dazu bin ich nicht bereit.

Doch er bemerkt meine Reaktion nicht. Den Blick aufs Meer gerichtet, redet er weiter. »Damals wusste ich nicht, ob ich die Chance haben werde, dich noch einmal ungestört zu sehen. Also portierte ich mich in den Cube, und während du auf dem Weg ins *Timeship*-Gebäude warst, veränderte ich die Funktion deines Markers. Direkt nach Ablauf der Challenge solltest du nicht mehr von ihnen gesehen, gehört oder geortet werden können. Ich hatte die Hoffnung, sie würden es als technisches Problem betrachten.«

»Und?«

»Nun, das taten meine Kollegen von *Timeship* auch. Nur einem Wissenschaftler ließ es keine Ruhe, dich in der Vergangenheit verloren zu haben. Ihm gelang es, die Verbindung zumindest insoweit wiederherzustellen, dass wir dich sehen konnten, deinen Weg verfolgen, dich lenken. Dieser Wissenschaftler war ich selbst.«

Ich ziehe fragend die Brauen hoch.

»Mein jüngeres Ich wusste nicht, dass es mein älteres Ich war, der genau diese Verbindung unterbrochen hatte. Ich erkannte meinen Fehler zu spät. Sie ließen mich nicht einmal mehr in das *Timeship*-Gebäude. Bevor ich mich endgültig für die Vergangenheit entschied, bat ich meine

Tochter, etwas zu entwickeln, das dich quasi unsichtbar macht, und es dir irgendwie zukommen zu lassen. Der Sender war geeicht auf deinen Marker, führte daher leider zu unvorhergesehen Schwierigkeiten, als Mr Raymond zurückportiert wurde, aber letztendlich hat er seinen Sinn erfüllt.«

»Ich würde sagen, er hat es nicht besonders lang, oder?« Mein Ton ist voll bitterem Sarkasmus. Inzwischen ist die Schwelle des Herantastens überschritten. Oscar ist nicht verrückt, nur zu feige, für seine Taten einzustehen. »Bis vor Kurzem haben noch Hunderte Männer versucht, mich zu töten. Haben Sie eine Erklärung dafür?«

»Es war nicht meine Absicht, dein Leben zu gefährden, und letztendlich wusste ich auch, dass du überleben wirst.«

»Woher?«

»Das habe ich dir schon einmal versucht zu erklären. Es wird der Zeitpunkt kommen, an dem du alles dafür tun wirst, Zeitreisen unmöglich zu machen.«

Und da sind sie, die Worte, auf die ich gewartet habe. Sam Oscar ist also immer noch der Meinung, ich würde irgendein Interesse daran haben. »Und ich habe Sie schon einmal gefragt, wieso ich das tun sollte!« Ich stehe auf, bereit zu gehen, wohin auch immer.

Er hebt die Arme, als wolle er mich aufhalten, lässt sie aber wieder fallen. »Meine Antwort wird dieselbe bleiben. Ich kann es dir nicht sagen.«

»Sie können nicht oder Sie wollen nicht?«, frage ich scharf.

»Ich werde nicht. Allein darauf kommt es an.« Er lächelt, als wolle er die Endgültigkeit seiner Worte damit mildern.

Am liebsten würde ich ihm sein Lächeln aus dem Gesicht schlagen. »Sie irren sich gewaltig«, sage ich nur.

»Sieh es, wie du willst«, meint Oscar gelassen. »Für

mich ist das bereits ein Faktum der Vergangenheit und im Grunde sollte mir allein die Tatsache recht geben, dass die Bedrohung durch dich groß genug sein wird, ebendiese Hunderte zu schicken, um zu verhindern, dass du es überhaupt versuchst, wobei allein der Fakt, dass sie die Kontrolle über dich verloren haben, dazu ausreichen würde.«

Ich will widersprechen, aber er hat recht. Seine Logik ist bestechend, so wenig mir das gefällt.

Ich brauche Abstand, um nachzudenken, gehe einige Meter Richtung Meer, welches langsam in der aufkommenden Dunkelheit versinkt. Wie gerne wäre ich jetzt bei Kay. Er wüsste, was zu tun ist.

»Du kannst nicht zu ihm!«, ruft Oscar mir hinterher, als hätte er meine Gedanken gelesen.

»Sie werden dich, solange du lebst, nicht in Frieden lassen, warten, wo sie dich vermuten. Vielleicht nicht gleich, nicht sofort, dazu dürfte ihnen die Kapazität fehlen, aber sie werden so viele Zeitstränge, Realitäten und Orte überwachen, wie es ihnen möglich ist. Und dann werden sie da sein. Vielleicht nach wenigen Minuten, vielleicht nach einigen Tagen. Aber sie werden dich finden. Und dann werden sie vor nichts und niemandem haltmachen.«

Es überläuft mich kalt bei Oscars Worten, aber etwas in mir sträubt sich, ihm zu glauben. Ich suche nach einem Fehler in seiner Logik. Etwas passt nicht.

»Und wieso haben sie mich dann nicht vorher getötet?«, frage ich, ohne mich umzudrehen. »Als Baby oder gleich meine Mutter oder meine Großmutter?« Ich höre Oscar einige Schritte näher kommen.

»Ich dachte, du hättest es endlich verstanden«, sagt er und in seiner Stimme schwingt Tadel mit. »Mit jeder deiner Entscheidungen spaltet sich eine neue Realität ab, nimmst du den rechten Weg oder den linken? Mindestens zwei Realitäten entstehen, im Grunde aber eher Hunderte, denn du könntest dich ebenso entscheiden, gar nicht weiterzugehen oder umzukehren, oder du knickst um und verletzt dich oder, oder, oder. Wenn du extrapolierst, wie viele Realitäten allein seit deiner Geburt bis jetzt entstanden sein müssen, kannst du in etwa abschätzen, wie viele Männer sie aussenden müssten, um alle Alisons zu eliminieren. Grob geschätzt ... unfassbar mehr als ihre derzeitige Weltbevölkerung. Nein, sie werden immer versuchen, möglichst dicht an dem Schlüsselereignis zuzuschlagen, um sicherzugehen, die richtige, die entscheidende Realität zu ändern.«

Meine Ohren rauschen, mein Geist scheint verstopft von Oscars endlosen Ausführungen. Ich begreife fast nichts.

»Aber wenn sie mich gleich nach der Geburt ... Wenn sie mich schon da getötet hätten, wären doch all die Alisons, all die Realitäten, nicht entstanden.«

Oscar atmet schwer durch. »Doch, denn es gibt wiederum unendlich viele Realitäten, in denen du doch geboren worden wärst. Die Lösung für sie ist nicht, möglichst weit in der Vergangenheit einzugreifen, sondern möglichst nah an ihrer Gegenwart. Was auch immer geschieht, es wird deine Zukunft betreffen.«

Plötzlich begreife ich, was Oscar meint, doch ich antworte ihm nicht. Die Tragweite seiner Worte erschüttert mich im Innersten und der Klumpen in meinem Magen, der sich beinahe aufgelöst hatte, wird zu einem Stein in meinem Herzen.

Ist es so? Werde ich weder Kay noch meine Familie wiedersehen können, ohne ihr Leben zu gefährden?

Ich wende mich dem Wissenschaftler zu. »Geben Sie mir etwas«, sage ich leise, fast flehend, »eine Information. Einen Anhaltspunkt. Was soll ich tun?«

Oscar erhebt sich. Ich kann nur noch eine Silhouette erkennen, die langsam auf mich zukommt, denn die Nacht ist angebrochen.

»Du weißt, ich kann dir nichts sagen. Dinge müssen geschehen, damit in ihrer Folge andere eintreten.«

Ich winke genervt ab.

Er scheint es trotz der Dunkelheit zu sehen, denn er stößt einen verärgerten Laut aus. »Hätte ich dir damals im Cube gesagt, was dir widerfahren wird, hättest du dich dann nicht anders verhalten?«, fragt er in scharfem Ton. »Haben nicht die Umstände, deine Not und deine Verzweiflung dich befähigt, das Wunder zu vollbringen, dich von der Zeit zu lösen, wann immer du es möchtest?«

»Aber das können Sie doch auch«, gebe ich zurück.

»Ach, du meine Güte, das glaubst du? Ich bin beschränkt auf wenige zuvor erfasste Ziele, Orte, Zeiten, die ich bereits besucht habe, als mir alle technischen Hilfsmittel noch zur Verfügung standen«, erklärt er, wieder ganz Wissenschaftler. »Vergleiche meine begrenzten Möglichkeiten mit der einer Eisenbahn. Weißt du, genau in dieser Zeit gilt sie als technischer Durchbruch. Die Menschen glauben, damit eine neue Freiheit gewonnen zu haben, dabei sind sie an Schienen gebunden, die sie nur von einer Station zur nächsten bringen. Sie haben nicht den Hauch einer Ahnung, wie weit sie von tatsächlicher Freiheit entfernt sind. Aber du, Alison, bist freier, als ein Vogel es jemals sein wird. Du –«

»Ich will nicht frei sein, ich will zu Kay und meiner Familie. Ich will beides!«, fahre ich dazwischen. »Ich will nicht mehr kämpfen und ständig Angst haben und mir Gedanken über irgendwelche Realitäten und Ihre blöden Andeutungen machen. Ich will nicht mehr. Ich will nicht!«

Lange aufgestaute Tränen brechen sich ihren Damm, strömen über mein Gesicht. Ich lasse sie laufen. All meine Energie und Stärke sind in dem Moment gewichen, da Oscar mir sagte, ich könne niemanden, den ich liebe, wiedersehen, ohne sein Leben zu gefährden. Wie gern würde ich ihm nicht glauben, herausfinden, ob es wirklich so ist, aber allein der Gedanke, einen von ihnen dadurch zu verlieren, erstickt diese Möglichkeit im Keim.

Und jetzt stehe ich hier, in der Wildnis des Jahres 1853, über 150 Jahre von meinem Zuhause entfernt und eine Unendlichkeit von Kay, von dem ich nicht weiß, wo oder wann er ist. Ich könnte an einen schöneren Ort springen oder in eine vertrautere Zeit, doch würde es etwas ändern? Vor meiner Einsamkeit und meiner Verzweiflung kann ich nicht weglaufen. Sie wird mich überallhin begleiten und meine Freiheit ist nichts wert, wenn ich mein Ziel doch nicht erreichen kann. Ich empfinde nur noch Hass. Hass auf Sam Oscar, dem ich die Schuld an alldem gebe, und wenn ich die Kraft dazu hätte, würde ich schreien, anstatt zu wimmern, wie ich es jetzt tue.

Er berührt meine Hand. Ich zucke zurück, obwohl ich sie lieber weggeschlagen hätte. Aus dem Löwen ist ein Kätzchen geworden.

»Du ... Ich bin ... Es tut mir leid ...«, sagt er unbeholfen und fast lache ich laut auf. Meint er, so eine fade Entschuldigung könnte irgendetwas ändern?

Ich sehe den Wissenschaftler nicht an, ohnehin könnte ich in der Dunkelheit nicht sehen, ob er tatsächlich Reue empfindet, und wenn, wäre es auch egal.

»Vielleicht gibt es etwas ... Ich glaube nicht, dass es ein Risiko wäre ...«, stammelt er zusammenhangslos und ich habe das Gefühl, dass er mit sich selbst spricht, höre ihm kaum noch zu. »Nein, ich bin mir sicher. In dieser Realität bist du geschützt, es wird niemanden gefährden, wenn ich ...«

Oscars Gebrabbel geht im Rauschen des Windes unter, der plötzlich aufkommt. Es ist kalt. Ich drehe mich um, schlinge die Arme um mich und warte. Worauf, ist mir selbst nicht klar.

Vielleicht, dass meine Tränen endlich versiegen oder dass Oscar abhaut, mich einfach allein lässt.

»Ich möchte dir etwas zeigen«, höre ich seine Stimme schon wieder hinter mir, »etwas, worauf ich eher durch Zufall gestoßen bin. Eine mögliche Zukunftsperspektive. Eine vieler existierender Realitäten. Vielleicht bestärkt sie dich zu kämpfen.«

Ich schniefe laut und drehe mich jetzt doch zu ihm, plötzlich bereit, nach jedem Strohhalm zu greifen, der mir geboten wird. »Was soll das sein?«

»Gib mir deine Hand.«

Zögerlich strecke ich sie vor.

»Die andere. Deine Markerhand«, meint er und tastet nach ihr. Als er sie findet, presst er seine auf sie und ein unangenehmes Kribbeln breitet sich von dort über meinen ganzen Körper aus.

»Was haben Sie vor?«, keuche ich, will ihm meine Hand entziehen, doch es ist zu spät, der Sog hat uns bereits davongetragen ...

Dieser Sog ist anders, stärker, vielleicht weil er uns beide mit sich reißt, und ich muss die Augen schließen, um das Kribbeln ertragen zu können. Als ich sie öffne, sehe ich dunkelrote Äpfel, die an knorrigen Bäumen hängen. Es riecht nach Sommer und tatsächlich blühen rings um uns wilde Blumen.

Ich brauche einen Moment, um zu verstehen, was geschehen ist, dann lasse ich Oscars Hand los. Fassungslos starre ich auf meine. Sie kribbelt noch immer, eine Zahl oder sonst etwas, das mir verrät, wo ich bin, gibt es nicht.

»Wie haben Sie das gemacht?«

»Wie ich dir sagte, Orte, an denen ich bereits war …«

»Nein, wie haben Sie mich mitgenommen?«

»Ach so …« Sam Oscar lächelt entschuldigend. »Eine normale Funktion der fortgeschrittenen Markergenerationen, etwas, an dem wir arbeiteten, als die Entscheidung fiel, unsere Produkte durch *Top The Realities* testen zu lassen.«

»Testen zu lassen?« Meine Stimme überschlägt sich. »Wir sind Versuchskaninchen für Sie?«

Oscar bückt sich nach einem Apfel und reibt ihn an der Hose, vielleicht um Zeit zu schinden. »Das ist die Spezifikation, von der ich sprach, die mein Misstrauen erweckte«, meint er, ohne auf meine Empörung einzugehen. »Sie befand sich in der letzten Phase der Entwicklung. Wir hatten genaue Vorstellungen, wie sie funktionieren soll, testeten sie bereits in meinem Marker, doch beim Portieren deiner Person ins 19. Jahrhundert sah ich sie auch in deinem Marker integriert, wobei ich doch der Einzige hätte sein müssen, der sie hätte haben sollen.« Der Wissenschaftler betrachtet zufrieden den glänzenden Apfel, als wäre er seine unglaubliche Erfindung.

Ich hole Luft, um ihm entgegenzuschleudern, was für ein Mensch er ist, unser Leid bereitwillig in Kauf zu nehmen, um seine Erfindung zu testen, aber plötzlich höre ich leise Musik. Sie erscheint mir so unwirklich, dass mir nur ein erstaunter Laut entweicht.

»Es ist so weit. Komm mit«, meint er lächelnd, beißt in den Apfel und geht an mir vorbei.

Als ich mich umdrehe, erkenne ich, wo ich bin: Apfelbäume ziehen sich Reihe um Reihe bis zu der Rückseite eines kleinen Fachwerkgebäudes, dem Café auf Onkel Herolds Plantage. Körbe sind davor gestapelt, jeder mit einer Schleife, eine Idee, die Tante Rose erst letztes Jahr hatte. Ich bin zurück in meiner Gegenwart! Ich meine, mein Herz müsste zerspringen vor jäher Freude.

Oscar ist schon ein gutes Stück entfernt. Er geht zügig zwischen den Bäumen auf das Café zu, ohne sich nach mir umzusehen. Ich beginne zu laufen.

Die Musik wird schnell lauter. Es sind feierliche Klänge, von Geigen getragen, wie bei einem klassischen Konzert.

Das verstehe ich nicht! Ein Konzert auf der Apfelplantage?

Es spielt keine Rolle, denn ich bin zu Hause ... irgendwie.

Meine Schritte werden schneller, und je lauter die Musik wird, desto mehr rast mein Puls.

Auf einmal bleibt der Wissenschaftler stehen. Ich will an ihm vorbei, aber er streckt den Arm aus und deutet auf das Café.

Ein zweiter Oscar steht plötzlich da, jünger, mit Zwirbelbart, und sieht durch ein kleines Fenster zwischen den Fachwerkbalken. Seine Stirn ist gegen das Glas gepresst, er bemerkt uns nicht. Ich sehe den Oscar neben mir groß an.

Er legt den Finger auf den Mund und für einige Sekunden meine ich, nur noch meinen Herzschlag zu hören, dann hat sich der jüngere Wissenschaftler in Luft aufgelöst. Es muss dieser Moment gewesen sein, von dem er sprach, den er durch Zufall entdeckte, in dem geschah, was er mir zeigen will.

»Was ...«, rufe ich aus, doch er schüttelt heftig den Kopf.

»Sieh es dir an, Alison. Aber sei um Gottes willen leise. Du willst doch nicht deine eigene Hochzeit stören.«

Hochzeit?

Ich vergesse meine Frage, ich vergesse Oscar, ich vergesse sogar zu atmen, gehe wie ferngesteuert auf das Fenster zu. Meine Hände berühren das Glas, nur um sicher zu sein, dass real ist, was ich durch den Innenraum hindurch sehe: ein Streichquartett, weit geöffnete Flügeltüren, Stuhlreihen, festlich gekleidete Menschen, ein Apfelbaum, in den weiße Seidenbänder gebunden sind, und darunter steht ... Kay.

Ich presse die Hand vor den Mund, um seinen Namen nicht herauszuschreien. Er sieht umwerfend aus in dem Smoking, den er trägt, so reif, so ernst, so ... überirdisch gut.

Und neben ihm steht Jeremy. Mein kleiner Bruder, in einem Anzug!

Die Musik verklingt und in diesem Moment sehe ich mich in einem schlichten weißen Kleid, das aber schöner nicht sein könnte. Ich stehe in der Tür eines Nebenraums, in den gewinkelten Arm meines Vaters gehakt, und streiche über mein Kleid. Dann setzt die Musik wieder ein. Ich schaue meinen Dad an, er nickt und wir gehen im Gleichschritt durch den großen Café-Innenraum auf die Flügeltüren zu.

Mein Blick folgt ihr. Die Gäste haben sich erhoben und sehen nun alle zu mir, der Braut. Mum, die sich mit einem Taschentuch die Augen tupft, Tante Rose, die Onkel Herolds Hand umklammert, Carissa, die über das ganze Gesicht strahlt, ihre Eltern, Freunde, Nachbarn, sogar meine Kunstlehrerin Mrs Frensh. Sie alle sind da.

Ich spüre stumme Tränen über mein Gesicht laufen, eine Hand legt sich auf meine Schulter.

»Es ist Zeit zu gehen«, flüstert Oskar.

Was? Nein! Ich will nicht! Verzweifelt krallen sich meine Finger um das Fensterbrett.

In diesem Moment dreht sich die Braut um. Auf ihrem, auf meinem Gesicht liegt ein entrückter Ausdruck, doch dann treffen sich unsere Blicke. Sie sieht mich an und zwinkert mir zu. Instinktiv ducke ich mich.

Oscar greift blitzartig meine Markerhand. Und als ich mit ihm in die Vergangenheit gerissen werde, wird mir klar, mein zukünftiges Ich wusste, dass ich hier sein werde. Sie wusste es, da sie meine Erinnerungen in sich trägt.

Ich habe nicht irgendeine mögliche Realität gesehen, sondern einen Blick in meine Zukunft geworfen, in unsere Zukunft, denke ich glücklich. Und noch bevor ich wieder die kalte Nachtluft einatme, weiß ich, was ich zu tun habe.

Danksagung

Ich danke Thomas Mrosek von Herzen dafür, dass er vermutlich Tage geopfert hat, um mir immer wieder aus den Paradoxen zu helfen, die sich durch die Viele-Welten-Theorie ergeben. Wie oft war ich am Rande der Verzweiflung, wie oft kurz davor, alles neu zu schreiben. Wenn er mein lineares Denken nicht mit einer Engelsgeduld wieder und wieder gebrochen hätte, wäre Zeitrausch so nie entstanden.

Genauso dankbar bin ich seiner Frau Wiebke, die durch ihre offene und schonungslose Meinung, ihre fantastischen Ideen, Kay und Alison mit hat wachsen und sie, wie mich, einen Blick in ihre Zukunft hat werfen lassen.

Ohne Zeitrausch hätte ich sie nie kennengelernt: Christina Hagelstein. Wir haben voneinander gelernt, sind über die wunderbare Welt der Bücher zusammengewachsen, und während die Zeit dahingerauscht ist, sind wir Freunde geworden.

Mein besonderer Dank gilt Marion Lembke, die meinen Horizont über die Realität hinaus erweitert hat und mich von der ersten Zeile an begleitet.

Kim Kestner

Zeitrausch

Spiel der Vergangenheit

Es ist der Schock ihres Lebens, als Alison eines Morgens feststellen muss, dass ihr kleiner Bruder verschwunden ist. Mehr noch: Anscheinend hat es ihn nie gegeben! Zumindest nicht in dieser Realität. Alison hält die Fäden ihres eigenen Lebens nicht mehr in der Hand. Man hat sie zu einer Kandidatin der Show »Top The Realities« gemacht. An der Seite des unverschämt gutaussehenden, aber abweisenden Kay ist sie gezwungen, ihre Vergangenheit zu korrigieren, damit ihre eigene Realität wieder hergestellt wird. Und als wäre das nicht genug, entdeckt Alison während ihrer Reise durch die Jahrhunderte, dass Kay sie weit besser kennt, als es möglich sein sollte.

Arena

336 Seiten
Klappenbroschur
ISBN 978-3-401-51067-5
www.arena-verlag.de

Kim Kestner

Sakura

Die Vollkommenen

Es ist die einzige Chance, die sie je haben wird: Als der Kaiser zur »Blüte« aufruft, weiß Juri, was sie zu tun hat. Aber das Auswahlverfahren, bei dem am Ende nur die Vollkommenen einen Platz an der Oberfläche erhalten, ist hart und unbarmherzig – und Juri nicht makellos genug, um daran teilzunehmen. Trotzdem kann sie nichts davon abhalten. Die dunkle Höhle, in der sie ihr ganzes Leben verbringen musste, will sie um jeden Preis verlassen. Verkleidet als Junge, schmuggelt sie sich unter die Probanden. Doch ausgerechnet der Sohn des Kaisers wird auf sie aufmerksam. Hat er Juris Tarnung durchschaut? Oder spielt auch der Prinz ein doppeltes Spiel?

Arena

Auch als E-Book erhältlich

408 Seiten • Gebunden
ISBN 978-3-401-60318-6
www.arena-verlag.de

Kim Kestner

Anima

Schwarze Seele, weißes Herz

Für Abby ist es die schönste Zeit des Jahres! Jeden Sommer verbringt sie mit ihrer Familie die Ferien im Nationalpark Acadia. Doch diesmal wird die Idylle überschattet: Der zur Unterhaltung engagierte Magier Juspinn fasziniert die Feriengäste nicht nur mit seiner Show – er scheint sie zu manipulieren. Mit Schrecken muss Abby feststellen, wie sich ihre Familie und Freunde mehr und mehr zum Schlechten verändern. Besonders ihre Schwester Virginia ist auf einmal wie von Sinnen. Abby selbst spürt nicht nur die Anziehungskraft des Fremden, sondern auch die Gefahr, die von ihm ausgeht. Juspinn scheint auf der Suche zu sein, nach etwas, das nur sie ihm geben kann. Die Geschichte einer undenkbaren Liebe im Kampf gegen die größten Mächte der Welt.

Arena

Auch als E-Book erhältlich

480 Seiten • Gebunden
ISBN 978-3-401-60252-3
www.arena-verlag.de